A. E. Via

His Hart's Command

Nothing Special Band 6

Aus dem Englischen von Florentina Hellmas

Impressum
© dead soft verlag, Mettingen 2024
http://www.deadsoft.de

© the author
Titel der Originalausgabe: His Hart's Command (SWAT Edition) Nothing Special VI

Übersetzung: Florentina Hellmas

Coverbearbeitung: Irene Repp
http://www.daylinart.webnode.com

Coverartist: Jay Aheer
Simply Defined Art
https://www.simplydefinedart.com/

1. Auflage
ISBN 978-3-96089-739-2
ISBN 978-3-96089-740-8 (ebook)

Kapitel 1

Free

»Okay, Leute, wir werden eine kleine Abkürzung nehmen. Vor der nächsten Ampel biegen wir links in den Feldweg ein.«

»Free, wir werden sie verlieren, wenn wir von dieser Straße abbiegen«, warnte Ruxs.

»Nein, werden wir nicht. Ich habe sie immer noch im Blick.«

»Dann wirst du *uns* verlieren«, konterte Ruxs.

»Nicht für lange.« Free war so ruhig wie immer, obwohl seine Freunde drei schwer bewaffnete Männer verfolgten.

»Wie heißt die Straße?«, fragte Green.

Free konnte den Detective durch die Kamera seines Armaturenbretts sehen, wie er den mächtigen F350 souverän steuerte, während Free ihn vom Revier aus durch die Straßen von Gainesville navigierte. Frees Hände bewegten sich so schnell über die Tastatur, dass er gar nicht über den Vorgang nachdachte, nur über die Ergebnisse. Er hatte mehrere Karten auf dem Bildschirm zu seiner Linken.

»Hm. Sie scheint keinen Namen zu haben.«

»Jede Straße hat einen Namen«, widersprach Tech.

Free sah den finsteren Blick seines besten Freundes, der auf dem Rücksitz von Greens Truck durchgerüttelt wurde. Er zoomte näher an das körnige Satellitenbild heran.

Keine Straßenmarkierung. Hm.

»Nun, diese hier nicht. Biegt jetzt ab!«

»Verdammt«, fluchte Green.

Das Geräusch von quietschenden Reifen drang in Frees Ohren.

»Ähm. Ich glaube nicht, dass das eine richtige Straße ist«, sagte Tech.

»Free, wir sind im verdammten Wald!«, brüllte Green.

Free zuckte zusammen, als er auf den Monitor schaute, der Greens Frontkamera anzeigte. Äste und Gestrüpp flogen in alle Richtungen und schlugen gegen die Windschutzscheibe.

»Das ruiniert meinen Truck«, polterte Green. »Du wirst Furious dafür bezahlen, all diese Beulen zu reparieren, Freeman!«

»Das ist nicht mal eine Straße«, brummte Steele. »Wahrscheinlich heißt sie ‚Die-letzten-Minuten-deines-Lebens-Pfad'.«

»Weiterfahren«, befahl Syn ruhig.

Der Sergeant des Teams stand hinter Free, während er arbeitete, und mischte sich nur ein, wenn es unbedingt nötig war. Er wusste, wann er Free seine Arbeit machen lassen musste.

»Das Fahrzeug ist immer noch in meinem Blickfeld. Die Verdächtigen biegen links in die E Hall ein. Noch fünfundsiebzig Meter und ihr seid da«, sagte Free zuversichtlich, während er immer noch auf den Monitor blickte, der das Satellitenbild der P Davidson Road zeigte.

»Verstanden«, knirschte Greens Stimme durch das Funkgerät.

Free ließ die Bildschirme nicht aus den Augen. In den 30 Jahren, in denen er sich schon mit Computertechnik beschäftigte, hatte er sich daran gewöhnt, mehrere Geräte und Systeme gleichzeitig zu bedienen. Außenstehenden erschien es schwierig, aber das Hacken von Satelliten und Datenbanken war zu seiner zweiten Natur geworden. Er war nur froh, dass er sie jetzt für das Gute einsetzte.

Die Tür zu ihrem Büro schwang auf, aber Free drehte sich nicht um, um zu sehen, wer hereinkam. Er konzentrierte sich auf seine Arbeit. Vier der besten Männer von Atlanta waren im Einsatz und in Gefahr. Sie verließen sich auf ihn, also hatten sie seine volle Aufmerksamkeit. Er arbeitete seit zwei Monaten mit dieser erstaunlichen Gruppe Detectives zusammen, und bis jetzt hatte er das Team noch nie im Stich gelassen. Sie alle bildeten eine ziemlich beeindruckende Einheit, mit der der Bürgermeister nicht zufriedener sein könnte.

»Harts Team hat seinen Einsatz beendet. Sie sind endlich auf dem Weg nach Hause«, drang Gods Stimme vom anderen Ende des großen Büros zu ihm.

Hart. Auf dem Weg nach Hause.

Free drehte den Kopf so schnell, dass er ein leichtes Knacken in seinem Nacken hörte. Seine Lieutenants hatten sich beide an ihren Schreibtischen niedergelassen und fuhren ihre Computer hoch. God und Day leiteten die erfolgreichste Drogenfahndungseinheit der Polizei von Atlanta. Sein bester Freund Tech hatte die letzten drei Jahre mit ihnen zusammengearbeitet, bevor er beschlossen hatte, dass er nicht länger ein Technologiespezialist hinter den Kulissen sein, sondern an der Seite seines Geliebten an vorderster Front im Einsatz stehen wollte. Free hatte das verstanden. Als sein bester Freund angerufen und ihn gebeten hatte, ihn in seiner Position zu ersetzen, hatte Free nicht ablehnen können. Er verdankte Tech sein Leben.

»Ich habe gehört, dass der Chief mit Harts Team und der Arbeit, die es geleistet hat, verdammt zufrieden ist.« God grinste breit, als er über seinen Freund sprach.

»Erzähl mir was Neues«, murmelte Day. »Du und er, ihr schwelgt in Lob und Anerkennung.«

»Gar nicht wahr.« God runzelte die Stirn. »Wir sind einfach gut in dem, was wir tun. Wir können nichts dafür, wenn das anerkannt wird. Ich bin nur froh, dass mein wilder Hund nach Hause kommt. Und das rechtzeitig zur Footballsaison.«

»Free!«

Syns kräftiger Schlag auf seine Schulter ließ ihn aufschrecken, bevor feste Hände ihn wieder auf seine Monitore lenkten.

Oh Scheiße.

Er überlegte angestrengt, was er getan und was Green ihn gerade gefragt hatte.

»Nicht mehr lange«, antwortete Syn stattdessen.

»Dreißig Meter«, antwortete Free schließlich und fühlte sich plötzlich irgendwie neben der Spur.

»Was ist in dreißig Metern?«, bellte Green.

»Hm?« Free blinzelte. Er konnte nicht verhindern, dass sich Harts Name wieder in den Vordergrund drängte. Der große SWAT-Captain ging ihm schon seit Wochen nicht mehr aus dem Kopf.

»Hast du gerade ‚hm' gesagt?«, fauchte Ruxs.

»Es ist die Straße. Ihr seid kurz davor, die E Hall zu kreuzen. Ihr seid bereits vor ihnen«, antwortete Syn.

Free überprüfte den Monitor und schluckte schwer, als er versuchte, das Gespräch von God und Day im Hintergrund auszublenden. Sein Team fluchte und zischte durch das

Kommunikationssystem. Nachdem er kurz durchgeatmet hatte, gab Free sich Mühe, sich wieder zu konzentrieren.

»Wenn ihr auf E Hall seid, schaut einfach nach Norden und richtet eure Waffen aus«, sagte Free, dessen Gehirn nach der Erwähnung von Harts Namen einen Neustart gebraucht hatte.

Greens Truck brach schließlich durch die Lichtung. Free atmete auf, als er durch Greens Armaturenbrettkamera wieder die Straße und keinen Wald mehr sah. Der Rest der Aktion spielte sich in seinem Ohr ab, während er das Satellitenbild für seinen Sergeant hochhielt, damit dieser die Verhaftung beobachten konnte. Die vier Vollstrecker, die das Team von God und Day bildeten, bewegten sich mühelos, warfen schnell Reifenspikes aus, setzten den Tacoma außer Gefecht, den sie verfolgt hatten, und zerrten die Männer so aus dem Fahrzeug, dass sie mit dem Gesicht voran auf den Asphalt fielen.

Auch God und Day kamen in diesem Moment zu seinem Arbeitsplatz und ihre Aufmerksamkeit war auf einen der sieben Bildschirme von Free gerichtet.

»Sind das die Jungs von der Cornelia-Gang?«, fragte God.

»Ja. Sie haben sie erwischt.« Syn nickte. »Das sind die wichtigsten Komplizen des Bandenchefs und sein kleiner Bruder. Jetzt fehlt uns nur noch der Anführer.«

»Gute Arbeit«, sagte Day, der hinter Frees Stuhl stand und ihm sanft die Schultern massierte. Sein Lieutenant war ein wirklich empfindsamer Typ, der Berührung mochte. Day konnte ein harter Hund sein, wenn es darum ging, seine Männer auf Linie zu bringen, aber er war auch der coolste Freund, den ein man haben konnte. Er war das genaue Gegenteil von seinem einschüchternden Ehemann. God rührte niemanden an, es sei denn, es handelte sich um Day oder um einen Mann, der ihm auf den Sack ging.

Free drehte den Kopf zur Seite und ließ Day den Knoten an seiner Schädelbasis bearbeiten. Er wusste wirklich, wie man massierte, besonders wenn er seine Hände gedankenverloren bewegte.

»Free, schick Ro eine Nachricht und hol ihn zum Verhör hierher. Er meinte, er werde heute Abend um sechs kommen, aber sag ihm, er soll sich beeilen. Ich will diesen skrupellosen Methdealer in Gewahrsam haben, und zwar gestern. Der Chief reißt mir den Arsch mehr auf, als God es tut.«

»Schon erledigt«, antwortete Free und tippte bereits die Nachricht, während Day noch sprach.

»Du bist so perfekt für mich«, meinte Day und beendete seine Massage.

Free lachte über seine Bemerkungen, die ihn immer wieder dazu brachten, die Augen zu verdrehen.

Während die Vollstrecker wieder auf dem Weg zum Revier waren, hatte Free ein wenig Zeit, um eine Pause einzulegen. Als er seinen Stuhl umdrehte, sah er sich seinem Sergeant gegenüber. Er versuchte, unter Syns strengen Blick nicht zu zappeln. »Ich werde mir eine Limonade holen. Willst du auch eine?«

Syns dunkle Augen beobachteten ihn aufmerksam. In den paar Wochen, in denen Free mit dem Team gearbeitet hatte, war Syn zu einem seiner Lieblinge geworden. Da God und Day oft nicht im Büro waren, war es Syns Aufgabe, die Abteilung zu leiten; und er tat dies mit einer harten, aber verständnisvollen Hand. »Nein, danke.«

»Okay.« Free stand auf und vermied im Vorbeigehen jeden Kontakt mit dem scharfsinnigen Mann.

Werde ich jemals in der Lage sein, etwas zu verbergen, wenn ich für eine Gruppe Detectives arbeite?

Er war erleichtert, dass Syn nicht weiter darauf einging, warum Free mitten in einer Mission erstarrt war, aber er wusste, dass das Thema irgendwann zur Sprache kommen würde.

Free verließ seinen Arbeitsplatz und durchquerte das belebte Großraumbüro. Die meisten Streifenpolizisten saßen um diese Zeit an ihren Schreibtischen. Einige arbeiteten an ihren Berichten für den Tag. Verwaltungsbeamte befragten Zeugen oder nahmen Beschwerden auf und verschiedene Zivilbeamte gingen ihrer Arbeit nach.

»Hey, Free. Freeman! Kannst du mal kurz rüberkommen, bitte?«

Free bog automatisch zwischen den Schreibtischreihen zu Officer Mason ab. Er war seit sieben Jahren bei der Polizei und verdammt gut im Erstellen von Profilen, aber im Umgang mit Technik eine Niete. Free war sich nicht sicher, wie der Mann den grundlegenden Qualifikationstest bestanden hatte, aber er half ihm jedes Mal, wenn Mason ihn darum bat.

Sobald die Leute auf dem Revier herausgefunden hatten, dass God einen der besten Technologieexperten für sich arbeiten ließ, waren sie in Scharen gekommen. Es gab nur wenige Leute, die wussten, wer er *wirklich* war, nämlich einer der fünf besten Hacker der Welt. Wenn er durch die Abteilung ging, wurde er immer in eine Million verschiedene Richtungen gezogen. Zu Menschen, die ihn brauchten, um irgendein technisches Problem zu beheben, egal ob es sich dabei um ein defektes Handy oder einen von Viren befallenen Laptop handelte. Es machte ihm nichts aus. Free half gerne. Er mochte das Gefühl, gebraucht zu werden, und zwar aus den richtigen Gründen. Niemand hier versuchte, ihn auszunutzen.

»Es tut mir leid, dass ich dich schon wieder überfalle. Du hast wahrscheinlich schon die Nase voll von mir«, sagte Mason und fuhr sich über sein markantes Kinn mit dem permanenten Bartschatten. Seine Stirn war knallrot und Schweißtropfen benetzten seine Schläfen. Er war ein hoffnungsloser Fall, wenn es um das neue Schnittstellensystem des Reviers ging, aber er könnte kein höflicherer Mann sein. Mason war einer der Beamten, die sich anfangs besonders viel Mühe gegeben hatten, wenn Free eine Frage gehabt oder Hilfe gebraucht hatte, um etwas zu finden.

»Auf keinen Fall. Du weißt, dass alles cool ist.« Free lächelte. Er ließ sich auf einen der Befragungsstühle sinken, die Mason neben seinem Schreibtisch stehen hatte, und schaute auf seinen Monitor. »Wenn du mich brauchst, rufst du einfach.«

Mason nickte. Die mechanische Grimasse, die er kurz zuvor noch getragen hatte, wich einem schiefen Grinsen. »Okay. Danke, Freeman. Du bewahrst mich immer wieder vor Gespött. Wenn ich meinen nervigen Partner um Hilfe bitte, will er immer zuerst seinen Senf dazugeben. Computer sind nicht für jeden einfach.«

»Stimmt. Also, was ist los?«, wollte Free wissen. Er hatte bereits die Kontrolle über Masons Maus und öffnete seinen Dateiexplorer, denn in neun von zehn Fällen hatte Mason eine Datei verloren.

»Ich habe alle Notizen des Klienten zum Fall Silvia in einer Datei gespeichert und die Notizen des Vernehmungsbeamten in einem separaten Ordner, und jetzt sind beide weg.« Mason drückte wiederholt mit dem Finger auf die ESC-Taste und knurrte den Monitor an, als wäre er sein Feind.

Free legte sanft seine Hand auf die des Officers und besänftigte seine Wut. »Ganz ruhig. Das wird nicht helfen. Erinnerst du dich, was ich letztes Mal gesagt habe? Wenn du dich überfordert fühlst, atme einfach tief durch und schick mir eine Memo.«

Mason lachte. »Du würdest es bald satthaben, wenn diese Nachrichten jede Stunde auf deinem Bildschirm auftauchen wie von einem nervigen Messenger-Junkie. Außerdem glaube ich nicht, dass es God gefallen würde, wenn ich dich ständig von seiner Abteilung abziehe.«

»Wenn ich nicht an meinem Schreibtisch gebraucht werde, habe ich viel Zeit, also mach dir keine Sorgen. Schick mir einfach eine Nachricht mit deinem Problem. Ich kann mich per Fernzugriff auf dein Terminal darum kümmern, ohne aufstehen zu müssen.«

»Ernsthaft?« Mason grinste.

Er ist einfach zu süß.

Aus irgendeinem Grund fand Free Männer, die mit der Technik auf Kriegsfuß standen, liebenswert.

»Ja, klar. Wenn Cox Cable das kann, warum nicht auch ich?« Free lachte und holte die Datei zurück, die Mason in einem anderen Ordner abgelegt hatte, direkt unter dem, in dem er sie ablegen wollte. »Aber sag es niemanden. Ich tue das nur für dich, damit du nicht denkst, du würdest mich ständig von der Arbeit abhalten.«

»Du bist ein cooler Typ.« Mason klopfte Free auf die Schulter und hielt ihm eine Hand hin, als hätten sie eine geheime Abmachung.

Free kicherte und stieß ihre Fingerknöchel zusammen. »Ähm, du bist auch ein cooler Typ, Mason.«

Wer sagt denn so etwas?

»Wenn du jetzt die Silvia-Akte öffnest, sollten alle Notizen und Unterordner darin zu finden sein.«

»Ja!«, jubelte Mason. Sein strahlendes Megawattlächeln kehrte zurück. »Du hast mir gerade zwei Tage unnötige Arbeit erspart, Free.«

»Oh nein. Freeman, du musstest tatsächlich rüberkommen und diesem Idioten schon wieder helfen? Jemand soll Mason mal das Buch ‚Windows für den Dümmsten der Dummen' besorgen!«, rief Masons Partner quer durch das Büro und stupste ihn im Vorbeigehen an.

Free schüttelte den Kopf, während Mason abwinkte. »Alles in Ordnung?«

»Ja. Danke, Free. Du hast mir eine Menge Zeit erspart.«

Free schob sich durch das Gedränge an Schreibtischen und winkte Mason und seinem Partner zum Abschied zu. Er ging in den Pausenraum, um sich einen Snack zu holen, bevor er an seinen Arbeitsplatz zurückkehrte. Er freute sich darauf, an dem neuen Gerät weiterzubasteln, an dem er gearbeitet hatte. Sobald die vier Vollstrecker des Rauschgiftdezernats zurückkehrten, würden sie stundenlang in den Vernehmungsräumen sein, sodass er nichts Dringendes zu tun hatte. Er liebte diese Zeit für sich, in der er nichts als das System, das er an seine speziellen Bedürfnisse angepasst hatte, und ungestörte Ruhe hatte.

Free lächelte vor sich hin, als er ein paar Dollar in den Automaten warf, um sich ein Frikadellensandwich zu kaufen. Nicht viele auf der Station wussten, wozu Frees Computersystem in der Lage war: im Grunde zu allem, was seine Lieutenants von ihm verlangten. Natürlich war das meiste davon im Rahmen des Gesetzes, und deshalb liebte Free seinen Job. Ein Mann mit seinen Talenten könnte für jeden arbeiten, von der NASA bis zum Pentagon, aber das würde er nicht tun. Niemals. Denn täte er es, würde es nicht lange dauern, bis sich seine Aufgaben ändern und an die Grenze zur Unmoral gelangen würden. Er hatte es satt, unter Druck gesetzt zu werden. Das war ein weiterer Grund, warum er nicht gezögert hatte, den Job anzunehmen, als ihn Tech, sein bester Freund vom College, angerufen hatte. Er hatte gewusst, dass Tech seit Jahren eine Ausbildung zum Detective absolviert hatte. Sobald er befördert worden war und Zugang zum Außendienst erhalten hatte, hatte er Free gebeten, nach Atlanta zu kommen und seine Stelle als Technologiespezialist zu übernehmen. Sein Vorstellungsgespräch bei God und Day war komisch verlaufen. Es war nicht gerade ein konventionelles Treffen gewesen. Er hatte sich vom Flughafen aus in ihr System gehackt, als wäre es nichts, und in einen Fall hineingeschnüffelt, den sie gerade untersucht hatten. Das hatte God vielleicht ein bisschen verärgert, aber der große Mann hatte sich in den zwei Monaten, die er nun schon hier war, schnell auf ihn verlassen.

Er bezahlte für eine Cola Light, während er sein Sandwich in der Mikrowelle aufwärmte. An den Wänden standen mehrere Fernseher, aber auf allen liefen verschiedene Nachrichtensendungen. Er war nicht in der Stimmung, an all das Schlechte erinnert zu werden, das in der Welt geschah.

Er setzte sich an einen der Tische, die dem Eingang zugewandt waren. Manchmal benutzte er die Ausrede, dass es an den Automaten im oberen Pausenraum eine bessere Auswahl gab, um dort zu essen, aber eigentlich wollte er nur einen Blick durch die Glaswände der SWAT-Abteilung werfen. Es gab keinen Grund, sich heute Abend dorthinzuwagen und etwas vorzutäuschen. Die ganze Abteilung war dunkel und leer, genau wie in den letzten zweieinhalb Wochen.

Aber er ist auf dem Weg nach Hause.

Free lächelte, als er in das langweilige Sandwich biss, das in zwei Tagen abgelaufen wäre. Nicht vieles konnte ihm die gute Laune verderben. Nur Tech wusste, wie sehr er sich in den riesigen Captain verguckt hatte. Jedes Mal, wenn Free daran dachte, wie Hart ihm auf der Junggesellenparty von God and Day gegen diesen unheimlichen Cop Vasquez beigestanden hatte, bekam er Herzklopfen. Er hatte ihn sogar sicher nach Hause begleitet. Dann hatte sich Hart in den ersten Wochen seiner Arbeit in der Abteilung echt Mühe gegeben, nach ihm zu schauen, um sicherzugehen, dass er sich eingewöhnt hatte und ihm niemand mehr Ärger machte. Er war so fürsorglich und rücksichtsvoll zu ihm gewesen. Aber es war alles so verdammt verwirrend und noch dazu ärgerlich, weil es hieß, Hart wäre hetero. Nun, das wollte er ein für alle Mal herausfinden.

»Hey«, sagte Syn und lenkte Free von seinen Gedanken ab.

»Was gibt es, Sergeant?«, wollte Free mit einem Bissen Sandwich im Mund wissen.

»Nichts Besonderes. Ronowski und Michaels sind für ihre Schicht da. Es wird eine lange Nacht werden, also werde ich mich auf den Weg machen. Du kannst gehen. Wir haben heute sonst nichts vor«, sagte Syn, lehnte sich gegen den Tresen und trank aus einer Flasche Wasser.

»Sind die Lieutenants weg?«

»Ja. God hat auf Hart gewartet, aber sein Team verlässt St. George erst in ein paar Stunden, also werden sie nicht vor morgen früh ankommen.«

Verdammt.

Free hatte Hart heute wirklich sehen wollen. Seine gute Laune verflüchtigte sich schnell und sein Sandwich kam ihm nun wie Dosenfleisch auf trockenem Toast vor. Free zerknüllte die letzten Bissen in der Plastikverpackung und warf sie in den Mülleimer.

»Entspann dich. Er wird morgen früh wieder hier sein.« Syn kicherte, als er den Raum verließ.

Free fuhr sich übers Gesicht und rutschte noch tiefer in den harten Plastikstuhl. Er konnte niemanden täuschen.

Kapitel 2

Hart

Hart stand am Heck des Wagens und blickte auf die zierliche Frau hinunter, für deren Sicherheit er seit 16 Tagen verantwortlich war. Sie legte ihre zitternde Hand auf seinen Bizeps und lehnte sich näher an ihn heran. Er spürte, wie die Augen seines Teams auf ihn gerichtet waren, als die Frau vor zehn voll ausgerüsteten SWAT-Beamten, einer Reihe Polizisten aus St. George und mehreren FBI-Agenten emotional wurde. Sie ignorierte sie alle und konzentrierte sich auf ihn. In den letzten acht Monaten war es Teil ihres Lebens gewesen, von Uniformierten umgeben zu sein, während der Staat einen Prozess gegen eine gewalttätige Bande geführt hatte. Gestern war der letzte Tag des Verfahrens gewesen; es war zu Ende. Maryanne streckte sich so weit wie möglich nach oben und versuchte, ihre Hände auf seine Schultern zu legen.

Hart fühlte mit ihr mit. Maryanne hatte im Leben so viele Schicksalsschläge erlitten, dass man sich fragen musste, ob es einen Gott gab. Ihr Mann und ihr einziges Kind waren im letzten Jahr Opfer eines von einer Bande verübten Attentats geworden, bei dem im Vorbeifahren auch vier andere Menschen getötet worden waren. Als einzige Überlebende des Anschlags hatte sie mit dem FBI kooperiert und als Augenzeugin ausgesagt. Im Gegenzug für vollen Schutz und eine neue Identität. In den letzten zwei Wochen war es Harts Aufgabe gewesen, sie sicher zum Gerichtsgebäude hin- und wieder von diesem wegzubringen.

»Ich werde nie vergessen, was Sie letzte Nacht für mich getan haben.« Sie lehnte ihren Kopf an seine Brust und schmiegte sich an die Schutzweste, die er trug. »Sie sind ein ganz besonderer Mann.«

»Danke«, sagte Hart rau.

Die Frau war eine gebrochene Hülle gewesen, als er sie zum ersten Mal in dem sicheren Versteck außerhalb von Scottsdale gesehen hatte. Im Laufe des langwierigen Prozesses waren zwei weitere Anschläge auf sie verübt worden, was sie nur noch entschlossener gemacht hatte, ihrem Ehemann und ihrer neunjährigen Tochter Gerechtigkeit widerfahren zu lassen.

»Nein. Ich danke *Ihnen*, Ivan.« Sie schaute ihn mit wässrigen grünen Augen an. Sie holte ein paarmal tief Luft und versuchte, die Tränen zu unterdrücken.

Er ließ ihr so viel Zeit, wie sie brauchte. Das taten sie alle. Niemand räusperte sich unhöflich oder unterbrach ihre Verabschiedung. Sie verabschiedete sich nicht nur von den Männern, die jeden Tag ihr Leben für sie riskiert hatten, sondern auch von dem Menschen, der sie gewesen war.

Maryanne griff in ihre Tasche und holte den Notrufsender heraus, den er ihr letzte Woche gegeben hatte, damit sie sich sicherer fühlte. Er war wie eine Halskette gestaltet, nur dass der Anhänger, ein irisches Kreuz, auf der Rückseite einen Knopf hatte, der gedrückt werden konnte, um die mobile Einsatzleitung über ihren genauen Standort zu informieren. Sie legte ihn in seine Hand. »Sie werden nicht mehr wissen, wo ich bin, oder?«

»Nein. Keiner wird es wissen.« Hart beugte sich zu ihr herunter und umarmte sie fest. Er spürte, wie sie seufzte und die Umarmung erwiderte. Er ließ den Kopf sinken und flüsterte ihr ins Ohr: »Es wird alles gut werden, Mary. Wie auch immer Ihr neues Leben sein wird, versuchen Sie, es anzunehmen. Okay? Kämpfen Sie nicht dagegen an, es wird Ihnen gutgehen.«

Sie lächelte düster. »Ja. Ich werde mein Bestes geben.«

Hart zog sich zurück und nickte dem FBI-Agenten zu, der darauf wartete, sie zum Flughafen zu bringen. Wo sie landen würde, wusste er nicht. Sie winkte ihm zu und er winkte zurück, bis das Auto ohne Kennzeichen aus seinem Blickfeld verschwand.

Hart setzte sich auf den Beifahrersitz des gepanzerten Trucks und gab seinem Team ein Zeichen, loszufahren. »Los, Jungs. Zeit, nach Hause zu fahren.«

»Mit Vergnügen, Captain«, antwortete sein Sergeant fröhlich und manövrierte den riesigen gepanzerten Mannschaftstransporter vom Parkplatz weg. Als sie auf die I-75 auffuhren, überkam Hart eine beängstigende Unruhe. In Atlanta gab es eine bestimmte Person, die er unbedingt sehen wollte, aber er war sich nicht sicher, was er sagen sollte, wenn er sie sah. Es war an der Zeit, dass er aufhörte, sich zu zieren. Ein erwachsener und alleinstehender Mann im Alter von 44 Jahren sollte in der Lage sein, sich zu nehmen, was er wollte.

»Also, Cap. Was genau hast du gestern Abend für Ms. Maryanne getan, dass sie so verdammt dankbar war?«, fragte Fox ihn.

Hart sah seinen Lieutenant nicht an. Er war sich sicher, dass Fox dieses nervtötende Grinsen im Gesicht hatte, und er war nicht in der Stimmung, es wegzuwischen. »Ihr seid alle Tiere, inklusive dir, Dinah.«

»Hey. Nicht ich habe die dumme Frage gestellt, sondern Fox. Aber die Wissbegierigen hätten schon gerne eine Antwort«, mischte sich sein Sergeant ein.

Dinah war eine wunderschöne schwarze Frau mit langen schwarzen und blonden Dreadlocks, die sie zu einem großen, komplizierten Dutt hochgesteckt hatte. Sie war ein prächtiger Skorpion mit einem bösartigen Stachel. Und Hart verließ sich voll und ganz auf sie und seinen Lieutenant, wenn es darum ging, dieses sehr gefragte SWAT-Team zu managen.

»Die Wissbegierigen? Eher neugierige Nervensägen oder einfache Gemüter wollen so etwas wissen. Oder auch …«

»Ach komm. Wir sind nichts von alledem«, sagte Fox von hinten. »Aber du kannst nicht erwarten, dass eine Frau vor uns allen diese Art von Gefühlen kundtut und wir nicht danach fragen.«

»Stimmt. Du warst lange Zeit in ihrem Boudoir, Cap.« Dinah kicherte und lenkte den Dieseltruck hart auf die Interstate.

»*Boudoir*?« Hart lachte.

Dinah rollte mit ihren braunen Augen. »Du weißt, was ich meine. In ihrem Schlafzimmer.«

»Ich war weder in ihrem Boudoir noch in ihrem verdammten Schlafzimmer. Ich war im Zimmer der Zeugin und habe sie getröstet.«

Es folgte lauter Jubel und einige riefen »Oh«.

»Manchmal frage ich mich, wie alt ihr alle seid«, brummte Hart. »Ich habe nicht diese Art von Trost gemeint.«

»Sie hat sich sicher wohlgefühlt, als sie ihre Hände auf dich gelegt hat«, fügte Fox hinzu.

»Er ist so groß und knuddelig«, meinte Dinah und versuchte, seine Schulter zu drücken.

»Okay, das reicht. Bring uns einfach sicher nach Hause, Dinah«, befahl Hart.

Er wusste, dass sein Team ihn verarscht, das taten es oft, aber er wollte nicht darüber scherzen, was letzte Nacht passiert war. Die Frau hatte vor Kurzem ihren Mann und ihr Kind verloren. Er hatte ihr nichts weiter als ein offenes Ohr und eine Schulter zum Ausweinen angeboten. Der Prozess war vorbei und sie hatte einen langen, kathartischen Tränenstrom gebraucht. Erst nachdem sich Maryanne an seiner Brust in den Schlaf geweint hatte, hatte er schließlich eine Decke über sie ausgebreitet und sich um 4 Uhr nachts aus dem Haus geschlichen. Die missbilligenden Blicke der beiden Agenten, die vor ihrer Tür Wache gehalten hatten, hatte er ignoriert, als er sich auf den Weg zurück in den Bereich seines Teams gemacht hatte.

Es war kurz nach 10 Uhr, als Dinah den Truck in die Tiefgarage des Reviers lenkte. Sie waren alle erschöpft, weil sie fast die ganze Nacht wach geblieben und dann die letzten fünf Stunden unterwegs gewesen waren. Aber es gab keine Ruhe für sie. Sie mussten ihre gesamte Ausrüstung katalogisieren und in der Waffenkammer verstauen. Außerdem mussten sie duschen, ihre Uniformen anziehen und an ihren Schreibtischen erscheinen, um sich zu melden. Dann würde der Commander vorbeikommen und eine sofortige Nachbesprechung verlangen. All das musste erledigt sein, bevor er überhaupt frühstücken durfte. So war das Leben eines SWAT-Officers nun mal.

Sein Team kam durch die Türen des Reviers, immer noch in voller Montur und mit ihren Spezialeinsatz-

Sturmgewehren vor der Brust. Das Büro wurde von Rufen erfüllt, Fäuste schlugen auf Tische und Stühle quietschten, als sich alle auf dem Revier erhoben, um sie zu begrüßen. Hart nickte vielen Beamten zu, als sie sich auf den Weg zu den Aufzügen machten, und ließ sich sogar von ein paar Mitarbeiterinnen umarmen.

»Schön, dass ihr wieder da seid, Hart!«, rief Captain Myers aus seinem Büro. »Verdammt gute Arbeit da draußen.«

Die Beamten jubelten noch mehr. Es war ein großer Tag für Atlanta, und es war ein großer Erfolg für die Abteilung, da sie eine weitere Bande von der Straße geholt hatte.

Hart nickte dem Captain zu, dann drehte er sich um und blickte in Richtung der Rauschgiftabteilung seines Freundes God. Das Licht in dem riesigen Büro war hell und durch die Glasscheiben konnte er einige der Detectives an ihren Schreibtischen sehen. God stand mit erhobenen Händen und einem breiten Grinsen im Gesicht da. Hart reckte die Faust in die Höhe und gab God ein Zeichen, dass er zurückkommen würde, nachdem er sich oben um seine Angelegenheiten gekümmert hatte. Kurz bevor er um die Ecke bog, sah er ein vertrautes Paar dunkler, markanter Augen, die ihn genau beobachteten und ihm einen Schauder über den Rücken jagten.

Als sich die Fahrstuhltüren öffneten, war er sehr erleichtert, seine eigene Abteilung zu sehen. Sein Assistent saß bereits an seinem Schreibtisch und sein Büro war für ihn geöffnet. Hart reichte sein Gewehr an Fox weiter und ging in die entgegengesetzte Richtung, während sein Sergeant und sein Lieutenant das Team zur Waffenkammer führten.

»Hey, Hart Willkommen zu Hause.« Sein Assistent Carlos sprang von seinem Schreibtisch auf, als er eintrat. »Wie geht es Ihnen? Ach du meine Güte. Sie sehen erschöpft aus.«

»Bin ich auch.« Hart stöhnte und bemühte sich, seine Schutzweste auszuziehen. »Irgendwelche Nachrichten, die gleich meine Aufmerksamkeit erfordern?«

»Nein. Die können warten.«

»Gut. Ich bin um elf in einer Konferenz mit dem Commander. Planen Sie nach vierzehn Uhr bitte nichts für mich ein.«

»Aber sicher«, antwortete Carlos. Er kam herbei und begann, die Verschlüsse seiner Ausrüstung zu öffnen und sie Stück für Stück abzunehmen, wie er es immer tat. Als die meisten Sachen auf dem Boden seines Büros lagen, stand Hart nur noch in seiner Diensthose und einem verschwitzten T-Shirt der Polizei von Atlanta da. Carlos schnappte sich die Ausrüstung und ging.

Das Erste, was er wollte, war Essen. Er war ein großer Mann und hasste es, Mahlzeiten auszulassen, aber er musste duschen und für seinen Chef bereit sein. Hart war froh, zu sehen, dass Carlos seine Uniform aus der Reinigung geholt und sein Büro aufgeräumt hatte. Sie hatten so schnell gehen müssen, dass er ein ziemliches Chaos hinterlassen hatte.

Auf dem Weg zu den Aufzügen begegnete er einer Verwaltungsangestellten aus der Buchhaltungsabteilung. »Hallo, Officer Lawrence. Wie geht es Ihnen?«

»Mir geht es gut. Und, bitte, zum Millionsten Mal, ich heiße Sasha.« Sie grinste freundlich, bevor sich ihr Lächeln in ein mitleidiges Stirnrunzeln verwandelte. »Oh, Sie sehen aus, als haben Sie kaum Schlaf gehabt.«

»Ehrlich gesagt, hat keiner aus meinem Team viel Schlaf gehabt. Aber, ja, danke.« Er wusste eigentlich nicht genau, wofür er sich gerade bedankt hatte. »Und es gibt noch mehr zu tun, bevor ich Feierabend machen kann, also gehe ich besser duschen, bevor Commander Lark hier eintrifft.«

Hart scheute vor der Lust in ihren hübschen Augen zurück. Officer Lawrence, Sasha, war eine schöne und vor allem mutige Frau. Sie war Streifenpolizistin gewesen, bis sie von einem Querschläger in die linke Kniescheibe getroffen worden war, was ihre Karriere im Außendienst abrupt beendet hatte. Dennoch hatte sie an diesem Tag zwei Leben gerettet.

Sie leckte sich über die Lippen und strich sich eine Haarsträhne hinters Ohr. Er stand unbeholfen da, weil sie ihm den Weg versperrte. Er wollte ihr nicht sagen, dass sie sich bewegen sollte, und es würde dämlich aussehen, wenn er versuchte, sich an ihr vorbeizudrängen. Er war 1,90 m groß und wog fast 120 kg. Es gab keine Möglichkeit, an ihr vorbeizukommen, ohne sie zu streifen. So wie sie ihn anstarrte, war er sich nicht sicher, ob es ihr etwas ausmachen würde.

»Ich weiß, dass Sie erschöpft sind, aber unsere Gruppe möchte wissen, ob Sie dieses Wochenende noch unseren Kurs abhalten. Oder soll ich eine E-Mail schicken, dass Sie nächste Woche weitermachen?«, fragte sie süß.

Hart liebte den Selbstverteidigungskurs für Polizistinnen, den er für die Frauengruppe der Abteilung gab. Er und Fox waren die Ersten gewesen, die sich freiwillig gemeldet hatten, um bei der Organisation zu helfen. Er hielt es für wichtig, die Frauen in der Polizei zu unterstützen und ihnen das Rüstzeug zu geben, das sie zum Überleben auf der Straße brauchten. »Nein. Fox und ich werden da sein. Ausgeruht und bereit. Ich hoffe, ihr habt eure Takedowns geübt.« Hart schenkte ihr sein freundlichstes Lächeln.

»Sie sind einfach unglaublich. Ich weiß nicht, wie Sie das machen. Sie müssen zum Teil eine Maschine sein.« Sie kicherte und ihre haselnussbraunen Augen strahlten heller.

Er räusperte sich und schaute auf die Uhr in der Hoffnung, sie würde den Wink verstehen. Er wollte wirklich nicht unhöflich sein.

»Ich lasse Sie besser gehen. Ich wollte mich nur nach dem Kurs erkundigen.« Sie hob eine Augenbraue. »Und ich habe Ihnen einen Nudelauflauf mit Thunfisch mitgebracht. Als ich hörte, dass unser SWAT-Captain zurückkommt, wusste ich, dass Sie mit großem Appetit zurückkehren würden. Er ist unten im Kühlschrank, ich bringe ihn heute Nachmittag rauf, sobald Sie sich wieder eingelebt haben. Aufläufe sind so etwas wie meine Spezialität.«

»Das ist wirklich nett von Ihnen, Officer Lawr…« Sie warf ihm einen scharfen Blick zu und er beeilte sich, sich zu korrigieren. »Sasha.«

Sie lächelte und ihre Augenbrauen kehrten an ihren Platz zurück.

»Meine Crew wird sich über den Auflauf freuen, wenn wir die Nachbesprechung hinter uns haben. Vielen Dank.«

Sie sah ein wenig verlegen aus. »Ich habe ihn für *Sie* gemacht.«

Hart kratzte sich an seinem Bart. »Ich hoffe, es macht Ihnen nichts aus, wenn ich ihn teile.«

Ihre Wangen röteten sich. »Nein, natürlich nicht. Ich wollte nur sichergehen, dass Sie einen Teller bekommen, Captain. Ich weiß, wie schlau Fox ist. Er wird die Hälfte davon allein essen.«

Als sie schließlich im Aufzug war, stieß er einen langen Seufzer aus.

Die hintere Fahrstuhltür öffnete sich und Carlos trat mit einem besorgten Gesichtsausdruck heraus. »Was ist denn hier los? Warum sind Sie noch nicht unter der Dusche? Der Boss wird innerhalb einer Stunde hier sein.«

Hart legte Carlos eine Hand auf die Schulter, um ihn zu stoppen. Ohne sein Duracel-Häschen von Assistenten wäre er verloren. Die wichtigen Menschen in seiner Welt waren Fox, God, Dinah und dann noch Carlos. Er brauchte jeden Tag eine Dosis dieser Menschen, um seinen hektischen Alltag zu bewältigen und durchzuhalten. Allerdings war er nicht in der Stimmung für Carlos und seine große Klappe. Er war sich nicht sicher gewesen, ob er und der 1,70 m kleine, schlagfertige Typ zusammenpassen würden, als er sich für die Stelle beworben hatte. Aber von dem Moment an, als er Harts Büro betreten hatte, hatte er ihn in der Hand gehabt. Das war vor zwei Jahren gewesen. Und genau wie am ersten Tag konnte Carlos Harts Bedürfnisse vorhersehen, ohne dass er sie äußern musste.

Hart rieb sich über seine pulsierende Schläfe. »Ich gehe jetzt. Ich wurde abgelenkt.«

»Hier, nehmen Sie das.« Carlos hielt ihm etwas hin.

Hart streckte automatisch die Hand aus und nahm das kleine, weiße, gefaltete Päckchen. Carlos wusste immer, was er brauchte.

Gott segne dich, kleiner Mann.

Er öffnete das Päckchen, kippte das bittere Aspirinpulver auf seine Zunge und nahm die bereits geöffnete Flasche Orangensaft, die Carlos ihm mit der anderen Hand entgegenhielt. »Danke.« Hart verzog das Gesicht.

»Ich habe zwei Steak-Bagels bestellt, die sollten rechtzeitig hier sein, damit Sie sie verschlingen können, bevor Lark kommt.« Carlos erhob die Stimme und fuchtelte mit den Händen vor Harts Brust herum. »Aber nicht, wenn Sie nicht endlich unter die verdammte Dusche gehen! Meine Güte. Beeilen Sie sich. Sie haben eine frische Uniform in Ihrem Spind.«

»Schon gut, ich gehe ja schon, ich gehe ja schon.« Hart wusste, dass seine Stimme wie I-Aah aus Winnie Pooh klang. Der Gedanke an die Steak-Bagels gab ihm jedoch etwas Schwung, als er sich auf den Weg zum Umkleideraum machte und versuchte, nicht noch einmal aufgehalten zu werden.

Kapitel 3

Free

Free goss sich eine weitere Tasse heißes Wasser für seinen Tee ein. Es war schon nach 14 Uhr und er wollte sich mit dem Koffein zurückhalten, denn er vibrierte bereits von Kopf bis Fuß. Seit er gesehen hatte, wie sich die Türen des Reviers geöffnet hatten und Hart sein Team in voller Ausrüstung durch das Büro geführt hatte, hatte er sich nicht mehr beruhigen können. Der Mann sah so verdammt gefährlich und gleichzeitig gut aus. Free hatte sich schon immer zu großen Männern hingezogen gefühlt. Männer, die ihn festhalten und kontrollieren konnten. Aber seit sein Vater vor all den Jahren sein Vertrauen missbraucht hatte, fiel es ihm schwer, seinen Körper jemandem zu überlassen, der ihn verletzen könnte.

Nachdem er ein paar Monate in Harts Nähe gewesen war und all die wunderbaren Geschichten über seine Freundlichkeit und Liebenswürdigkeit gehört hatte, war er sich sicher, dass er die Möglichkeit ausloten sollte, ob sie zumindest enge Freunde sein könnten. Er hatte eine Entscheidung getroffen, um die er nicht länger herumschleichen wollte. Er würde Hart zu einem Bier einladen.

»Hallo.«

Free sprang so abrupt auf, dass die drei Zuckerpäckchen, die er in der Hand hielt, durch die Luft flogen. Der Klang dieser knurrigen, bärigen Stimme brachte ihn dazu, sich an die Kante der Arbeitsplatte zu klammern. Er schmunzelte über seine Reaktion. Hatte er so intensiv an Hart gedacht, dass dieser sich aus dem Nichts materialisiert hatte? Immer noch mit gesenktem Kopf und auf die dunkler werdende Flüssigkeit in seinem Becher starrend, sagte er etwas heiserer als beabsichtigt: »Ich bin froh, dass du wieder da bist.«

»Du hast also bemerkt, dass ich weg war?«

Free schmunzelte und drehte sich um, bereit, dem Captain eine schlagfertige Antwort zu geben, aber stattdessen verschluckte er sich fast. Hart war geduscht und frisch angezogen. Seine SWAT-Bürouniform betonte seinen muskulösen Körper genau an den richtigen Stellen. Er wirkte so verdammt groß, und das hieß etwas, denn Free war auch nicht klein. Hart hatte die perfekte Größe. Seine Glatze schimmerte unter den Neonröhren so verlockend, dass Free sie anfassen wollte. Mit der Handfläche darüberstreichen. Das Gesicht in dem langen, buschigen Bart vergraben. Es war ein Anblick, der nur für ihn gemacht war.

Natürlich habe ich gemerkt, dass du weg warst. Jeden Tag.

»Das habe ich«, war alles, was er herausbrachte. Er versuchte, Harts Duft nicht einzuatmen, aber dann hätte er riskiert, gar nicht zu atmen und ohnmächtig zu werden.

»Dein Lieutenant sagte, du werdest eine späte Mittagspause einlegen.« Hart griff um ihn herum und holte einen Becher aus dem Schrank über seinem Kopf. »Ich dachte, ich komme mal vorbei und sage Hallo.«

»Ich habe gehört, dass dein Team mit der Zeugin des FBIs großartig umgegangen ist. Glückwunsch.«

Harts schüchternes Lächeln war liebenswert. Anstatt sich zu bedanken, stieß er Free mit der Schulter an. Harts Deo brachte ihn dazu, seine Nase in seiner Schulter vergraben zu wollen. Free schüttelte den Kopf und musste seine

Gedanken beruhigen, bevor der ganze Pausenraum mitbekam, wie sehr ihn Ivan Hart anmachte.

»Und, wie ist es *dir* ergangen?«, fuhr Hart fort.

»Mir geht es gut. Wirklich gut. Es läuft gut.« Free hätte am liebsten die Augen verdreht.

Verdammt noch mal. Hör auf, gut zu sagen.

»Ähm, gut.«

Hart lächelte ihn an, während er seinen großen Becher füllte. »Das ist wirklich schön zu hören.«

Free spürte, wie sich seine Wangen erhitzten. Er stand wie ein Idiot da, während Hart beiläufig ein paar Päckchen Süßstoff in seinen Kaffee gab.

Frag ihn jetzt. Keiner achtet darauf.

Free nahm stattdessen einen großen Schluck von seinem dampfend heißen Tee und verbrühte sich dabei die Lippen, da er irgendwie vergessen hatte, Milch hinzuzufügen.

Autsch, Scheiße! Verdammt!

»Alles in Ordnung?«, fragte Hart und kicherte hinter seinem Becher.

»Klar. Ich brauche nur etwas Milch. Ist irgendwie bitter.« Free versuchte, den Schmerz aus seiner Stimme herauszuhalten. Aber was er wirklich brauchte, war ein Eiswürfel, den er sich direkt auf die Zunge legen konnte. »Nachdem ich die ganze Woche die Cornelia-Bande gejagt habe, könnte ich etwas Stärkeres als diese mickrige Tasse Schwarztee gebrauchen.«

»Stimmt. Herzlichen Glückwunsch auch dir. Ich habe gehört, ihr habt sie eingeholt.« Harts eisblaue Augen leuchteten. »God hat mir gesagt, dass du maßgeblich daran beteiligt warst, sie aufzuspüren.«

»God hat dir das gesagt …? Wann?« Free schenkte ihm seine volle Aufmerksamkeit. Er stockte, als wäre er in ein Fettnäpfchen getreten. Harts Blick wanderte über Frees Gesicht, bevor er auf einem Punkt über seiner Schulter landete.

»Gestern.«

»Du hast gestern mit God über mich gesprochen?«

Hart antwortete nicht und versuchte auch nicht, herumzustammeln und eine Ausrede zu finden. Er starrte ihn ein paar Sekunden lang an und sagte dann: »Mein Team und ich gehen heute Abend in den Pub, um uns von den letzten Wochen zu erholen. God und Day kommen mit, und ich glaube, auch ein paar von deinen Jungs. Ich bin mir ziemlich sicher, dass du dort einen stärkeren Drink bekommen kannst.«

Das kam seinem Vorhaben nahe genug. Er würde nehmen, was Hart ihm hinwarf.

»Es sei denn, du hast andere Pläne«, ergänzte Hart.

»Nein. Ich werde da sein.«

»Gut. Die erste Runde geht dann auf mich«, sagte er und verließ den Pausenraum.

Free würde also nicht derjenige sein, der Hart auf einen Drink einlud, aber sie würden trotzdem zusammen etwas trinken. Das wäre das erste Mal seit dem Junggesellenabschied, dass sie die Gelegenheit bekamen, zusammen abzuhängen. Hoffentlich würde er am Ende des Abends wissen, ob er eine Chance auf mehr als nur Freundschaft hatte.

Free verließ den Pausenraum mit dem Gefühl, dass nichts ihm die Laune verderben konnte und es am Abend nur noch besser werden würde. Doch nachdem er um die Ecke gebogen war, verschwand das Lächeln von seinen Lippen, als er am Ende des Flurs Officer Vasquez erblickte. Er sprach gerade mit einem anderen Polizisten, doch als er über die Schulter Free sah, murmelte er etwas und kam auf ihn zu.

Free drehte sich um und eilte den Weg zurück, den er gekommen war. Er drückte auf den Aufzugknopf und war froh, dass bereits eine Kabine in seinem Stockwerk war. Die Tür schloss sich gerade, als Vasquez um die Ecke bog und auf die Kabine zustürzte, um sie noch zu erwischen. Doch zu spät.

Free atmete erleichtert auf. Er hatte es seit dem Junggesellenabschied von God und Day geschafft, Officer Vasquez zu meiden, aber dieser hatte hartnäckig versucht, Free zu erwischen, um sein Verhalten zu erklären. Er war nicht interessiert und kannte solche Männer, die ihre verdammten Hände nicht bei sich behalten konnten.

~*~

»Bist du fertig da drin? Ich hämmere schon seit einer Stunde«, beschwerte sich Tech, sobald Free die Tür zu seinem kleinen Wohnmobil öffnete. Sein bester Freund war so freundlich gewesen, es in seinem Wohnkomplex zu parken und ihn sein Bad benutzen zu lassen, solange sich niemand beschwerte. Er war sich ziemlich sicher, dass es illegal war, es in einem Wohnkomplex abzustellen, aber er würde das Risiko eingehen, da Techs Wohnung nur ein paar Straßen vom Revier entfernt lag.

»Wo ist deine Geduld geblieben? Du hast zweimal geklopft.« Free schloss seine Tür und stieg auf den Beifahrersitz des Trucks seines Freundes.

»Kein Steele heute Abend?« Free runzelte die Stirn. Tech und dessen Liebhaber, der Ex-Marine, waren fast unzertrennlich, deshalb war es ungewöhnlich, einen der beiden allein zu sehen.

»Nö. Sein Onkel veranstaltet eine Art Spieleabend in seinem Haus.«

»Sein Onkel ist ein Stadtrat, richtig?«

»Ja. Ein wirklich netter Kerl. Er liebt seinen Neffen, als wäre er sein eigener Sohn«, sagte Tech und bog bereits fünf Minuten später auf den überfüllten Parkplatz des Pubs ein. Wäre es nicht so schwül und feucht, wären sie wahrscheinlich zu Fuß gegangen.

Free entdeckte sofort Harts Motorrad. Er holte tief Luft und atmete langsam wieder aus. Meine Güte, er hatte es so satt, nicht zu wissen, woran er war, dass er fast Lust hatte, da hineinzurennen und Hart ins Ohr zu schreien, um ihn zu fragen, ob sie mehr als Freunde sein könnten. Ob der Mann wenigstens neugierig war?

»Sprich mit mir, Freebaby. Bist du noch nicht bereit, dich auf einen großen Kerl einzulassen?«, fragte Tech und schob den Steg seiner schwarz gerahmten Brille auf seiner Nase höher. Er stellte den Motor ab, machte aber keine Anstalten, seine Tür zu öffnen. Stattdessen drehte er sich zu Free und beobachtete aufmerksam sein Gesicht.

Es erinnerte Free an die Zeit, als sie sich ein Zimmer, ja sogar ihr Leben am MIT geteilt hatten. Der Rest der Welt spielte keine Rolle, wenn einer von ihnen über etwas verärgert war. Free schüttelte den Kopf. »Ich bin bereit. Ich bin überhaupt nicht von ihm eingeschüchtert. Ich meine, es wird nicht ohne Grund jeder all diese unglaublichen Geschichten über ihn erzählen und er wäre sicher nicht

Gods bester Freund, wenn er ein Arschloch wäre. Er erfüllt wirklich alle Kriterien für mich. Weißt du, was ich meine?«

»Oh ja. Ich weiß genau, wer dein Typ ist.« Tech grinste. »Du träumst wahrscheinlich von seinem langen Bart.«

Free stieß ihn an. »Ich will ihn kennenlernen wie euch alle. Und wenn er nur mit mir befreundet sein will, dann ist das auch in Ordnung für mich.«

»Blödsinn.«

»Shawn, du weißt, dass ich vorsichtig sein muss, aber dieses Mal meine ich es ernst. Ich werde mit Hart zur Sache kommen.« Sein Rücken versteifte sich.

»Okay, dann lass mal deinen Plan hören, vielleicht kann ich helfen. Du hast immer irgendeine Strategie für alles. Also, spuck es aus. Ich kenne Hart ziemlich gut, vielleicht habe ich eine Eingebung.«

Free schüttelte den Kopf, aber ein leises Lächeln machte sich auf seinen Lippen breit. Das war ja wie in alten Zeiten.

Kapitel 4

Hart

»Er hat doch gesagt, dass er kommt, oder?«, fragte Hart God noch einmal, als er sich an ihm vorbeidrängte, um sich noch einen Drink zu bestellen.

»Ja, verdammt.« God warf ihm einen ungläubigen Blick zu. »Ich habe dir doch gesagt, dass er heute Morgen im Pausenraum war. Hast du ihn nicht selbst gefragt?«

Hart wippte nervös mit dem Bein. Er versuchte, lässig zu wirken, während er auf dem Barhocker neben dem Billardtisch saß, aber das war er nicht. Er behielt die Eingangstür im Auge, während sich sein Magen wegen seiner flatternden Nerven verkrampfte.

Warum habe ich nur das Motorrad genommen? Ich brauche einen stärkeren Drink.

Er ließ seinen Blick durch den geräumigen Pub schweifen und beobachtete ihre Teams, die sich um die sechs zusammengeschobenen Tische herum tummelten. Vor dreißig Minuten hatten Stacy und Aaron, ihre üblichen Kellner, vier Platten mit Chicken Wings und ein extra langes Submarine-Sandwich hingestellt. Außer Beilagen und Resten war nichts mehr übrig. Hart war froh, dass sie alle dort drüben und zu faul waren, sich zu bewegen, denn so gestresst, wie er war, brauchte er Zeit allein. So konnte er seinen kleinen Zusammenbruch vor urteilenden Blicken verbergen.

»Ich habe ihn gefragt. Ich habe genau das gesagt, was du mir geraten hast. Und ich habe sogar gesagt, dass die erste

Runde auf mich geht.« Hart kniff sich in die Nasenwurzel. Nie hätte er gedacht, dass er mal von God einen Ratschlag für eine Verabredung annehmen würde, aber hier war er nun. Er war irgendwie verzweifelt. Free war seit über zwei Monaten im Büro und hatte schnell Bekanntschaften geschlossen. Er war so locker, immer bereit zu helfen, egal wie groß oder klein die Aufgabe war, also genau die Art von Mann, die er besonders mochte. Aber wenn er vor Free stand, konnte sein Gehirn mit seinem Mund nicht mithalten und er sagte immer etwas Dummes. »Es wirkte so, als sei er mit der Idee einverstanden.«

God sagte nichts weiter. Er versenkte nur die Sechs in der Ecke und fegte dann noch die Zwei und Vier weg, bevor er schließlich danebentraf. Seine langen Haare fielen ihm über die Schulter, als er herüberkam, nach seinem Becher Blue Moon griff und die letzte Hälfte davon austrank. God rülpste laut und setzte sich auf den Hocker neben ihm.

Hart blickte wieder zur Tür. Nichts. Wo zum Teufel war er? »Vielleicht haben er und Tech etwas anderes geplant.«

»Steele ist nicht in der Stadt, also hat Tech keine anderen Pläne. Sie werden herkommen«, antwortete God gelassen, während er Aaron ein Handzeichen für ein weiteres Bier gab.

Hart fragte sich kurz, wie es wohl wäre, einen Mann zu haben, nach dem er verrückt war und der dasselbe für ihn empfand. Tech und Steele waren noch nicht einmal ein Jahr zusammen, aber sie konnten nicht genug voneinander bekommen, egal ob auf der Arbeit oder zu Hause. Hart hielt sich für einen ziemlich optimistischen Kerl, aber er wurde die Zweifel nicht los, weil er die Dreistigkeit besaß, den heißesten Kerl ins Visier zu nehmen, der je auf die Station gekommen war. Er blickte sich im Raum um, um zu überprüfen, ob er Free vielleicht übersehen hatte, aber er sah ihn nicht.

Es gab im Pub viele gut aussehende, gut gebaute Männer und genug Frauen, um die Heteromänner glücklich zu machen, aber dies war ein LGBTQ-freundlicher Ort. Die beiden Frauen, denen der Pub gehörte, waren verheiratet und duldeten keinerlei Hass in ihrem Lokal. Ganz zu schweigen davon, dass es mitten in dem Gebiet lag, das als *Blaues Zentrum* bezeichnet wurde, weil es hier überall Polizisten und Beamte gab. Ihr Revier war buchstäblich nur eine Straße entfernt. Das SWAT-Hauptquartier war knapp sechs Kilometer entfernt und das Gerichtsgebäude und das Stadtgefängnis waren gleich um die Ecke.

Er war mit God und Day schon in diesen Pub gegangen, als sie noch Streifenbeamte gewesen waren. In all diesen Jahren waren ihm die starken Männer, die durch die Vordertür ein- und ausgingen, durchaus aufgefallen. Er war ganz sicher nicht blind. Verdammt, sogar der Mann, der neben ihm saß, war dafür bekannt, Köpfe zu verdrehen, ebenso wie dessen Partner, aber Hart hatte noch nie einen von ihnen auf diese Weise wahrgenommen. Wahrscheinlich, weil viele der Männer eine stattliche Größe hatten, und God war genauso kräftig wie er. Er glaubte nicht, dass er sich zu *dieser* Art von Männern hingezogen fühlte.

Sein Bein wippte noch stärker.

Ich kann nicht glauben, dass ich vorhabe, das zu tun. So wird er mich nicht wollen.

Hart kratzte sich an seinem dichten Bart. Er war während seines letzten Auftrags noch länger geworden. Er nahm einen nervösen Schluck von seinem Sodawasser, während seine Gedanken an seinem Selbstvertrauen nagten.

Was, wenn Free keine Körperbehaarung mag? Teresa hat sie gehasst.

»Du musst dich entspannen«, meinte God ernst. »Nach einem langen Einsatz musst du runterkommen.«

»Ich bin entspannt«, brummte Hart und mied Gods scharfe grüne Augen. Stattdessen presste er die Zähne zusammen und spannte seinen Kiefer an.

»Einen Teufel bist du. Du siehst aus, als würdest du einer gynäkologischen Untersuchung beiwohnen.« God stieß ein tiefes Lachen aus und klopfte ihm auf den Rücken.

»Fick dich, Knallkopf. Ich schätze, ich bin nicht so cool wie ihr Jungs. Ich habe mich im Pauserraum ganz lässig verhalten, als ich ihn gebeten habe, heute Abend zu kommen. Wie du es mir geraten hast. Und er ist nicht aufgetaucht. Danke, Cash.« Hart knirschte mit den Zähnen und fühlte sich wie ein Narr, vor allem wie ein *alter* Narr. »Er ist jung und klug, also warum …?«

Gods schwere Hand legte sich auf seine Schulter und drückte sie fest. Das scherzhafte Funkeln war verschwunden und die tiefen Stirnfalten verrieten ihm, dass er es todernst meinte »Ich kenne dich schon sehr lange, Ivan. Ich habe gesehen, wie du dir bei der Polizei den Arsch aufgerissen und dich zu einem knallharten Captain entwickelt hast. Ich habe gesehen, wie du dich für alle anderen eingesetzt hast, ohne dafür eine Gegenleistung zu erwarten. Es ist an der Zeit, dass du ein wenig Raum für dich in deinen vollen Terminkalender einbaust. Jahrelang hat deine schreckliche Ex deinen Stolz und dein Selbstwertgefühl unterdrückt, während du ihr treu geblieben bist und dich belogen hast. Also komm mir nicht mit dem Mist, dass du nicht gut genug bist. Was soll der Scheiß, Mann? Du bist einer der selbstsichersten Männer, die ich kenne.«

Natürlich hielt sich Hart nie für unsicher, jedenfalls nicht als Polizist. Aber als Liebhaber definitiv. Seine Frau hatte ihm hartnäckig eingetrichtert, wie groß und unbeholfen er war. Wie abstoßend seine dichte Körperbehaarung und seine übergroßen Körperteile waren. Und dass er sie in ihrer Ehe nicht zufriedenstellen konnte, schon gar nicht im Schlafzimmer.

»Die Frauen lieben dich, Hart. Sie kochen immer etwas für dich und deine Abteilung und die meisten von ihnen deuten an, dass sie mit dir ausgehen wollen.« God zuckte mit den Schultern. »Du nimmst es immer gut auf. So gut, dass sie nicht einmal merken, dass du sie abweist.«

»Ich lasse mich nicht einschüchtern, wenn eine Frau versucht, nett zu mir zu sein. Außerdem haben sie nur Mitleid mit mir. Der alleinstehende, verzweifelte Typ, dessen Frau ihn plötzlich verlassen hat, weil er nicht aufhören konnte, ihre gläsernen Schwäne auf dem Couchtisch umzustoßen«, brummte Hart. »Außerdem, wie kommt es, dass keiner der Männer mit mir ausgehen will, hm?«

God sah ihn von oben bis unten an. »Ist das dein Ernst?«

»Ja, ist es.«

»Das kann ich leicht beantworten.«

»Dann klär mich auf.«

»Es ist ganz einfach. Ich habe dir schon einmal gesagt, dass du dich öffnen musst.«

»Ich will nicht *offen* sein. Ich will nur ein einziges Mal mit Lennox Freeman ausgehen.« Hart trank sein Wasser aus.

»Du glaubst doch nicht, dass er eine Nummer zu groß für mich ist, oder? *Verdammt.*«

»Du hörst nicht zu.« Gods Stimme wurde immer tiefer, je lauter sie wurde. »Ich sage dir: Du *hast* eine Chance bei Free.«

»Bist du dir sicher?« Hart wusste, dass er jämmerlich klang und wahrscheinlich auch so aussah. God war einer der wenigen Menschen in seinem Leben, bei denen er immer er selbst sein konnte. Er brauchte sich nicht verstellen, musste nicht immer stark und furchtlos sein, wie er es in der Nähe seines Teams war. Er und sein bester Freund hatten einander schon in ihren schlimmsten Phasen erlebt.

»Ich bin mir sicher.«

»Wehe, du pisst mir ans Bein und erzählst mir, dass es regnet, Cash. Es fällt mir immer noch schwer, zu glauben, dass ein Mann wie Free Single ist, geschweige denn sich für mich interessiert.« Hart dachte darüber nach, einen Whisky zu bestellen und sich mit God ein Taxi nach Hause zu teilen. Seine Gedanken wurden immer deprimierender.

»Das ist Blödsinn.« God beugte sich vor und sagte gerade laut genug, dass er sein Geheimnis über den Fernseher und die altmodische Jukebox hinweg hören konnte: »Michaels fand dich heiß, als er ins Team kam.«

Hart verschluckte sich fast an seinem Getränk. Er warf seinem Freund einen Seitenblick zu. »Ja klar. Er hat mich nicht einmal angesehen.«

»Hat er sehr wohl. Du hast es nur nicht bemerkt. Dann hast du mich zur Verschwiegenheit verpflichtet, damit ich ihm nicht sagen konnte, dass er dich um ein Date bitten soll.« God grinste, als Harts Mund offen stand.

Detective Austin Michaels war Gods Scharfschütze. Er war jung und äußerst attraktiv. Außerdem war er sehr begehrt.

»Das war natürlich alles, bevor Judge reinkam und ihn sich geschnappt hat«, fügte er an.

»Er ist sowieso nicht wirklich mein Typ.« Hart lächelte und fühlte sich ein wenig besser, dass ein so männlicher Kerl, der sexy war wie Michaels, von ihm Notiz genommen hatte.

God sollte mich besser nicht verarschen.

Sein Freund lachte laut auf. »Oh. Du hast jetzt einen Typ? Mann. Man sagt einem Kerl, dass er heiß ist, und schon hat er einen Typ.«

Hart lachte und amüsierte sich so sehr über ihn, dass er vergaß, auf die Tür zu achten.

»Ich kann nicht glauben, dass ihr das ganze verdammte Essen aufgefuttert habt!«, rief Tech.

Hart riss den Kopf hoch. Er sah, wie sich Tech um den Tisch drängte, um wenigstens einen vergessenen Chicken Wing oder ein liegen gebliebenes Stück Sandwich zu finden. Mit seiner Weste und der rot karierten Fliege sah er ziemlich gut aus, als er fünfzehn Männer, die gefühlt doppelt so groß waren wie er, in die Mangel nahm. Tech war nicht umsonst einer von Gods Vollstreckern. Er kleidete sich vielleicht wie ein Geek, aber er war auch der gefährlichste und tödlichste, der je auf den Straßen von Atlanta unterwegs gewesen war.

Tech setzte sich zwischen Ruxs und Green und forderte sie auf, ihm etwas zu essen zu bestellen. Einige aus den Teams hatten den Anstand, sich schuldig zu fühlen, aber die meisten fingen an, über seine Verspätung zu meckern.

Wo ist er nur?
Hart drehte sich um und sah sich hinter ihm und an der Bar um.
Ist er wirklich nicht gekommen?
Er fuhr sich über den Kopf, der sich unangenehm erhitzte. Er könnte sich nicht dümmer fühlen, selbst wenn er es versuchen würde. Er hatte sich mit einem Mann verabredet, der fast zehn Jahre jünger war als er, und war tatsächlich überrascht, dass dieser ihn abblitzen ließ.

Hart stand auf und setzte sein bestes falsches Lächeln auf, obwohl er wusste, dass God es sofort durchschauen würde. »Ich werde zurück zum Revier fahren. Ich fange schon mal mit dem Auftrag von nächster Woche an.«

»Sicherlich nicht, bevor du Free den versprochenen Drink spendiert hast.« God machte sich nicht die Mühe, aufzublicken. »Bleib cool. Er kommt gerade von den Toiletten. Geh und schnapp ihn dir, bevor er sich hinsetzt.«

Harts Füße klebten an Ort und Stelle fest. Free ging durch den Pub in Richtung der Tische ihrer Teams. Sie beobachteten ihn, genau wie Hart. Er wollte zu ihm hinübereilen, konnte aber nicht aufhören, ihn anzustarren. Free sah umwerfend aus in dieser engen blauen Jeans. In den letzten Wochen, die Hart weg gewesen war, hatte Free den Großteil seiner Haare abgeschnitten. An den Seiten waren sie glattrasiert und oben standen die Spitzen trendig in verschiedene Richtungen ab. Harts Puls begann, in einem unnatürlichen Rhythmus zu schlagen, je weiter sich Free in die entgegengesetzte Richtung bewegte. Plötzlich blieb er stehen und seine dunklen Augen suchten den großen Tisch ab. Er setzte sich nicht.

»Na, sieh mal einer an. Ich glaube, er sucht jemand Bestimmtes«, sagte God.

»Wen?«, fragte er dumm und starrte immer noch auf Frees Hintern. »Autsch, Scheiße!« Hart rieb sich den Hinterkopf, wo God ihm gerade eine Klatsche verpasst hatte.

»Er sucht nach *dir*, du Idiot«, knurrte er. »Beeil dich, ruf ihn her.«

Free sah sich im Pub um. Offensichtlich suchte er nach jemandem, aber Hart wollte nicht zu viel hineininterpretieren. »Er könnte nach der Toilette Ausschau halten.«

God zerrte an seinem Arm. »Großer Gott, wach auf. Er kam doch gerade von dort. Ruf ihn her.«

Free nahm einen Stuhl, den Tech für ihn herbeizog.

»Freeman! Hierher!«, rief God.

Hart wollte sich bei seinem Freund bedanken und ihm gleichzeitig einen Ellbogenstoß in die Rippen verpassen. Aber als sich Free in ihre Richtung drehte und sich ein breites Grinsen über sein wunderschönes Gesicht ausbreitete, vergaß Hart den Teil mit dem Ellbogen. »Okay, er kommt rüber.« Harts Gesicht glühte und seine Handflächen fühlten sich lästig feucht an. »Scheiße. Er bringt Tech mit. Verdammt. Also gut. Was …? Was soll ich sagen? Beeil dich. Was soll ich tun?«

God lachte ihn nicht aus oder ließ ihn sich wie einen Idioten fühlen, sondern legte ihm eine schwere Hand auf den Rücken und lehnte sich zu ihm. »Nimm ihn mit an die Bar auf einen Drink. Rede mit ihm. Stell ihm eine Menge Fragen über ihn. Ein Mann mag es, wenn du dir anhörst, was er zu sagen hat, und nicht das Gespräch übernimmst und mit deinem eigenen Scheiß prahlst.«

Das kann ich machen, denke ich. Ich bin sowieso langweilig.

»Ja, klar.«

»Hey. Was macht ihr zwei denn hier so ganz allein?«, fragte Tech, schnappte sich Gods Billardqueue und musterte die Anordnung der bunten Kugeln, die noch auf dem Tisch lagen. »Heckt ihr etwas aus?«

»Wir reden nur«, antwortete God und richtete seinen Blick auf Hart, um ihm eine Art Signal zu geben.

Hart blinzelte den Nebel in seinem Gehirn weg. »Hey. Wie ich sehe, habt ihr es geschafft. Ich meine, den Ort gefunden. Also nicht gefunden, ihr wisst ja, wo er ist. Ich meine, ihr habt es geschafft.« Er kämpfte darum, nicht den Kopf einzuziehen, als er bemerkte, dass alle auf sein lächerliches Gestammel konzentriert waren.

»Tut mir leid, dass wir so spät dran sind. Wir haben uns auf dem Parkplatz unterhalten. Und, bist du inzwischen entspannt?« Free ging um den Billardtisch herum und stellte sich neben ihn. »Sieht aus, als hätten wir da draußen zu lange geredet. Bier und Essen sind schon weg.«

Hart konnte gerade noch über Frees 1,80 m große Statur hinwegblicken, um zu sehen, wie God mit der Hand eine offensichtliche Trinkgeste machte und auf die Bar zeigte. Free schaute über seine Schulter und God beeilte sich, seine Hand herunterzunehmen und nach seinem Bier zu greifen, wobei er unschuldig ins Leere starrte, bis Free sich wieder umdrehte.

»Nun, ich habe ja gesagt, die erste Runde geht auf mich. Ich bin mit dem Motorrad hergefahren, aber ein Bier ist erlaubt.«

Frees Augen weiteten sich. Die dunklen Liden leuchteten vor Aufregung. »Ja, ich habe es draußen gesehen. Muss schön sein, sich draufzuschwingen und loszudüsen, nachdem man so lange weg war, oder? Es sieht verdammt scharf aus. Mir gefällt das ganze Schwarz und Chrom. Ich wollte auch schon immer ein Motorrad haben, aber wenn man so viel unterwegs ist ...«

Hart lächelte. Diesem leichten britischen Akzent könnte er den ganzen Abend lang zuhören. Und über Motorräder konnte er auch ohne Probleme reden. Free ging auf die Bar zu und Hart dackelte hinter ihm her und sah dabei wahrscheinlich so hoffnungslos aus wie Pepé, das Stinktier aus den alten Cartoons.

Kapitel 5

Free

Sie hätten eigentlich nicht über eine Stunde da draußen sitzen sollen, aber Free bereute es nicht. Er und Tech konnten sich immer tolle Strategien ausdenken. Bevor er von zu Hause weggegangen war, hatte er sich nicht so sicher gefühlt, aber sein Freund hatte ihn wirklich beruhigt. Er hatte ihm sogar gesagt, dass Hart an ihm interessiert sein musste, weil er, bevor Free dort angefangen hatte, nie so oft in ihre Abteilung gekommen war.

Er konnte Harts starke, heiße Präsenz dicht hinter sich spüren. Er sah einen lauschigen Platz am Ende der Bar, weit weg von ihren Teams. Free setzte sich und Hart ließ sich Zeit, sich auf den Hocker neben ihm zu setzen, als wollte er ihn nicht berühren. Als er sich räusperte, drehte er sich ein wenig in die Richtung des großen Captains und stieß lässig ihre Knien aneinander. Hart rückte sofort ein Stückchen weg.

Verdammt.

»Was trinkst du?«, fragte Hart mit Begeisterung.

Free hoffte, dass er es nicht schon mit dem Versuch, die Berührungsbarriere zu durchbrechen, vermasselt hatte. »Nur ein Bier. Vom Fass wäre gut.«

»Zwei Bud Light vom Fass«, sagte Hart zur Barkeeperin, als sie sich zu ihnen gesellte.

»Also, wie kommt es, dass du keine eigene Maschine hast?«

Free musste eine Sekunde über Harts Frage nachdenken und richtete sich dann etwas auf. »Weil es schwierig war, umzuziehen und von einem Job zum nächsten zu wechseln, wie ich es getan habe. Und wenn ich so viel Geld in ein Bike investieren würde, würde ich ein maßgeschneidertes haben wollen. Wie meine Computer. In der Zwischenzeit reicht der Tao-Roller, den ich habe, völlig aus. Tech wohnt praktisch um die Ecke, sodass ich nicht mehr pendeln muss. Ich denke aber schon eine Weile darüber nach, mich hier niederzulassen. Ich überlege, ob ich mir ein nettes Plätzchen suchen soll, das ich mieten kann, oder ob ich mir nicht doch endlich ein maßangefertigtes Motorrad zulege.«

Die Barkeeperin stellte die Biere vor sie hin und fragte: »Wollt ihr etwas zu essen bestellen? Ich kann euch die Speisekarten bringen.«

»Willst du etwas essen?«, fragte Hart ihn freundlich.

Jedes Mal, wenn dieser Mann ihn auf diese schüchterne, besorgte Art ansah oder ganz nervös wurde und herumstammelte, als würde er keine Worte finden, setzte Frees Herz einen Schlag lang aus. »Nicht jetzt.«

»Okay.«

Sie schwiegen eine Minute, bevor Hart ihn aufforderte, zu erzählen, was für Umbauten er machen würde, wenn er ein Motorrad hätte. Sie sprachen eine Weile über Motorräder und das Fahren. Free liebte es, wie Harts strahlend blaue Augen leuchteten, wenn er von seiner Harley und der offenen Straße oder den Highways sprach, die er entlangfuhr. Er war so lebhaft und lustig. Der unbeholfene Mann, der ihn begrüßt hatte, als sie angekommen waren, war verschwunden. Wenn Hart von seinen Hobbys oder seiner

Arbeit erzählte, war er so voller Selbstvertrauen und Wissen, dass Free das Gefühl hatte, er könnte ihm die ganze Nacht zuhören.

Free trank sein Bier aus, kurz nachdem Hart fertig war. Er wollte nicht aufstehen und sich nicht zu den anderen Jungs gesellen. Er war sowieso nicht ihretwegen hier. Free erinnerte sich an den Rat, den Tech ihm gegeben hatte, und fragte Hart weiter über seine Arbeit aus. »Was steht nächste Woche auf dem Programm? Du warst ja eine Weile weg. Irgendwelche langwierigen Aufgaben, die dich wieder wochenlang beschäftigen werden?«

Harts Gesichtsausdruck veränderte sich. So hatte Free es nicht ausdrücken wollen. »Es ist nicht immer so.« Seine babyblauen Augen wurden größer und er begann wieder, nach Worten zu suchen. »Nein, ganz und gar nicht. Ich habe abends frei und auch sonst ... Ich bin nicht voll beschäftigt, ich meine, ich bin immer beschäftigt. Aber nicht ... ähm, nein. Nichts Langwieriges, denke ich. Nicht, dass ich wüsste.«

Es war nicht seine Absicht gewesen, den Eindruck zu erwecken, dass die Anforderungen seines Jobs ein Problem darstellten. Sie hatten beide Positionen, die oft ihre ungeteilte Aufmerksamkeit erforderten. Es würde ihn nicht stören, wenn Hart ab und zu von der Arbeit in Anspruch genommen werden würde. Sie konnten sich Zeit füreinander nehmen, so wie alle anderen in seinem Team es für ihre Partner taten. Free musste das Gespräch wieder in die richtige Richtung lenken.

»Ich möchte dir eine Frage über dein Team stellen.« Free versuchte es noch einmal und drehte sich zu Hart, wobei er sich leicht ihre Beine berühren ließ. Wieder achtete Hart darauf, auszuweichen und Free den nötigen Raum zu geben. Er hatte keine Ahnung, was er davon halten sollte.

»Schieß los.« Hart trank wieder Sodawasser.

»Das SWAT-Hauptquartier ist nur fünf Minuten von unserem Revier entfernt. Wie kommt es, dass dein Team nicht von dort aus operiert? Diese Einrichtung ist mit allem ausgestattet, was dem neuesten Stand der Technik entspricht. Ich würde da gerne mal durchlaufen.«

»Ich kann dich jederzeit durch das Hauptquartier führen.« Harts Lächeln kehrte zurück.

»Dein Büro ist auch toll. Ihr habt im obersten Stockwerk einen ziemlich eindrucksvollen Betrieb, aber ich habe mich nur gewundert, das ist alles.«

Er grinste. »Weißt du wirklich nicht, warum mein Team auf deinem Revier ist?«

Free war ganz Ohr. »Nein. Sag es mir.«

»Weil wir, wenn wir vor Ort sind, schneller synchronisiert werden können, wenn God uns braucht. Wir sind auch für die anderen Beamten im Zuständigkeitsbereich verfügbar. Aber wenn God und Day für etwas Großes mobilisieren, dann sind wir bei ihnen. Immer. Die Razzien und Verhaftungen, die sie auf der Straße durchführen, werden von seinen Vollstreckern ziemlich gut gehandhabt, sodass wir nicht oft gebraucht werden. Aber wir müssen trotzdem da sein.«

Interessant.

»Verdammt. God und Day haben ihr eigenes SWAT-Team.«

Hart lachte laut auf und hob die Hand, um den dicken Busch an seinem Kinn zu kratzen. Free leckte sich über die Lippen. »God hat zwar einen verdammt großen Namen, aber *so* besonders ist er dann auch wieder nicht. *Jede* Abteilung, in der eine Taskforce stationiert ist, hat irgendeine Variante eines taktischen Einsatzteams im Haus. Mein Team war vor ein paar Jahren im Hauptquartier stationiert, aber als Gods Rauschgiftabteilung auf dem vierten Revier einquartiert wurde, verlegte man uns dorthin, um schneller reagieren zu können. Nun, ich rede und rede. Schluss mit dem Geplapper über mich. Reden wir lieber über dich. Wie kommst du mit der Arbeit bei der Polizei zurecht? Es gibt doch keine Probleme, oder?«

Es gefiel Free, wie fürsorglich er war. »Es ist toll. Es ist so schön, wieder mit Shawn zusammen zu sein. Ich habe ihn so verdammt vermisst.«

»Wie lange wart ihr denn zusammen am MIT? Was übrigens verdammt beeindruckend ist. Das wolte ich dir schon immer mal sagen.«

Free freute sich, dass Hart so daran interessiert war, etwas über ihn zu erfahren, und zwar aus keinem anderen Grund als dem, ihn besser kennenzulernen. Free musste normalerweise vorsichtig sein, mit wem er sich anfreundete und wer wen geschickt hatte.

Er erzählte Hart mehr über seine Zeit auf dem College und wie es war, er zu sein. Und dass niemand länger als fünf Minuten in seiner Nähe sein konnte, ohne ihn um irgendeinen Gefallen zu bitten. Tech war die sehr seltene Ausnahme. Alles, was er von Free gewollt hatte, war, von ihm zu lernen. Ihm nahe zu sein. Das schien auch alles zu sein, was Hart wolte. Einfach nur vertraut miteinander werden. Bis jetzt gefiel ihm Harts schüchterne, unsichere Annäherung. Es steigerte seine Libido, wenn er an Harts massive Größe dachte. Er war auf den Straßen gefürchtet, wenn seine Männer an einem Tatort eintrafen. Ein riesiger, muskulöser Mann, der dafür bekannt war, die gewalttätigsten, feindseligsten Situationen, die in der Stadt aufkamen, erfolgreich zu entschärfen, und der dennoch einen Selbstverteidigungskurs für Frauen gab, weil er der Einzige war, dem sie darin vertrauten, dass er sanft mit ihnen umging. Niemand hatte etwas Negatives über ihn zu sagen, und das fand Free äußerst attraktiv.

Die Teams begannen, sich im Pub zu bewegen. Einige von ihnen kamen in den Barbereich, um eine weitere Runde zu bestellen. Free wollte Hart in diesem Moment nicht mit seiner Gruppe teilen, er wollte mehr Zeit mit ihm allein verbringen. Er war sich immer noch nicht sicher, wo sie standen. Die Tatsache, dass Hart in seiner Nähe immer ein bisschen durch den Wind war, sollte ihm eigentlich alles sagen. Aber die Art, wie er bei Frees Berührung zurückgewichen war, hatte ihn verwirrt. Wenn sich nun jemand zu ihnen gesellte, würde sich der Ton ihrer Unterhaltung ändern.

»Darf ich mir dein Motorrad mal ansehen? Vielleicht kannst du mir ein paar Fragen beantworten«, wollte Free wissen und rutschte von dem Hocker. Er warf schnell ein paar Scheine auf die Theke und ließ Hart fast keine andere Wahl, als mit ihm zu kommen oder allein dort sitzen zu bleiben.

Hart strich sich über den Bart und grinste ihn amüsiert an, was eine Kombination war, die ausreichte, um seine Knie weich werden zu lassen. »Klingt nach einem Plan.«

Free drehte sich schnell um und ging zur Tür, bevor Harts Lieutenant zu ihnen stoßen konnte. Draußen war es dämmrig, aber die pralle Sonne von Atlanta hatte den

Abend extrem warm und schwül werden lassen. Harts Motorrad glänzte unter der schwachen Parkplatzbeleuchtung.

Free hielt sich neben ihm, während sie gingen. Sie waren nicht allzu unterschiedlich groß, aber Hart war breiter und kräftiger als er. Sie sagten nicht viel, als sich Hart an die Hauswand lehnte, während Free das Motorrad umrundete und den Chromlenker und festen Ledersitz leicht berührte. Er ging in die Hocke und betrachtete die komplizierten Kunstwerke auf dem Benzintank. Als er wieder zu Hart sah, starrte dieser ihn an, wie er dort kniete, die Hand geballt und den Kiefer angespannt. Free stand auf. Er kannte diesen Ausdruck. Es war das Spiegelbild des Hungers, den auch er fühlte.

»Sie ist eine echte Schönheit, Hart.«

Harts Adamsapfel wippte. »Du kannst mich Ivan nennen, wenn du willst. Du musst aber nicht, ich werde mich nach *dir* richten.«

»Also gut. Ivan.« Free mochte das. »Hat Furious, Syns Partner, die Arbeit an deinem Baby gemacht?«

Harts verschleierter Blick wanderte über sein Gesicht. »Ja, er und sein Geschäftspartner Doug. Ihre Arbeit ist immer tadellos.« Sein Tonfall hatte eine Wärme angenommen, die Free die Hitze des Abends vergessen ließ. Er ließ seinen Schwanz in der Jeans noch härter werden. Er wünschte, Hart würde in diesem Tonfall etwas in sein Ohr flüstern. Wenn er so weitermachte, würde er sein offensichtliches Verlangen nicht länger verbergen können. Hart war so sexy, wie er da an der Ziegelwand lehnte, dass Free am liebsten auf ihn zugehen würde, bis er fest an ihn gedrückt war.

Jetzt muss ich mir eine Frage ausdenken.

»Also, ähm ... du fährst wahrscheinlich schon seit deiner Jugend, was? Ich bin mir nicht sicher, ob ich von einem Roller auf so etwas umsteigen kann.« Er zeigte auf das Bike. »Kann man dafür irgendwo Unterricht nehmen? Oder kennst du jemanden, der Privatunterricht gibt?«

»Nicht persönlich, aber ich kann mich umhören.« Hart klang atemlos. Seine Nasenlöcher blähten sich und das Licht der Straßenlaternen reflektierte auf der elfenbeinfarbenen Haut seines kahlen Kopfes.

Mein Gott. So groß und schön.

»Das wäre super.« Free nickte. Bevor es ihm bewusst wurde, war er schon auf Hart zugegangen. Er ließ eine Lücke zwischen ihnen, weil er keine Grenze überschreiten wollte. Aber er wollte auch nicht, dass Hart nicht wusste, dass er interessiert war. Harts Hand wanderte zu seinem Bart. Free hatte ihn so lange angestarrt, dass er etwas sagen musste. »Ich mag deinen Bart und wie lang er geworden ist.«

Hart steckte die Hände in die Taschen und zog den Kopf ein. »Im Ernst? Meine Frau hat meine Behaarung gehasst.«

Free neigte den Kopf zur Seite.

Deine Behaarung nicht gemocht? Was zum Teufel soll das?

Es war locker eines der 20 Merkmale, die er am meisten begehrte. Als Free in Harts große blaue Augen blickte, sah er aus, als wollte er mit der Mauer verschmelzen und verschwinden.

»Ex! Ex-Frau. Ich wollte nicht ...«

Free lachte leise. »Ist schon okay. Ich weiß, dass du verheiratet warst. Wie lange wart ihr zusammen?«

»Seit meinem ersten Jahr auf dem College.« Hart schien sich verdammt unwohl zu fühlen.

»Sie hatte es nicht so mit Körperbehaarung, was?« Free versuchte, das Gespräch einfach zu halten und zu zeigen, dass er keine Angst vor Harts Vergangenheit hatte und darin eine Ex vorkam. Hart brauchte keinen Teil von sich verbergen. »Sie muss verrückt gewesen sein. Hatte sie empfindliche Haut? Oder eine seltene Haarphobie? Wurde sie in ihren Träumen von einem Wollhaarmammut angegriffen und für immer von Haaren traumatisiert? Hilf mir, das zu verstehen.«

Harts herzliches Lachen war genau das, was er hören wollte. »Nein, ähm ... nichts von alledem, glaube ich.«

»Oh, okay. Denn ich finde Haare an einem Mann zufällig sehr sexy. Das ist vielleicht das, was ich am meisten liebe. Je mehr Haare, desto besser.« Free sagte es so lässig wie möglich, dabei hatte er Mühe, gleichmäßig zu atmen, während er sprach. »Ich weiß, dass du ständig Komplimente bekommst.«

»Eigentlich nicht«, beeilte sich Hart, ihn zu korrigieren. Er scharrte mit seinem großen Stiefel über den rissigen Asphalt und seine tiefe Stimme klang umso rauer, je leiser er zu sprechen versuchte. »Hast du es nicht satt, dass alte Jagdhunde hinter dir her sind?«

Free bekam zwar Anfragen für Verabredungen, aber er hoffte immer auf einen reifen Bären, der ihn um ein Date bat, und den hatte er noch nicht gehabt.

Er hörte Männerstimmen im vorderen Teil des Gebäudes. Ihre Zeit neigte sich dem Ende zu. Das war nicht nahe genug gewesen. Also hieß es jetzt oder nie Free trat einen Schritt näher. Er senkte die Stimme. »Angemacht zu werden, ist eigentlich ganz nett, wenn es von einem Verehrer kommt, den man mag.«

Hart sagte nichts, aber sein Verhalten sprach Bände. Als er sich über die Unterlippe leckte, strich sein Bart über sein Schlüsselbein. Seine Brust hob und senkte sich schneller, je näher Free kam. Harts Kiefer war so angespannt, als würde er mit Worten auf seiner Zunge kämpfen. Mann, er hoffte, Hart würde sich bald entspannen. Er würde ihm so viel Zeit geben, wie er brauchte, und nicht weggehen.

Tech saß in seinem Truck und wartete geduldig auf ihn. Free konnte nichts mehr tun, da sich der Parkplatz mit Beamten füllte. Er hatte das Gefühl, dass Hart im Moment ein wenig Diskretion zu schätzen wusste.

»Gute Nacht, Ivan. Ich hoffe, ich sehe dich morgen auf der Arbeit.« Free drehte sich um und ging langsam über den Parkplatz in der Hoffnung, dass Hart ihm hinterhersah. Verdammt, wenn er doch nur bleiben könnte, um Hart dabei zuzusehen, wie er sich auf diese mächtige Maschine schwang und den Twin-Cam-Motor so laut aufheulen ließ, dass sich alle Köpfe in seine Richtung drehten.

Bald. Hab Geduld.

Kapitel 6

Hart

Sein Herz hämmerte so heftig, dass er beschloss, sich an den rauen Beton zu lehnen, anstatt zu versuchen, zu seinem Bike zu gehen. Er konnte nichts anderes tun, als Frees scharfem Hintern hinterherzustarren. Ihm schwirrte der Kopf angesichts dessen, was Free ihm gerade gesagt hatte. All die Zugeständnisse, die Free bereitwillig gemacht hatte, ohne zu ahnen, wie sehr seine Worte ihn bewegt hatten.

Je mehr Haare, desto besser.

Das hatte Free gerade zugegeben. Das konnte auf keinen Fall stimmen. Teresa hatte ihm nur zwei Jahre nach ihrer Heirat mit der Scheidung gedroht, weil Harts Haare um die Leistengegend herum dichter geworden waren. Scheiße, sie waren überall dichter geworden. Das war eine vererbte Eigenschaft, die alle Männer seiner Familie hatten. Es war etwas, das er nicht kontrollieren konnte. Früher war er deswegen nicht verlegen gewesen, aber nach Jahren der Beschimpfung hatte Teresa dafür gesorgt, dass er reichlich Rasierschaum und Rasierapparate besaß. Er hätte lieber eine Wurzelbehandlung gehabt, als sich die Körperhaare zu rasieren, aber er hatte es für sie getan. Um den Frieden zu wahren. Und um in seinem Bett schlafen zu dürfen. Aber was, wenn es Free erregte? Wenn er es *wirklich* sexy fand? Dann würde er sich riesig freuen.

Oh Gott, sag mir, dass er es ernst gemeint hat.

Harts vernachlässigter Schwanz pochte schmerzhaft in seiner Hose. Allein der Gedanke, dass seine Schwächen den jungen, brillanten Guru anmachen könnten, gab Hart eine Hoffnung, die er nicht fassen konnte.

»Ihr wart nicht sehr lange hier draußen«, sagte God.

»Es ist nicht schlecht gelaufen, glaube ich.« Hart stand immer noch ungläubig da.

God lachte und packte ihn an den Schultern. »Beweg deinen Arsch wieder rein. Wir müssen noch reden, Mann. Ich weiß genau, was du tun musst, um diesen Hengst zu fangen.«

»Ich hoffe, es ist besser als dieser Hokuspokus, den du mir vorhin aufgetischt hast«, brummte er.

God schnaubte und zog Hart zurück in den Pub. »Nö. Ich werde dir gleich etwas von meinem besten Zeug geben. Vertrau mir. Da schlackern dir die Ohren, mein Freund.«

~*~

Hart stellte den Motor ab und schob sein Motorrad in die Garage. Er nahm sich die Zeit, den wenigen Straßenschmutz vom Chrom zu putzen, während er darüber nachdachte, wie der Abend verlaufen war. Free hatte mit ihm geflirtet, daran gab es keinen Zweifel. Er war sich nicht sicher, warum der schöne Mann seine Zeit damit verschwenden wollte, einem alten Hund neue Tricks beizubringen, aber er würde die Gesellschaft genießen, solange er konnte.

Sein Lächeln verblasste, als er über das Was-wäre-Wenn nachdachte. Er war schließlich Polizist, und natürlich war er ein Meister darin, Möglichkeiten durchzuspielen. Was wäre, wenn er und Free anfangen würden, mehr miteinander zu unternehmen, und er anfinge, ihn zu mögen? Ihn sogar sehr zu mögen, aber Free nichts Ernstes wollte? Was, wenn er sich schwer verliebte und Free sich mit anderen treffen wollte? Was, wenn er eine Menge Vermutungen darüber anstellte, dass ein so toller Mann wie er tatsächlich mit ihm zusammen sein wollte, und er am Ende zur Lachnummer des Reviers wurde? So ein Mist.

»Halt die Klappe. Er ist nicht so einer«, knirschte er und warf den schmutzigen Lappen in den Mülleimer unter dem Arbeitsregal.

Er schloss seine Garage und ging ins Haus. Es war recht warm, da er die Klimaanlage nicht zu sehr aufdrehte, wenn er nicht in der Stadt war. Außerdem betörte ein köstlicher Duft seine Sinne, je näher er der Küche kam. Sein Einfamilienhaus mit den drei Zimmern war im Vergleich zu den meisten Häusern in seiner Straße klein. Aber es gehörte *ihm* und er hatte viel Liebe reingesteckt.

Als er um die Ecke in die gemütliche Wohnküche bog, sah er die tiefe Schüssel mit unangetasteter Lasagne auf dem Herd, die eine sicher fünf Zentimeter dicke, cremige Schicht aus Mozzarella hatte.

»Ach, komm schon.« Hart beugte sich über den Herd und atmete tief ein. Sein Magen knurrte verräterisch. Er sollte das nicht essen. Er sollte Teresa anrufen und ihr sagen, dass er sie nicht brauchte und sie ihm kein Essen bringen und seinen Zweitschlüssel nicht mehr ohne seine Erlaubnis benutzen sollte. Worum er sie bereits gebeten hatte. Aber, verdammt, es roch himmlisch. Nachdem seine Mutter vor ein paar Monaten gestorben war, hatte seine Ex tatsächlich ein schlechtes Gewissen bekommen und angefangen, einige der Dinge zu tun, bei denen ihm seine Mutter geholfen hatte, nachdem Teresa ihn verlassen hatte. Das Wichtigste war, ihn zu füttern. Er nahm einen Zettel vom Kühlschrank. Darauf stand in Schreibschrift:

Du hast wahrscheinlich die ganze Zeit, die du weg warst, nicht richtig gegessen. Hier ist eine dreifache Gemüselasagne für dich. Und das saubere Bettzeug ist gern geschehen. Versuch, darauf zu achten, hinter dir aufzuräumen. Der Herd war schmutzig und der Kühlschrank hatte Lebensmittelflecken.

Hart knüllte das Papier zusammen und knallte es auf den Tisch. Sie war nicht seine Mutter. Sie war nicht einmal mehr seine Frau! Er hatte nie einen größeren Fehler gemacht, als Teresa zu helfen, bei der Polizei einen Job als Schreibkraft in der Registratur zu bekommen. Die Unterhaltszahlungen reichten nicht, um sie zu ernähren, also brauchte sie ein zusätzliches Einkommen. Und natürlich musste *er* nach wie vor alles, was in ihrem Leben nicht in Ordnung war, wieder in Ordnung bringen. Das Archiv befand sich in der Innenstadt, sodass er zum Glück nicht im selben Gebäude wie sie arbeiten musste, aber der Polizeiflurfunk war ein heißer Draht und sie war normalerweise in seine größeren Aufträge eingeweiht. Wenn sein Team viel zu tun hatte und lange Schichten schob, wusste sie irgendwie immer Bescheid und brachte ihm eine Mahlzeit vorbei oder versuchte, aufzuräumen, wenn er nicht da war. Er schätzte das zwar, aber es war ein falsches Signal. Er hatte ihr schon oft gesagt, dass er nicht wollte, dass sie sich noch um sein Leben kümmerte, aber wie immer hörte sie nicht auf das, was er sagte. Er freute sich nicht auf ein weiteres Gespräch mit ihr über ihr unangemeldetes Kommen und Gehen, als würde sie noch im Haus wohnen. Es war nicht mehr ihres und es war auch nicht mehr ihre Küche oder ihr Bett, was sie sauber halten musste. Während er eine große Gabel voll Lasagne in den Mund steckte, fragte er sich, wie er eine Beziehung mit einem Mann führen sollte, wenn er eine so aufdringliche Ex hatte.

Die Hälfte, die er nicht gegessen hatte, wickelte er in Frischhaltefolie ein und stellte sie in den Kühlschrank. Er schenkte sich ein wenig Dewar's Whiskey ein, nahm sich eine Flasche kaltes Wasser und schaltete das Licht aus. Er schüttelte den Kopf über sein frisch geputztes Schlafzimmer. Er hatte es so eilig gehabt, zu seinem Auftrag zu kommen, dass er keine Gelegenheit gehabt hatte, es ordentlich zu hinterlassen. Aber er hatte die feste Absicht gehabt, nach seiner Rückkehr aufzuräumen. Die Kleidung, die auf dem ungemachten Bett und dem Boden verstreut gelegen hatte, war aufgehoben, gewaschen und wieder in seinen Schrank gelegt worden. Das Bett war neu bezogen.

Wo zum Teufel hat sie das Ding gefunden?

Da lag eine geblümte Decke mit Spitze an den Rändern, die sie im Sommer oft benutzt hatte. Hart nahm die juckende Decke, die er immer gehasst hatte, und warf sie in die Ecke. Er würde ihr sagen, dass sie sie gerne haben konnte.

Je mehr er sich in seinem Zimmer bewegte, desto unruhiger wurde er. Alles war an seinem perfekten Platz ... ihrer Meinung nach. Als er ins Badezimmer ging, stieß er fast ein frustriertes Knurren aus. Seine Pflegeprodukte und sein Bartpflegeset waren weggeräumt worden. Zweifellos unter das Waschbecken, wie sie es immer gefordert hatte. Er bückte sich und holte seine Sachen heraus, dann seine elektrische Zahnbürste, und stellte sie wieder an den Platz, an dem er sie zurückgelassen hatte.

Nachdem er im Bad fertig war, fühlte er sich ein wenig entspannter. Er hatte sich auf dem Revier gewaschen, aber das war nichts im Vergleich zu seinem Turbomassageduschkopf zu Hause. Es war erst 23 Uhr. Normalerweise ging er nicht so früh ins Bett, sondern verbrachte noch ein paar Stunden in seinem Büro, um Fälle zu recherchieren oder sein Team zu organisieren. Aber heute Abend wollte er in sein weiches, sauberes Bett schlüpfen und über die Möglichkeit nachdenken, zum ersten Mal einen männlichen Liebhaber zu haben. Allein der Gedanke daran ließ ihn in seinen Shorts härter werden. Er hatte gewusst, dass er sich zu Männern hingezogen fühlte, als er das erste Mal nach dem Footballtraining in der Umkleide gewesen war und Ricky Thompson demonstriert hatte, wie heftig er sein Mädchen in der Nacht zuvor gefickt hatte, wobei Harts Schwanz zu Granit geworden war. Die Art und Weise, wie Ricky seine schlanken Hüften immer wieder vor und zurück geschoben hatte, hatte ihn in einen so erregten Zustand versetzt, dass er zu den Duschen hatte rennen müssen, um sich abzukühlen.

Doch ein Fehltritt seines Urteilsvermögens beim Versuch zu leugnen, was er in seinem Herzen wusste, hatte ihn viele Jahre Stress gekostet. Seine Ehejahre waren aber nicht nur die Hölle gewesen, es hatte auch ein paar schöne Momente gegeben. Reisen nach Lubbock, um die Familie zu besuchen. Zweimal eine Kreuzfahrt ins Nirgendwo. Ein Urlaub in Jamaika. Und ein paar Dinnerpartys bei ihren Kirchenfreunden, die nicht alle so quälend waren wie kratzende Nägel auf einer Kreidetafel. Hätte Teresa ihm nur ein wenig Mitspracherecht gegeben, wäre vielleicht alles anders gekommen.

Kein Warten und Zögern mehr. Er würde sich sein Leben zurückholen. Hart nahm seinen doppelten Whiskey vom Nachttisch, stürzte ihn herunter und genoss den starken Alkohol, der in seinen Eingeweiden brannte. Ein wenig flüssiger Mut für ihn. Er nahm sein Handy in die Hand und schrieb God eine Nachricht: *Ich werde Free fragen, ob er am Ende der Woche eine Tour durch das Hauptquartier machen will.* Er schickte ein wütendes Gif des Rappers Ice Cube, der sein klassisches wütendes Knurren machte, und tippte dann weiter. *Du lässt ihn besser keine Überstunden machen.*

Hart lachte, während er auf Gods Antwort wartete. Der Mann hasste Gifs fast so sehr wie Emoticons. Natürlich überschwemmte Hart ihren Nachrichtenthread mit ihnen. Manchmal antwortete er seinem Freund nicht mit Worten, sondern nur mit Gifs, um ihn noch mehr zu verärgern.

God schrieb: *Du kannst mich mal.*

Hart schickte ein Gif von Chris Pratt, der langsam seinen Mittelfinger in die Höhe streckte.

Werd erwachsen.

Er fand das perfekte Wutanfall-Gif und drückte auf Senden. Er lebte für den Tag, an dem God ihm ein wütendes Emoji zurückschicken würde: ein Gif von einem Mann, dessen Kopf explodierte oder so was. Er würde nicht aufhören, bis er es tat.

God schrieb weiter: *Ich werde Free morgen von morgens bis abends arbeiten lassen. Er wird zu müde sein, um etwas anderes zu tun, als das ganze Wochenende zu schlafen. Und wenn dir vom Nichtgebrauch die Eier abfallen, will ich sehen, was für ein scheiß Gif du dafür benutzt.*

Hart spürte die Wirkung seines Drinks. Er lachte laut auf, denn er hatte erwartet, dass God etwas in dieser Richtung sagen würde. Er rutschte noch weiter nach unten und legte eine Hand hinter seinen Kopf, während er schnell nach einem anderen perfekten Bild suchte.

God: *Das Hauptquartier wird dein erstes Date sein? Ich dachte, wir haben gesagt, bei dir etwas zu essen bestellen und dann vielleicht eine DVD ansehen.*

Hart: *Richtig. Aber ich dachte mir, ich lade ihn hierher ein, nachdem wir die Tour beendet haben. Auf Essen und Kino.*

God: *Igitt. Bleib bei deinem verdammten Plan.*

Er stöhnte. »Blödmann.«

Hart: *Das war der Plan, Schlaumeier. Ihn an einen Ort bringen, an dem ich mich wohlfühle, damit ich nichts Lächerliches sage. Und dann essen.*

God: *Na schön. Geh ins Bett.*

Hart: *Ich bin nicht müde.*

God: *Aber ich. Also lass mich jetzt verdammt noch mal in Ruhe.*

Hart: *Ich liebe dich auch.*

Er griff nach oben und schaltete die Lampe aus. Im Hintergrund liefen auf seinem Wandfernseher die Nachrichten. Er achtete vage darauf, wie der Wetterfrosch über einen Temperatursturz in der nächsten Woche sprach. Sein Handy vibrierte erneut.

God: *Diner um sechs.*

Hart: *Ich werde da sein. Geht das Frühstück diesmal nicht auf dich?*

God: *Japp.*

Er schickte God das ekelhaft süße Gute-Nacht-Bild zweier Welpen, die sich zu einem Ball zusammengerollt und zum Schlafen auf einen kuscheligen Hügel gelegt hatten. Er lachte, als die Nachricht als gelesen markiert wurde, aber er keine Reaktion bekam.

Kapitel 7

Free

Free schloss die Jalousien seines Wohnmobils und schaltete den Wasserkocher aus. Er mochte den Geruch von verbranntem Tee nicht, wenn er nach Hause kam. Das kleine Wohnmobil war für ihn und seine gesamte Ausrüstung zu eng, aber er gehörte ihm und er könnte bei Bedarf jederzeit umziehen. Mit seiner Laptoptasche auf dem Rücken schloss er seine Sachen ein und joggte die paar Stufen zu seinem Roller hinunter. Tech und Steele fuhren normalerweise zusammen und boten Free nur bei schlechtem Wetter eine Mitfahrgelegenheit an. Ansonsten nahm er gerne den Roller.

Er war aufgeregt wegen des heutigen Tages. Gestern Abend hatte er Hart gegenüber deutlich gemacht, dass er hoffte, ihn auf der Arbeit zu sehen. Er fragte sich, ob er sich zum Mittagessen in den dritten Stock wagen und in seinem Büro vorbeischauen sollte oder ob Hart herunterkommen und einen seiner regelmäßigen Besuche machen würde, um zu sehen, was es Neues gab. Um 9 Uhr würden sie eine Strategiebesprechung haben, die wahrscheinlich fast den ganzen Tag dauern würde, aber es gab immer Pausen.

Er parkte seinen Roller an der üblichen Stelle und grinste breit, als er Harts Motorrad bereits auf dem ihm zugewiesenen Platz sah. Er widerstand dem Impuls, das Gebäude zu betreten und direkt zu den Aufzügen zu gehen, die ihn zum SWAT-Kommando bringen würden, und ging in die

Richtung, in die er gehen sollte. Anstatt seinem Verlangen zu erliegen, spannte er sich auf die Folter. Hart konnte den ganzen Tag über jederzeit vorbeikommen und er wusste, dass die Vorfreude ihn in den Wahnsinn treiben würde. Hart würde heute seine Bürouniform tragen. Er würde sein mitternachtsblaues APD-SWAT-T-Shirt anhaben, das um seine Brust so unglaublich eng anlag. Die marineblaue Cargohose mit der schwarzen Beretta an seinem Oberschenkel ließ ihm das Wasser im Mund zusammenlaufen. Das goldglänzende Abzeichen des SWAT-Captains, das er seitlich an der Hüfte trug, vervollständigte sein beeindruckendes Erscheinungsbild.

Der pulsierende Druck in der Leistengegend ließ ihn schlucken. Er atmete tief durch. Das würde ein Spaß werden. Er wollte seine Beule zurechtrücken, aber er tat es nicht. Er ging in die Cafeteria im zweiten Stock und versuchte, sich auf seine Aufgaben für die Besprechung zu konzentrieren. Er schnappte sich einen Warenkorb und begutachtete die Auswahl. Während er sich Gebäck und Kaffee holte, überlegte er, wie er die Berührungsbarriere zu Hart durchbrechen könnte. Und das bald. Nur um zu sehen, ob es einen Funken gab, eine Verbindung, die über die Augen hinausging.

Gedankenverloren erledigte er seine Aufgabe, indem er eine Auswahl an Gebäck und Muffins in den Korb legte, einen Berg Irish Coffee Creamer für Day und dann noch Obst. Er konnte das dämliche Grinsen nicht aus seinem Gesicht wischen. Hart war im Gebäude. Das passende Wort für seine Gefühle war vermutlich *aufgedreht*. Könnte sein Vater ihn jetzt sehen, wie er wie eine Sekretärin einen Konferenzraum vorbereitete, würde er wahrscheinlich einen Herzinfarkt bekommen. Der Schock und die Erkenntnis, wozu sich sein brillanter Sohn herabgelassen hatte, würde seine Pumpe auf der Stelle anhalten. Sein Vater war immer der Meinung gewesen, dass er mehr aus seinen Talenten hätte machen sollen. Zum Beispiel astronomische Summen verdienen, indem er für Mafiafamilien Cyberkriminalität betrieb und sie mit einem üppigen Lebensstil versorgte.

Free hatte so angestrengt nachgedacht, dass er erst bemerkte, dass jemand neben ihm stand, als es schon zu spät war.

»Morgen.«

Free zuckte zusammen, sein Atem blieb ihm im Hals stecken. Er weigerte sich, Augenkontakt herzustellen, während er murmelte: »Morgen, Officer Vasquez.« Er beeilte sich, Honig einzupacken, und ging weiter.

»Und, wie läuft es so, Freeman? Haben Sie sich gut eingelebt, ja?« Vasquez klang so fröhlich, dass es offensichtlich unecht war.

»Gut«, murmelte Free. »Entschuldigen Sie mich.«

Vasquez wich respektvoll zur Seite aus und ließ Free zu den Cornflakes und dem Müsli gehen, aber er folgte ihm schnell. »Ich habe endlich keine langweiligen Nachtschichten mehr. Diese Nächte haben mich umgebracht, wissen Sie?«

»Hm«, brummte Free vage vor sich hin, während er vier Schachteln Cornflakes und eine Packung Milch für Steele in den Korb legte. Er bemerkte, dass Vasquez keine Auswahl traf, während er ihm folgte.

»Vielleicht kann ich wieder ein richtiges Privatleben haben. Den ganzen Tag zu schlafen und nachts zu arbeiten, ist echt ätzend.«

»Jepp.« Free ging zur Kasse, musste aber hinter ein paar Leuten warten. Er wünschte sich nichts sehnlicher, als von Vasquez wegzukommen. Er traute ihm nicht. In der Nähe des Mannes hatte er immer das Gefühl, dass Ärger auf ihn lauerte.

»Sehen Sie.« Vasquez berührte Frees Schulter und ließ ihn unwillkürlich zusammenzucken. Er hob die Hände, blickte sich um und klang gleich viel weniger förmlich. »Beruhige dich, Mann. Ich werde dir nichts tun oder so. Warum bist du in meiner Gegenwart so nervös?«

Free schüttelte ungläubig den Kopf. »Ist das dein Ernst? Am ersten Tag, als ich ankam, hast du über meinen Freund und meine neuen Chefs gelästert. Dann hast du versucht, mich ins Bett zu kriegen, und das alles, nachdem du mich einen verdammten *Mischling* genannt hast. Oder warst du so betrunken, dass du dich nicht erinnern kannst?«

Vasquez wurde um seine Wangen herum ein wenig dunkler und eine wütend pochende Ader wölbte sich an seinem Hals. »Ich war nicht betrunken«, knurrte er. »Und es war nur eine Andeutung. Du bist doch alt genug, um zu sagen, dass du nicht interessiert bist, oder? Brauchst du wirklich dreißig Männer, die dir zu Hilfe kommen?«

Free verdrehte die Augen.

»Gut. Hör zu, ich entschuldige mich noch einmal, okay? Verdammt, ihr Leute seid so sensibel«, brummte er.

»Ihr *Leute*?«

Vasquez grinste. »Hör auf, jeden verdammten Satz von mir auf die Goldwaage zu legen.«

Free musste weg. Normalerweise war er nicht derjenige, der vor größeren Männern den Mund aufmachte, aber in diesen Mauern hatte er sich immer sicher gefühlt. Er ging zur Kasse und zog die Firmenkarte der Abteilung durch, wobei er es versäumte, der Kassiererin sein übliches Lächeln zu schenken. Sie warf ihm und dem dunklen Schatten, der hinter ihm stand, einen neugierigen Blick zu, als Free versuchte, mit seinem Korb davonzueilen. Er war schon fast an der Tür, als Vasquez ihn einholte.

»Warte! Kannst du God nicht einfach sagen, dass ich mich noch einmal entschuldigt habe, und …?«

»Das kannst du ihm selbst sagen.« Free wollte sich wieder an Vasquez vorbeischieben, aber diesmal ließ er es nicht zu. Der große Beamte streckte den Arm aus und hielt ihn auf.

»Ich darf nicht einmal mehr in seine Abteilung, und ich nehme an, das ist deinetwegen.«

»Ist es nicht«, widersprach Free und versuchte, ihm auszuweichen.

»Ich denke, schon.« Vasquez trat näher und entblößte seine Zähne. Er stank nach Schweiß und sein Atem roch wie zwei Tage alter Kaffee.

Free biss sich auf die Zunge, als er versuchte, etwas anderes zu sagen. Panik machte sich in ihm breit und ließ ihn die Griffe seines Korbs umklammern. Selbst nach all den Selbstverteidigungskursen, die er besucht hatte, erstarrte er immer noch, wenn er sich in einer Konfrontation wiederfand. Vor allem, wenn es sich um jemanden handelte, der seine Größe und Bestimmtheit zur Einschüchterung nutzte.

»G-Geh mir aus dem Weg«, stotterte Free.

Vasquez zog eine Augenbraue hoch und musterte ihn mit einem süffisanten Grinsen. »Hast du Angst?«

Free antwortete nicht. Er konnte es nicht. Vasquez kam immer näher. Die anderen Beamten bewegten sich um sie herum, ohne seine Not zu bemerken. Free versuchte, nicht darauf zu achten, wie eng die blauen Polyesterärmel den Bizeps vor seiner Nase an Armen umspannten, die aussahen, als könnten sie ihm ernsthaften Schaden zufügen. Er öffnete den Mund, aber es kam nichts raus.

»Free! Da bist du ja. Ich habe dich gesucht. Tech sagte, du seiest wahrscheinlich hier oben. Ich brauche wirklich deine Hilfe. Diesmal habe ich es geschafft, ganz sicher.«

Free war so erleichtert, Officer Mason zu sehen, dass er nicht wusste, was er tun sollte. Sein Brustkorb war eng und schmerzte und das Atmen fiel ihm immer schwerer.

Masons Stimme war hell und fröhlich, aber seine Augen waren auf den Mann gerichtet, der vor Free stand. »Vasquez. Guten Morgen. Ich hoffe, ich störe nicht.« Mason berührte Free leicht an der Schulter und schob ihn beiseite. »Aber ich brauche wirklich seine Hilfe an meinem Computer. Ich weiß, dass ich ein hoffnungsloser Fall bin, aber er ist der Einzige, der bereit ist, mir zu helfen, ohne sich über mich lustig zu machen.«

Free hörte nicht, ob Vasquez etwas erwiderte, denn Mason geleitete ihn zurück zum Aufzug.

Als sie drinnen waren, drehte sich Mason zu ihm um. »Ist alles in Ordnung? Das sah nicht gerade nach einer freundlichen Unterhaltung aus. Und außerdem ...«

Free nahm einen tiefen Atemzug. Je näher er seinem Stockwerk kam, desto besser fühlte er sich. Das Pulsieren in seiner rechten Schläfe erkannte er sofort als Spannungskopfschmerz. Er hasste es, Angst zu haben. Seine Angst war nicht alltäglich, denn nur wenige Menschen hatten überlebt, was er erlebt hatte. Er schloss die Augen und begann, von 20 rückwärts zu zählen, um die anhaltende Panik unter Kontrolle zu bringen.

»Free, möchtest du, dass ich dich zu deiner Abteilung begleite?« Mason sprach in demselben beruhigenden Ton mit ihm, den er auch bei der Aufnahme von Opferaussagen an den Tag legte.

Er konnte nur nicken, weil sich seine Kehle wie zugeschnürt anfühlte.

Mason schenkte ihm ein beruhigendes Lächeln, als die Tür aufging und mehrere Beamte und anderes Personal darauf warteten, dass sie ausstiegen.

Mason hielt ihm die Tür zur Drogenabteilung auf und sie gingen hinein.

Tech stand als Erster auf. »Was ist los? Was ist passiert?«

Frees Zunge fühlte sich zu dick an, um zu sprechen. Roboterhaft bewegte er sich zur anderen Seite des Büros und stellte den Korb in den Konferenzraum. Sein bester Freund kam herein und schloss die Glastür hinter ihnen.

»Freebaby.« Tech berührte seine Wange. »Was ist passiert?«

Free starrte durch die Tür auf Mason, der mit God, Day und Syn sprach. Wahrscheinlich erzählte er ihnen, was er gerade gesehen hatte und hatte tun müssen. Gods Blick wurde immer düsterer, je länger er dort stand und zuhörte. Syn stürmte zu seinem Schreibtisch und nahm den Hörer ab, sein Mund bewegte sich schnell. Er knallte den Hörer auf und wandte sich wieder Mason zu.

»War es Vasquez?«, fragte Tech in einem gedämpften Ton.

Free nickte. Er atmete langsam aus. »Der Typ ist so ein Arschloch.«

»Verdammt. Ich wusste es.« Tech setzte sich neben ihn. »Es ist alles gut. God und Day werden sich um diesen Kerl kümmern, ein für alle Mal. Syn hat wahrscheinlich gerade seinen Sergeant angerufen.«

Free setzte sich aufrechter hin, als Hart durch die Tür ihrer Abteilung kam. Sein Lächeln reichte aus ausgereicht, um den Raum zu erhellen, aber in dem Moment, in dem er Gods Gesicht sah, wurde es schnell schwächer. Hart sah sich rasch in dem großen Büro um, bevor sein Blick auf Frees Gesicht hängen blieb. Es fühlte sich an, als würde ein Laserstrahl das Glas zwischen ihnen zersprengen, so intensiv starrte Hart ihn an, während er dem Gespräch lauschte. Dann wirbelte er herum und steuerte auf die Tür zu. Seine Augen glühten und sein kahler Kopf glänzte vor Schweiß, während er einen alarmierenden Rotton annahm. God fing ihn gerade noch ab, indem er seinen Unterarm einhakte und ihn zurückzog. Es sah nicht leicht aus. Gods Bizeps wölbte sich unter seinem Ärmel und seine Adern traten an den Unterarmen hervor, während er Hart festhielt und ihm eindringlich etwas ins Ohr flüsterte.

»Gott.« Free schüttelte den Kopf. »Das ist vielleicht ein Schlamassel, Shawn. Es geht mir gut. Erst entschuldigte er sich, dann kippte es und er wurde sauer, weil ich bei God kein gutes Wort für ihn einlegen wollte.«

»Oh Mann. Der Typ weiß einfach nicht, wann er aufgeben sollte. God und Day werden ihn niemals in die Abteilung aufnehmen, egal was er tut. Es ist eigentlich nicht richtig von mir, dir zu sagen, dass er schon mehrfach wegen unwürdigen Dienstverhaltens vorgeladen wurde, aber ich tue es trotzdem.«

Frees Brustkorb schmerzte wieder, aber jetzt aus einem anderen Grund. Hart beruhigte sich schließlich und nahm seine natürliche Farbe wieder an, während God weiter auf ihn einredete. Day und Syn unterhielten sich noch immer mit Mason, als ein älterer schwarzer Mann in einem hochwertigen blauen Anzug in ihr Büro kam.

»Die Situation gerät außer Kontrolle.« Free fasste sich an die Brust. Er wollte keinen Ärger. Wenn es Ärger gab, würde er wieder gehen müssen. Er konnte nicht gehen. Noch nicht. Harts Reaktion ließ ihn so viele Dinge fühlen. So wütend, wie er war und seine Muskeln anspannte, schien es, als wollte er sich ein Stück von Vasquez holen, um ihn wieder einmal zu beschützen. Free verlangsamte seine Atmung. Er wollte nicht, dass andere Teile von ihm reagierten. Er musste den Blick abwenden, konnte nicht länger in diese funkelnden blauen Augen und auf den dunklen Bart starren.

»Es gerät *nicht* außer Kontrolle. An seinem Arbeitsplatz darf man nicht belästigt werden. Schon gar nicht, wenn man bei der verdammten Polizei arbeitet. Das ist auch der Grund, warum Vasquez es nie ins Team schaffen wird. Weil er ein Idiot ist. Und jetzt werden sie ...«

»Wer ist der Typ im Anzug?«, wollte Free wissen. Der Mann sah wichtig aus, ernst und nicht gerade glücklich darüber, hier zu sein.

»Das ist Sergeant Hutton, der Vorgesetzte von Vasquez. Wenn sich jemand über unser Verhalten beschweren will, spricht er mit Syn. Der Sarge will Hutton höchstwahrscheinlich erklären, was vor sich geht. Er wird ihn dazu bringen, mit Vasquez zu sprechen, ihm zu befehlen, nicht aus der Reihe zu tanzen, und ihn daran erinnern, warum er hier ist.« Techs Stimme wurde rauer.

Free drehte sich zu seinem besten Freund um und schmunzelte, als er sich daran erinnerte, wie wütend Tech seit dem Angriff auf ihn werden konnte. Er legte eine Hand auf Techs Oberschenkel und rieb sanft über den rauen Jeansstoff, bevor er ihn drückte. Er war zu niedlich, wie er fluchte und zischte, aber er war mit seiner gemütlichen, braunen Cordhose und seinem cremefarbenen „Ivy League"-Poloshirt wie ein verdammter Pfadfinder angezogen.

»Hey. Entspann dich, Großmaul.« Free versuchte, seinem Freund ein Lächeln zu schenken, aber es wirkte flach auf seinen Lippen.

»Lauf nicht wieder vor mir weg, Freebaby, okay?«, brummte Tech. Er griff Frees Nacken und zog ihn an sich, bis sie Stirn an Stirn saßen. »Geh nicht weg. Wir werden diesen Kerl dazu bringen, dich in Ruhe zu lassen. Ich verspreche es.«

Frees Lächeln war nun ein wenig aufrichtiger. Er wünschte, er könnte Tech seine Versprechen zurückgeben, aber er konnte es nicht. Stattdessen konzentrierte er sich darauf, jetzt da zu sein und seinen Job zu machen. »Ich will nur, dass wir an die Arbeit gehen. Das stört den ganzen Vormittag und die Besprechung.«

»Das Einzige, was im Moment alle interessiert, ist, dass dir das nie wieder passiert. Dann wird die Besprechung abgehalten.« Tech beobachtete ihn. »Bist du dir sicher, dass es dir gutgeht? Ich werde mal rausgehen und sehen, was sie sagen.«

»Okay.« Free seufzte. Er drehte seinen Stuhl um und wandte sich der Mitte des Tisches zu. Wenn Vasquez nach unten gerufen werden sollte, wollte er ihn nicht sehen.

Die Tür öffnete sich erneut und er ignorierte die Stimmen, die für einen kurzen Moment hereinströmten, bevor sie sich wieder schloss. Er dachte, es wäre Tech mit einem Update, aber er war es nicht.

»Es tut mir so leid, dass das passiert ist. Geht es dir gut, Len?«

Free atmete scharf ein. Eine Gänsehaut bildete sich auf seinem Körper, als er diese tiefe Stimme hörte. Er drehte sich um und stand auf. In Harts Gesichtsausdruck war viel Besorgnis zu erkennen und noch mehr Schmerz. Die Wut war verschwunden.

»Komm bitte her«, bat Free.

Hart nickte und ließ sich von ihm durch den Konferenzraum und von neugierigen Blicken wegbringen. Er zog seinen Ausweis durch die Tür der Waffenkammer und ließ sie hinein. Sobald die Tür hinter ihnen zufiel, drehte er sich um und überbrückte den kleinen Abstand zwischen ihnen. Er stand fast auf Augenhöhe mit Hart. Er wollte seine Hand nach oben strecken und …

»Darf … ich dich umarmen?«

Frees Seufzer der Erleichterung war laut. Er brauchte dringend Harts Hände auf sich und einen Menschen, dem er vertraute, nachdem er wieder von diesem Wiesel gefangen worden war. Seine Kehle schmerzte und sein Kopf pochte immer noch, aber er war fest entschlossen, seinen ersten richtigen Kontakt mit Ivan Hart zu genießen.

Seine Hände wanderten bereits an Harts Brust hinauf und er nickte, um ihm die ausdrückliche Erlaubnis zu geben, ihn zu berühren. *Überall.* Er schloss die Augen, genoss das Gefühl dieser harten Brustmuskeln, atmete Harts intensiven Duft ein und ließ zu, dass er die Anspannung, die sich in seinem Nacken und Rücken festgesetzt hatte, löste. Panikattacken, selbst die kleinsten, hinterließen bei ihm immer Schmerzen und ein wenig Verwirrung. Hart könnte ihm zu keinem besseren Zeitpunkt Trost spenden.

Harts Herz schlug wild unter seinen Handflächen. Free war klar, dass dies seine erste intime Begegnung mit einem Mann war. Er wollte, dass er es genoss, denn auch für ihn fühlte es sich fast wie das erste Mal an. Seit dem Überfall vor über zehn Jahren war er nicht mehr mit einem großen Mann zusammen gewesen, der Art, die er bevorzugte.

Große Hände berührten kaum seine Taille und ließen ihn zusammenzucken. Hart zog sie nicht weg, sondern festigte seinen Griff und zog Free näher heran. Sein Kopf war gesenkt und diese blauen Augen beobachteten ihn mit einem Hunger und einem Verlangen, das ihn eigentlich erschrecken müsste, ihn aber nur noch heißer machte.

Free hob die Hand, bedauerte, dass er sein Zittern nicht unterdrücken konnte, und berührte Harts Wange. Er bewegte seine Fingerspitzen sanft, wollte die raue Oberfläche genießen. Free unterdrückte ein Stöhnen. Es war weder der richtige Zeitpunkt noch der richtige Ort, um diesen feinen Bart zu streicheln, denn in dem Moment, in dem er es tat, würden die vier Wände um ihn herum verschwinden und er würde sich auf den großen Captain stürzen, inmitten der AK47er und M16-Sturmgewehre, ohne es zu bemerken. Er hielt sich zurück, ließ seine Hände den Rest des Weges nach oben gleiten und verschränkte sie hinter Harts Kopf, vergrub sein Gesicht in den Tiefen seiner Halsbeuge und atmete einfach. Er atmete die Sicherheit und den Trost ein, den ihm dieser Mann geben konnte. Jetzt hatte er wirklich das Gefühl, dass alles gut werden würde.

Kapitel 8

Hart

Free musste bemerken, wie unkontrolliert sein Herz schlug. Hart wusste nicht, was in aller Welt ihm den Mut gegeben hatte, Free um eine Umarmung zu bitten, aber die Müdigkeit, die er in ihm gesehen hatte, hatte ihn die Worte aussprechen lassen, bevor er es sich hatte ausreden können. Außerdem hatte God ihm gesagt, dass es eine gute Idee wäre, nachzusehen, ob es Free gutging. Zuerst hatte er nur in den zweiten Stock rennen, durch die Tür des Raubdezernats stürmen und Vasquez den Arsch aufreißen wollen. Hatte er etwa gedacht, er hätte die erste Drohung nicht ernst gemeint? Der Bastard musste aufgehalten werden. Es war eine Schande, dass er eine Dienstmarke trug. Er hatte God gesagt, wenn er nicht wollte, dass er Vasquez k. o. schlug, dann sollte er den Vorfall offiziell bei seinem Vorgesetzten melden und aktenkundig werden lassen.

Hart versuchte, darauf zu achten, dass er Free nicht zu fest umklammert hielt. Er hatte sich an seine Brust geschmiegt und es sich gemütlich gemacht. Es war mehr als wunderbar. Er fühlte sich fast schlecht, dass er so viel Freude dabei empfand, wo er ihn doch eigentlich trösten sollte, und nicht andersrum. Er liebte es, wie groß seine Arme um Frees schmale Taille aussahen. Dabei war Free nicht klein. Hart brauchte sich nicht zu bücken, um ihn zu halten oder ihre Wangen aneinanderzudrücken. Sie passten gut zusammen. Er roch warm und einladend. Hart vergrub seine Nase hinter Frees Ohr und atmete den Duft seines Shampoos ein.

»Halt mich fester«, flüsterte Free und schmiegte sich an ihn.

Hart konnte das leise Stöhnen nicht unterdrücken, das seiner Kehle entwich. Er drückte ihn noch fester an sich, während Free in seiner Umarmung leicht zitterte. Er berührte einen wunderschönen Mann. Und das Wichtigste war, dass Free es zu genießen schien, *ihn* zu genießen schien. Seine Frau hatte ihm immer gesagt, er wäre zu groß und kräftig, um sie zu umarmen. Er hatte die Zuneigung einer einfachen Umarmung vermisst.

»Du fühlst dich so gut an, Ivan«, sagte Free und sein Atem strich warm über seine Haut. »Ich vertraue dir.«

Harts Kehle war wie zugeschnürt. Er war immer noch verblüfft darüber, was Free in ihm sah, aber er hatte nicht vor, es länger infrage zu stellen. Er beschloss, ihn mit beiden Händen zu packen und nicht mehr loszulassen, bis man ihn dazu aufforderte. Ihn zu umarmen, bis er nicht mehr zitterte, dauerte länger, als er gedacht hatte, und ehe er sich's versah, begann Harts Unterleib im gleichen Rhythmus wie sein Puls zu pochen.

Oh nein.

Free streichelte seinen Nacken und seine Schultern, während er sich so viel Trost holte, wie er brauchte. Weiche Finger strichen über seine Kopfhaut und ließen seinen Schwanz so schnell zucken und hart werden, dass ihm schwindlig wurde.

Abwesend schob er Free ein paar Zentimeter zurück. »Es tut mir leid. Ich wollte nicht …« Hart rückte ein wenig ab. Er wollte nicht ganz loslassen, denn der Ausdruck von

Zurückweisung auf Frees Gesicht setzte ihm zu. »Es tut mir leid.«

»Ich habe eine Grenze überschritten, oder?«

Du nicht.

Während er seine Hüften immer noch in einem seltsamen Winkel drehte, stammelte er eine Erklärung, denn das Letzte, was er wollte, war, dass Free dachte, er wollte ihn nicht. »Meine Frau wurde immer sehr wütend, wenn mein ...« Hart stöhnte auf.

Das ist verdammt demütigend.

Er deutete mit dem Kopf auf die Beule in seiner Hose. »Wenn meine Erektion sie bedrängt hat.«

Free blinzelte mehrmals verwirrt, als hätte Hart gerade auf Japanisch gesprochen.

»Das war *ihr* Ausdruck: ›bedrängt‹.« Hart wandte den Blick ab, unfähig, den seltsamen Blick oder, schlimmer noch, das Mitleid zu sehen, das in diesen dunklen Augen ruhte. »Meine Reaktion war vielleicht ein verzögerter, posttraumatischer Scheidungsflashback. Ich dachte eine Sekunde lang, ich sollte dich besser nicht zu hart anfassen und dich abstoßen.« Hart konnte die Hitze der Erniedrigung in seinem Gesicht und im Nacken spüren. Er fühlte sich gedemütigt. Kein Mann wollte sich eingestehen, dass sich die Person, die ihn eigentlich bedingungslos lieben sollte, von ihm abgestoßen gefühlt hatte. Teresa hatte unendlich viele Bedingungen gehabt. So viele, dass er nicht in der Lage gewesen war, mitzuhalten. Er schloss die Augen und versuchte, sich seine Gefühle nicht anmerken zu lassen. Stattdessen strichen weiche, schlanke Finger über seine glühenden Wangen.

»Hey«, flüsterte Free dicht vor ihm. »Sieh mich an.«

Er gehorchte. Frees Gesichtsausdruck war frei von jeglichem Mitleid.

»Danke, dass du mir das anvertraut hast. Dass du ehrlich bist. Das erklärt eine Menge, denke ich. Aber lass mich dir etwas sagen, und ich werde es nur einmal sagen.« Free blickte ihm tief in die Augen. Er sah die Ehrlichkeit darin. »Was auch immer deine Ex über deinen Körper, deine Behaarung oder deinen Schwanz gedacht hat, ich bin mir absolut sicher, dass ich das genaue Gegenteil denken werde.«

Hart hoffte, dass diese Aussage stimmte. Die Lust, die in Frees Augen loderte, war nicht zu leugnen.

Free packte ihn grob an der Taille und drehte seine Hüften zu sich. Harts Atem stockte, als er zum ersten Mal den harten Schwanz eines anderen Mannes fest gegen seinen spürte. Er war dankbar, dass die Tür und die Wände der Waffenkammer aus fünf Zoll dickem Stahl bestanden, denn das gequälte Stöhnen, das er von sich gab, wäre sonst leicht im ganzen Büro zu hören.

»Fühlt sich gut an, oder?«, sagte Free gegen seine Wange. Er hielt seine Hüften fest und schob sie zurück, bis Harts Rücken die Wand berührte. Er stöhnte angesichts von Frees Stärke, seiner schlanken Muskeln und seines straffen Körpers, der ihn zwang, ihm zu geben, was er wollte. Frees Härte drückte sich köstlich gegen seine. »Nichts von alledem hier beleidigt mich. Es schmeichelt mir.« Free ließ seine Hüften kreisen und zwang ihn, seinen Kiefer zusammenzupressen, um nicht aufzuschreien, weil es sich so toll anfühlte. Ein kleines, zufriedenes Lächeln umspielte Frees Lippen, als er fragte: »Bist du bereit, mit einem Mann zusammen zu sein, Ivan?«

Hart würde diese Beziehung, Freundschaft, Partnerschaft nicht mit Lügen beginnen. Es war klar, dass das nicht der Weg war, um mit etwas erfolgreich zu sein. Er hatte sein wahres Wesen jahrelang verheimlicht. Hier bot sich eine Chance für ihn, wirklich er selbst zu sein. Wenn Free sagte, dass er alles mochte, was seine Frau gehasst hatte, dann war er im Begriff, das hier verdammt zu lieben.

Hart schlang seine Arme weit genug um Frees Taille, um ihn zum Stöhnen zu bringen. Dann drehte er sie herum, kehrte ihre Positionen um und drückte Frees Körper mit seinem gegen die Wand. Bevor Free überrascht nach Luft schnappen konnte, hatte Hart seine beiden Hände mit nur einer Hand gefangen und hielt sie über Frees Kopf fest. »Ich bin schon eine Weile bereit, Len. Bist du dir sicher, dass du auch bereit bist?«, hauchte er gegen seine Lippen. Er wollte die füllige Unterlippe zwischen seine Zähne nehmen und an ihr saugen. Sein Schwanz pochte drängend.

Free versuchte, sich gegen ihn zu wölben, aber er hielt ihn zurück und ließ ihn schon mal wissen, dass er nicht das Sagen hatte. Hart drückte Frees Hüfte, bevor er mit der flachen Hand über seine harte Brust zu seinem Hals strich. Dort hielt er inne und ließ sie über seinem Schlüsselbein ruhen. Frees Nasenlöcher blähten sich und sein Schwanz stupste ihn an.

Er mag es wirklich.

Seine Reaktion sagte alles. Free liebte seinen Körper, seine Kraft. Free leckte sich über die Lippen und nickte leicht. Verdammt, Hart wollte sein Vertrauen weiter erforschen, aber er wusste, dass er es vorerst beenden musste. God hatte ihm zehn Minuten Privatsphäre zugestanden. Ihre Zeit musste bereits um sein.

»Bitte.« Frees Stimme war tief und rau, als er seinen langen Hals wölbte.

Scheiße, er bettelt.

Wie sollte er die Hitze, die zwischen ihnen brannte, so weit abkühlen, dass er wieder rausgehen und an seinen Schreibtisch zurückkehren konnte, als würde seine Welt nicht gerade kopfstehen? Sein Verstand sagte ihm, er sollte mit diesem Verhalten bei der Arbeit schleunigst aufhören, doch sein Körper drängte immer noch weiter. Von diesem Tag hatte er schon ewig geträumt. Er ließ seine Hand den Rest des Weges nach oben gleiten, bis sie und seine Finger auf Frees Hals ruhten.

Frees dunkle Augen fielen zu, als er seinen Hals bog, um Hart mehr Raum zu geben und ihm zu zeigen, wie sicher er sich fühlte, wenn seine Hände irgendwo auf ihm lagen. Hart hielt ihre Position und starrte den Mann an, der unter seiner Berührung vibrierte.

»Was?«, presste Hart hervor. Seine Stimme war angestrengt und rau. »Was willst du, das ich tue?«

»Irgendetwas. Nur ... berühr mich. Küss mich.« Frees Lippen waren leicht geöffnet. Seine sonnengebräunte Haut war wieder rosig, aber dieses Mal hatte ihr Farbton ein attraktives Glühen angenommen, das verriet, dass er nicht mehr aufgewühlt, sondern in einem Zustand höchster Erregung war. Und Hart war derjenige, der ihn dorthin gebracht und Frees Gefühle so völlig verändert hatte.

»Ich werde dich jetzt nicht küssen«, sagte Hart und strich mit seinen Lippen und seinem Bart über Frees Mund, um sie beide zu reizen.

Free wippte mit den Hüften und runzelte die Stirn, als er das hörte. Er sah fast bockig aus.

Hart steckte tief in der Klemme. Er wollte schon einlenken und Free alles geben, was er verlangte. Aber noch nicht. Er musste sich wieder unter Kontrolle bringen. So war er nun mal. Er hatte nicht nur in seiner Abteilung das Sagen, sondern in jedem Aspekt seines Lebens, auch im Schlafzimmer. Hart stieß sein Becken gegen Frees, was ihm ein weiteres lustvolles Stöhnen entlockte. Er konnte nicht glauben, wie empfänglich Free war. »Du musst wieder da rausgehen. Und ich muss wieder nach oben.«

»Nein. Noch nicht. Ich brauche nur noch ein paar Minuten«, sagte Free, der seine Bedürftigkeit nicht verbarg.

»Komm heute Abend zu mir«, gab Hart zurück. Er bewegte seine Hand zu Frees Nacken und gab seine Handgelenke frei. Schnell schlang Free die Arme um Harts Taille und hielt ihn fest. Hart neigte leicht seinen Kopf und sie standen nun Stirn an Stirn da. Es war intim und beruhigend. »Wir können etwas zu essen bestellen. Vielleicht reden wir dann noch ein bisschen. Ich möchte dich wirklich kennenlernen, Len.«

Free seufzte. »Ich mag es, dass du mich Len nennst und nicht Free. Ich fange an, den Namen Free und Freeman zu hassen.«

Hart verstand das nicht. »Aber es ist dein Name.«

»Lennox ist mein Name. Freeman nicht.« Er sah so ernst aus, dass Hart ihn nicht unterbrach. »Das war alles Techs Werk. Er hat meine Mutter gerettet und mich zu einem ‚freien Mann' gemacht. ‚Free man', verstehst du? Das war, bevor der Typ verhaftet wurde.«

Hart blinzelte. »Wow.«

»Keine Sorge, ich habe nicht die Identität eines anderen gestohlen. Aber es war die einzige Möglichkeit, mich gut zu verstecken.«

Hart gefiel nicht, wie sich das anhörte. »Zu verstecken?«

»Ich erzähle dir alles beim Abendessen. Es ist nichts, was deine Marke gefährden könnte. Das schwöre ich. Das würde ich nie einem von euch antun.« Free hielt den Blickkontakt aufrecht. »Also, bestellen wir heute Abend etwas?«

»Ich kann nicht kochen.« Hart ließ das Thema bezüglich Frees Namen erst mal fallen. Er strich ihm eine verirrte Locke aus der Stirn und blickte ihm dann wieder in die Augen. »Kannst *du*?«

»Nicht wirklich.«

Hart lachte. »Wie gesagt: Wir bestellen etwas und reden dann ein bisschen.«

»Das klingt perfekt.«

»Ja. Das tut es.« Ihre Stimmen waren leise und sie murmelten ihre Antworten, als würde in der Nähe jemand lauschen. »Also ... es ist ein Date, richtig?«

»Klingt für mich wie eines. Du hast ja lange genug gebraucht«, brummte Free neckisch.

Hart antwortete nicht. Nicht mit Worten. Er lächelte breit und umarmte Free erneut, der diesem Gefühl bereits verfallen war. »Ich muss gehen. Aber komm später in mein Büro, wenn du dich zum Mittagessen wegschleichen kannst. Wenn nichts dazwischenkommt, bin ich gegen dreizehn Uhr von den Übungen zurück.«

»Wir haben heute eine Strategiebesprechung geplant, dann bin ich heute Nachmittag allein im Büro. Ich komme dann schon weg«, versprach Free.

Kapitel 9

Hart

»Hey, wohin sind Sie denn verschwunden?«, fragte Carlos, sobald Hart durch die Glastür seiner Abteilung kam.

»Ich war bei der Drogenfahndung«, sagte er und hielt am Schreibtisch seines Assistenten an, um seine Nachrichten abzuholen.

Carlos reichte ihm drei Zettel.

Hart ging weiter in Richtung seines Büros. Seine Abteilung war nicht so aufgebaut wie die von God und Day. Auch sie hatte einen offenen Grundriss, aber auch drei Konferenzräume. Im Zentrum ihres Büros, der sogenannten Drehscheibe, versammelten sie sich und machten Brainstorming. Die Küche befand sich im hinteren Teil des Büros neben dem Aufenthaltsbereich. Aber sie hatten nur selten Zeit zum Faulenzen.

»Ihr Kaffee ist wahrscheinlich eiskalt.« Carlos stand auf. »Ich werde ihn aufwärmen.«

»Wo sind denn alle?«, fragte er, als er bemerkte, wie still es war.

»Fox hat sie ins Hauptquartier geschickt, um mit dem Simulator zu beginnen. Er ist in seinem Büro und wartet auf Sie. Zumindest glaube ich das.« Er wedelte mit der Hand. »Sie wissen, dass ich nicht mit ihm mithalten kann.«

»Danke.« Harts Gedanken waren immer noch bei Free, aber er musste sich konzentrieren. Er hatte eine Menge Papierkram zu erledigen, was das Budget für diesen Monat betraf, und die Trainingspläne mussten koordiniert und bis zum Ende des Tages fertiggestellt werden. Das Team brauchte eine Auflistung ihrer Übungen. Es schien, als würden sie die ganze Zeit nur trainieren, trainieren und noch mehr trainieren, aber bei SWAT ging es nun mal um endloses Training und Bereitschaft.

Sein Büro war schön. Das musste es auch sein. Es war sein Zuhause fernab seines Heims. Es hatte unzählige Nächte gegeben, in denen er auf seiner Couch ein Nickerchen gemacht und sich dann wieder an die Arbeit gesetzt hatte. Es gab abseits seines massiven Schreibtischs eine Sitzecke. Seine Büromöbel waren alle aus rustikalem, gealtertem Holz. Da er dafür bekannt war, dass er hier Besprechungen mit seinen leitenden Angestellten abhielt, hatte er auch einen Konferenztisch für sechs Personen vor einem Whiteboard und einen 60-Zoll-Fernseher an der Wand. Er hatte sogar sein eigenes Bad und einen kleinen Schrank für seine Ersatzuniformen. Die einzige andere Tür in diesem Raum führte zu Fox' Büro, das direkt neben seinem lag.

Bei der Planung der neuen SWAT-Abteilung auf dem vierten Revier hatte sich Dinah, sein Sergeant, für einen offenen Raum entschieden. Sie hatte erklärt, dass sie weder geschlossene Räume mochte noch vom Team isoliert sein wollte. Aber Fox hatte darauf bestanden, dass er und Harts Büro durch eine separate Seitentür verbunden sein sollten. Sein Lieutenant mochte es, sich heimlich zu bewegen, daher sein Name. Nach dem College hatte er für den Auslandsgeheimdienst gearbeitet, bis er neun Jahre später gekündigt hatte. Niemand außer Hart kannte den wahren Grund. Fox vertraute nicht leicht jemandem. Sich seinen

Respekt verdient zu haben, war eine Ehre, die er sehr schätzte.

Hart setzte sich an seinen Schreibtisch und atmete tief durch, froh, dass er kompetente Mitarbeiter hatte. Er musste gleich rüber ins Hauptquartier und mit seinem Team arbeiten, aber zuerst musste er sich das dumme Grinsen aus dem Gesicht wischen. Keiner würde ihn auf dem Schießstand ernstnehmen, wenn er wie ein Irrer strahlte.

»Wieder unten in Gods Büro?«, fragte Fox und kam leise durch seine Seitentür. Er klopfte nie an. Wenn einer von ihnen seine Ruhe haben wollte, wusste der andere das und störte nicht, wenn es nicht unbedingt sein musste.

Hart drehte sich zu seinem anderen besten Freund um.

»Warum bist du nicht im Hauptquartier?« Fox setzte sich auf einen der Stühle vor dem Schreibtisch, lehnte sich so weit wie möglich zurück und spreizte die Beine.

»Und warum bist *du* nicht dort?« Hart lehnte sich ebenfalls zurück.

»Weil ich weiß, dass es etwas gibt, das du mir verschweigst.«

»Du bist paranoid.« Er lächelte. »Das sage ich dir schon seit Jahren.«

»Ich bin paranoid. Aber nicht in dieser Sache. In dem Fall habe ich recht. Du verbirgst etwas.« Fox beugte sich vor und seine hellgrauen Augen leuchteten vor Schalk. »Du grinst wie Mr. Magoo. Entweder du sagst mir jetzt, was los ist, oder du lässt mich graben. Und du weißt, dass ich nicht lange brauchen werde, um es herauszufinden.«

Hart stöhnte auf. Fox hatte recht. Wenn er anfing, zu graben, würde er herausfinden, dass er nicht dauernd nach unten ging, um irgendetwas mit den Beamten des Rauschgiftdezernats zu klären, sondern aus persönlichen Gründen. Hart ließ den Kopf sinken und fuhr sich frustriert mit beiden Händen über den Kopf. War er bereit, es Fox zu sagen? Sein Freund wusste alles über seine Ex, aber er kannte sein wahres Verlangen nicht. Er hatte sich von der Arbeit verzehren lassen, um sich von dem abzulenken, was er nicht haben konnte, oder vielmehr nicht hatte. Nichts hatte ihn davon abgehalten, sich mit einem Mann zu verabreden, nur hatte keiner Interesse an ihm gezeigt. Bloß ein paar Frauen hatten sich nach seiner Scheidung getraut, ihn auf ein Date einzuladen, aber das hatte zu nichts geführt. Fox hatte gesehen, wie er sich mit Frauen verabredete, und nahm wahrscheinlich an, dass er nicht auf Männer stand.

»Hier ist Ihr Kaffee.« Carlos stellte einen dampfenden Becher auf dem Tassenwärmer ab, den er ihm letztes Jahr zu Weihnachten geschenkt hatte. Er blickte zu Fox, sprach ihn aber nicht an, sondern ordnete ein paar Akten, nahm die ignorierten Nachrichten von seinem Schreibtisch und zwei Memos aus seinem Postausgang. »Ich werde diese Rückrufe für Sie erledigen. Ich habe Dinah angerufen und ihr gesagt, dass Sie gerade die Trainingspläne fertigstellen und in zwanzig Minuten da sind, um den Simulator neu zu starten.«

Harts Lächeln wurde noch breiter. Verdammt, er könnte keinen besseren Assistenten haben. Immer wenn er das Gefühl hatte, überfordert zu sein, sprang Carlos rechtzeitig ein. Er musste zwar rübergehen, um das Training zu überwachen, aber er wollte sich das hier erst mal von der Seele reden. Dinah war mehr als in der Lage, das Team einen Moment lang ohne ihn zu führen.

»Ich weiß, dass die Pläne noch nicht fertig sind. Ich werde daran arbeiten, während Sie weg sind. Vielleicht müssen Sie hier und da noch etwas ändern, denn ich weiß nicht, ob jemand von der Crew für den nächsten Monat einen Urlaubstag beantragt hat, aber bis Mittag sind sie fertig. Also hören Sie auf, sich darüber Gedanken zu machen.« Carlos ging auf die Tür zu. »Oh, und Officer Lawrence war da, während Sie unten waren.«

Hart rieb sich den knurrenden Magen. »Hat Sasha etwas zu essen mitgebracht? Einen weiteren Auflauf?«

Er hielt inne und zog eine Augenbraue hoch. »Oh. Jetzt ist es also schon Sasha.«

Fox saß ihm mit einem so wissenden Grinsen gegenüber, dass er ihm am liebsten eine reinhauen würde.

»Nein. Ist es nicht. Sie hat mich aufgefordert, sie so zu nennen. Ich bin mir sicher, dass sie nur nett ist, weil ich freiwillig ihren Frauenkurs leite. Wir sind Freunde. Mehr nicht.«

»Weiß sie das?«, scherzte Fox. »Ich assistiere dir bei diesem Kurs. Und ich sehe nicht, dass mir jemand Hamburger bringt.«

»Es ist Nudelauflauf mit Thunfisch«, korrigierte Carlos ihn verärgert, als wäre Fox unkultiviert.

»Verdammt, sorry, Thunfischauflauf«, brummte er.

Hart wollte diesen Unsinn beenden. Er hob die Hand, um Fox zum Schweigen zu bringen, und wandte sich dann an seinen Assistenten. »Bitte sagen Sie ihr, dass ich mich entschuldige, heute im Training festsitze und sie am Samstag im Kurs sehe.«

»Schon erledigt«, sagte Carlos und schloss die Tür, als er hinausging.

»Warum ist er so unfreundlich zu mir? Ich bin doch immer nett zu ihm«, beschwerte sich Fox, sobald die Tür klickte.

»Das musst du ihn fragen«, brummte Hart.

»Gut, das werde ich.« Er fixierte ihn. »Und, was wolltest du sagen?«

Hart nahm einen Schluck von seinem Kaffee. Er schmeckte, als hätte sein Assistent heute einen Hauch Süße hinzugefügt. »Woher weiß Carlos immer, wann ich in der Stimmung für ein bisschen Zucker bin? Er hat wirklich eine besondere Gabe.«

»Hör auf, mich hinzuhalten.«

Hart blickte auf. Er schluckte und räusperte sich dann. »Okay. Es ist etwas vorgefallen. Ich bin nach unten gegangen und habe lange mit God geredet. Er hilft mir irgendwie, denn da ist ... jemand, an dem ich interessiert bin.« Er beobachtete Fox, aber sein Gesichtsausdruck war unleserlich. »So richtig ernsthaft interessiert.«

»Okay, wer ist sie? Du weißt, du hast mein Wort, dass nichts über diese Lippen kommt. Ist sie mit God verwandt oder so? Ist es eine Polizistin?« Er klopfte auf die Stuhllehne. »Es ist Officer Lawr... Nein, tut mir leid, Sasha, nicht wahr?«

»Hohlkopf. Habe ich dir nicht gerade gesagt, dass sie nur eine Freundin ist?«

»Okay, wer dann?«

Hart holte tief Luft und atmete langsam wieder aus. »Es ist keine Sie, es ist ein Er.«

Fox legte den Kopf schief wie ein verwirrtes Hündchen.

»Er und ich arbeiten eng zusammen, deshalb ist es eine etwas heikle Situation ...«

»Oh Mann«, platzte es aus Fox heraus, auf dessen Gesicht sich eine Reihe Emotionen spiegelten, bevor er sich auf amüsiert und schockiert einigte. »Ich kann das nicht glauben. Ich meine, ich kann es verstehen.«

»Warte mal. Du verstehst es?«, hakte Hart eilig nach. Das war vielleicht einfacher, als er gedacht hatte.

»Sicher«. Fox rieb sich die Stirn. »Ich meine, bist du etwa verliebt in …?«

Hart runzelte die Stirn. »Mann, ich habe dir gerade gesagt, dass ich schwul bin. Ich war schon immer schwul. Du kennst die Umstände, warum ich geheiratet habe. Das ist ein Teil von mir, der lange Zeit begraben war. Deshalb habe ich in den letzten Monaten noch mehr Zeit mit God verbracht. Man könnte sagen, dass er mir hilft, die Ängste zu überwinden und den Mut aufzubringen, mit diesem Mann zu reden. Er ist ein bisschen einschüchternd. Er ist jünger und ich fühle mich völlig überfordert.« Hart spürte, wie sich sein Gesicht erhitzte, aber er könnte Fox nicht anlügen und damit durchkommen, also konnte er genauso gut offen sein.

Fox lehnte sich mit einem Ausdruck liebevoller Bewunderung zurück. »Ich fange an, es zu verstehen. Mann. Ich mache keine Witze darüber, dass du schwul bist. Jeder ist für eine kleine Weile schwul.«

Er runzelte die Stirn, »Warum sagst du …? Wovon zum Teufel redest du?«

Fox hob die Hände. »Jetzt warte mal. Ich war auf dem College für eine kurze Minute schwul. Es war alles gut, denke ich. Keiner hat mich verurteilt. Jesus liebt uns alle.«

»Fox, ich werde diesen verdammt heißen Kaffee auf dich schütten, wenn du nicht aufhörst, mich zu verarschen«, knurrte er.

»Entschuldige. Ich rede Unsinn. Ich weiß nicht, was ich sagen soll, Hart.«

»Verdammt. Sei ehrlich. Ich möchte wirklich mit diesem Kerl zusammen sein.« Er wollte nur eine klare Antwort von seinem Lieutenant. Würde seine Verabredung mit einem Mann erst ihre Freundschaft und dann ihre Arbeitsbeziehung beeinträchtigen? Er wusste, dass Fox kein bigotter Typ war und er mochte es, mit God und dem gesamten Team von Day zusammen zu sein, also verstand er seine Reaktion nicht ganz.

»Ich wollte das nicht erzwingen, bevor du bereit bist, es mir zu sagen. Ich fühle mich wirklich geschmeichelt. Aber ich muss ehrlich sein. Ich sehe dich nicht auf diese Weise, Mann. Wir sind Freunde. Beste Kumpels.« Fox fuhr sich mit der Hand durch sein schwarz-silbernes Haar und wirkte dabei verdammt unbeholfen. »Ich schätze, ich habe dich einfach nie auf diese Art wahrgenommen, aber wenn ich jetzt tiefer in deine blauen Augen schaue, bist du irgendwie schon ...«

»Stopp!« Hart schloss die Augen und zählte von fünf rückwärts. Er senkte seine Stimme und sah Fox an. »Denkst du, ich rede von *dir*, du Trottel?«

»Tust du das nicht?« Fox grinste. »Du sagst, dass du auf Männer stehst, also hast du mich *offensichtlich* abgecheckt.«

»Verdammt, ich hasse dich.« Hart schüttelte den Kopf. *Arschloch.*

»Du meinst, es liegt nicht an mir?« Fox legte die Stirn in Falten. »Wenn es nicht an meinem sexy Arsch liegt, dann meinst du wohl den heißen Cybertypen, den God genau zu dem Zeitpunkt für seine Abteilung unter Vertrag genommen hat, als du dich überschlagen hast, um in seine Nähe zu kommen. Das ist natürlich keinem von uns aufgefallen. Keiner hat das bemerkt«, sagte er lachend. »Ich wusste, dass du es mir irgendwann sagen würdest, und je länger du dir Zeit gelassen hast, desto mehr habe ich beschlossen, dass ich dir die Hölle heißmachen werde, wenn du es tust.«

»Danke, dass du mein Coming-out so schmerzhaft und zu einem verdammten Witz gemacht hast.«

»Es war mir ein Vergnügen.«

»Also, alles in Ordnung?«, hakte Hart nach.

»Musst du das wirklich fragen? Du bist mein Bruder, Mann. Fürs Leben«, sagte Fox ernst. »Ich habe es dir damals nicht gesagt und ich denke, es ist genug Zeit vergangen, um es dir jetzt zu sagen: Ich habe mich gefreut, als deine Scheidung endgültig war. Ich hatte meine eigene kleine private Feier. Als du verheiratet warst, hast du so unglücklich ausgesehen, wenn Feierabend war. Als würdest du dich davor fürchten, in dein Leben zurückzukehren.«

In den meisten Nächten hatte ich das.

»Diese Frau war schon ein Sonderfall. Niemand mochte es, wenn sie zu einer Familienfeier kam, weil sie so unhöflich zu dir war. Fast so schlimm, wie Melania mit Trump umgeht. Diesmal hast du etwas Gutes verdient, und wenn es Freeman ist, dann sage ich: Tu es, Mann. Du hast meine Unterstützung. Und die des Teams.«

»Ich weiß das zu schätzen, Fox. Aber du kannst nicht für die anderen sprechen.«

»Doch, das kann ich verdammt gut! Und wenn es einem von ihnen nicht gefällt und er seine persönlichen Vorurteile in die Arbeit mit dem Team einfließen lässt, dann ist er raus. So einfach ist das. Gods gesamte Einheit ist schwul. *Sie* würden diesen Scheiß auch nicht tolerieren, das weißt du. Wenn jemand wegen irgendeines Quatschs zu dir kommt, sagst du ihm einfach dasselbe, was du sonst auch immer sagst: ›Geh damit zu Fox‹. Und dann werde ich mich darum kümmern.«

Hart stand auf und ging um seinen Schreibtisch herum. Auch Fox kam auf die Beine und sie standen auf gleicher Höhe. Sie gaben einander einen Fauststoß, gefolgt von einer einarmigen Umarmung. »Danke, Mann«, sagte Hart und spürte, wie ein weiterer Felsbrocken von seinen Schultern rollte.

Fox lachte. »Lass uns zum Hauptquartier fahren, bevor Dinah wieder alle am Kampfsimulator pausieren und stattdessen Yoga machen lässt.«

Kapitel 10

Hart

Hart überprüfte zum fünften Mal in 20 Minuten die Uhrzeit. Es war fast 14 Uhr und er hatte Free noch nicht gesehen. Er hatte den ganzen Morgen Kampfsimulationen durchgeführt und Wiederholungen von gewaltsamem Eindringen geübt, bis seine Lungen brannten und seine Oberschenkel schmerzten. Aber er war daran gewöhnt. Es war einfach das, was sie taten: Trainieren und noch mehr trainieren. Sie gingen denselben Ablauf des gewaltsamen Eindringens immer und immer wieder durch, bis es sich wie eine Choreografie anfühlte, sie nicht mehr über die Schritte nachdenken mussten und es keine Fehler mehr gab. Wenn sie dann im Einsatz waren, lief alles so reibungslos und präzise ab wie bei einem gut einstudierten Tanz. Keine Fehler. Sein Team war die letzte Verteidigungslinie der Einsatzkräfte. Wenn sie es vermasselten, würde die Hölle losbrechen. Also trainierten sie routinemäßig, wenn sie nicht auf Abruf waren. Er schrieb eine Textnachricht: *Lässt du ihn wohl endlich Mittagspause machen, Knallkopf?*

Er überlegte, ob er zwei, drei Gifs zum Thema Knallkopf schicken sollte, aber dafür hatte er keine Zeit.

Carlos kam durch die offene Tür, ohne ihm besondere Aufmerksamkeit zu schenken, während er einige Fälle in seinem Aktenschrank neu ordnete. »Was machen Sie noch hier? Ich dachte, Sie wollten um halb zwei zum Mittagessen gehen. Soll ich Ihnen etwas bestellen?«

Harts Handy vibrierte.

God: *Verdammt! Er ist vor fünf Minuten nach oben gegangen, du ungeduldige, übereifrige Jungfrau.*

Er war nicht an seinen Schreibtisch gefesselt, wie sein Assistent dachte, er wartete auf seine Verabredung zum Mittagessen. »Nein, danke. Ich gehe jetzt gleich in den Pausenraum.«

»In den Pausenraum?« Carlos runzelte die Stirn. »Okay, seit wann essen Sie dort?«

Hart antwortete nicht. Er stand einfach auf, ging an Carlos vorbei und murmelte etwas davon, dass er ein kaltes Sandwich wollte. Er verließ seine Abteilung und bog scharf links in den Pausenraum am Ende des Flurs ab. Dieser war angenehm und hatte viele Automaten, aber er wurde nur selten benutzt. SWAT war die einzige Abteilung im obersten Stockwerk, und da es zwischen ihnen und den Beamten im Erdgeschoss eine ziemlich gute Cafeteria gab, blieb der Raum menschenleer.

Hart steckte sein Handy in die Hosentasche und wünschte, er hätte Zeit, auf Gods letzten Spruch zu antworten, aber das würde er sich für später aufheben. Er stieß die Tür auf und da saß er: allein am hinteren Tisch mit einem halb aufgegessenen Sandwich in der Hand. Free starrte auf den Bildschirm seines Tablets, bis Hart auf ihn zukam. Dann blickte er überrascht auf, als hätte er nicht mit ihm gerechnet. Es bildete sich langsam ein anerkennendes Lächeln auf seinen Lippen, während sein forschender Blick an Harts Körper auf und ab glitt.

Seine Stiefel fühlten sich an, als würden sie eine Tonne wiegen. Er konnte nicht glauben, dass ein so anziehender Mann wie Free hier oben war, nur um ihn zu sehen. Es gab so viele geschmeidige, gut aussehende junge Männer, und einige davon waren sogar offen schwul. Viele auf ihrem Revier würden für Frees Aufmerksamkeit töten. Aber er war hier. Diese geheimnisvollen Augen verschlangen jeden seiner Schritte.

Hart hielt den Blickkontakt. Er musste seine Hemmungen und Unsicherheiten loslassen, genau, wie God es ihm geraten hatte. Free hatte bereits Ja zu ihm gesagt, also war der schwierige Teil, das Rätselraten, vorbei. Jetzt musste er nur noch den Handel besiegeln, ihn zu seinem Mann machen.

Hart nahm den Stuhl neben Free und setzte sich. Er spreizte weit seine Beine, griff nach Frees Stuhl und zog ihn heran, bis er zwischen seinen Beinen saß. Frees verblüffter, amüsierter Gesichtsausdruck gab ihm ein gutes Gefühl.

»Kannst du bitte noch ein bisschen näher kommen?«, neckte Free ihn.

Noch näher und er würde auf seinem Schoß sitzen. Nach dem, was sie vorhin getan hatten, fand er das in Ordnung. »Ich kann, wenn du es wirklich willst.« Er lächelte.

Free schaute auf seinen Mund und leckte sich über die perfekt geformten Lippen. »Du hast ein tolles Lächeln. Habe ich dir das schon gesagt?«

Hart hoffte, dass er nicht rot wurde, aber die Wärme unter seinem Kragen verriet ihm die Wahrheit.

Wie soll ich Komplimente von ihm annehmen?

»Danke«, war alles, was er sagen konnte.

»Wie war das Training?«

Hart nickte. »Ganz okay. Eintönig, aber notwendig.« Er sah zu, wie Free ein paar Salatstückchen abzupfte und sie in die Verpackung fallen ließ. »Was isst du da?«

»Einen Hähnchensalat-Wrap.« Er zuckte mit den Schultern. »Ist gar nicht so schlecht. Ihr Jungs habt wirklich die besseren Automaten.«

»Hm.« Hart grinste. »Lass mich mal probieren.«

Free kicherte leise. »Ähm, sicher.«

Hart ergriff Frees Hand und führte sie an seinen Mund. Er öffnete ihn weit und schob den Rest des Mittagessens hinein, wobei seine Lippen über Frees schlanke Finger glitten. Er begann herzhaft zu kauen, während Free ein kleines, süßes »Hey« ausstieß.

Hart hatte den Wrap in Sekundenschnelle verschlungen und deutete dann auf Frees Wasserflasche, nach der er bereits die Hand ausstreckte. »Darf ich?«

»Warte.« Free schnappte sich die Flasche gerade noch rechtzeitig. Er knackte das Siegel, nahm einen kleinen Schluck und reichte sie ihm dann. »Klar. Lass es dir schmecken.«

Hart blinzelte, nahm das Wasser und leerte zügig die Flasche. Dann überprüfte er die Uhrzeit. Es war fast 15 Uhr.

Verdammt.

»Tut mir leid, ich habe nicht viel Zeit.«

»Du hast also beschlossen, mein Mittagessen für mich zu beenden?« Frees Lachen war sanft und tief. Hart ertappte sich dabei, dass er in seiner dynamischen Gegenwart um die richtigen Worte verlegen war. Free hob langsam die Hand und wischte über etwas Feuchtes in Harts Mundwinkel. Er hatte keine Gelegenheit, zu sehen, was es war, bevor es zwischen Frees Lippen verschwand. Er zog seinen Finger langsam heraus und seine Zunge streifte die Fingerspitze. Als er ihm zusah, wurde sein Schwanz von halb hart zu steinhart. Free wusste, was er mit ihm anstellte. Sein

Ton wurde leiser, sein Akzent weniger ausgeprägt. »Mmh. Nun, es war köstlich, solange es gedauert hat.«

»Ich habe deine Theorie getestet«, meinte Hart. Er blickte nach unten und bemerkte, wie nahe sich ihre Gesichter gekommen waren. Sein Mund fühlte sich trocken an, obwohl er gerade etwa einen halben Liter Wasser getrunken hatte. Er wollte Lennox Freeman so verdammt gerne küssen, dass es wehtat, aber er wusste, wie unpassend es für ihn wäre, das im Büro zu tun. Als ranghoher Officer hatte er einen Standard aufrechtzuerhalten. Er forderte sein Glück bereits jetzt heraus. Er würde sich noch ein wenig gedulden müssen.

»Welche Theorie?«

»Du hast gesagt, du wirst alles mögen, was meine Ex gehasst hat. Genau das hat sie zum Beispiel immer gehasst. Sie konnte es nicht ausstehen, wenn ich etwas von ihrem Essen gegessen habe.« Er lachte über Frees verwirrtes Stirnrunzeln.

»*Das* hat sie gehasst? Sie hat also nicht gerne geteilt, was?« Er rollte mit den Augen. »Das sollte einfach sein. Teste, was du willst. Wie war es mit Küssen, Umarmen und Berühren?«

Tatsächlich .. ja.

Hart konnte nicht widerstehen, mit dem Handrücken über Frees Oberschenkel zu streichen. Er zuckte ein wenig unter seiner Berührung. Es fühlte sich richtig an und er konnte sich einfach nicht zurückhalten. Seine Hand zitterte leicht und er war froh, dass Free nicht darauf achtete. Er hatte schon lange keine Intimität mehr gehabt. Er war sich nicht sicher, was heute Abend zwischen ihnen passieren würde, aber was auch immer es sein würde, es konnte nicht schnell genug kommen.

Free legte eine Hand auf seine, bevor er sie an seine Wange führte.

Hart hätte am liebsten gestöhnt. Seine Hand sah so groß aus an Frees glattem Kinn. Er hatte sie selbst dorthingelegt, was bedeutete, dass er sie da haben wollte. Er wollte seine Berührung. Gott, alles, was er je gewollt hatte, war, dass jemand ihn auch haben wollte.

Free schloss die Augen, seine dunklen Wimpern warfen aufreizende Schatten auf sein Gesicht. Er drehte seinen Kopf und küsste die Innenseite von Harts rauer Handfläche.

Hart glaubte langsam, sein Schwanz könnte seine Hose durchbohren. Er konnte nicht wegschauen. Gequält sah er zu, wie diese warmen, vollen Lippen über seine Haut glitten und sanfte Küsse auf die harten Schwielen verteilten.

»Verdammt. Ich will nur eine Stunde mit dir allein sein.«

Harts Brust bebte.

Ich brauche mehr als eine verdammte Stunde.

»Du bringst mich um, Len.« Seine Stimme klang fremd. Er stellte sich vor, wie diese hübschen Lippen Dinge taten, die ihn schwindlig machen würden. Frees Zunge schlich sich zwischen seinem Mittel- und Zeigefinger heraus und stahl eine Kostprobe.

Oh Gott.

Er begann zu tropfen.

»Es bringt mich auch um. Ich brauche dich«, gestand Free. »Ich brauche Zeit allein, um mit dir zu reden.«

Fuck, Fuck, Fuck.

Okay, es gab eine Grenze, wie viel er aushalten konnte. Denn er konnte all das Verlangen in Frees wunderschönen Augen sehen, und es ging weit über das Körperliche hinaus. Die Art, wie er sich an ihn geklammert hatte, nachdem ihn der Vorfall aus der Fassung gebracht hatte, und jetzt die Art, wie er ihn so vertrauensvoll berührte. Free war ein Mann, der es brauchte, dass sich Geist und Körper bewegten. Deshalb wollte er ihn küssen, umarmen, berühren ... und reden. Hart brauchte genau das Gleiche. Mal zehn.

Er fühlte sich mutiger, beugte sich vor und legte seine Lippen zärtlich auf Frees rundes Ohrläppchen. Er wusste, dass seine Stimme ein kehliges Knurren war, aber er sprach seine Worte so leise aus, wie er konnte: »Heute Abend möchte ich dich in meinen Armen halten und in meinem Bett haben. Ich brauche das.« Hart hielt den Atem an.

Free rückte seinen Stuhl zurecht und sah aus, als könnte er nicht mehr bequem sitzen. Hart kannte das Gefühl. Seine Eier waren prall und pochten und sein Schwanz hatte sich in einem ungünstigen Winkel über seinen Oberschenkel geschoben. »Oh ja, das will ich dir geben, Ivan. Sehr gerne sogar«, hauchte Free gegen seine Kehle.

Sie saßen Wange an Wange da. Als Free ihm süße Versprechungen machte, begann er natürlich, seinen Kopf nach innen zu drehen, um den heißen Mund zu suchen, der gerade seine Handfläche mit Küssen bedeckt hatte. Sein Brustkorb vibrierte, sein Atem ging stoßweise und seine Handflächen fühlten sich feucht und schwer an. Nichts von alledem hielt ihn auf. Nichts konnte das Unvermeidliche stoppen.

»Boss! Wir müssen weg. Ein Zehn-achtzig hat sich gerade in einem verlassenen Haus verbarrikadiert.« Fox' lauter Ruf riss ihn so schnell aus seiner Lust, dass er sich desorientiert fühlte. »Wir machen uns fertig.«

»Verdammt. Bin gleich da«, antwortete Hart mühevoll.

Fox verschwand genauso schnell und unauffällig, wie er gekommen war.

Als er sich umdrehte, erwartete er, immense Enttäuschung in Frees Gesicht zu sehen, aber alles, was er sah, war Verständnis und Respekt.

»Geh. Das klingt ernst.«

»So, wie Fox es formuliert hat, handelt es sich um eine Verfolgungsjagd mit hoher Geschwindigkeit, die zu einer Pattsituation geführt hat.« Das konnte manchmal Stunden dauern, vor allem wenn die Gefahr bestand, dass Zivilisten in der Nähe zu Schaden kamen. Es konnte gut sein, dass sie erst ein Viertel evakuieren mussten. »Es tut mir so leid ...«

»Du musst dich für nichts entschuldigen. Geh jetzt. Du hast eine wichtige Aufgabe zu erfüllen. Nur«, Free strich über Harts Bart, »sei vorsichtig.«

Es lag völlige Aufrichtigkeit in seiner Stimme und in seinem Gesichtsausdruck. Free lief mit ihm zu seiner Bürotür, wo sich sein Team beeilte, die Schutzwesten und die Ausrüstung anzulegen. Ihre Reaktionszeit betrug weniger als zehn Minuten. In vier Minuten würden sie alle im Transportwagen sitzen und durch den dichten Mittagsverkehr fahren. Er konnte sehen, dass Carlos in seinem Büro bereit war, ihm beim Anlegen der Ausrüstung zu helfen. Er drehte sich zu Free um und flüsterte: »Wirst du auf mich warten?« Er war immer froh, wenn er nach einem Einsatz jemanden hatte, zu dem er zurückkehren konnte.

»Ich werde hier sein, wenn du zurückkommst«, antwortete Free ernst, bevor sein schönes Gesicht hinter der sich schließenden Aufzugtür verschwand.

Kapitel 11

Hart

»Auf die Interstate zu fahren, ist eine schreckliche Idee. Der Verkehr ist zum Erliegen gekommen«, informierte Pepper sie. Seine dröhnende Stimme war leicht über den Motor ihres Transporters hinweg zu hören. Er saß direkt hinter Dinah, die das große Ungetüm auf die Peachtree Street manövrierte.

Die roten und blauen Lichter wirbelten und die Sirenen heulten, als sein Sergeant auf die Hupe drückte, aber für die vielen Autos vor ihnen war nicht viel Platz, es sei denn, sie fuhren auf die Bürgersteige.

»Zentrale an Alpha zehn, bitte kommen.«

Hart hob das Funkmikrofon an. »Alpha zehn hier.«

»Der Unterhändler hat die Bedrohungsstufe vor Ort auf Gelb erhöht. Zwei bekannte Verdächtige befinden sich im zweiten Stock. Es wurden Schüsse abgefeuert. Die Verdächtigen gelten als bewaffnet und gefährlich. Das Gebäude gilt als instabil, haben Sie verstanden?«

»Verstanden, Zentrale«, antwortete er.

»Geschätzte Ankunftszeit am Tatort, Alpha zehn?«, fragte die Zentrale.

Er erkannte Susans Stimme. Sie arbeitete im Hauptquartier und war die Beste, wenn es darum ging, einen kühlen Kopf zu bewahren. Egal, in welcher Situation er sich befand, sie blieb immer ruhig und konzentriert. Wenn er Informationen brauchte, bekam er sie zügig von ihr. Sie war seine erste Wahl als Ansprechperson der mobilen Einsatzleitung, wenn er sie vor Ort brauchte.

»Einen Moment.« Hart wandte sich für eine bessere Navigation an Pepper. Der Beamte sah konzentriert auf sein kleines, tabletähnliches Gerät, während er versuchte, eine Route zu finden, die sie am schnellsten ans Ziel bringen würde. Aber mit dem Verkehr in Atlanta war nicht zu spaßen. »Komm schon. Das müssen wir besser hinkriegen.«

Sie kamen wieder zum Stehen. Der Verkehr schlich vorbei. Die Autofahrer versuchten, ihnen auszuweichen, aber es gab kaum Platz, wo sie hinkonnten.

»Neun Blocks weiter hat es einen schweren Unfall gegeben«, warf Stewart, einer seiner Scharfschützen, ein, während er den Funk mithörte. »Die Beamten leiten die Strecke um.«

»Aus dem Weg, Leute!«, schrie Dinah, fuhr ein paar Meter weit und musste dann wieder anhalten.

Hart hob das Mikrofon an, um die Zeitverzögerung weiterzugeben, als sein Handy vibrierte. Er runzelte die Stirn und überprüfte schnell das Display. Die Nummer war seltsam, lauter Nullen. Fast hätte er es wieder in seine Tasche gesteckt, bis er den Text las: *Folge den grünen Pfeilen.*

Die Ampel, der sie sich näherten, war rot. Das waren sie alle. Hart blickte sich um. Das Funkgerät informierte sie über Aktivitäten und Neuigkeiten zu den verbarrikadierten Verdächtigen. Der Unterhändler kam nicht durch und die Männer feuerten immer noch Warnschüsse ab, damit die Beamten vor Ort zurückblieben.

Sein Team diskutierte über mögliche Routen und erwog sogar, Autos aus dem Weg zu räumen. Alles gefährliche und zeitraubende Optionen. Die Ampel vor ihnen schaltete sofort auf einen grünen Pfeil, der nach rechts zeigte. Das war zwar nicht die Richtung, in die sie fahren mussten, aber so kamen sie vom Stau weg. Alle Ampeln vor ihnen wurden grün, eine nach der anderen, und der Verkehr begann, sich so weit zu bewegen, dass Dinah losfahren konnte. Hart unterdrückte ein Lächeln, als ihm klar wurde, wer ihnen half.

Len.

Es gab niemanden, der Verkehrssignale so leicht manipulieren konnte wie er.

»Bieg rechts ab, Dinah«, befahl Hart.

Sie warf ihm einen neugierigen Blick zu, folgte aber seinem Befehl.

Sein Handy vibrierte erneut und zeigte: *Folge weiter den Signalen.*

Sein Team wurde still hinter ihm, da sich alle zweifellos fragten, was ihn dazu gebracht hatte, Dinah zu sagen, sie sollte in die entgegengesetzte Richtung fahren. Und mysteriöserweise schalteten alle Ampeln zu ihren Gunsten um. Free lotste sie diskret die 7th Street hinunter und benutzte dabei die Ampel, die sie über die Juniper führte. Die Gegend war voller Bauarbeiter, die eine Straßenseite neu pflasterten, während die andere Fahrbahn für den Durchgangsverkehr gesperrt war. Sie hatten freie Bahn. Hart wies Dinah an, die Umleitungsschilder zu ignorieren und die Piedmont Street hinunterzufahren. Keine einzige rote Ampel war zu sehen. Alle waren grün. Der Verkehr floss problemlos, als sie den 200. Block der 14th Street erreichten, da die Autofahrer auf die andere Spur wechselten, um sie vorbeifahren zu lassen.

»Alpha zehn an Zentrale. Geschätzte Ankunft in vier Minuten«, informierte Hart. Sie hatten aufgeholt und waren wieder im Zeitplan.

»Zehn-vier, Alpha zehn. Achtung, die Bedrohungsstufe ist rot. Verstanden?«

»Verstanden.« Hart steckte sein Handy weg. Er würde sich später bei Free bedanken. Er wusste, dass er das war, ohne jeden Zweifel. Free war irgendwo und beobachtete ihn. Der Gedanke erregte ihn.

»Wir haben Bilder, Captain«, sagte sein ITler.

»Finde einen Einstiegspunkt für uns, sofort. Wir haben keine Zeit mehr. Die Bedrohungsstufe ist rot«, sagte Hart ruhig. Er ließ sein Team darüber nachdenken, wie sie sich am besten verteidigen konnten, um die anderen Beamten zu schützen, und wie sie am einfachsten und gewaltlos in das Gebäude eindringen konnten, um die Verdächtigen sicher und unversehrt herauszuholen.

Als sie in das heruntergekommene Viertel einfuhren, das derzeit von drei Streifenwagen abgesperrt war, und um die Ecke der Spring Street bogen, kam der Schauplatz in Sicht. Dinah hielt an und ließ zwei ihrer Scharfschützen aussteigen, damit sie in Stellung gehen konnten. Etwa zehn markierte und nicht markierte Einheiten waren vor dem Haus postiert. Die Beamten standen abgeschirmt hinter ihren Fahrzeugen, während einer der Verdächtigen Obszönitäten und Befehle aus einem Fenster im zweiten Stock brüllte. Das Haus war verlassen, wie die meisten Häuser in dieser Straße. Hart sah keine neugierigen Schaulustigen, die sich um das gelbe Absperrband herum aufhielten. Er war dankbar, dass die Streifenpolizisten den Tatort ordnungsgemäß abgesperrt hatten. Es gab nichts Schlimmeres, als wenn sie vor laufenden Kameras ankamen und Unschuldige im Weg standen.

Dinah fuhr den Mannschaftstransporter auf den Rasen des baufälligen Hauses. Zwei Kugeln prallten an dem Fahrzeug ab wie Kieselsteine.

»In Ordnung, die Jungs haben nicht vor, noch mit jemandem zu reden. Schaffen wir sie aus dem Haus und aus der Nachbarschaft, und zwar schnell.«

Hart und sein Team stürzten sich sofort in den Einsatz. Das Eingangsteam verließ schnell den hinteren Teil des Fahrzeugs und reihte sich an der Seite des gepanzerten Fahrzeugs auf, um sich vor weiterem Beschuss zu schützen. Sein Team Bravo blieb im Inneren des Fahrzeugs und leitete neue Informationen an sie weiter, sobald sie eintrafen. Sein leitender Scharfschütze bezog hinter dem Dachschild auf dem Fahrzeug Stellung.

»Sienna zwei ist in Position«, rief seine zweite Scharfschützin. Sie war dafür verantwortlich, für sich den besten Beobachtungspunkt zu finden. Und sie war immer schneller als ihr Partner.

»Verstanden.« Hart drückte den Kommunikationsknopf auf seiner Brust. »Sienna drei, wie ist dein Status? Over.«

Ein paar Sekunden vergingen, bevor sein dritter Partner kurzatmig antwortete: »Sienna drei in Position.«

»Verstanden«, antwortete Hart. Sein Team war bereit. »Alpha zehn an Zentrale.«

»Bitte kommen, Alpha zehn.«

»Wir sind in Position. Habe ich die Führung?«, fragte Hart. Der Unterhändler der Polizei behielt das Kommando über den Schauplatz, bis er ihn offiziell an SWAT übergab. Es konnte immer nur einen Commander vor Ort geben.

»Zehn-vier, Alpha zehn. Unterhändler entlassen bei drei-null-fünf. SWAT hat das Kommando. Sie haben grünes Licht für den Zugriff, Alpha zehn. Over.«

»Verstanden.« Hart ließ den Mikrofonknopf los. Er drehte sich nach rechts. Fox wartete auf seinen Befehl. »Wir sind bereit.«

Ein weiterer Schuss wurde in ihre Richtung abgefeuert. Sein Team war durch das Fahrzeug vollständig geschützt, aber sobald sie sich außerhalb davon bewegten, würde die Bedrohung real werden.

»Zurückbleiben! Verschwindet hier! Haut einfach ab und ich werde euch nicht alle erschießen!«, schrie ein Bewaffneter aus einem zerbrochenen Fenster. Es war so schmutzig, dass Hart keinen guten Blick auf den Verdächtigen erhaschen konnte, bevor er sich hinter den Transporter zurückziehen musste.

Es spielte keine Rolle, denn sie waren nicht da, um Informationen zu sammeln oder einen Fall aufzubauen. Bei Bedrohungsstufe Rot konnten sie sich den Luxus, weiter zu verhandeln oder zu versuchen, den Namen und die Vorgeschichte des Verdächtigen zu recherchieren, nicht leisten. Seine jahrelange Erfahrung sagte ihm, dass ein verbarrikadierter Verdächtiger manchmal nicht überredet werden konnte. Sie wussten, dass es für sie nur *eine* Möglichkeit gab: die Verhaftung.

Harts ITler hielt ihm das tabletähnliche Gerät mit dem Grundriss des verlassenen Hauses hin. »Wir haben Bilder der Wärmesignatur des Teleskops von Sienna zwei. Sie bestätigt, dass außer unseren beiden Verdächtigen niemand im Haus ist. Ein Verdächtiger schießt, der andere hockt im selben Raum an der Ostwand. Es ist nicht bekannt, ob er bewaffnet ist.«

»Alpha zwanzig an Sienna zwei«, sagte Fox in sein Mikrofon.

»Sienna zwei.«

»Ist der zweite Verdächtige eine Geisel?«, wollte er wissen und schaute ebenfalls auf den Bildschirm. Der Mann bewegte sich kaum.

»Negativ. Er weigert sich nur, herauszukommen.«

Hart nickte. Er blickte zum oberen Stockwerk und dann wieder nach unten. Er musste eine rasche Entscheidung treffen. Der Bewaffnete fluchte immer noch und drohte, sich umzubringen. »Geben wir ihnen eine letzte Warnung.«

»Zehn-vier«, antwortete sein Unterhändler im Transporter.

Verdammt, er liebte sein Team. Sie alle wussten genau, mit wem er sprach und wann wer zu antworten hatte. Sie kannten ihre Positionen und Aufgaben und erfüllten sie tadellos. Er war stolz darauf, zu dieser Truppe zu gehören.

»Hier ist Atlanta PD SWAT! Wir haben das Gebiet umstellt und alle Ausgänge blockiert. Dies ist Ihre letzte Chance, langsam herauszukommen. Einzeln und mit erhobenen Händen!«

Der Bewaffnete hörte die Warnung deutlich durch den verstärkten Lautsprecher und feuerte dann als Antwort einen weiteren Schuss ab.

Hin und wieder erhaschte Hart einen Blick auf das Gesicht des Verdächtigen. Er sprach und verhielt sich, als hätte er irgendetwas genommen und wäre nicht bei Sinnen. Normalerweise dauerte es nicht lange, bis Kriminelle, die ihren gepanzerten Transporter anrollen sahen, die Hände erhoben und sich ergaben. Aber dieses Mal nicht. Dieses Mal mussten sie all ihr Training in die Tat umsetzen.

»Er könnte auf Selbstmord durch einen Polizisten aus sein«, knurrte Fox und zog seinen Helm enger. Er hatte sein Sturmgewehr an die Brust gedrückt und verengte die Augen. »Was machen wir, Hart?«

»Wir werden sie ausräuchern müssen. Sie werden uns nicht näher heranlassen. Und ich gehe das Risiko nicht ein, wenn er noch feuert. Wir wissen nicht, über wie viel Munition der Typ verfügt und ob er noch andere Waffen hat. Die unteren Fenster sind zugenagelt. Wir müssen das Gas in die Fenster des zweiten Stocks schießen«, wies er das Team an.

Die siebenköpfige Eingreiftruppe nahm eine Rautenformation ein, mit drei ballistischen Schildträgern an der Spitze. Hart stand direkt hinter ihnen, Fox rechts von ihm. Zwei seiner Männer traten aus dem Schutz des Fahrzeugs heraus und bewaffneten sich mit ihren Gasgranatwerfern. Sie ähnelten großen Maschinenpistolen und hatten ein Trommelmagazin mit sechs Schuss. Die beiden Männer stellten sich nach hinten und waren bereit, auf Harts Befehl hin zu schießen. Er und Fox zielten, um sie zu schützen.

»Alpha zehn an Zentrale. Wir setzen Gas ein«, informierte Hart den Protokollführer, der jede ihrer Aktionen ab ihrem Eintreffen am Einsatzort dokumentierte. Er atmete tief durch.

Sein Team bewegte sich vorwärts, dann knallten die großen Schilde auf den Boden. Hart konnte den Verdächtigen noch durch das durchsichtige Rechteck im Schild sehen. Der Mann schrie und feuerte zwei Schüsse ab, die an den Panzern abprallten. Hart wurde langsam wütend. Er hob die Faust und befahl seinen Granatwerfern, auf die Freigabe zu warten. Sobald der Verdächtige das Fenster verließ, winkte Hart sie mit der Hand nach vorn.

Einer seiner Beamten trat vor, zielte über den Schild, der ein Stück gesenkt wurde, und feuerte. Die Gasgranate machte einen hohlen Knall, als sie die Kammer verließ, und zerschmetterte das Fenster.

Harts Schütze ging wieder in Deckung. Der zweite Officer rückte mechanisch vor, zielte, feuerte und trat zurück. Der Schild ging hoch. Sein erster Schütze war wieder in Position und bereit, erneut zu feuern. Das taten sie dreimal. Es war wie eine gut geprobte Show. Innerhalb von Sekunden war das Haus eingenebelt.

»Masken auf«, befahl Hart. Er winkte und der Rest seines Einsatzteams stieg aus dem 16 Mann fassenden Fahrzeug aus und sie alle positionierten sich um das Haus herum. Hart drückte auf sein Mikrofon. »Sienna zwei, Positionen der Verdächtigen? Over.«

»Unverändert, Alpha zehn. Over«, antwortete seine Scharfschützin.

Die Haustür war bereits aufgebrochen und aus dem Weg geräumt, als sie den Haupteingang betraten. Hart atmete gleichmäßig durch seine Maske und betrat das vernebelte Haus. Er konnte hören, wie sich die Verdächtigen gegenseitig anschrien, auf etwas herumhackten und dabei husteten. Hart machte mit zwei Fingern eine Bewegung und wies die Teams an, wohin sie gehen sollten. Auch wenn sie sich mehr als einmal vergewissert hatten, dass das Haus leer war, mussten sie es dennoch gründlich durchsuchen.

Stumm befahl er vier Männern, mit ihm die Treppe hinaufzugehen. Sie hielten ihre Gewehre hoch und steckten die Gewehrkolben in die Schulterklappen. Ihre Schritte waren so schnell und leicht, wie sie auf der knarrenden Treppe sein konnten. Sein Team unten rief »gesichert«, als sie sich auf den Weg in den zweiten Stock machten.

Hart befand sich direkt hinter einem seiner Schildträger. Er konnte hören, wie die Verdächtigen kämpften, um aus dem Haus zu kommen, und wusste, dass dies ihre Chance war, einzudringen, solange sie abgelenkt waren. Die Chemikalien in dem Gas ließen nicht nur die Augen tränen und brennen, als wäre Säure in sie eingedrungen, sie verursachten auch Orientierungslosigkeit und Atembeschwerden.

Er gab das Okay, in das Schlafzimmer vorzudringen. Einer der Angreifer rannte auf den Flur hinaus und direkt in den Schild von Ware. Der riesige Beamte benutzte die Blockade wie einen Rammbock und warf den Mann um, sodass er zu Boden ging. Fox und zwei seiner Männer fixierten ihn. Aus seiner peripheren Sicht sah Hart, wie der zweite Mann seine schwache 9mm-Handfeuerwaffe auf sie richtete. Sie konnte ihrer Rüstung nichts anhaben.

»Lassen Sie die Waffe fallen!«, brüllte Hart.

Er sah die Entschlossenheit in den Augen des Verdächtigen, kurz bevor dieser seine Waffe auf sich selbst richtete und den Mund weit genug öffnete, um den Lauf hineinzustecken.

»Nein!«, schrie Hart und stürzte vorwärts. Der Schuss war ohrenbetäubend in dem kleinen Raum. Hirnmasse spritzte auf die schmutzige Wand, an der der Verdächtige gestanden hatte, und sein Körper fiel zu einem leblosen Haufen zu Harts Füßen zusammen.

»Verdammt!«, brüllte Hart. Er starrte hilflos auf die Leiche. Sein Verstand begann automatisch, zu rotieren. Hätte er etwas anders machen können? Hatten sie sich zu schnell bewegt? Hätte er eine Blendgranate anstelle von Gas verwenden sollen? Er spürte eine starke Hand auf seiner Schulter, rührte sich aber nicht. Er starrte einfach weiter auf den toten Mann, der sie wiederholt gewarnt hatte, zurückzubleiben.

Vielleicht hätte ich ...

»Hey. Das war seine Entscheidung und das weißt du verdammt genau«, knurrte Fox in sein Ohr. »Komm schon, Mann. Melde es.«

Hart ließ zu, dass Fox am Gurt seiner kugelsicheren Weste zerrte, bis er ihm in die Augen sah. Er schüttelte den Kopf und trat zurück, als sich das Blut um seine Stiefel zu sammeln begann. »Alpha zehn an Zentrale.«

»Zentrale.«

»Tatort ist gesichert. Ein Verdächtiger festgenommen. Zweiter Verdächtiger ... tot durch einen selbst zugefügten Kopfschuss.« Hart seufzte tief. »Over.«

Kapitel 12

Hart

»Sind Sie sich sicher, dass ich Ihnen nichts zu essen oder trinken bringen kann? Es ist schon ziemlich spät. Vielleicht ist noch ein bisschen von dem Auflauf übrig«, sagte Carlos und legte Harts Knieschoner und Helm zurück in seinen Schrank. Er war geduscht und die letzten Teile seiner Uniform waren weggeräumt. Zumindest die Teile, die nicht mit Blut bespritzt waren.

Hart schüttelte den Kopf und legte den letzten Papierkram in seine Ablage, den Carlos schnell an sich nahm. »Ich hasse es, dass man Sie zwingt, hierzubleiben und den ganzen Papierkram zu erledigen.«

Hart schnaubte missmutig. »Wir müssen die Berichte machen, solange der Vorfall noch frisch im Kopf ist. Das habe ich doch schon eine Million Mal erklärt. Wenn ich nach Hause gehe und mich ins Bett lege, könnte ich ein wichtiges Detail vergessen.«

»Dafür ist der Protokollführer da«, brummte Carlos. Er ordnete denselben Stapel Akten, den er zehn Minuten zuvor bereits geordnet hatte.

Er wusste, dass sein Assistent es hasste, ihn aufgebracht zu sehen, und er versuchte sein Bestes, um eine Ich-bin-okay-Fassade aufzusetzen, aber es fiel ihm schwer. Er sah immer wieder den besiegten Ausdruck dieses Mannes, kurz bevor er sich das Hirn weggepustet hatte.

Verdammt.

Im Büro war es dunkel und still. Die meisten aus seinem Team waren nach Hause gegangen. Alle außer er, Fox und Carlos.

»Es ist schon nach einundzwanzig Uhr, Carlos. Gehen Sie nach Hause«, sagte Hart leise. »Ich bin brav. Das verspreche ich. Wir sehen uns morgen früh, okay?«

»Sie haben eine Besprechung mit God, Day und Syn wegen des Haftbefehls gegen die Cornelia-Gang angesetzt, den sie in ein paar Wochen vollstrecken wollen. Aber die wurde abgesagt. Vielleicht können Sie ausschlafen und sich morgen ausruhen.«

»Moment. Was meinen Sie mit abgesagt?« Er runzelte die Stirn und sah im Kalender auf seinem Schreibtisch nach. Tatsächlich. Die Teambesprechung um 8 Uhr war durchgestrichen. Wenn God und Day einen hochriskanten Haftbefehl vollstrecken wollten, musste er verdammt sicher bei diesem Treffen dabei sein.

»God hat sie abgesagt«, informierte Carlos ihn.

»Warum zum Teufel?« Er stand auf.

»Weil man als demokratisch gewählter Anführer autokratische Entscheidungen treffen darf. Die Sitzung wird verschoben, weil ich es sage«, erklärte God, der imposant in der Tür stand.

Hart sackte auf seinen Stuhl zurück. »Was machst du noch hier, Cash?«

»Ich habe gehört, was passiert ist.« God setzte sich ihm gegenüber. »Bist du okay?«

Hart brauchte sich bei seinem Freund nicht zu verstellen. Er fuhr sich mit beiden Händen über den Kopf und über das Gesicht. Er schloss die Augen und erinnerte sich an den lauten Knall der 9mm. »Ich wollte nur ...«

»Dir muss klar sein, dass egal, was du getan hättest, und egal, wie dein Team reingegangen wäre, es wäre immer das Ziel deines Verdächtigen gewesen«, sagte God überzeugt.

»Genau das habe ich auch gesagt«, bestätigte Fox, der durch seine Seitentür kam.

»Ich weiß das, okay? Es ist trotzdem ...«, murmelte Hart.

»Er starb während eines Einsatzes, den du geleitet hast. Das ist mir klar. Und nichts, was wir sagen oder tun, wird diese Tatsache ändern. Aber ich weiß, was hilft.« God grinste.

Fox starrte God einen Moment lang an, dann brach er in Gelächter aus. »Es geht nichts über eine gute Ablenkung. Vielleicht so wie die, an der du dich am Nachmittag im Pausenraum festgehalten hast.«

Harts Gesicht erhitzte sich. Das war ein weiterer Grund, warum er so niedergeschlagen war. Er hatte seine Chance auf ein erstes Date verpasst. »Nun ja. Ich kann sowieso nicht behaupten, dass ich heute Abend eine gute Gesellschaft gewesen wäre. Und da es auf zweiundzwanzig Uhr zugeht, kann ich wohl sagen, dass ich allein nach Hause gehen werde.«

Um mich abzulenken.

Er hatte nicht einmal Frees Nummer. Er hätte wenigstens eine Nachricht geschrieben und sich entschuldigt. Er hatte ihn nicht versetzen wollen.

»Es geht doch nicht darum, ob du eine gute Gesellschaft bist. Lass ihn für dich da sein, Mann.« God stand auf und ging zu seiner Bürotür. Er drehte sich noch mal um und sah ihn an. »Wenn es mir in diesem Büro zu viel wird, kann Leo manchmal nichts mehr sagen. Alles, was mein Mann dann noch tun kann, ist, seine Arme um mich zu legen und mich ihn einfach spüren zu lassen. Lass Free das für dich tun. Es ist an der Zeit, dass du den Trost erfährst, den dir nur ein Mann geben kann.«

»Aber ...«

God öffnete die Tür und Free stand in einem bequem aussehenden Jogginganzug und mit einer Büchertasche über der Schulter da. Er trug nicht das modische Outfit, das er vorhin angehabt hatte. Hart nahm an, dass er nach Hause gegangen war, sich umgezogen hatte und dann zurückgekommen war. Für ihn.

»Hey«, sagte Free leise und kam herein.

Fox stand auf und klopfte ihm im Vorbeigehen auf die Schulter. »God, ich gehe mit dir.«

»Cool.« God ging ohne ein weiteres Wort raus und ließ ihn mit Free und seinem wirren Kopf allein.

»Ich dachte, du seiest schon weg«, meinte Hart. Er stand auf und umrundete den großen Schreibtisch. Manchmal ließ sein Körper ihn sein Alter spüren.

»War ich auch. Aber ich bin zurückgekommen, um zu warten.«

Hart verzog das Gesicht, als er auf die Uhr sah. »Du hättest nicht so lange hierbleiben müssen.«

»Es hat mir nichts ausgemacht. Ich habe doch gesagt, ich bin hier, wenn du zurückkommst.« Free ging weiter, bis sie Brust an Brust standen. Seine Stimme war leise und beruhigend, als er fragte: »Bist du okay? God hat mir erzählt, was passiert ist.«

Er schloss wieder die Augen.

Nein, ich bin nicht okay.

Es war schwer, daran zu denken. Jedes Mal, wenn er es tat, sah er den gequälten Gesichtsausdruck des Verdächtigen, hörte seinen eigenen Schrei und dann den unvermeidlichen Knall.

Warme Hände berührten seine Wangen. »Sieh mich an.«

Hart öffnete die Augen und zog den Anblick der Schönheit vor sich dem grausigen Bild hinter seinen Lidern vor. Free roch so sauber, als käme er frisch aus der Dusche, und seine Haut leuchtete golden unter der schummrigen Beleuchtung seines Büros. Er trat noch dichter an ihn heran und ließ zu, dass Free seine langen Arme um seinen Hals schlang. Sie blickten einander einen langen, angenehmen Moment an. Abwesend strich er mit seinen Händen über Frees starken Rücken und spürte die geschmeidigen Muskeln durch den dicken Stoff des Kapuzenpullis, während er ihn festhielt. Es fühlte sich so gut an, so echt. Er vergrub seine Nase in Frees Halsbeuge und atmete seinen verlockenden, entspannenden Duft ein. Es war ein Trost, den ihm in diesem Moment wirklich nur ein Mann geben konnte.

Sie standen da, Wange an Wange, Brust an Brust, und atmeten gemeinsam. Free drückte ihn fester an sich, zeigte ihm seine Stärke. Seine Körpersprache sagte ihm, dass er sich für eine Weile auf ihn stützen konnte. Hart war sich nicht sicher, ob er wusste, wie er das anstellen sollte. Immer musste er für andere da sein. Wie konnte er das annehmen, was Free ihm anbot, wenn er noch nie die Gelegenheit dazu gehabt hatte?

Free drückte ihm einen ausgiebigen Kuss auf die Lippen, dann einen weiteren auf seine raue Wange.

Hart stand wie erstarrt da und wollte nichts tun, was Frees Mund daran hindern könnte, sich über ihn zu bewegen.

»Ich weiß, es ist spät. Aber ich bin nicht müde. Wenn du noch Lust hast, ein bisschen zu reden ...«

Er nahm Frees Hand von seinem Kinn und küsste sie. Er wollte mehr tun, aber das war nicht der richtige Ort dafür. Er war kurz davor, zu sagen: *Nein, ist okay, du hast schon genug getan.* Aber es entspräche nicht der Wahrheit. Er wollte ausnahmsweise mal ganz egoistisch sein. Er brauchte heute Abend verzweifelt Frees Gesellschaft. »Danke, dass du geblieben bist.«

Kapitel 13

Free

»Möchtest du mir nachfahren?«, fragte Hart, als er auf dem Teil des Parkplatzes stand, der für Fahrräder und Motorräder reserviert war. »Mein Haus ist nicht weit von hier. Nur ein paar Blocks.«

Frees Roller wirkte zwischen den größeren Bikes fast schon komisch, aber das war ihm egal. »Klar. Aber häng mich nicht ab. Meine Höchstgeschwindigkeit ist fünfzig.«

»Wirklich?« Er warf ihm einen mitleidigen Blick zu, der ihn zum Lächeln brachte.

»Ja. Wirklich.« Free schnallte seinen Helm vom Sitz ab, schwang sich auf seinen Roller und wartete darauf, dass Hart vorausfuhr. Er hatte seine Büchertasche dabei, in der sich Kleidung zum Wechseln befand. Optimistisch, ja, aber er mochte es, vorbereitet zu sein. Ihm fiel fast die Kinnlade runter, als Hart eine rustikale braune Jacke aus weichem Leder aus der Satteltasche zog und sie sich über die breiten Schultern warf. Free lief das Wasser im Mund zusammen, als er sah, wie sich die kräftigen Schenkel an das glänzende Biest schmiegten und der starke Motor zum Leben erwachte. Das Aufheulen vibrierte in seiner Brust und der Anblick verstärkte das Gefühl, das sich bis zu seinen Eiern ausbreitete.

Hart blickte über die Schulter und schenkte ihm ein wissendes Grinsen. Free versuchte gar nicht erst, es zu verbergen. Er leckte sich über die Lippen, richtete sich auf und setzte seinen Helm auf.

Setz deinen Arsch in Bewegung, Hart.

Free war es egal, wie spät es war. Er wäre bis zum Morgengrauen geblieben, wenn der Einsatz so lange gedauert hätte. Er wusste nicht, warum Hart dachte, er wäre das Warten nicht wert. Free würde es ihm einfach zeigen müssen.

Er folgte Hart in einem gemütlichen Tempo von 45 km/h durch die dunklen, spärlich bevölkerten Straßen und bog dann rechts auf den Glenwood Place ab. Er mochte es, wie Hart mit einer Hand auf dem Lenker und einer auf seinem Oberschenkel fuhr.

So verdammt heiß.

Die Nachbarschaft war ruhig. Die meisten der kleinen Häuser im Ranchstil sahen aus, als wären die Bewohner bereits ins Bett gegangen. Hier und dort schienen Lichter durch Fenster, als er vorbeifuhr. Er hätte sich nie vorstellen können, dass Hart in einer malerischen Gegend wie dieser wohnte und jeden Abend zu seiner Frau nach Hause gefahren war, aber er hatte es getan.

Sie bogen in seine Einfahrt ein. Hart fuhr in seine Garage und stellte den Motor ab. Free tat das Gleiche. Es parkten neben ihnen auch ein neuer Pick-up-Truck und ein klassisches Motorrad, das vielleicht ein Hobbyprojekt war.

Als Hart den Ständer herunterklappte, nahm Free seinen Helm ab und zeigte auf den Haufen Werkzeug neben dem Motorrad.

Hart zuckte mit den Schultern. »Ich bezweifle, dass ich es je wieder zum Laufen bringen werde, aber ich kann es einfach nicht loslassen.« Er lächelte zärtlich. »Mein Vater hat es mir geschenkt, als ich fünfzehn war. Meine Ex mochte es nie, wenn ich damit fuhr, also habe ich es mit der Zeit irgendwie ignoriert. Ich hasse es, dass ich das getan habe.«

Free bat Hart nicht, mehr über das Motorrad oder seine Familie zu erzählen, denn sein Lächeln war eher melancholisch als nostalgisch. »Es ist ziemlich cool.«

Hart hatte den Kopf gesenkt und den Mund verzogen und klapperte mit seinen Schlüsseln. »Ähm, wir können reingehen.«

»Klar.« Free umklammerte die Riemen seiner Umhängetasche mit beiden Händen und wippte auf den Fersen, während Hart den Schlüssel reinsteckte. Er öffnete die Tür, trat zur Seite und hielt sie für Free auf. Er stieg die paar Stufen ins Haus hinauf, wobei er darauf achtete, Harts breite Brust zu streifen.

Die Garagentür führte in einen Hauswirtschaftsraum. Es war kein völliges Durcheinander, aber Free lächelte über den Haufen ungefalteter Wäsche, der aus einem großen Wäschekorb quoll, und die Uniformen auf dem Boden vor der Waschmaschine. Er achtete darauf, nirgendwo draufzutreten, bis er durch die zweite Tür trat, die in einen schmalen Korridor führte. Es war dunkel, also wartete er, bis Hart den Lichtschalter betätigte.

»Entschuldige die Unordnung.« Hart hustete nervös. Er stellte seine Tasche vor der Tür ab und führte sie weiter hinein. »Hier drin ist es ein bisschen ordentlicher.«

Free folgte Hart den Flur entlang und bemerkte die Anspannung in seinem Nacken und seinen Schultern. Der Korridor führte in ein großes Wohnzimmer, das durch eine lange Wand geteilt war. Die Böden waren aus glänzendem Holz und es gab ein paar schöne Teppiche, die den Ess- und Wohnbereich voneinander trennten. Harts Haus war männlich und einladend. Frees Favorit war bislang der Großbildfernseher, der über einem gemauerten Kamin hing. Alles war wunderschön. Die Möbel waren tiefgrün und übergroß. Am Ende der Couchgarnitur stand ein massiver Sessel, über dessen Rückenlehne eine zerschlissene Decke lag. Ein paar Zeitschriften und vier verschiedene Fernbedienungen lagen verstreut auf dem Couchtisch. Die Wohnung war gemütlich und wohnlich.

Er ging an Hart vorbei und sah sich schweigend im Raum um. Er konnte spüren, dass der große Mann nervös war, also wollte er ihn nicht bedrängen. Er wollte ihm zeigen, dass das nicht beängstigend sein musste. Free blieb vor ein paar Regalen stehen und betrachtete die vielen kleinen Ziergegenstände und Fotos. Eines schien Hart zu zeigen, als er jung gewesen war. Er stand mit einem anderen Teenager im gleichen Alter strahlend vor einer roten Scheune. Ein weiteres Bild zeigte Hart stolz in seiner SWAT-Uniform. Auf anderen Fotos war er mit seinem Team zu sehen. Da war auch ein älteres Paar, bei dem es sich um Harts Eltern handeln musste, denn der buschige Bart des gut aussehenden älteren Mannes war ein eindeutiges Indiz. Und es gab mindestens drei Fotos von ihm mit God: beim Angeln, Seite an Seite in voller Montur und dann mit den Armen um seine Schultern bei einem Spiel der Falcons. Schließlich hielt Free bei einem witzigen Foto von sieben Männern unterschiedlichen Alters inne, die auf Hockern vor ein paar Frauen saßen, ihre langen Bärte umklammerten und frech in die Kamera grinsten. Free drehte sich um und deutete auf das Bild, um eine Erklärung zu erhalten.

Harts Lippen verzogen sich zu einem Lächeln, als er sich ihm langsam näherte. Der Mann hatte Sex im Blut und ließ seine Knie weich werden. Free biss sich auf die Unterlippe und versuchte, seinen Gastgeber nicht zu offensichtlich anzustarren. »Es zeigt fast alle Männer meiner Familie.« Er deutete abwechselnd auf die einzelnen Personen, während er sie vorstellte, und ein noch breiteres Lächeln zierte sein hübsches Gesicht. »Das sind mein Vater und meine Stiefmutter. Meine vier Brüder mit ihren Ehefrauen. Das ist mein kleiner Bruder mit seiner Freundin. Mein Onkel mit seiner fünften Frau.« Harts Lachen war tief und beruhigend.

Free verdrehte nicht die Augen, weil Hart sagte, es wäre die fünfte Frau seines Onkels.

»Du fragst dich, was es mit den Bärten auf sich hat, oder?« Er lächelte und beobachtete ihn. »Wir können alle ziemlich haarig werden. Das liegt einfach in den Genen. Wir mögen vielleicht nicht unsere behaarten Schultern, aber wir lieben unsere Bärte. In unserer Familie ist es zu einem witzigen Spruch geworden, dass eine Frau uns beim Bart hat. Das sagen wir immer, wenn wir … du weißt schon …«

Free blickte wie gebannt in diese eisblauen Augen. Ohne nachzudenken, trat er näher heran und überbrückte den Abstand, der sie trennte. Harts Körper vibrierte und gab eine erstaunliche Menge an Wärme ab. »Wenn ihr … *was*? Erzähl weiter.«

Hart brach den Blickkontakt nicht ab. »Wenn wir schwer verliebt sind.«

»Verstehe.« Free wünschte sich nichts sehnlicher, als die ganze buschige Länge zu ergreifen und Hart daran ins Bett zu ziehen. »Warst du dabei, als das aufgenommen wurde?«

Er nickte, dann schüttelte er den Kopf, als hätte er gerade eine unangenehme Erinnerung.

»Wie kommt es dann, dass du nicht auf dem Foto bist?« Free blickte auf das Bild.

Hart schwieg lange und Free befürchtete, dass die Frage zu aufdringlich gewesen war. »Damals hatte ich noch keinen Bart.« Er klang getroffen. »Ich habe dir ja schon gesagt, dass meine Ex ihn nicht mochte. Sie hat sich immer darüber aufgeregt. Am Ende habe ich ihn abrasiert und bin eine lange Zeit ohne geblieben. Ich lasse meine Haare erst seit drei Jahren wieder wachsen, seit der Scheidung.«

Free ärgerte sich, dass er gefragt hatte. Verdammt, er würde seine Ex zu gerne sehen, und sei es nur, um ihr einen bösen Blick zuzuwerfen und dann ihren Arsch nach dem Stock abzusuchen, der darin steckte.

Harts Blick huschte zur Couch und wieder zurück. Er sah unsicher aus, fuhr sich mit einer Hand grob über das Gesicht und atmete tief durch. »Ähm. Willst du dich nicht setzen? Oder … willst du etwas trinken? Bist du vielleicht hungrig?« Er bewegte sich auf die Küche zu, legte ein paar Schalter um und beleuchtete das Esszimmer, das in die gemütliche Wohnküche führte.

Free ergriff Harts Arm. Er konnte immer noch die Last auf seinen Schultern sehen. Die Spannungsknoten in seinem Nacken waren praktisch sichtbar und Free wusste, dass es höllisch wehtun musste. »Hey, warte mal.« Free streichelte den breiten Bizeps, den er festhielt. »Entspann dich einfach mal. Du brauchst nichts für mich zu tun. Ich versuche nur, hier bei dir zu sein, okay? Ist das in Ordnung?«

Hart lehnte sich an ihn und Frees Brustkorb wurde eng.
»Ja, das klingt gut.«

»Schön.« Free strich mit über Harts Brust. »Was ist das Erste, das du tust, wenn du von einem schweren Tag nach Hause kommst? Wenn ich nicht hier wäre, was hättest du als Erstes getan?«

»Ich wäre in mein Büro gegangen und hätte über meinen letzten Einsatz nachgedacht und darüber, was ich hätte anders machen können«, antwortete er spöttisch, als wüsste er, dass das nicht gesund wäre.

»Nun, das lasse ich nicht zu. Also, was wäre das Zweite, was du tun würdest? Wenn du allein hier wärst, Ivan.« Free konnte nichts dafür, dass sich seine Stimme rau anhörte. Dieser Mann hatte einfach etwas an sich, das ihn dazu brachte, sich vollkommen wohlzufühlen und er selbst zu sein.

»Ich würde wahrscheinlich duschen und den Wasserstrahl auf meine müden Muskeln prasseln lassen.« Hart griff sich in den Nacken, genau dort, wo Free die Stressknoten sah. »Die Reste im Kühlschrank aufwärmen, eine späte Mahlzeit zu mir nehmen und versuchen, mir im Fernsehen irgendetwas Geistloses reinzuziehen, um nicht an die Arbeit zu denken. Und dann dabei eindösen.«

Free lächelte.

»Ich wette, ich klinge für dich wie ein alter Mann«, brummte er.

Du klingst nach Trost.

»Du bist noch nicht so weit, dass ich dir sagen kann, wie du für mich klingst. Also sage ich dir, dass du duschen gehen sollst. Und wenn du rauskommst, werde ich die Reste für dich aufgewärmt haben. Und es wird eine Kleinigkeit geben, von der ich glaube, dass sie dir gefallen wird.«

Harts blaue Augen funkelten und er zog die Augenbrauen hoch. Es sah aus, als läge ihm die Frage nach dem besonderen Etwas auf der Zunge, aber er schluckte sie herunter. Stattdessen nickte er steif, sagte Free, er sollte sich wie zu Hause fühlen, und drehte sich um, um den dunklen Flur hinunter zu einer Doppeltür am Ende zu gehen.

Free wartete, bis sich die Tür schloss, und ging dann in die Küche, um mit seiner Arbeit zu beginnen. Er war kein Koch, aber es war nicht schwer, bereits zubereitetes Essen zu nehmen und es zum Aufwärmen in die Mikrowelle zu stellen. Während er darauf wartete, dass ein großer Teller Bœuf Stroganoff fertig aufgewärmt wurde, suchte er auf seinem Handy nach ruhiger Musik. Seine Nerven versagten ihm den Dienst, als er darüber nachdachte, was er da tat.

Bitte halte mich nicht für ein verdammtes Werkzeug.

Frees oberstes Ziel war es, sich heute Abend um Hart zu kümmern. God hatte ihm erzählt, wie sich sein bester Freund nur um andere kümmerte und seinen eigenen Bedürfnissen keine Beachtung schenkte, und das schon seit vielen Jahren. Es war offensichtlich, dass Hart in Not war. Er hatte einen beschissenen Tag hinter sich und niemanden, der am Ende für ihn da war. Aber jetzt war *er* da. Er konnte sehen, dass Hart immer noch Zweifel hatte, wenn es um sie beide ging, aber er würde ihm zeigen, dass sie gut füreinander sein konnten. Free war nicht völlig selbstlos. Hart brauchte etwas von ihm, aber er brauchte auch etwas von Hart.

Kapitel 14

Hart

Hart stöhnte zum zehnten Mal auf, als er versuchte, sich in der Dusche auf das Trimmen seines Bartes zu konzentrieren, für das er in den Spiegel sah, den er an den Kacheln befestigt hatte. Seine Erektion wollte einfach nicht schwächer werden, selbst wenn sein Leben davon abhinge. Es war nicht leicht, sauber zu arbeiten, wenn sein Schwanz bei der Vorstellung eines verflucht heißen jungen Mannes pulsierte, der darauf wartete, dass er herauskam, damit er ihm etwas »Besonderes« geben konnte. Sein Schwanz zuckte wieder. Es war verrückt, dass er, bevor Free aufgetaucht war, eine Woche lang keine volle Erektion bekommen hatte und jetzt das Ding geradezu mit einem Schlagstock niederknüppeln müsste.

Er fand, dass er gepflegt und sauber genug war, stellte das Wasser ab und trat heraus. Er ignorierte das Zittern seiner Hände, als er sich abtrocknete, und beeilte sich, eine enge Unterhose anzuziehen, um seinen widerspenstigen Schwanz im Zaum zu halten, sowie eine weite Jogginghose und ein schwarzes Tanktop. Er wollte erst in seine Pantoffeln schlüpfen, entschied sich dann aber doch für das Barfußlaufen.

Hart kam aus dem Badezimmer und achtete darauf, die Tür laut genug hinter sich zu schließen, damit er sich nicht an Free anschlich. Bei ihrem ersten Treffen hatte er sofort Frees schreckhafte Art bemerkt. Er war lange genug in der Strafverfolgung tätig, um jemanden zu erkennen, der seelisch oder körperlich missbraucht worden war. Beides konnte so viel Schaden anrichten. Er hatte gleich gewollt, dass Free sich hier und in seiner Nähe sicher und willkommen fühlte. Vielleicht war das der Grund, warum er sich vom ersten Tag an so zu Free hingezogen gefühlt und ihn so vehement beschützt hatte. Dieses Arschloch von Vasquez hatte ihn in die Enge getrieben und versucht, ihn einzuschüchtern. Eine Bestie tief in ihm hatte ihr hässliches Haupt erhoben. Bevor Hart wusste, was er tat, hatte er auf dem Balkon vor Free gestanden und jeden angeknurrt, der es wagte, ihm wehzutun.

»Wie war die Dusche?«, wollte Free wissen, als Hart das Wohnzimmer betrat.

»Gut.«

Vielleicht noch besser, wenn du mit mir da drin gewesen wärst.

Hart schluckte. Wenn Free versucht hätte, mit ihm zu duschen, hätte er wahrscheinlich wie ein Idiot dagestanden und seine haarige Leistengegend bedeckt.

Free war nicht schüchtern, als er Hart anerkennend musterte; von den Spitzen seiner großen Zehen bis hin zu seinem ... Sein glühender Blick blieb an seinem Bart hängen. »Hast ihn gerade getrimmt?«

Hart kicherte, als er sah, wie beunruhigt Free war. Als würde er die fehlenden Stücke vermissen, die er abgeschnitten und den Abfluss runtergespült hatte. »Nur ein bisschen. Ich muss ihn regelmäßig kürzen, sonst sehe ich am Ende aus wie einer dieser Typen aus Duck Dynasty.«

Free lachte und sein ganzes Gesicht erhellte die schwach beleuchtete Wohnung. Er trat vor, seinen intensiven Blick immer noch auf Harts Bart gerichtet. »Bist du bereit, etwas zu essen?«

Dazu war Hart immer bereit. Er hatte sich angewöhnt, spontan und zu verrückten Zeiten zu essen. Jetzt, da Free es erwähnt hatte, bemerkte er, dass ein erstaunlicher Duft aus der Küche kam. »Ja. Riecht gut.«

»Ich hoffe, die Nudeln und das Fleisch, die ich aufgewärmt habe, waren noch gut. Es roch jedenfalls gut«, meinte er und folgte ihm in die Küche.

»Müsste noch gut sein. Es ist erst seit einem Jahr da drin ...« Hart hielt kurz inne, als er einen dampfenden Teller auf dem Tisch sah, daneben ein großes Glas Eiswasser und sogar eine ordentlich gefaltete Papierserviette. Free hatte es für ihn hingestellt, als wäre er ein Fürst, als wäre er etwas Besonderes. Verdammt, selbst seine Frau hatte das nie getan. Sie hatten immer in Buffetform gegessen. Niemals hätte er sich vorstellen können, dass ein Mann so etwas für einen anderen tun würde. Wie aufmerksam. Er stand überrumpelt und sprachlos da.

»Ich, ähm ... Ich wollte es nicht einfach in der Mikrowelle stehen lassen.« Free gestikulierte unsicher. »Ich hätte nicht ... Ich dachte ... Oder isst du vor dem Fernseher?«

Hart schüttelte den Kopf und setzte sich an den Tisch. Er wollte keine große Sache aus etwas machen, das höchstwahrscheinlich nur eine nette Geste war. Aber es fühlte sich trotzdem verdammt gut an. Frees Besorgnis wurde schnell von einem erleichterten Grinsen abgelöst, als er sich ihm gegenübersetzte.

»Hast du keinen Hunger?«, fragte Hart und griff gleich zu.

»Nein. Ich habe schon gegessen.« Free trank von der Wasserflasche, die er aus dem Kühlschrank geholt hatte. »Ich könnte nie so spät essen. Ich wäre die ganze Nacht wach.«

Hart wollte nicht, dass Free dabei zusah, wie er sein Essen hinunterschlang, also trank er das halbe Wasser aus und aß dann rasch.

Als er den Teller mit der Gabel abkratzte, fragte Free ihn: »Wie lange bist du mit God schon befreundet?«

Er brummte: »Ich kenne den Knallkopf schon viel zu lange. Seit er ein übergroßer Neuling war. Ich war im Hauptquartier stationiert und God und Day machten sich auf der Straße schnell einen Namen. Wir haben eine lange Geschichte. Überraschenderweise wurde das SWAT-Team immer wieder zu ihren Verhaftungen hinzugezogen. Wir hatten also viel miteinander zu tun. Lange Rede, kurzer Sinn: Als God sein eigenes Einsatzkommando bekam, empfahl er mich als seine Verstärkung.«

Free beobachtete ihn und hing an jedem seiner Worte, als würde er eine großartige Geschichte erzählen. Sein Leben war nichts, woraus man eine große Sache machen musste. Er war ein großer Junge aus der hinterwäldlerischsten Stadt am Arsch des Landes. Er hatte aus den falschen Gründen geheiratet und lebte immer noch mit den Folgen.

»Ich habe das Gefühl, dass dein Leben viel interessanter war als meins«, sagte Hart. »Ich erinnere mich, dass du meintest, du seiest in Baltimore geboren, aber in Ostengland aufgewachsen. Ich weiß, ich habe es dir schon gesagt, aber dein Akzent macht mich wahnsinnig.«

Frees helles Lächeln strahlte bis in seine Magengrube und erhellte seine triste Welt. »Danke, mein Hübscher.«

Harts Wangen brannten unter seinem Bart.

Was machen wir hier eigentlich?

Sie flirteten und wurden rot wie Schulkinder. Hart trank sein Wasser aus, denn er brauchte die Kühle, um das Feuer in seinem Bauch zu löschen.

»Ja. Ich bin in Peterborough aufgewachsen. Es ist eine große Stadt voller Kultur, und meine Mutter liebt die Kunst. Wir konnten stundenlang durch die britischen Städte spazieren, nur sie und ich. Sie ist eine Künstlerin und ich bin ein Technikfreak. Unsere Gespräche wurden oft hitzig.« Er lachte leise.

»Sie klingt lustig«, meinte Hart, schob seinen Teller beiseite und schenkte Free seine volle Aufmerksamkeit. Er überlegte, ob er aufstehen und eine Kanne heißes Wasser für Tee oder Kaffee aufsetzen sollte, entschied sich aber dafür, ihn weiter erzählen zu lassen.

»Ich bin nur in die Staaten zurückgekehrt, um ans MIT zu gehen. Ich … Ich habe es gehasst, dass ich meine Mutter verlassen musste. Ich war immer derjenige, der meinen Vater in Schach und von ihr ferngehalten hat.« Sein Lächeln verblasste.

Hart schluckte und war sich nicht sicher, ob er hören wollte, dass dem Mann vor ihm etwas Schlimmes widerfahren war. Free war ein so sanfter Typ. Es fiel Hart schwer, zu verstehen, wie jemand den Wunsch haben konnte, das zu zerstören.

Einen Moment lang war es still, während Free ein paar Kerben auf dem Eichentisch entlangfuhr, als würde er darüber nachdenken, was er sagen sollte. Hart studierte Frees schlanke Finger und sein Puls beschleunigte sich bei dem Gedanken, was sie tun könnten. Free hatte seinen Kapuzenpulli ausgezogen und trug nun ein dünnes T-Shirt mit V-Ausschnitt, das seine durchtrainierten Unterarme zur Geltung brachte. Er stöhnte fast wieder auf.

Jetzt ist nicht der richtige Zeitpunkt.

Free brauchte eine Weile, aber schließlich schaffte er es, wieder etwas zu sagen. Er hob seinen Blick vom Tisch und sah Hart mit seinen dunklen Augen an, die von noch dunkleren Wimpern beschattet waren. »Mein Leben nach dem MIT war schwierig. Mein Segen war eigentlich ein Fluch. Meine Fähigkeiten waren mein Verhängnis. Mit zwei Jahren begann ich mich für Elektronik zu interessieren. Mit sechs reparierte ich schon unsere Haushaltsgeräte. Mit zehn klaute ich meinem Vater Kabel und Geräte. Er fand schnell heraus, was ich konnte, und investierte viel Geld, damit ich die besten technischen Schulen besuchen konnte. Nicht, weil er wollte, dass aus seinem Kind mal etwas Großes wird, nein.« Free runzelte die Stirn, als würden seine Gedanken Einschnitte hinterlassen. »Er wollte einfach nur reich sein, mit allen Mitteln. Er war Polizist, aber einer von der übelsten Sorte. Die Art, die die schlimmsten Verbrecher in die Tasche steckte. Und ich hatte Angst vor ihnen allen.«

Hart griff nach Frees Hand. Er musste ihn berühren. Er sollte nicht weitermachen, wenn er es nicht wollte. Aber er wollte Free von allen Seiten kennenlernen: von den guten und den schlechten. »Es ist okay, Len. Du musst nicht …«

»Nein. Ist schon gut«, widersprach Free und erwiderte den Druck seiner Hand. »Ich vertraue dir, Ivan. Ich meine, sieh dich an. Ich wäre nicht hier mit dir allein, wenn ich dir nicht hundertprozentig vertrauen würde. Es ist verrückt, weil wir uns erst kennenlernen, aber ich *weiß*, dass du mich nicht verletzen würdest.«

»Niemals«, versicherte Hart ihm eilig. Er hoffte, Free würde die Aufrichtigkeit, die er in seinem Inneren fühlte, sehen.

Wer hat ihm wehgetan? Wer, verdammt?

»Steckst du in irgendwelchen Schwierigkeiten, Len?«

»Nein. Nicht mehr.« Frees Blick war so ernst, dass Harts Herz einen Schlag lang aussetzte. Er wusste, dass das, was Free ihm gestehen wollte, eine große Sache sein musste. Aber er war bereit, ihn zu unterstützen, egal was passierte. Solange Free kein Pädophiler oder Mörder war, was er sehr wahrscheinlich nicht war. Wenn Free in irgendwelchen rechtlichen Schwierigkeiten steckte oder in Gefahr schwebte, war er sich sicher, dass sich sein und Gods Team zusammensetzen und ihn da rausholen konnten.

»Das ist gut«, meinte Hart.

»Allerdings. Jetzt, wo meine Mutter und ich im Zeugenschutzprogramm sind, wird uns niemand mehr finden. Nicht einmal mein Vater mit all seinen Beziehungen. Meine Mutter ist Kunstlehrerin an einer Grundschule auf einem Marinestützpunkt in Virginia.«

Hart stand der Mund so weit offen, dass er eine ganze Schar Fliegen fangen könnte. Er klappte den Mund wieder zu. »Len! Das darfst du niemandem erzählen. Niemandem! Wie kannst du ...?«

»Beruhige dich.« Frees lächelte entspannt.

Warum hält er das für lustig? Hat er es noch jemandem erzählt?

»Ich meine es ernst. Wenn du im Zeugenschutzprogramm bist, darfst du nicht ...«

»Nicht die Regierung hat meine Mutter und mich in das Programm aufgenommen«, fügte er hinzu. »Das war Tech.«

»Was?« Hart schnappte nach Luft. »Detective Murphy?«

»Ja. Er hat sich in das staatliche Zeugenschutzprogramm gehackt. Er verschaffte meiner Mutter und mir neue Identitäten, Wohnungen, Jobs, alles. Tech und ich hatten beide bereits das MIT verlassen. Es gab nichts mehr, was es uns hätte beibringen können. In meinem letzten Studienjahr fing mein Vater an, mich ständig damit zu belästigen, dass ich dieser großen Londoner Verbrecherfamilie helfen sollte, eine Menge Geld zu verschieben. Soll heißen, das Geld anderer zu stehlen und es auf ihre eigene Bank zu bringen.«

Hart hörte entsetzt zu.

»Ich glaube, mein Vater hat sich übernommen. Er hat sich zu tief in die Sache verstrickt, und als er aussteigen wollte, haben sie ihn nicht gelassen und waren hinter seiner Familie her. Da ich auf der anderen Seite des Ozeans war, hatten sie es auf meine Mutter abgesehen.« Frees Hände zitterten leicht in Harts Griff. »Tech und ich haben es gerade noch geschafft, sie zu retten.«

Hart hob Frees Hand und küsste sie. Es fühlte sich wie das Natürlichste und Richtigste an, was man tun konnte. Er war angenehm überrascht, als Free einen tiefen, entspannten Atemzug nahm und sich auf seinem Stuhl zurücklehnte.

Nachdem er Hart ein beruhigendes Lächeln geschenkt hatte, sagte er: »Ich habe es keiner Menschenseele erzählt, nur dir. Tech weiß es natürlich, aber als er verhaftet wurde, hat er dem FBI nicht gesagt, wen er auf die Liste gesetzt hat, und sie konnten nicht herausfinden, was er getan hat. Das Justizministerium hat einige der besten Computerspezialisten der Welt, aber sie konnten nicht erkennen, was Tech verändert hatte. Also wurde die Anklage auf Manipulation reduziert, was immer noch ein schweres Bundesvergehen ist. Tech hätte lange gesessen, wenn nicht God und Day eingeschritten wären. Ich verdanke Tech so viel. Ich war in Peterborough gefangen. Ich dachte, ich *müsse* der Familie Glasgow helfen. Ich hatte schreckliche Angst und sie schickten in alle Richtungen Schläger aus. Sie ließen mich wissen, dass sie überall, wo ich hinging, ihre Augen hatten. Das Zeugenschutzprogramm war die einzige Möglichkeit, frei zu sein. Also änderte Tech meinen Namen in Freeman und brachte uns aus England raus.«

»Großer Gott.« Hart konnte nicht glauben, was er da hörte.

»Ich musste es dir sagen, Ivan. Ich will nicht, dass du mich für einen Lügner hältst. Oder einen Betrüger. Jemand Falsches. Oder dass ich nicht der bin, für den ich mich ausgebe. Ich weiß, dass du gehört hast, was ich tun kann. Aber ich würde es nie für etwas Kriminelles einsetzen, egal für wie viel Geld. Geld ist mir nicht wichtig, war es noch nie. Ich will nur in Sicherheit sein.« Free schüttelte leicht den Kopf. »Tech meinte, dass dir die Wahrheit vielleicht nicht gefallen würde, aber ich musste sie dir trotzdem sagen.«

Er hatte die Pflicht, Verbrechen zu melden. Aber seiner Meinung nach hatte derjenige, der das Verbrechen begangen hatte, nämlich Tech, seine Strafe bereits abgesessen. Und wenn Free und seine Mutter das System genutzt hatten, um einer gefährlichen Verbrecherfamilie zu entkommen, dann hatten sie es genau dafür genutzt, wofür es gedacht war. Hart hatte auch einen Eid abgelegt, nämlich zu schützen und zu dienen. Er würde einem Unrecht dienen und eine Frau und ihren Sohn in Gefahr bringen, anstatt sie zu schützen, wenn er es meldete.

Auf keinen Fall.

»Euch war also alles auf der Liste egal, nur nicht, dass du und deine Mutter draufstanden.« Harts Stimme war rau. Er brauchte mehr Wasser.

»Genau. Wir hatten keine Zeit zu verlieren. Tech musste schnell rein und raus, aber sie haben ihn trotzdem innerhalb von Minuten lokalisiert.« Free sah schuldbewusst aus. »Ich war mit einer neuen Identität auf dem Weg zum Flughafen und Tech war auf dem Weg ins Gefängnis.«

»Ich bin froh, dass du Detective Murphy hattest«, sagte Hart ehrlich. »Ich bin froh, dass er dir geholfen hat.«

»Ich auch. Meine Mutter hat ein tolles Leben in Virginia, einen fürsorglichen Ehemann und junge Stiefkinder, um die sie sich kümmert. Sie ist so glücklich wie noch nie.« Free stocherte wieder in den Kerben des Tisches herum und hielt den Kopf gesenkt. »Außerdem ist das Leben in einem Wohnmobil nicht so glamourös, wie man denkt. Es ist einsam. Ich bin zwar durchs ganze Land gereist und habe seriösen Unternehmen beim Aufbau ihrer Technologieabteilungen oder Netzwerke geholfen und nebenbei Erfindungen gemacht, aber das ständige Umherziehen ist ermüdend, weißt du? Jetzt habe ich endlich das Gefühl, dass ich auch eine Beziehung und ein Leben haben kann, wenn ich vorsichtig bin.«

Kapitel 15

Hart

Meint er ein Leben mit mir?

Hart sah sich in seinem Haus um. Es war schön und gehörte ihm. Er hatte nicht viel, aber was er hatte, konnte er teilen. Hart wusste, dass er viel zu weit vorausdachte.

»Wenn es dir nichts ausmacht, würde ich mir gerne einen Tee machen. Ich habe welchen in meiner Tasche«, sagte Free.

Verdammt.

Er war ein schrecklicher Gastgeber. Wer sorgte nicht dafür, dass sein Gast ein Getränk bekam? Hart sprang auf. Das Geräusch der Stuhlbeine, die auf dem Holzboden scharrten, war laut. »Ich kann Wasser in einem Topf aufkochen.«

»Das ist nicht nötig. Ich wohne in einem Wohnmobil. Mir reicht es, wenn ich etwas Leitungswasser in der Mikrowelle aufkoche.« Free stand auf und ging in den anderen Raum, wo er seine Tasche abgestellt hatte. Als er mit einem kleinen, luftdicht verschlossenen Behälter mit Teebeuteln zurückkam, hielt er ihn hoch und fragte: »Möchtest du auch eine Tasse? Ich habe hier eine entspannende Mischung, die dir gefallen könnte.«

Ist das die besondere Überraschung, die ich brauche?

Er hatte Frees Versprechen, an das er unter der Dusche immer wieder gedacht hatte, nicht vergessen. »Ich bin kein großer Teetrinker, aber ich werde es versuchen.« Er zuckte mit den Schultern.

»Schön, dass du dich bemühst, mich bei Laune zu halten.« Free zwinkerte ihm zu und machte sich daran, zwei Tassen zu füllen, die er mitgebracht hatte. Anschließend brachte er eine davon zu Hart. »Riech zuerst dran. Er ist wirklich gut zur Beruhigung.«

Hart kicherte über die interessante Bitte, hielt seine Nase aber trotzdem über die Tasse. Er ertappte sich dabei, dass er alles tat, worum Free ihn bat. Der Tee roch gut, irgendwie blumig. Er hoffte, dass er nicht so schmeckte, und bemerkte, dass sich Free nicht die Mühe gemacht hatte, Zucker hinzuzufügen.

»Gut, oder?«, fragte er und sah zu, wie Hart an dem heißen Getränk nippte.

Irgendwie schon. Er hatte immer noch starke Schmerzen und Verspannungen im Nacken und in den Schultern, also ließ er die heiße Flüssigkeit langsam über seine Zunge gleiten. Der Tee war nicht schlecht, hatte eine leichte, natürliche Süße, aber einen grasigen Beigeschmack, den er nicht genießen konnte. Er nickte und starrte tief in die Tasse, als würde es den Geschmack verbessern. »Nicht schlecht.«

»Er hilft mir beim Einschlafen, wenn ich unruhig werde.«

Hart sah auf. »Wirst du oft unruhig?«

Free sah ihm in die Augen. »Ja.«

Er setzte seine Tasse ab, denn er hatte kein Interesse mehr an irgendetwas, das seine ohnehin schon steigende Temperatur noch erhöhte. Er wollte Free fragen, wann genau er unruhig wurde. In der Nacht? Wenn er ganz allein war? Denn das war er ganz sicher. Sein Herz schlug ihm bis zum Hals. Er presste seine Lippen zusammen und richtete seine Aufmerksamkeit auf Frees Mund.

Free leckte sich über seine rosigen Lippen, dann stand er langsam auf. Sein Blick war auf Hart gerichtet, als er sich auf ihn zubewegte. Verdammt, alles, was dieser Mann tat, tat er mit voller Konzentration und Leidenschaft. Hart wünschte, er könnte seine Erregung verbergen, aber es war hoffnungslos. Seine Brust hob und senkte sich so schnell, als hätte er einen Herzinfarkt. Er schob seinen Stuhl vom Tisch weg und drehte sich zu ihm.

Free bewegte sich, als wüsste er, wie sexy er ihn fand. Langsam und sinnlich. Dann schob er Harts Beine auseinander, sodass er zwischen seinen Schenkeln stehen konnte. Hart blickte auf und war wie hypnotisiert.

»Wie fühlst du dich jetzt?«, wollte Free wissen. Seine Stimme war keineswegs sanft. Sie hatte einen tiefen, beruhigenden Ton, der wie süße Musik in seinen Ohren klang. Hart könnte diese Stimme aus jeder Aufnahme heraushören. Free berührte seine Wange, dann strich er mit der Handfläche über sein Kinn und fuhr mit seinen schlanken Fingern durch den Bart.

Harts Schwanz rebellierte in seiner engen Unterhose. Er wollte Free antworten und ihm sagen, dass er sich fantastisch fühlte und er ihn weiter berühren sollte, aber er hatte Angst, dass er nur grunzen und stöhnen würde, wenn er seinen Mund öffnete. Als er Frees schöne Augen sah, während er seinen Bart streichelte, geriet seine Erregung in Wallung. Noch nie hatte ihn jemand so begehrlich und liebevoll angeschaut. Er hatte sich das immer gewünscht, es immer gebraucht, aber nie bekommen.

Free rückte so weit näher, dass sich Hart nach vorne lehnen und seine Stirn gegen dessen Bauchmuskeln lehnen konnte. Verdammt, er war so erschöpft. Als er so dasaß, wanderten seine Gedanken automatisch zurück zu seinem Job und zu seinem Einsatz. Er wollte nicht darüber nachdenken, während Free ihn berührte. Er musste den Moment und alles andere genießen. Doch die Anspannung in seinem Nacken wurde immer schmerzhafter.

Gott.

Free wanderte mit den Händen zu seinem Nacken und begann, die schmerzenden Muskelbündel sanft zu berühren. Und endlich ließ Hart sein Stöhnen zu. Free rieb mit seinen warmen Handflächen über Harts Kopf, dann hinunter zu seinen Ohren.

Hart schlang beide Arme um Frees Taille, hielt ihn fest an sich gedrückt und ließ ihn nicht mehr los. »Das fühlt sich so gut an.« Sein Stöhnen wurde halb zu einem Knurren, als Free den Druck steigerte.

Ja, verdammt.

Die Handballen waren weich, nicht schwielig wie seine. Nur die Fingerspitzen waren etwas härter, wahrscheinlich von so vielen Jahren des Klickens auf einer Tastatur, aber Hart fand, dass alles perfekt zusammenpasste. Das war die kleine Besonderheit, die Free für ihn geplant hatte. Aber sie war gar nicht so klein, sondern riesengroß.

»Ich dachte mir, du könnest das gebrauchen. Ich kann spüren, wie sich die Muskeln hier verkrampfen.« Free knetete eine besonders empfindliche Stelle.

Sie schwiegen eine ganze Weile. Free redete kaum, während Hart seine Massage genoss und die Enttäuschung des Tages verblasste.

Schließlich sagte Free: »Es tut mir leid, dass du einen so harten Tag hattest, Ivan. Ich werde nicht so tun, als wisse ich, was ich sagen soll. Ich hoffe, dass das, was ich tue, ausreicht.«

»Mmh. Es ist so viel mehr als ausreichend. Du weißt es nur nicht.« Hart drückte ihn, ohne sich darum zu kümmern, ob es zu fest war. Free war durchtrainiert und stark. Und die Art und Weise, wie er ihn berührte, ihn streichelte und seinen Bart befingerte, ging weit über eine Massage hinaus. Sie verriet seine Lust. Von seiner Position aus hatte er einen guten Blick auf die Beule in Frees Jogginghose. Hart wollte sie unbedingt berühren. So sehr, dass er zu zittern begann.

Free murmelte etwas Beruhigendes, dann spreizte er seine langen Beine und setzte sich rittlings auf Harts Schoß. Er versuchte, seinen Atem zu verlangsamen und seine Hüften nicht instinktiv nach oben zu schieben. Das hier war kein unanständiger Lapdance. Free schaute ihm immer noch in die Augen und berührte ihn, um ihn zu entspannen und sich um ihn zu kümmern. Und, Himmel, das machte ihn mehr an als alles Sexuelle.

»Ich liebe die verschiedenen Farben deines Bartes. Und dass er am unteren Ende dunkler wird.« Er streichelte über sein Gesicht.

Ich muss träumen. Er kann doch nicht denken ...

»Die rötlichen Haare oben.« Free bewegte seine Hüften ein paar Zentimeter näher und Hart fiel beinahe vom Stuhl. Sein Schwanz war so hart und verkrampft in dieser blöden Unterhose. Er konnte nicht glauben, dass er das für eine gute Idee gehalten hatte. »Du bist so sexy, Ivan.«

Hart schüttelte den Kopf angesichts von so viel Glück. Seine Hände wanderten Frees Rücken auf und ab. Es fühlte sich alles so surreal an. Free neigte den Kopf und küsste seine Schläfe.

»Len ...« Hart wusste nicht, was er sagen sollte.

Frees Finger umfingen sein Kinn und hoben seinen Kopf an. In diesem Moment fühlte es sich an, als würden sie beide die Luft anhalten, während Frees Lippen die seinen suchten. Die erste Berührung war so zärtlich, dass er sie kaum spürte. Der nächste Druck dieses warmen Mundes auf seinem war selbstbewusst und erregt. Es gab keine tastenden Zungen, nur einen köstlichen, forschenden Kuss. Ein Kuss, der sagen sollte: *Hallo, willkommen zu diesem Anfang.* Hart atmete heftig aus und hob seinen Kopf weiter an, um mehr zu bekommen.

»Ich wollte dich schon so lange berühren, Ivan. Dich küssen«, hauchte Free gegen seine Lippen und, verdammt, Hart glaubte, dass er gleich kam. Er schloss die Augen und versuchte, seinen Schwanz zu zwingen, nicht zu explodieren, aber es kam nicht jeden Tag vor, dass ein heißer Mann auf seinem Schoß saß und ihm Komplimente machte. Free stöhnte in sein Ohr und ließ sich tiefer in seinen Schoß sinken. Hart verdrehte die Augen. Dann wurden noch mehr dieser sanften Küsse auf seine Lippen verteilt.

Hart verlangsamte die Bewegung seiner zitternden Hände. Sie hatten es nicht eilig. Er saß still, keuchend und mit seinem Kopf in Frees Griff, während der ihn mit seinen Berührungen verwöhnte und ihm den Trost eines Mannes zeigte.

»Deine Hände fühlen sich gut auf mir an«, meinte Free und wanderte zurück zu seinem Mund. Diese sanfte, melodische Stimme war heiser und sexy, und je mehr er seine Hüften bewegte, desto kräftiger wurde die Massage.

Hart wollte sagen, dass er das Gleiche empfand, aber seine Lippen waren zusammengepresst. Er wollte sich nicht vor einem so männlichen Kerl erniedrigen. Aber er war bereits so nahe am Rand des Abgrunds.

Free strich wieder mit der Hand über seinen frisch rasierten Kopf, dann über seinen Hals und unter sein Tanktop. Nicht ein einziges Mal zuckte er zusammen oder zog seine Hand wegen der Haare zurück, die er dort fand. Nein, Free streichelte ihn geradezu. Seine Liebkosungen waren so sanft.

Mmh. Verdammt, Baby.

Harts Schwanz war so verdammt hart. Free musste seine Erregung spüren, denn der Slip konnte nur wenig verbergen. Es war ihm nicht peinlich, denn Free war genauso hart wie er.

»Küss mich noch ein bisschen mehr«, verlangte Free.

Oh mein Gott.

Hart neigte seinen Kopf und öffnete leicht seine Lippen, damit er genug Sauerstoff bekam. Frees Zunge war feucht und warm Hart stöhnte laut auf, seine Hüften zuckten nach vorn.

Free lächelte, dann küsste er ihn weiter.

Es war lange her, dass er das getan hatte, also ließ er Free die Führung übernehmen. Hart verfolgte seine Zunge mit seiner eigenen und saugte an seiner vollen Unterlippe. Frees Stöhnen spornte ihn an, noch mehr zu tun. Hart drückte seine Hüften nach oben und seine nackten Fersen gegen den Boden, um Druck auszuüben. »Ich will ... Oh Gott, Len. Ich ...«

»Sag es mir. Es ist alles gut. Es sind nur wir beide hier, Ivan.« Free kippte seine Hüften und drückte sich an ihn, als würde er still betteln.

Es war ihm völlig egal, wer dabei war. Er hatte jahrelang auf diesen Moment gewartet. Er wollte einfach nur weiter berührt und umarmt werden. Ab und zu schlang Free beide Arme um seinen Hals und drückte ihn, als wollte er sich bei ihm bedanken. Dann massierte und küsste er weiter. Sie blieben so und erforschten einander mit ihren Berührungen.

Bevor er es sich anders überlegen konnte, knurrte Hart eindringlich. »Ich will dich, Len.«

Free unterbrach seine subtilen, kreisenden Bewegungen.

Er hatte es nicht so plump ausdrücken wollen, aber seine Lust war auf Hochtouren und sein steinharter Schwanz raubte ihm die rationalen Gedanken. Alles reduzierte sich auf Urinstinkte. *Wollen. Mann. Ihn. Jetzt.* Das war alles, was sein Gehirn ihm geben konnte.

»Du kannst mich haben.« Free küsste ihn mit Hingabe. »Du kannst alles haben, was du willst. Ich will mehr von dir sehen.« Free griff nach dem Saum von Harts Tanktop und zog es zielstrebig über seinen Kopf.

Ein Blitz der Unsicherheit traf Hart, als Free den Blick auf seine Brust senkte. Dickes, dunkles Haar bedeckte seinen Oberkörper und verjüngte sich dann über seinem Bauch bis in die Hose. Hart schloss fast die Augen, weil er nicht den gleichen angewiderten Blick sehen wollte, den Teresa ihm immer zugeworfen hatte, wenn er nackt gewesen war. Aber er war froh, dass er es nicht tat. Sonst wäre ihm das hungrige, fast raubtierartige Glühen in Frees dunklen

Augen entgangen. Zitternde Hände tauchten in seinen pelzigen Bauch ein, als wäre sein Haar feine Seide.

Oh Gott.

»Fühlt sich das gut an?«

»Fühle ich mich für *dich* gut an?«, fragte Hart, als sich Free an ihn drückte, was beiden ein langes, erregtes Stöhnen entlockte.

»Männer können das nicht gut vortäuschen, Ivan«, erwiderte Free rau, während sein Schwanz seine Hose obszön ausbeulte. Nein, das konnte man nicht vortäuschen. »Dein Körper ist besser, als ich es mir vorgestellt habe.«

Wie das?

Als hätte er seine Gedanken gehört, fuhr Free fort. »Hart und fest. Aber dann an genau den richtigen Stellen weich. Mit deinen Armen um mich herum habe ich das Gefühl, unantastbar zu sein. Ich habe das Gefühl, dass ich alles tun kann, was ich will, weil du hier bist.« Frees dunkle Augen betrachteten seinen Mund. »Und dein Bart ist nicht so rau, wie ich dachte, aber immer noch genug, um ein schönes Brennen in meinem Gesicht zu hinterlassen. Ich will wissen, was sonst noch behaart ist.«

Oh Mann.

Harts Schwanz pochte unter Frees Gewicht. Okay, er war überzeugt. Free war ungewöhnlich besessen von seiner Behaarung, und wie er gesagt hatte, konnten Männer nichts vortäuschen. Hart blickte auf Frees stramme Erektion hinunter, die inzwischen einen beträchtlichen, feuchten Fleck auf seiner hellgrauen Jogginghose hinterlassen hatte.

Scheiße, er täuscht es wirklich nicht vor.

Vielleicht hatte sein bester Freund recht. Es könnte klappen. Auch er könnte einen besonderen Menschen in seinem Leben haben.

Kapitel 16

Free

Scheiße, was tat er da? Er saß auf Harts breitem Schoß und hatte keine Kontrolle mehr über seine Handlungen. Er wurde von glühender, unverfälschter Lust überrollt. Harts Körper war wild, groß und umwerfend. Free wusste nicht, was seine Ex mit seinem Selbstwertgefühl gemacht hatte. Ein Mann, der so fähig war wie Hart, sollte kein Fünkchen Unsicherheit in sich haben. Aber das hatte er. Und zwar jede Menge. Bei der Arbeit war er ein anderer Mensch, ein Kraftpaket, ein gefürchteter Gesetzeshüter. Free streichelte über Harts breite Brust. Alles in ihm wollte diesen Schmerz lindern. Hier zu Hause, allein, war Ivan ein anderer Mann, ein verletzlicher.

»Du fühlst dich toll an. Ich habe dir doch gesagt, du brauchst nicht daran zu zweifeln.« Free legte seine Hände an Harts Gesicht. »Können wir aus der Küche weg? Zur Couch vielleicht?«

Hart nickte, aber er suchte wieder nach Frees Lippen. Er war jetzt Feuer und Flamme und wurde mit jeder Berührung sicherer. Free wollte, dass Hart die Kontrolle übernahm. Er brauchte seine Kontrolle. Aber er verstand, dass Hart gerade erst lernte und sich mit dieser Seite vertraut machte, also musste er geduldig sein.

»Oh.« Free stöhnte, als Hart nach seinem Hals griff. Sein Bart kratzte an der freiliegenden Haut über dem V-Ausschnitt seines Shirts und Free war sich nicht sicher, wie viele Lusttropfen noch fließen würden, bevor das echte

Zeug kam. Da Harts Arme fest um seinen Rücken geschlungen waren, lehnte Free sich weiter zurück und überließ ihm all die Haut, die er wollte. »Ja. Verdammt, dein Mund.«

Hart grunzte und biss in seine Kehle, was Free vor Entzücken aufschreien ließ. Er würde kommen. Oh Gott, er kam. Es war zu viel. Frees Schwanz pulsierte schnell, als er sich in der Erregung verlor. »Du wirst mich verdammt noch mal so hart kommen lassen, Liebster.«

Free überhörte ein Keuchen des Entsetzens unter seinem Stöhnen der Ekstase, aber er vernahm ein schrilles: »Mein Gott, hört auf damit!«

Hart fluchte, als Free nach hinten gerissen wurde. Dann wurde er auf äußerst wackelige Beine gezwungen. »Was zum ...?«

»Und das auf meinem Küchentisch, Ivan! Mit diesem Perversen!«

Free begriff nur mühsam, was geschah, und dass sie nun eine kreischende Zuschauerin hatten, die in der einen Hand einen abgedeckten Teller mit Essen und in der anderen einen Schlüssel hielt. Er versuchte, sich zu bedecken, wobei sein Schwanz immer noch auf Hart zeigte. Der Frau traten die Augen aus dem Kopf, als sie sich von Hart abwandte und ihren stählernen Blick auf Free richtete. Wenn Blicke töten könnten, wäre er bereits tot und würde auf dem Boden verrotten. Er bemühte sich, seinen Schwanz unauffällig aus dem Blickfeld zu manövrieren. Sie sah nach unten und gab beim Anblick des Flecks auf seiner Hose ein Würgegeräusch von sich.

»Wie können Sie es wagen, in meine Küche zu kommen?«, schrie sie, holte aus, und verpasste ihm eine schallende

Ohrfeige, bevor Hart sie abwehren konnte. Sein Kopf ruckte nach links, unmittelbar gefolgt von einem heißen, stechenden Schmerz.

»Scheiße!« Free hielt sich das Gesicht, während Hart auf seine Ex zustürzte, die bereits die Hand für einen weiteren Schlag erhoben hatte.

»Was zum Teufel ist los mit dir, Reese? Hast du den Verstand verloren?«

Hart schob seine Frau weg und eilte zurück an Frees Seite. In seinen Augen war zu lesen, wie leid es ihm tat, und in diesem Moment nahm Free es ihm nicht übel. Aber er war es wirklich leid, in Atlanta bedroht, angegriffen, geohrfeigt und herumgeschubst zu werden. Und jetzt hatten es auch noch die Frauen auf ihn abgesehen.

»Du kannst hier nicht einfach reinkommen und meinen Besuch angreifen!«

Free richtete den Rest seiner Kleidung, nicht sicher, was er zu dieser verrückten Frau sagen sollte. Als Hart sanft seine brennende Wange berührte und sich in den babyblauen Augen ein Ausdruck tiefer Trauer abzeichnete, konnte er ihm nur einen verständnisvollen Blick zuwerfen. Es war nicht seine Schuld. Keiner von ihnen war daran schuld.

»Ich komme gerade von meiner Frauenbibelgruppe und wollte dir ein paar Reste von der Party mitbringen und meine Auflaufform holen. Ich habe gehört, was heute passiert ist, und dachte, du könntest eine gute Mahlzeit gebrauchen. Dann komme ich hierher und sehe, wie dieses Tier meine Küche beschmutzt.« Sie wollte sich wieder auf ihn stürzen, aber Hart ließ sie nicht in seine Nähe.

»Das ist nicht *deine* Küche! Wir sind geschieden. Das ist *mein* Haus, nicht deins. Du hast kein Recht, hier so hereinzukommen!« Free hatte ihn noch nie zuvor seine Stimme erheben hören. Er schrie sie nicht an, aber war sehr nachdrücklich. »Du musst gehen. Und zwar sofort.«

Teresa stand mit einem wütenden und sehr angewiderten Gesichtsausdruck da. Sie wäre eine attraktive Frau, wenn sie nicht so finster dreinschauen und knurren würde wie Cruella de Vil. Und wenn sie Hart nicht anstarren würde, als wäre er ein Außerirdischer. »So behandelst du die Frau, mit der du zweiundzwanzig Jahre lang verheiratet warst? Du machst schmutzige Dinge in meiner Küche?«

Free musste von dieser verrückten Tussi wegkommen, bevor er etwas Unangebrachtes zu einem Thema sagte, das ihn nichts anging. Er marschierte um Hart herum.

»Nein. Geh nicht. Du musst nicht gehen. Bitte. Es tut mir so leid.« Harts Augen wanderten zu Frees Wange. Hatte er etwa einen Bluterguss?

Verdammt.

Free musste ihn beruhigen. Er berührte Harts Kinn und ignorierte das erstickte Keuchen von der anderen Seite des Raumes. »Ich werde nirgendwo hingehen. Ich werde in deinem Schlafzimmer sein.«

»Das Bett ... das Schlafzimmer! Ivan, was ist denn hier los? Hat Cashel Godfrey dir das eingeredet? Du tust doch immer alles, was er dir sagt.« Teresa stellte ihren Behälter auf den Herd und machte tatsächlich den Ofen an.

»Teresa! Wenn du nicht sofort gehst, rufe ich McCoy an. Du arbeitest für die Polizei, du kannst nicht einfach so herumlaufen, in Häuser eindringen und Leute angreifen. Wenn du noch ein Mal ohne Erlaubnis und unangemeldet in mein Haus kommst, werde ich mit deinem Vorgesetzten reden.«

Teresa wirbelte herum und in ihren hellbraunen Augen bildeten sich Tränen. Sie strich sich ein paar ihrer glänzenden, roten Locken hinters Ohr und starrte Free ungläubig an, als er an ihr vorbeiging und den Flur hinuntereilte. Er nahm an, dass die Flügeltür zu Harts Schlafzimmer führte, und ging hinein, wobei er die Tür einen Spalt offen ließ, um sie beobachten zu können. Er wusste, dass Harts Ex missbräuchliches Verhalten zeigte, aber das war verrückt. Er ließ die beiden nicht aus den Augen.

Hart trat aus der Küche und bot Free einen guten Blick. Sein Oberkörper war immer noch nackt, als er entschlossen durch das Wohnzimmer ging. »Gib mir den Ersatzschlüssel.« Hart hielt die Hand auf, aber seine Ex bewegte sich nicht. Stattdessen kam sie näher und aus ihrem Mund quoll pures Gift. Ihr texanischer Akzent war deutlicher als Harts und viel weniger attraktiv. Sie klang hochnäsig.

»Ich werde allen erzählen, was ich hier gesehen habe. Du und dieser *Junge*, der wahrscheinlich halb so alt ist wie du. Du solltest dich schämen, Ivan. So etwas gehört sich nicht für einen Captain. Haben meine Babys deshalb nicht überlebt? Du wolltest einen Mann und nicht mich? Und ich habe all die Jahre mit dem Versuch verschwendet, mit dir Kinder zu haben.«

Free blieb der Mund offen stehen und sein Herz zog sich beim Anblick von Harts niedergeschlagenem Ausdruck zusammen.

»Das ist verdammt hart, Reese. Wie kannst du so etwas sagen?« Seine Stimme war nur ein Flüstern, aber Free hörte sie.

Diese verdammte Küchenhexe.

»Du bist krank.« Teresa sah Hart von oben bis unten an und deutete mit einer verärgerten Geste auf seinen Oberkörper. »Um Himmels willen, zieh etwas an. Hab ein bisschen Stolz.«

Jetzt reicht es! Das - reicht!

Free sah Harts Bademantel an der Rückseite seiner Zimmertür hängen, riss ihn schnell vom Haken und kam wieder aus dem Zimmer. Hart blickte zu ihm, dann auf den weichen Baumwollbademantel in seinen Händen. Free ignorierte Teresas gemurmeltes »Toll, Sie sind wieder da« und achtete darauf, seine Augen auf die einzige Person zu richten, die wichtig war. Die Frau war nichts weiter als ein belangloser Fleck in der Landschaft. Free schenkte Hart ein warmes Lächeln, als er vor ihm stand, und öffnete den Bademantel. Er ließ nicht zu, dass Hart ihn ihm abnahm. Stattdessen schob er einen Ärmel über den breiten Bizeps und ging langsam auf die andere Seite, um ihm mit dem zweiten Arm zu helfen. Harts Gesichtsausdruck war fast komisch, so verblüfft sah er aus. Free kam zu seiner Vorderseite, legte beide Enden zusammen, sodass Harts Brust bedeckt war, und verknotete das Band in seiner Mitte. Hart starrte auf ihn herab. Sein Blick sagte: *Danke.*

Free zeigte Harts Ex die kalte Schulter, während er versuchte, so viel Bewunderung in seine Stimme zu legen, wie er konnte. »Ich würde dich *nie* bedecken wollen. Ich tue es nur, weil sie nicht zu schätzen weiß, wie schön du bist, also hat sie kein Recht, dich anzusehen.«

»Wie bitte?«, schnaubte sie. »Ich habe dein Flittchen wohl nicht hart genug geohrfeigt.«

Free war in seinem Leben schon vieles genannt worden, aber das noch nie. Er fand es sogar irgendwie lustig. Er war seit über einem Jahr nicht mehr mit einem Mann zusammen gewesen. Dass er mit einem zusammen gewesen war, zu dem er sich hingezogen gefühlt und vor dem er keine Angst gehabt hatte, war sogar noch länger her. Er wusste, was er war und was nicht, also reagierte er nicht auf ihre Beleidigung. Er konzentrierte sich auf Hart. Es tat ihm leid, dass er ihren Missbrauch so lange hatte ertragen müssen. Sie waren beide entkommen. So viele Leute dachten, Männer wären nicht anfällig für körperliche Misshandlung, aber sie waren es, und es hinterließ Spuren und Narben wie bei jedem anderen auch. Free brannte darauf, Hart zu geben, was er verdiente. Und dazu gehörte nicht, dass er sich den Müll dieser Frau anhören musste. Sie war so gemein und voller Gift. Wie zum Teufel konnte sie gerade von einer Bibelgruppe kommen und dann zehn Minuten später Hass verbreiten?

Was für eine Bibel haben die denn benutzt? Die Misandrie-Version?

»Es dauert nur eine Minute, Len«, sagte Hart und richtete seinen eisigen Blick auf seine Ex. »Letzte Warnung. Wenn du noch ein Mal hierherkommst, rufe ich als Nächstes deinen Vorgesetzten und dann einen Richter an, um eine einstweilige Verfügung zu erwirken. Unerlaubtes Betreten ist illegal, ebenso wie Körperverletzung.«

Ein Lächeln breitete sich auf Frees Gesicht aus, während er langsam zum Schlafzimmer zurückging. Es gefiel ihm, dass sich Hart ihr gegenüber behauptete. Er hoffte, dass er ein bisschen dazu beigetragen hatte. Free würde sie dennoch beobachten, nur für den Fall, dass sie wieder versuchte, handgreiflich zu werden. Denn dann würde Hart einen Zeugen brauchen.

Anstatt sich weiter zu wehren, warf sie ihm noch »Du hast mein Leben ruiniert, Ivan« entgegen und schlug die Tür zu. Hatte sie gedacht, sie würden wieder zusammenkommen? War das der Grund, warum sie immer noch vorbeikam? Free wusste es nicht und er konnte nicht behaupten, dass er Lust auf einen Wettbewerb hatte. Aber für Hart würde er kämpfen, und es würde sich lohnen.

~ * ~

Hart

Er schloss schnell hinter Teresa ab und löschte das wenige Licht im Wohnzimmer. Er zögerte fast, in Richtung seines Schlafzimmers zu gehen. Free musste zu Tode erschrocken sein. Und völlig außer sich. Hart sollte jemand sein, bei dem er sich sicher fühlte.

Verdammt.

Er fuhr sich grob über den Bart, dann kratzte er sich am Kinn. Er wollte auf der Stelle God um Rat fragen, aber er würde Free nicht einfach hier sitzen lassen, wahrscheinlich schon mit seiner Tasche über der Schulter.

Du verfluchte Hexe, Reese. Du hinterhältiges kleines Scheusal. Ich kann nicht glauben, dass du ihn angegriffen hast.

Hart war gedemütigt. Free hasste Gewalt, und leider hatte er gerade eine Kostprobe davon bekommen, wie Harts Leben in diesen mehr als 20 Jahren ausgesehen hatte. Und dann redete sie auch noch über die Kinder, die sie verloren hatten … Wie konnte sie nur?

Hart eilte in die Küche, holte ein frisches Geschirrtuch, nahm eine kleine Tüte Limabohnen aus dem Gefrierschrank und legte sie hinein. Er ging mit einem Kloß im Hals den Flur hinunter. Sie hatten eine so tolle Zeit miteinander gehabt, und jetzt war sie ruiniert. Er war am Boden zerstört, weil seine erste Erfahrung verdorben worden war. Er hatte sich gewünscht, dass der heutige Abend für sie beide etwas Besonderes werden würde. Jetzt musste er da reingehen und Free fragen, ob er seine Ex anzeigen wollte. Er hätte jedes Recht dazu.

Hart streckte die Hand nach dem Türgriff aus und erstarrte einen Moment. Was, wenn Free dort mit seiner Tasche über der Schulter stand und die perfekte Ausrede hatte, um zu gehen?

Bitte nicht, Len.

Hart murmelte ein kleines Gebet und drückte die Tür auf. Er sah sich im Zimmer um, aber er konnte Free nirgends entdecken. Im Bad war er auch nicht, denn dort war es dunkel.

Verdammt, ist er aus dem Fenster gestiegen?

Hart ging um die Ecke zu der Nische, in der sein übergroßes Bett stand Und da lag Lennox Freeman mit nacktem Oberkörper und lächelte. Hart wollte noch einen Schritt machen, aber seine großen Füße fühlten sich an, als wären sie aus Blei.

Free war nicht nackt, er hatte die Decke über seine Hüften gezogen. Das Etikett seiner Boxershorts lugte darunter hervor. Free sah ihm in die Augen, während er mit einer Hand über das spärliche, seidig schwarze Haar auf seiner olivfarbenen Brust fuhr. Frees Grinsen war so verdammt sexy, als er sagte: »Nicht so viele Haare wie bei dir. Aber es sind einige. Gefällt es dir?«

Lieber Himmel ...

Hart musste erst seine Stimme wiederfinden, und als er sie wiederfand, kamen seine Worte heiser und angestrengt heraus. »Du bist wunderschön, Len.«

Schön, weil du zu mir hältst. Schön, weil du mich berührst. Schön, weil du bleibst und mich nicht verlässt.

»Ich dachte mir, wir können vielleicht ein bisschen chillen und uns etwas von dem besagten geistlosen Fernsehprogramm reinziehen, das du vorhin erwähnt hast.« Frees neckisches Lächeln wich einem ernsteren Gesichtsausdruck. »Ich weiß, dass du einen harten Tag hattest, und wenn du jetzt einfach nur allein ins Bett willst, dann würde ich das verstehen. Aber nach allem, was gerade ... Nun ja, ich dachte mir, du könntest heute Abend vielleicht einen Freund gebrauchen. Wir müssen ja nichts tun, nur rumhängen, okay?«

Sein Gefühl der Erleichterung war so stark und unmittelbar, dass ihm schwindlig wurde. Free hasste ihn nicht. Er wollte ins Bett klettern, aber Free hielt ihn auf. »Hey, bleib stehen.«

Hart hielt mit einer Hand und einem Knie auf der Matratze inne.

»Zieh den Bademantel aus«, bat er sanft.

Ihm wurde warm. Er ließ den Stoff von seinen Schultern rutschen und auf den Boden fallen. Frees dunkle Augen verschlangen ihn, als er auf dem Bett zu ihm kroch. Hart nahm den kühlen Beutel und legte ihn sanft auf Frees gerötete Wange, während er sich neben ihm niederließ. Er konnte die Sorgenfalte in der Mitte seiner Stirn spüren, aber sie nicht vertreiben. Er rieb mit der Daumenkuppe über Frees Schlüsselbein. »Es tut mir so leid, dass sie dich geschlagen hat, Len.«

»Ich weiß. Es tut mir auch leid, dass sie so auf dich losgegangen ist.«

Hart nahm ihn in seine Arme und hielt ihn fest, bis sie beide einschliefen.

Kapitel 17

Free

Free wachte im Morgengrauen auf, wie immer. Egal wie spät er ins Bett ging, er stand immer bei Tagesanbruch auf. Er brauchte eine Sekunde, um zu begreifen, wo er war und in welcher Lage er sich gerade befand. Der Fernseher war ausgeschaltet. Sie hatten gestern Abend nicht mehr ferngesehen. Sie hatten nur ein kurzes Gespräch geführt, bevor sie beide in den Schlaf gesunken waren. Free erinnerte sich daran, dass er seinen Kopf auf Harts Schulter gelegt hatte, aber wie er so weit nach unten gekommen war, dass sein Gesicht auf Harts Unterarm lag, wusste er nicht. War er im Schlaf auf natürliche Weise dorthingerutscht? Free atmete tief ein.

Der größte Teil von Harts Gesicht war unter der dicken Decke vergraben. Sein Arm war angewinkelt und unter das Kissen gesteckt, sodass er die perfekte Vertiefung für Frees Gesicht bildete. Und, oh, er roch gut nach Seife und Alphamännchen. Free wagte es nicht, sich zu bewegen, denn er liebte diese Position. Harts anderer Arm war um Frees Taille gelegt und hielt ihn fest. Irgendwie hatte er seinen Schenkel zwischen Harts geklemmt, und jetzt fühlte er sich, als läge er zwischen zwei Baumstämmen. Free grinste und atmete wieder so unauffällig wie möglich ein.

Ah, so gut.

»Riechst du wirklich an meiner Achselhöhle?«, brummte Hart und seine Stimme war so rau und schmutzig wie in einem Porno. »Die meisten Leute entscheiden sich morgens für den Geruch von Speck oder Kaffee.«

Free kicherte und vergrub sein Gesicht tiefer aus leichter Verlegenheit, aber hauptsächlich aus Begierde.

Er ist also ein Scherzkeks am Morgen?

Nun, er wusste, wie ihm die Spielchen vergehen würden. Free drehte seine Hüften und strich mit seiner Morgenlatte über Harts Oberschenkel. Er erinnerte sich daran, dass Hart ein wenig gezögert hatte, Free mit seiner Erektion zu bedrängen, aber das wollte er jetzt im Keim ersticken. Hart verstummte und Free konnte nur seine flachen Atemzüge hören. Verdammt, er wünschte, er hätte gestern Abend seine Jogginghose ausgezogen, bevor er ins Bett gestiegen war, aber er hatte Hart geben wollen, was er brauchte. Und gestern Abend hatte er keinen Orgasmus gebraucht, sondern einen Freund. Doch heute Morgen war es anders.

Hart bewegte sich auf ihn zu und Free biss sich auf die Unterlippe, als er das erste Mal Harts üppige Beule an seinem Bauch spürte. Ihm lief das Wasser im Mund zusammen. Starke Arme legten sich um seine Taille und er wurde auf Hart gezogen.

Heilige Scheiße.

Free fühlte sich ganz weit oben. Er lächelte auf Hart herab und konnte im spärlichen Licht der Morgendämmerung gerade noch den zufriedenen Ausdruck auf dessen Gesicht erkennen. Harts Augen fielen zu, sein Rücken wölbte sich leicht und seine Hand grub sich in Frees Hose.

»Du hast mich gestern Abend gefragt, was ich will«, flüsterte Hart so leise, wie es seine Stimme zuließ. Sein Bart kratzte verführerisch an Frees Wange, was seinen Schwanz bereits zum Tropfen brachte.

»Ja. Willst du es mir jetzt sagen?« Free küsste seinen Hals, dann schob er sich unter den buschigen Bart und knabberte an seinem Kinn.

Harts Hüften hoben sich. »Fuck. Tu das nicht«, stöhnte er und umklammerte ihn. Free genoss es.

»Ich werde es die ganze Zeit tun, weil ich weiß, was es mit dir macht.« Er drückte sein Becken nach unten. »Es macht dasselbe mit mir.«

»Verdammt, Len«, zischte Hart, als Free an seinem Bart zog und sich auf seinen Mund stürzte.

Sie küssten sich leidenschaftlich. Free küsste ihn, bis er keine Unentschlossenheit mehr spürte und Hart verstand, dass ihn alles an ihm anmachte und er ihn verzweifelt wollte. Nach zehn weiteren Sekunden, in denen er dringend Luft holen musste, löste sich Free von Hart, nur um wieder an ihn herangezerrt zu werden. Er vibrierte, als er sah, wie Harts dominante Seite aufflammte. Und er hatte vor, noch mehr davon zum Vorschein zu bringen. Denn diese spezielle Seite von ihm war ausdrücklich für ihn bestimmt.

»Sag mir jetzt, was du willst.«

»Ich will, dass du auf mir sitzt.« Harts Atmung wurde immer hektischer. »Ich mag diese Position.«

Free konnte nur erahnen, warum sich Hart einen so einfachen Akt wünschte: Die Küchenhexe musste ihn gehasst haben. Ihr ganzes Auftreten schrie nach Stock im Arsch und Missionarsstellung. Was eine Schande war, denn Hart hatte einen Körper, der wie geschaffen war, um ihn zu reiten.

Free legte seine Stirn an Harts Wange, verschmolz ihre Körper von Kopf bis Fuß und verlagerte dann sein Gewicht auf ihn. »Wie ist das?«

Hart strich sanft über seinen Nacken bis hin zur Wölbung seines Hinterns, dann hörte er auf. Free wollte, dass seine Hände noch weitergingen. Er führte ihre Lippen zusammen und kostete seinen Mund, während Hart zufrieden stöhnte. »Du kannst mich anfassen. Es ist okay.«

Free wollte nicht, dass sich Hart schneller bewegte, als er bereit war, aber nach seinen Berechnungen war das mehr als 20 Jahre überfällig.

Hart vergrub sein Gesicht an Frees Hals und ließ seine Hände langsam über seine Wirbelsäule zu seinem Hintern gleiten. Er hielt am Bund seiner Hose inne, bevor sich seine zittrigen Finger darunterschoben.

»Ja. Ich will, dass du mich berührst, Ivan. Ich brauche das.« Je erregter Free wurde, desto ehrlicher war er. Er spürte, dass er seine eigenen Wünsche nicht zurückhalten musste und dass Hart verstehen würde, wie hungrig er nach Berührung und Zuneigung war.

»Okay«, murmelte Hart und wanderte tiefer.

Die Haare auf Harts Unterarmen kitzelten die Haut an seinem Hintern. Free zappelte, spreizte seine Beine weiter und schob seine Hüften einladend nach oben. Harts Stöhnen folgte sein erster beidhändiger Druck. Er umfasste Frees Gesäßhälften und drückte ihn fester an sich. »So, Len? Berühre ich dich so, wie du es brauchst?«

»Mhm.« Free wand sich schamlos. Hart hatte ihn etwas gefragt, aber er dachte nicht über die Antwort nach. »So gut.«

»Ich will dir geben, was du brauchst, Baby.« Hart küsste ihn hinter seinem Ohr und sprach immer noch mit diesem morgendlichen Grollen. Frees Schwanz pulsierte und er kippte seine Hüften für mehr Druck. »Du bist so hart.«

»Ja. Ich will kommen«, stöhnte Free.

Auf dir.

Er war hart. Genauso hart wie letzte Nacht, und er hatte seinen Orgasmus zurückgehalten, wollte auf den richtigen Zeitpunkt warten. Jetzt war es so weit. Er konnte nicht mehr warten. »Aber erst muss ich ...«

Hart ließ eine Hand in seiner Hose verschwinden und die andere über Frees Brust wandern. »Du kannst es mir sagen.«

»Ich will dich zuerst schmecken.« Darum hatte Free schon lange nicht mehr gebeten, und es klang verdammt nuttig, als es von seinen Lippen kam, aber das war ihm egal. Er atmete schwer, keuchte und Schweißperlen bildeten sich auf seiner Stirn. Er war so nahe dran. »Nur eine Kostprobe, bitte.«

»Oh mein Gott.« Harts Schwanz war wie Beton, der sich gegen seinen Bauch drückte. Der Vorschlag gefiel ihm auf jeden Fall. »Ich habe nicht, ähm ...«

»Schhh. Ich weiß.« Es war keine unangenehme Erklärung nötig. Free wusste, dass es wahrscheinlich ewig her war, dass Hart einen Blowjob bekommen hatte, vielleicht 20 Jahre. Oh, er wollte es für ihn spektakulär machen, aber er selbst war so unter Strom. Er glitt bereits an Harts Brust hinunter, leckte und knabberte dabei an besonders haarigen Stellen. Er blickte auf und sah, dass Harts scharfe blaue Augen auf ihn gerichtet waren und jede seiner Bewegungen und jedes Lecken seiner Zunge beobachteten. Er wollte ihm eine höllische Show bieten, denn er hatte es sich verdient. Free tauchte seine Zunge in Harts Bauchnabel und entlockte ihm ein leises Brummen.

»Das wird so verdammt schnell vorbei sein«, murmelte Hart und legte einen Arm über seinen Kopf.

Free blickte auf. »Wage es nicht, dich zurückzuhalten.«

»Ich glaube nicht, dass ich das könnte, selbst wenn ich es versuchen würde.«

Gut so. Free schob den Rest der Decke ans Fußende des Bettes, dann zog er ganz langsam Harts dünne Hose und den Slip von seinen Beinen, um die köstliche Qual in die Länge zu ziehen. Er ließ sich zwischen Harts pelzigen Schenkeln nieder und spreizte sie so weit, dass er viel Platz hatte. Einen Moment lang konnte er nur starren. Ivan Hart lag in seiner ganzen nackten Pracht vor ihm, während Lichtstrahlen zwischen den Vorhängen hindurchschienen und seinen sexy Körper an den richtigen Stellen trafen. Er konzentrierte sich auf Harts dicken Schwanz, der aus einem dichten, dunkelrotbraunen Busch herausragte.

Heilige Scheiße.

Free keuchte hörbar.

Atmen.

Sein Hauptziel war es, an die tief hängenden Eier zu kommen. Er wollte sie in seinem Mund haben.

Ich bin ein kleiner Teufel.

»Bist du okay?« Hart stützte sich leicht auf einen Ellbogen und sah besorgt aus. »Das musst du nicht tun.«

Free ließ seinen Kopf auf Harts Bauch sinken und atmete ein paarmal tief durch. »Ich habe es dir schon gesagt: Zweifle nicht. Ich bin so verdammt erregt, wenn ich dich nur ansehe, dass ich kurz davor bin, zu kommen.« Free drückte seinen Schwanz zusammen und stöhnte. Hart strich über seine Wange und Free genoss die zärtliche Berührung einen Moment lang, dann hob er den Kopf und fuhr zum ersten Mal mit seiner Zunge Harts rötlichen Schaft hinauf.

»Grrr. Oh Gott, Len!«

Free setzte sich beim Klang von Harts sexy Knurren auf und legte seine Hand um den Penis. Er wollte die dicke Perle, die sich an der Spitze gebildet hatte, und leckte sie mit seiner flachen Zunge auf. Aufregende, starke Aromen explodierten in seinem Mund, während sein Schwanz nach Aufmerksamkeit schrie. Free senkte seinen Hintern und drückte seinen geschwollenen Schwanz in die Matratze, denn er brauchte den Druck. Die Erleichterung trat sofort ein und er kämpfte darum, seine Augen offen zu halten, aber das Vergnügen war so intensiv.

Free öffnete die Lippen, saugte an der Eichel und nahm den Penis ein paar Zentimeter tief in den Mund. Er wünschte, er wäre nicht so eingerostet und könnte alles aufnehmen. Aber Harts Schwanz war proportional zu seinem Körper, sodass es eine Weile dauern würde, bis sich seine Kehle an den Umfang gewöhnt hatte.

»Ich ... Ich kann mich nicht zurückhalten, Baby. Dein Mund fühlt sich so verdammt gut an.« Harts Hand war in Frees Nacken gewandert und knetete ihn dort zittrig, während seine Beine zu beiden Seiten unruhig zappelten. Ein sicheres Zeichen dafür, dass Hart nahe dran war, zu kommen, und versuchte, sich zurückzuhalten. Sie waren beide nahe dran.

»Du musst dich nicht zurückhalten.« Free löste sich mit einem anzüglichen Schmatzen von Harts Schwanz und umklammerte ihn mit einer Hand. Seine Fingerspitzen berührten an der breiten Basis gerade mal seinen Daumen und seine Hand war im Busch vergraben. Seine Eier zogen sich in freudiger Erwartung zusammen. Es war schon verdammt lange her.

Hart blickte fasziniert auf Frees Finger, die ihn umschlossen. Free massierte ihn langsam, von der Wurzel bis zur Spitze. Harts Knie schoss hoch und fiel dann zur Seite, das andere Bein war gerade und angespannt. Es gefiel ihm, wie sehr Hart darum kämpfte, seinen Höhepunkt hinauszuzögern und ihn so lange wie möglich zu genießen.

Free griff nach Harts Eiern. Er liebkoste die schweren Kugeln wie eine gierige Schlampe und stieß sein Becken vor, während Funken seine Wirbelsäule hinunterschossen. Hart grunzte, dann stöhnte er so tief, dass Free es auf seiner Zunge spürte. Sein Schwanz pochte und er verdrehte die Augen. Er war kurz davor, zu kommen.

Harts Hüften hoben sich vom Bett und Free drückte ihn zurück auf die Matratze, wobei er seine eigene Kontrolle zur Schau stellte. Er ließ nicht zu, dass Hart ihn von sich stieß. Nicht bevor er bekommen hatte, was er wollte.

»Grrr.«

Harts Knurren ließ Free schwindlig werden. Er saugte Harts Sack in seinen Mund und leckte daran, saugte wieder, stöhnte und ließ seine Eier vibrieren, während Hart mit seinem mächtigen Orgasmus kämpfte. Und, verdammt, war der kraftvoll. Harts Schaft pulsierte in seiner Handfläche, als Strahlen heißen Spermas aus seinem Schlitz schossen und die Mitte seiner Brust und seine Hand trafen. Hart unterstrich jeden Impuls mit einem heftigen Grunzen, das Free dazu brachte, seine eigene Ladung so schnell abzuschießen, dass es ihn erschreckte. Die Eier, die er immer noch im Mund hatte, dämpften seinen Schrei der Ekstase. Er spritzte so lange ab, dass er um Harts Matratze zu fürchten begann. Schließlich ließ er Hart los und sank auf die Innenseite seines Oberschenkels. Er war außer Atem und fühlte sich herrlich erschöpft.

»Verdammt.« Hart atmete schwer und berührte immer noch leicht Frees Wange. »Ich kann es nicht glauben.«

Free lächelte und genoss die beruhigenden Berührungen. Ihm fiel auf, dass Hart, egal wie erregt er war und wie toll es sich anfühlte, immer darauf achtete, ihn vorsichtig anzufassen. Als wollte er ihn immer nur auf die beste Weise berühren.

»Komm rauf. Ich will dich noch mal küssen.«

Free leckte sich über die Lippen und rutschte an Harts Körper hinauf, wobei er die klebrige Schweinerei zwischen ihnen ignorierte.

Hart drehte sie auf die Seite und manövrierte Free, als wöge er nichts. Noch bevor er sich wieder niedergelassen hatte, drückte er seinen Mund auf Frees und küsste ihn leidenschaftlich, wobei er mit seiner Zunge so tief wie möglich eindrang.

Free stöhnte und schlang ein Bein um Harts Hüfte. Dabei erwachte sein Schwanz zu neuem Leben. Er könnte den ganzen Tag und die ganze Woche einfach so daliegen.

Hart streichelte sein Kinn, dann verteilte er ein paar Küsse auf sein Gesicht, wurde mutiger und selbstbewusster. »Ich hätte nie gedacht, dass ich so gerne küsse«, gestand er leise.

Frees Herz tat weh. Er beugte sich vor und küsste ihn, eine Hand war tief in seinem Bart vergraben. Hart stöhnte auf und drückte ihn fester an sich, schloss die Augen und neigte sein Kinn nach vorn. Free streichelte ihn dort, wo er es sich wünschte.

Wie hat sie ihm das nur verwehren können? Verdammtes Miststück.

»Mmh. Guten Morgen.« Hart rieb ihre Nasen aneinander und zielte auf Frees Wange. »So bin ich noch nie in meinem Leben aufgewacht.«

Free strich über Harts breite Schulter. »Ja, es ist ein sehr guter Morgen. Und ich bin froh, dass es dir gefallen hat.«

Ich wünschte, ich könnte dich jeden Morgen so wecken.

»Das hat es. Sehr sogar.« Hart kicherte leise. »Gefallen ist ein schwacher Ausdruck. Aber ich bin mir nicht sicher, ob ich ein passenderes Wort finden kann. Ich bin einfach nicht so intellektuell.«

Sie lagen da, streichelten einander und hielten sich fest. Keiner von ihnen hatte es eilig, das Chaos zu beseitigen, das sie angerichtet hatten, bis ihnen das zunehmende Licht des Tages sagte, dass der Spaß fast vorbei war.

»Um wie viel Uhr musst du zum Dienst?«, wollte Hart wissen.

»God hat gesagt, ich solle mir den Vormittag freinehmen.« Er lächelte.

»Ach, hat er das?«, brummte Hart. »Cashs Kopf ist so groß, weil er sich in zu viele Dinge einmischt.«

»Ich habe nichts dagegen, dass er sich einmischt, wenn er uns erlaubt, das öfter zu tun.« Free hoffte, dass Hart die Andeutung verstanden hatte.

»Also, ähm, heißt das, du willst das bald wieder tun?«

Ihm gefiel, dass Hart *bald* hinzugefügt hatte. *Bald* konnte gar nicht schnell genug kommen. Er wollte aufspringen und den Tag hinter sich bringen, damit er auf dieses Wort zurückkommen konnte. Free nickte. »Ja. Sehr gerne sogar.«

Kapitel 18

Hart

Er drehte sich zum Schreibtisch in seinem Büro um und versuchte, sich auf die Notizen zu konzentrieren, die er für die Besprechung am Nachmittag gemacht hatte, während er darauf wartete, dass Free im Badezimmer fertig wurde. Allein der Gedanke an einen Mann in seinem Badezimmer, der sich von ihrem Liebesspiel reinigte, ließ seinen Magen vor Schmetterlingen flattern. War es verrückt, dass er Free anflehen wollte, nicht zu gehen, aus Angst, er könnte nicht zurückkommen? Obwohl er bereits sein Interesse bekundet hatte, bald mehr tun zu wollen.

Hart öffnete den zweiten Knopf seines Hemds. Er fühlte sich immer noch unwohl in dem eng anliegenden Kleidungsstück. Es war erst 10 Uhr und er hatte bereits die Ärmel seines dunkelblauen Jacketts hochgeschoben. Carlos hatte ihm heute Morgen seinen überarbeiteten Terminplan gemailt. Jetzt war sein Kalender voll mit aufeinanderfolgenden Treffen mit seinem Commander und dem Chief. Da die Möglichkeit einer kleinen Pressekonferenz bestand, hatte er sich kameratauglich gekleidet. Er nahm seine Fernbedienung in die Hand und schaltete den Fernseher aus, der auf allen lokalen Nachrichtensendern den Selbstmord des Schützen ausstrahlte. Bis jetzt gab niemand der Polizei die Schuld, nur Hart gab sie sich.

»Hey«, sagte Free in der Tür.

Hart drehte sich in seinem Stuhl, als er den Klang dieser sexy Stimme hörte. Free sah gut aus in der dunklen Jeans und dem weißen, kurzärmeligen T-Shirt unter seiner blau karierten Weste. Es war auf eine trendige, hippe Art hübsch. Die Art und Weise, wie er sein dunkelbraunes Haar mit ein wenig Gel frisiert hatte, ließ ihn noch jünger erscheinen. Verdammt, hatte er ihn wirklich gerade in seinem Bett gehabt?

Frees Augen glühten, als er ihn ansah. »Du trägst einen Anzug.« Er trat einen Schritt näher und seine Stimme war heiser. »Ich habe dich noch nie in einem Anzug gesehen.«

»Ich habe heute Meetings«, brummte Hart. »Ich hasse es, den zu tragen, glaub mir.«

Free lächelte. »Das solltest du nicht. Du hast die Schultern für einen Anzug.«

Er wurde rot. »Danke.«

Free kam nicht zu ihm, wie er es sich wünschte, sondern ging zu der Wand mit den Bücherregalen und betrachtete weitere Fotos von ihm aus seiner langjährigen Dienstzeit. Auf der Kommode stand ein Foto von ihm und seinen Brüdern zu Pferd auf der Ranch ihrer Familie. Free nahm den Rahmen. »Bist du der Älteste?«

»Nein. Mike ist der Älteste, dann komme ich.« Hart stand auf und richtete unauffällig seine Hose. »Der Jüngste ist Joe.«

»Er sieht wie ein lustiger Typ aus.« Free lächelte.

»Ist er auch. Vor ein paar Monaten war er mit seiner Freundin hier und besuchte mich an meinem Geburtstag. Er fragte mich, was ich mir wünsche. Ich sagte ihm, ich könne einen neuen Schreibtischstuhl für mein Büro zu Hause gebrauchen, weil mein letzter ausgedient habe. Und der kleine Scheißer hat mir einen gebracht.« Hart zeigte auf seinen Stuhl. Es war ein außergewöhnlich großer Chefsessel mit hoher Rückenlehne und schwarzem Gestell. Das Problem war nur, dass der Sitz und die Rückenlehne aus weichem, königsblauem Samt bestanden. Er hasste und er liebte ihn.

»Das ist der schönste Bürostuhl, den ich je gesehen habe.« Free lachte und strich mit den Händen über die mit Knöpfen versehene Rückenlehne.

»Ja, wenn man ein Mafiaboss ist.« Hart verdrehte die Augen.

Sie schwiegen, während Free weiter herumlief. Hart wollte ihn wieder küssen, war sich aber nicht sicher, wie er fragen sollte. Oder sollte er einfach hingehen und es machen? Aber würde es dann nicht zu bedürftig wirken? Wobei Free vorhin auch ziemlich bedürftig gewirkt hatte.

Free schaute auf die Uhr. »Bist du bereit, zu gehen?«

»Klar. Willst du noch ein spätes Frühstück?« Hart steckte seine Geldbörse in die Brustinnentasche und sein Handy sowie seinen Ausweis an die Hüfte. Dann nahm er seine Dienstwaffe aus dem Safe und steckte sie in sein Schulterholster. Als er seine Sonnenbrille in seinen Hemdkragen hängte, bemerkte er, dass Free ihn ansah. Es dauerte einen Moment, bis er fragte: »Was?«

Harts Brustkorb schwoll an. Mit neu gewonnenem Selbstvertrauen schlenderte er zu Free und nahm ihn in seine Arme. Frees Atem ging stoßweise, dann strömte ein warmer Luftzug in seinen Nacken. »Noch mal: Willst du etwas essen, bevor wir ins Büro gehen? Ich kenne einen guten Imbiss gleich um die Ecke mit dem besten French Toast.«

Free stöhnte seine Zustimmung, aber er ließ nicht los.

~ * ~

»Wo steckt denn der Knallkopf heute? So nennst du ihn doch, oder?«, fragte Harts übliche Kellnerin, Margery, die ihre Frage mit einem lauten Lachen beantwortete. Sie war eine kräftige Frau mit pechschwarzem Haar, das sie zu einem asymmetrischen Bob geschnitten hatte. Um die Frisur abzurunden, steckte sie immer ein paar Haarsträhnen mit einer Kunstblume zurück. Heute war es eine rosafarbene Gardenie.

»God ist schon am Werk. Ich habe mich heute Morgen für hübschere Gesellschaft entschieden.« Harts Puls beschleunigte sich, als er testete, wie es sich anfühlte, sich vor jemandem zu outen. So wie Free errötete und lächelte, war es offensichtlich, dass sie einen schönen Morgen gehabt hatten. Vielleicht als Folge einer noch schöneren Nacht.

»Er ist eindeutig niedlicher als der andere«, meinte Margery, ohne mit der Wimper zu zucken, und drehte sich zu Free um. »Was darf es sein, Schätzchen?«

Hart löste seine Hände, die er unter dem Tisch verschränkt hatte, und wischte sie mit seiner Papierserviette trocken. Er atmete aus und wartete darauf, dass Free sein Essen bestellte.

»Ich nehme auch den French-Toast-Teller. Aber kann ich ihn statt mit Rösti mit Maisgrütze haben?«, fragte Free und reichte ihr die dreifach gefaltete Speisekarte.

»Kein Problem. Und ich komme gleich mit Nachschub zurück.« Sie sammelte die leeren Zuckerpäckchen für die Heißgetränke ein und eilte davon, um die Bestellung aufzugeben.

Hart konnte sich ein Grinsen nicht verkneifen.

»Was?«, fragte Free. »Was ist so lustig?«

»Was weiß ein britischer Junge schon über Maisgrütze?« Hart schenkte ihm ein neckisches Lächeln.

»Meine Mutter ist schwarz und Latina, denk dran. Ich weiß viel über Maisgrütze. Ich esse meine mit viel Butter, Salz und Pfeffer.«

»Das ist der Baltimore-Typ in dir.« Er zwinkerte.

Frees Lachen war wunderschön. »Damit kann ich leben. Ich liebe all die vielen Teile von mir. Es gibt nicht viele Leute, die kandierte Süßkartoffeln und gebratenes Hähnchen mit Buttermilch genießen, aber auch frittierte Kochbananen, Schweinefleischpasteten und walisische Kuchen essen können.« Er lachte leise darüber.

»Das ist eine ziemlich breite Palette.«

»Und du bist aus Texas, richtig?«, wollte Free wissen und nahm einen Schluck von seinem Tee.

Hart nickte. »Ja. Lubbock. Dort gibt es nichts außer Ranches, neugierige Leute und das verdammte Buddy Holly Museum.«

Free lachte wieder.

»Nun, bis ich bereit war, von dort zu verschwinden. Es gibt Gemeinden, in denen jeder deinen Namen kennt und deine Angelegenheiten nie allein deine sind. Aber ich liebe meine Familie. Das Leben auf einer Ranch war toll, das muss ich zugeben.« Hart zog einen Mundwinkel nach oben. »Mein Vater und meine Stiefmutter betreiben die Ranch wie eine gut geölte Anlage. Wir haben fast achthundert Hektar Land und es machte verdammt viel Spaß, dort aufzuwachsen.«

Frees dunkle Augen waren auf seinen Mund gerichtet.

»Als ich jung war, ritt ich jeden Tag, und als ich zwanzig war, kaufte ich mir ein eigenes Pferd. Manchmal, wenn das Leben es nicht gut mit mir meinte, fuhr ich nach Hause, um es zu reiten. Es war ein schwarz-weißer Appaloosa. Ich habe ihn Ranger genannt. Ich saß stundenlang mit ihm in der Scheune.« Er schüttelte den Kopf und grinste. »Diese verdammte Scheune.«

»Was ist damit?« Free lehnte sich vor. »Warum grinst du so?«

Hart konnte nicht glauben, dass er das sagen würde, aber was sie da gerade taten, war gegenseitiges Kennenlernen. »Mein Vater hatte diese riesige rote Scheune für die Ranchpferde und oben gab es einen großen Dachboden, wo wir die Heuballen und Vorräte lagerten. Manchmal hörte ich meinen besten Freund Billy mit seiner Freundin auf dem Heuboden und ich musste für ihn Wache halten. Er wurde dann laut und ...«

»Und was? Hast du dir gewünscht, du seiest mit ihm zusammen?«

Hart zuckte zurück. »Nein! Bill war wie ein Bruder. Wir sind zusammen aufgewachsen. Ich wollte meine eigenen Erfahrungen mit meinem eigenen Kerl machen.«

»Oh.« Free nickte, als würde ihm das gefallen.

»Ich wollte mich im Heu wälzen.« Er lachte verlegen, als Free ihn mit einem amüsierten Funkeln in den Augen ansah. »Hey, schau mich nicht so an. Wenn man auf einer Ranch aufwächst, gehört es dazu, in der Scheune herumzutollen, okay? Aber ein Junge wird erwachsen.«

»Na klar. Du hattest also keine schreckliche Kindheit, aber du gingst von zu Hause weg, um in besseren Städten mehr Möglichkeiten zu erkunden, richtig?«

Hart wünschte, es wäre so einfach gewesen. »Nicht ganz. Ich kam sofort hierher, als ich an der SWAT-Akademie angenommen wurde.« Er hielt inne und räusperte sich. »Teresa war zu der Zeit schwanger. Ich dachte, die Bezahlung würde ihr bei der Schwangerschaftsvorsorge helfen. Sie ... Sie hatte Probleme beim Austragen des Babys.«

Free griff über den Tisch und nahm Harts Hand. »Hey. Du musst das nicht weiter ausführen. Ich wollte nicht ...«

»Nein, Len. Es ist okay. Es ist schon lange her.« Und es war auch ein Teil dessen, was er war.

»Trotzdem. Es ist sehr persönlich. Und verletzend, da bin ich mir sicher.«

»Du hast mir gestern Abend auch etwas sehr Vertrauliches und Persönliches erzählt, Len. Von einer Zeit in deinem Leben, die sicher auch schmerzhaft war. Und ich weiß dieses Vertrauen zu schätzen. Lass mich dir zeigen, dass ich dir auch vertraue«, sagte Hart. Ihm war klar geworden, dass er Free die Wahrheit sagen wollte. Er sollte wissen, warum er seine Wünsche hatte unterdrücken müssen und warum er Teresas Missbrauch so lange hingenommen hatte. Außerdem konnte er es jetzt nicht mehr verheimlichen. Seine Ex war gestern Abend wie ein Wirbelsturm über sie hereingebrochen, ohne Vorwarnung und völlig zerstörerisch, und hatte ihre unschöne Vergangenheit vor seinem Gast ausgebreitet. Er *wollte* seine Seite erzählen.

»Okay«, sagte Free.

»Hast du schon mal von einer Hochzeit mit vorgehaltener Waffe gehört?«, begann er.

»Verdammte Scheiße.« Free senkte den Kopf, hob ihn aber schnell wieder, um Hart seine Aufmerksamkeit zu schenken.

»Nun, Teresas Vater war der verdammte Reverend bei der Hochzeit und er zog einen Colt einer Schrotflinte vor.« Sein Lachen war bitter. »Nichtsdestotrotz hat er recht behalten. Er hat uns getraut, nachdem ich Teresa in meinem ersten Collegejahr geschwängert hatte. Ich arbeitete in den Sommern noch auf der Ranch meines Vaters, während ich an der Texas Tech mein Studium der Strafjustiz absolvierte. Teresas Familie und meine hatten riesige Ranches, züchteten Vieh und Pferde. Wie auch immer, unsere Mütter haben uns immer zusammengeschoben, wenn ich zu Hause war. Es war so verdammt altmodisch, ich weiß, aber sie wollten, dass die Familien zusammenhalten.«

Free öffnete den Mund und schloss ihn wieder.

»Was wolltest du sagen?«

»Du hattest einen älteren Bruder. Warum nicht er?«

Hart konnte nicht glauben, wie verdammt charmant Frees Aussage auf ihn wirkte. Diese Geschichte zu erzählen, war nicht so schlimm, wie er gedacht hatte. »Stimmt. Aber Mike war bereits mit seiner Highschoolliebe verlobt, in die er seit der Grundschule verknallt war. Also war ich der Nächste in der Reihe. Alles, was ich je wollte, war, Polizist zu sein. Ein guter, nicht nur ein Streifenpolizist, der Sozialleistungen und einen festen Gehaltsscheck genießt. Ich wusste, dass ich etwas bewirken will. Ich wusste, dass ich die volle Karriere machen und nicht früh heiraten wollte. In der Highschool absolvierte ich ein Praktikum im Sheriffbüro, und von diesem Moment an war ich süchtig. Die Strafverfolgung war das, was ich machen wollte. Sheriff Roberts war der beste Mentor. Er war das Gesetz in einer ultrakonservativen Stadt, aber er ließ Hass und Vorurteile nicht ungestraft durchgehen. Ich lernte von ihm so viel, wie ich nur konnte.«

»Er klingt großartig.«

»War er. Ist er noch. Jetzt ist er natürlich im Ruhestand und genießt das Leben in Castle Hills mit seiner Tochter und seinen Enkeln. Ich bekomme ab und zu eine E-Mail von dem alten Ziegenbock.«

Margery kam zurück, um Free heißes Wasser für seinen Tee und Harts Kaffee nachzufüllen. »Das Frühstück dauert nur noch ein paar Minuten, Jungs.«

»Danke, Marge.«

Sie nickte, kaute wie üblich auf einem Kaugummi und ging zum nächsten Tisch.

»Wie auch immer. Ich werde diese lange Geschichte kurzhalten. In meinem ersten Sommer kam ich nach Hause und meine Mutter hatte ein Abendessen zwischen den beiden Familien arrangiert. Das war nichts Neues. Normalerweise biss ich die Zähne zusammen, scherzte ein bisschen mit meinen Brüdern und war dann den ganzen Sommer über in die Arbeit auf der Ranch vertieft, wobei ich Reese einfach aus dem Weg ging. Sie mochte es nicht, wenn ihre schicken Riemchenschuhe schmutzig wurden, also war die Scheune ein gutes Versteck für mich.« Hart fuhr sich über den Bart. »Aber an diesem Abend verhielt sie sich seltsam. Sie beschimpfte ständig ihren Vater und schnauzte ihre Mutter an, direkt am Esstisch.«

Hart schwieg und ließ Margery die Teller vor sie stellen. Als sie weg war, war er froh, eine Ablenkung zu haben. Er redete weiter, während er seine Eier und den Toast aß.

»Sie hatte einen Wutanfall und wollte wohl aufmüpfig sein, denn sie packte meine Hand und zog mich vom Esstisch weg, bis wir draußen waren und über das Feld zu ihrem Grundstück liefen. Ich erinnere mich, dass ich dachte: ›Wenn ich einfach still bin, geht ihr Wutanfall vorbei und ich kann nach Hause gehen‹. Reese war schon damals ein Hitzkopf. In der Highschool habe ich meistens mitgemacht, weil sie mich nur benutzt hat, um sich ihren Dad vom Hals zu halten. Sie ging mit mir aus, aber wenn wir ins Kino, ins Diner oder sonst wohin gingen, ließ sie mich stehen und ging mit ihren Freunden weg. Es war nicht ich, auf den sie ein Auge geworfen hatte. Sie wollte einen Rancharbeiter aus der Nachbarstadt, aber ihr Dad wollte das nicht. In dieser Nacht war sie wütend und nahm mich mit in die Scheune. Sie glaubte wohl, sie könne ihrem Vater eine Lektion erteilen, weil er ihr das verweigerte, was sie wollte.«

Hart nahm einen großen Schluck Wasser, als er Frees Gesichtsausdruck sah. Er hatte von Verständnis zu Abscheu gewechselt. Er kannte das Gefühl. Die Details seiner und Teresas Ehe hatten ihm auch immer ein mulmiges Gefühl in der Magengegend bereitet.

»Es war wie in einem schlechten Film. Sie wurde schwanger. Ich hatte nur mit einer anderen Frau in der Schule Sex gehabt und die hatte mir gesagt, ich sei nichts Besonderes. Das war alles. Bei Reese hatte ich keine Chance, irgendetwas zu tun, bevor sie auf mir drauf war.«

Bei Frees entsetztem Gesichtsausdruck hielt Hart erneut inne.

»Moment. Sie hat mich nicht gezwungen, Len. Auf dem College war ich genauso groß und kräftig wie jetzt. Sie hat mich zu nichts gezwungen.« Hart schüttelte den Kopf. »Ich war ein Mann Anfang zwanzig. Ich wurde geil, wenn sich der Wind drehte. Ich war auch nicht in der Lage, das zu tun, was ich wirklich wollte, also wehrte ich mich nicht.«

»Oh Mann. Ich bin ...« Was sollte Free sagen? Nichts.

»Wie ich schon sagte, sie wurde schwanger. Ich wollte das gemeine Stück nicht heiraten, aber da kam der Colt ins Spiel. Len, ich kann mir nur vorstellen, was du denkst. Aber die Männer in meiner Familie tun das Richtige. Ihr Dad hätte mich nicht bedrohen müssen. Ich hätte mich trotzdem nicht um meine Verantwortung gedrückt.«

»Aber sie hat das Baby verloren, nachdem ihr geheiratet habt«, sagte Free leise und streifte unter dem Tisch Harts Knie mit seinem.

»Ja.« Hart sah Free an. »Mein älterer Bruder meinte, ich hätte sie damals verlassen sollen, aber ... ich konnte es nicht. Reese war am Boden zerstört. Ich konnte ihre Depression nicht noch verschlimmern, indem ich mich scheiden ließ, verdammt. Unser kleines Mädchen so spät in der Schwangerschaft zu verlieren, tat auch mir höllisch weh, und ich konnte mir nur vorstellen, was es für sie bedeutete. Reese dachte, dass medizinisch etwas nicht stimmte, also brach ich das College ab und wir zogen nach Dallas, damit ich in einem größeren Polizeirevier arbeiten konnte als in Slaton County. Ich dachte, auf diese Weise hätte Teresa Zugang zu besseren Ärzten in der größeren Stadt und ich könnte mich allmählich hocharbeiten, da ich keinen Abschluss hatte. Ich wusste, dass ich hart arbeiten musste, wenn ich jemals ein Kommando führen wollte, und dass der einzige Weg dorthin jahrelange Erfahrung wäre. Ich habe so viel gearbeitet, dass ich gar nicht gemerkt habe, wie unglücklich Reese war. Sie vermisste ihren richtigen Verehrer, sie vermisste ihr Zuhause und sie hasste meinen

Anblick.« Hart schob seinen Teller beiseite. Free hatte schon bei der Hälfte aufgehört, sein Frühstück zu essen.

»In der zweiunddreißigsten Woche verlor sie das kleine Mädchen. Eine Totgeburt. Das war das erste von vier Kindern, die sie auszutragen versuchte.«

»Oh mein Gott. Ich hatte ja keine Ahnung, Ivan.« Free drückte seine Hand.

»Nur God und Fox wissen das. Es ist schon eine Weile her und ich habe damit gelebt, dass es nicht meine Schuld war, meine Kinder zu verlieren, egal, was Reese mir einzureden versucht. Ich wollte ihr unbedingt ein Baby schenken, damit sie glücklich ist, aber ... sie hatte immer wieder Fehlgeburten. Wir hatten nur Sex, damit sie schwanger wurde. Sie hasste meinen Körper auf ihr. Aber sie wollte unbedingt Kinder haben, das hat sie schon immer gewollt. Als die SWAT-Akademie meine Bewerbung akzeptierte, zogen wir nach Atlanta. Bessere Krankenkasse, bessere Gynäkologen. Ich dachte wieder, sie könne nun glücklich werden. Aber nachdem sie bei der letzten Fehlgeburt unseren Sohn verlor, da war sie sechsunddreißig, konnte sie es nicht mehr ertragen. Ihre Depression und ihre Grausamkeit erreichten einen absoluten Höhepunkt. Danach weigerte ich mich, es noch einmal zu versuchen. Abgesehen davon, dass sie mich wie einen gekauften Hengst behandelte, hatte ich das Gefühl, dass sie mich sowieso nie Vater hätte werden lassen, wenn wir erfolgreich gewesen wären. Es war das Beste. Sie verließ mich.« Hart blickte auf den Tisch. Dieser Teil ließ immer Schuldgefühle tief in seinem Inneren aufflammen. »Ich war so verdammt erleichtert, als sie es tat. Denn bevor der mürrische Bastard starb, schwor ich ihrem Dad, dass ich sein kleines Mädchen nie im Stich lassen würde. Und das habe ich auch nicht.«

Kapitel 19

Free

Frees Mutter hatte ihm immer gesagt, er wäre ein guter Menschenkenner. Und obwohl er oft negative Menschen in sein Leben zog, zog er auch einige ziemlich großartige an. Wie Tech und jetzt auch Ivan Hart. Von dem Moment an, als er ihn getroffen hatte, hatte er gewusst, dass er etwas Besonderes war. Da lag etwas in diesen schönen blauen Augen: Sehnsucht, Mitgefühl, Ehrlichkeit und Verlangen. Harts Größe und Aussehen waren nur das Sahnehäubchen auf dem Kuchen. Er hatte so viele wunderbare Seiten, wobei Free seine beschützende Art besonders liebte. Er hatte darauf geachtet, nicht in Emotionen auszubrechen und sein Temperament im Zaum zu halten, während Hart seine Geschichte erzählt hatte. Hart vertraute darauf, dass er mit der Bombe, die er gerade auf ihn geworfen hatte, genauso reif umgehen würde, wie er es gestern Abend getan hatte. Er konnte es nicht gebrauchen, dass er nach Luft schnappte und ihn anstarrte. Hart brauchte keine theatralische Show, sondern nur jemanden, der ihm endlich zuhörte und für ihn da war.

Zu hören, dass Hart in einer missbräuchlichen Beziehung gewesen war, brach ihm das Herz. Er hatte so sehr versucht, es seiner Frau rechtzumachen, nur damit sie ihn runtermachte und ihm die Schuld für etwas gab, das er nicht hatte beeinflussen können. Hatte sich jemand darum gekümmert, wie Hart sich gefühlt hatte, nachdem er vier Kinder verloren hatte, während sich alle in erster Linie um seine Frau gesorgt hatten? Hatte jemand *ihn* getröstet? Free fühlte ein schmerzhaftes Ziehen in seiner Brust.

»Es tut mir sehr, sehr leid.« Er beugte sich vor, führte Harts Hand an seine Lippen und küsste seine Fingerknöchel. »Du hast deine Babys ja auch verloren.«

Hart schien aufrichtig dankbar für seine Worte, aber er sprach es nicht aus. Aber das war für ihn auch nicht nötig. Verdammt, gerade als er gedacht hatte, Hart könnte nicht noch erstaunlicher sein, hatte er ihm das anvertraut. Jetzt konnte er die verbliebenen Puzzlestücke zusammenfügen.

Free schwor sich in diesem Moment, dass er Hart zeigen würde, was es bedeutete, umsorgt zu werden, in welcher Funktion auch immer er ihm das erlauben würde. Wenn Hart noch nicht für etwas Ernstes bereit war, dann würde Free sein bester Freund sein, bis er es war. Hart gab Margery ein Zeichen, die Rechnung zu bringen, als wäre das Gespräch für ihn beendet. Free war damit einverstanden.

»Klingt, als habest du einen anstrengenden Tag vor dir«, sagte Free, als er auf dem Beifahrersitz von Harts schönem Truck saß. Die meiste Zeit fuhr er mit dem Motorrad, aber er wollte, dass sie gemeinsam zum Frühstück und zur Arbeit fuhren.

»Ja, den werde ich haben. Ich bin froh, dass ich ausschlafen konnte.« Hart warf ihm einen intensiven Blick zu und er sah mit seiner goldumrandeten Pilotenbrille verdammt sexy aus. Die Anzugjacke und das weiße Hemd waren ungewohnt für Free, aber er könnte sich verdammt schnell daran gewöhnen. Hart hatte sich entschieden, keine Krawatte zu tragen und die beiden obersten Knöpfe seines Hemds offen zu lassen. Fast so weit, dass Free ein paar Haarbüschel unterhalb seiner Schlüsselbeine sehen konnte.

Gerade genug, um ihn höllisch zu reizen. Harts Mund bewegte sich, aber Free hörte die Worte nicht. Sein Blick wurde von Harts Brust angezogen, denn er wusste, was seine Zunge unter diesem feinen Kleidungsstück erwartete. Er schluckte, als sein Schwanz anschwoll, je länger er das prächtige Profil musterte. Der stämmige Mann war beileibe kein GQ-Model, aber Free wusste um das großzügige Herz, das unter der heißen, pelzigen Brust schlug.

»Lennox«, knurrte Hart.

Free riss den Kopf hoch und Hitze überzog seine Wangen. Er wandte sich der Straße zu und zog seine Umhängetasche über seinen Schoß.

»Du solltest besser aufhören, mich so anzusehen«, warnte Hart ihn.

Frees Schwanz reagierte sofort auf die Autorität in seiner Stimme.

Mist.

Hart bog scharf auf den Parkplatz des Reviers ein und fuhr in eine Parklücke im hinteren Bereich. Er stellte den Motor ab und löste seinen Sicherheitsgurt, dann drehte er sich langsam um und beobachtete Free durch die verspiegelten Brillengläser.

Frees Schwanz war so hart, dass er glaubte, er würde das Leder seiner Tasche durchstoßen. Harts Stimme und seine Dominanz waren wie ein Aphrodisiakum für ihn.

»Hast du meine Frage überhaupt gehört?«

Free antwortete nicht, weil er sie nicht gehört hatte. Er atmete durch die Nase ein und durch den Mund aus und versuchte, seine Erektion zu unterdrücken.

Hart griff nach seinem Kinn und drehte seinen Kopf zu sich. »Antworte mir.«

»Ich habe das meiste davon gehört.« Free leckte sich über die Lippen. Er wollte, dass Hart ihn über die breite Mittelkonsole zerrte und ihn wie verrückt küsste. So wie er ihn hielt und keuchend auf ihn hinunterblickte, musste Hart das gleiche Verlangen verspüren wie er.

Hart löste seinen Griff und strich ihm mit einem Daumen über die Wange. »Ich habe dich gefragt, ob ...«

Frees Handy zirpte laut durch eine Nachricht von Tech. Er beeilte sich, es herauszuholen, während er Harts Hand an seiner Wange hielt. Er mochte diesen Kontakt. Stirnrunzelnd las er Techs Nachricht und ein leichtes Pochen begann hinter seinem rechten Auge zu pulsieren.

Verdammt. Nicht jetzt.

»Alles in Ordnung?«, fragte Hart, der immer noch über sein Kinn strich.

»Ähm, das war Tech. Er sagte, sein Hausverwalter sei vorbeigekommen und habe ihm gesagt, ich habe vierundzwanzig Stunden, um mein Wohnmobil zu entfernen, sonst werden sie es abschleppen lassen. Man darf nicht mit einem Wohnmobil in einem Wohngebiet stehen.« Er rieb sich die Stirn. »Irgendjemand muss sich beschwert haben. Ich hatte befürchtet, dass sie es irgendwann tun werden.«

»Das ist nicht viel Zeit. Wo willst du es denn hinstellen?«

»Ich weiß. Mist. Das heißt, ich muss auf einen Campingplatz, aber ich hasse es, dass der nächstgelegene vierzig Minuten von der Arbeit entfernt ist. Das ist ein verdammt langer Weg mit einem Mofa.« Free lachte, denn was sollte er sonst tun?

»Es macht mir nichts aus, wenn du ihn bei *mir* parkst. Das Grundstück gehört mir, also kann dir niemand sagen, dass du da nicht stehen darfst. Meine Einfahrt ist groß genug. Du weißt schon, nur bis du herausfindest ...«

Free tat nicht einmal so, als müsste er sich einen Moment Zeit nehmen, um über diese Möglichkeit nachzudenken. Das war der beste Vorschlag, den er je gehört hatte. Ihm war auf einmal fast schwindlig. Seine Wohnung würde vor Harts Haus parken. Wie ein Zusammenleben, nur anders. »Das wäre wirklich schön. Wenn du dir absolut sicher bist, dass es kein ... Oh Scheiße.«

»Was?«

»Da ich den Abwassertank nicht auf dem Campingplatz leeren will, benutze ich immer Techs Badezimmer.« Free biss sich auf die Unterlippe, als Hart ihn angrinste.

»Ich habe eine Toilette, die du benutzen kannst. Es macht mir wirklich nichts aus. Es ist kein Problem. Ich meine, es ist ja nicht so, als würdest du fragen, ob du einziehen dürfest.« Hart errötete.

»Na gut.« Free konnte sein breites Grinsen nicht unterdrücken. »Ich werde es heute Abend nach der Arbeit vorbeibringen. Es ist nicht riesig. Ein Wohnmobil der Klasse C.«

»Okay.« Hart nahm seine Brille ab. »Ich habe den Ersatzschlüssel heute Morgen wegen Du-weißt-schon-wem von seinem üblichen Platz entfernt, also nimm meinen. Ich lasse Carlos bis heute Abend einen neuen Satz anfertigen.«

»Das ist nicht nötig. Ich kann einfach warten, bis du kommst. Ich will dir nicht auf die Nerven gehen.«

»Ist schon okay. Ich mag die Idee.« Hart zwinkerte. Er nahm den Schlüssel von seinem Ring und drückte ihn in Frees Hand.

Sein Schwanz liebte diese neckischen Berührungen. Der Gedanke daran, dass der Captain es ihm bald besorgen würde, ließ seine Shorts noch enger werden.

»Vielleicht komme ich heute Abend spät. Ich weiß es nicht. Du brauchst nicht zu warten. Du kannst reingehen und es dir bequem machen. Und duschen oder was auch immer.« Er lachte über sein unbeholfenes Gerede. »Du weißt, was ich sagen will.«

»Ja, ich weiß.« Free lehnte sich über die Mittelkonsole. »Bekomme ich jetzt bitte einen Kuss?«

»Verdammt, ja. Wird auch Zeit«, brummte er und stürzte sich wie ein ausgehungerter Wolf auf Frees Mund.

Hart ging mit ihm ins Revier und Frees Kopf fühlte sich leichter an als sonst. In der Lobby war mittags nicht viel los, als sie sich auf den Weg zu den Aufzügen machten. Hart fuhr zu seinem Büro im obersten Stockwerk und Free zum IT-Labor im zweiten. Als sie die Lobby verließen, sah Free Vasquez in ihre Richtung kommen. Er wusste nicht, wie zum Teufel er diesem Kerl immer wieder über den Weg lief, obwohl er sich Mühe gab, genau das nicht zu tun.

Vasquez war fast bei ihnen, als sich ein gezwungenes Lächeln auf seinem Gesicht ausbreitete. »Captain. Sie sehen sehr ausgeruht und entspannt dafür aus, dass Sie gestern einen so schlimmen Einsatz hatten.«

Hart behielt sein Tempo bei, aber er rückte näher an Free heran, sodass ihre Schultern beim Gehen gegeneinanderstießen. Er war froh, dass Vasquez auf der anderen Seite war und Harts großer Körper ihm die Sicht versperrte.

»Ich frage mich, warum«, sagte Vasquez und versuchte, einen Blick auf Free zu werfen.

»Haben Sie nichts zu tun, Vasquez?« Harts Stimme war dunkel und ernst.

»Doch, habe ich«, sagte der Beamte bissig, änderte aber seinen Kurs und ging nun in dieselbe Richtung wie sie. »Ich muss nach Hause und etwas schlafen, da ich wieder zur Nachtschicht verdonnert worden bin. Nachdem ich ihr gerade erst entkommen war.«

»Dann ist der Ausgang in der anderen Richtung.« Hart drückte den Aufzugknopf und drehte sich zu ihm um, um sich zwischen Free und seinen verdammten Spielplatztyrannen zu stellen.

»Ich habe oben etwas vergessen. Ich fahre einfach mit hoch.« Vasquez grinste und schielte an Hart vorbei, als sich die Tür öffnete und Free sich schnell ins Innere verzog.

Hart stieg in die Kabine, drehte sich um und schlug seine schwere Handfläche auf die Tür. »Dann nimm den Nächsten«, befahl er.

»Ist das dein Ernst?«, fragte Vasquez und wechselte nun auch zum Du.

»Absolut. Denkst du, ich weiß nicht, was du da tust?«, knurrte er und sah auf Vasquez hinab, den er um einige Zentimeter überragte. »Lass ihn besser in Ruhe, das meine ich sehr ernst.«

»Oder was?«, fauchte er zurück und baute sich vor ihm auf. »Denkst du, jeder hat Angst vor dir, Hart?«

Ach du Scheiße.

Free wollte nicht in der kleinen Kabine gefangen sein, wenn die beiden großen Männer die Fassung verloren und die Fäuste flogen.

Harts Kinn zuckte und seine Glatze färbte sich erschreckend rot.

»Ivan.« Free versuchte, Hart zu beruhigen, aber dessen eiskalter Blick war auf Vasquez gerichtet.

»Dein Junge ruft nach dir, Ivan«, spottete Vasquez. »Lauf ihm lieber hinterher. Das ist doch das Einzige, was euch heutzutage interessiert: Ärsche fangen, anstatt Polizeiarbeit zu erledigen. Scheiß Cabrón.«

Free war geschockt. Der Typ hatte offenbar Todessehnsucht. Erst hatte er sich mit God angelegt, jetzt verhöhnte er Hart. Doch plötzlich wurde Vasquez am Riemen seines Seesacks so stark nach hinten gerissen, dass er über seine eigenen Füße stolperte und auf den Boden fiel. Nachdem er sich aufgerappelt hatte, stürzte er auf den Mann zu, der aus dem Nichts aufgetaucht war.

»Fox! Was zum Teufel soll das?«, fauchte Vasquez.

»Du hast ihn gehört. Hier ist besetzt. Nimm den Nächsten.« Fox trat vor und Hart wich zurück, bis er Free berührte, während er Vasquez immer noch gegenüberstand. Wie ein wahrer bester Freund nahm Fox Harts Platz ein. »Du sagtest, du wollest gehen. Also geh.«

»In Ordnung, das reicht jetzt, Leute«, rief der Sergeant in der Lobby, der sich aber nicht bewegt hatte, um einzugreifen. Manchmal stritten sich Polizisten untereinander. Das kam vor. Aber das hier wurde hitzig und geriet langsam außer Kontrolle. Und Vasquez war keiner ihrer Brüder.

»Ihr Jungs habt nicht alles zu entscheiden. Für wen haltet ihr euch eigentlich, dass ihr mir meine Karriere versaut?« Er funkelte Hart über Fox' Schulter hinweg an und senkte seine Stimme zu einem giftigen Flüstern. »Du bist nicht rund um die Uhr bei ihm. Du kannst ihn nicht immer beschützen.«

Free hielt erschrocken den Atem an, als Fox ihn so hart stieß, dass er auf der anderen Seite gegen die Wand prallte und fiel zu Boden. »An deiner Stelle würde ich den Satz nicht weiter ausführen.«

»Hey!«, bellte der Sergeant.

Vasquez war außer sich und stand rasch wieder auf. Seine gebräunte Haut war mit roten Wutflecken übersät und seine Augen loderten vor Hass. »Ich bin nicht der Einzige, der einen Boss hat. Also ruf lieber deinen Wachhund zurück, Hart, bevor ich dem tollwütigen Arsch einen Maulkorb verpasse.«

Fox trug eine SWAT-Uniform und seine gestählten Unterarme zeichneten sich unter den Ärmeln ab, während er die Handflächen gegen die Aufzugtür drückte, um sie am Schließen zu hindern. Auf seinem hübschen Gesicht spiegelte sich eine Wut, die Free nicht sehen wollte. »Willst du den Biss dieses Hundes spüren, du rückgratloser, hinterhältiger Mistkerl?«

Vasquez brach in Gelächter aus.

»Es reicht, Fox«, befahl Hart, als der Sergeant sein „Outdoor Life"-Magazin weglegte und mit einem wütenden Blick zu ihnen gelaufen kam.

Vasquez trat ein paar Schritte zurück, ohne die beiden aus den Augen zu lassen. »Du und ich, Fox. Bald.«

»Du solltest besser viel Gleitgel und Schutz dabei haben, Schlampe. Denn dein verräterischer Arsch gehört *mir*.«

»Ihr widert mich alle an«, knurrte er.

Fox grinste listig, ließ seine Arme sinken und die Tür schloss sich.

Obwohl er von zwei sehr starken Männern bewacht wurde, wünschte Free, er wäre in der Nähe von Vasquez nicht so ängstlich gewesen. Die Art, wie er ihn angesehen hatte, ließ ihn schaudern. Als ob er ihn nur ein Mal in die Finger kriegen müsste ... Free kannte diesen Blick. Er war daran gewöhnt, vor dieser Art Bedrohung zu flüchten.

Fox drückte die Knöpfe für ihre Etage, dann lehnte er sich gegen die Seitenverkleidung. »Nun, das hat Spaß gemacht. Ich will dieses Arschloch schon seit Jahren drankriegen.«

»Ich weiß deine Hilfe zu schätzen, Bruder, aber das hier muss nach Vorschrift gemacht werden. Ich will den Scheißkerl hier raushaben, und das bedeutet offizielle Berichte und Protokolle«, brummte Hart. Als er sich zu Free umdrehte, wich die Wut in seinen Augen der Sorge. Free wollte sich zu ihm lehnen, die Arme um ihn legen und ihm danken, dass er seine schützende Mauer war. Harts Blick fiel auf Frees Mund und sie bewegten sich aufeinander zu.

»Iiivan«, warnte Fox. »Ich bin nicht der Einzige, der euch beide beobachtet.«

»Ich weiß, dass hier Kameras sind, Hohlkopf. Wir hatten nicht vor, etwas zu tun. Und hör auf, meinen Namen zu sagen, als sei ich dieses nervige Streifenhörnchen. Ich hab es dir schon mal gesagt.«

Free gab sich Mühe, sein Lachen als Husten zu tarnen und es hinter seiner Hand zu verbergen. Er erinnerte sich an diesen Cartoon.

»Verräter.«

»Das war witzig.« Free zuckte mit den Schultern. Der Aufzug hielt im zweiten Stock an. »Ich sehe dich später.«

»Ja, ganz sicher.«

Free stand grinsend da, bis sich die Tür schloss.

Kapitel 20

Free

»Free, wir gehen zum Mittagessen in das Lokal auf der Peachtree, das du so magst. Willst du mitkommen? Hier drin ist es wie ausgestorben«, fragte Tech, der neben seinem Platz stand.

»Oh, Alma Cocina mit dem guten Schweinebauch. Ich bin dabei.« Es war fast 14 Uhr und er konnte den Dienstschluss nicht erwarten. Er würde nicht zögern, sein Wohnmobil heute Abend zu Hart zu fahren.

»Bringt mir ein paar Chicken Wings und die Chipotle-Shrimps mit, wenn ihr zurückkommt«, rief Syn über die Schulter, als sie zur Tür hinausgingen. »Und lasst euch nicht ewig Zeit.«

»Okay, Sarge«, antwortete Tech, nahm Free in einer spielerischen Geste in den Schwitzkasten und zog ihn aus der Tür.

»Lass mich los.« Free schubste seinen besten Freund.

»Erst wenn du mir alles erzählst, was letzte Nacht passiert ist. Glaub nicht, ich habe nicht bemerkt, dass du nicht zu deinem Wohnmobil zurückgekommen bist.« Tech sprach so leise, dass Ruxs, Green und Steele sie nicht hören konnten. »Muss wirklich gut gelaufen sein. Hast du ihn massiert, wie ich gesagt habe?«

Free versuchte nicht, sein Lächeln zu verbergen. »Ja! Es hat super funktioniert. Er hat es geliebt.«

»Jeder Mann liebt das.« Er lachte.

Sie kletterten in Techs Geländewagen; Free nahm auf dem Beifahrersitz Platz. Das Restaurant war nur 15 Minuten entfernt und es gab kaum Verkehr. Er war aufgeregt und hoffte, dass der Wagen voller Polizisten das nicht mitbekam und kein Verhör begann. Er glaubte nicht, dass er schon so weit war, seine und Harts aufkeimende Romanze zum Gesprächsthema im Büro zu machen.

»Willst du, dass wir heute Abend mit dir zum Campingplatz fahren und dir helfen, dich dort einzurichten?«, fragte Steele von hinten.

Oh verdammt.

Free hatte keine Gelegenheit gehabt, Tech mitzuteilen, dass er andere Pläne hatte. »Nein, Steele. Das ist nicht nötig, danke.«

»Ich halte es wirklich für keine gute Idee, wenn du allein fährst«, fügte Tech hinzu und klopfte auf Frees Oberschenkel. Tech hatte ihn immer beschützt, was dazu geführt hatte, dass sich alle ihm gegenüber sehr beschützend verhielten.

»Wir können vorbeikommen und alles vorbereiten. Holt den Grill raus und legt ein paar Hotdogs und Burgerpattys drauf. Ich bringe frische Guacamole und Chips mit«, sagte Green.

Free ließ den Kopf in die Hände sinken. »Du hast ihnen gesagt, dass ich Campingplätze hasse, nicht wahr?«

Tech machte sich nicht die Mühe, schuldbewusst auszusehen. »Ich habe nur erwähnt, dass du Campingplätze verabscheust, sie für gefährlich hältst und es ihnen an angemessener Sicherheit mangelt.«

»Ich bin froh, dass das alles ist, was du ihnen gesagt hast.«

»Also ist es abgemacht. Wir werden gegen halb sieben vorbeikommen. Du sagtest, es sei der in Marietta beim Lewis Park, richtig?«

»Richtig«, sagte Tech und bog in die Hauptstraße ein.

»Eigentlich fahre ich nicht zum Campingplatz in Marietta.« Free hatte immer noch den Kopf gesenkt.

»Oh, gut. Du hast einen anderen Ort gefunden, der näher liegt. Welchen?« Tech hielt an einer roten Ampel an und drehte sich zu ihm um. »Und?«

Er sah auf. »Ich, ähm ... fahre zu Hart. Er sagte, es sei in Ordnung, wenn ich das Wohnmobil eine Weile in seiner Einfahrt parke, bis ich etwas anderes arrangiert habe.«

Im Truck war es bis auf das Brummen des V8-Motors totenstill.

»Ohne Scheiß.« Ruxs kicherte. »Der Captain verschwendet keine Zeit, was?«

»Es ist nicht so, wie es sich anhört, Jungs.« Free wusste, dass er immer röter wurde, je mehr die Männer ihn aufzogen.

»Es wird verdammt noch mal Zeit. Ihr Jungs habt die Leute mit euren Seitenblicken in den Wahnsinn getrieben.« Steeles tiefes Lachen brachte noch mehr Spott hervor. »Und wenn ich mir noch eine von Harts lächerlichen, erfundenen Ausreden anhören muss, damit er nach unten kann, werde ich mich selbst tasern«, fügte er hinzu.

Free musste darüber lachen. Er erinnerte sich an das eine Mal, als Hart in ihre Abteilung gekommen war und gesagt hatte, dass er keine Heftklammern mehr hätte und sich fragte, ob Free noch welche in seinem Schreibtisch hatte. Die Jungs hatten Hart heftig ausgelacht, weil er am Schreibtisch seines Assistenten und am Bürobedarfsschrank vorbeigegangen war, um in Frees Schreibtisch nach Heftklammern zu suchen. Dadurch hatte er angefangen, sich glaubhaftere Gründe auszudenken. Damals hatte Free erstmals den Verdacht gehegt, dass seine Schwärmerei für Hart nicht einseitig war.

Als die Jungs darüber sprachen, wie gut es war, dass Hart versuchte, ein Privatleben zu haben, wurde ihm klar, dass er gerne mit Freunden darüber sprach. Er hatte diese Art von Kameradschaft schon so lange nicht mehr erlebt, dass er fast vergessen hatte, dass es diese Art der Freundschaft gab. Selbstlose Freundschaft. Free war so lange auf der Hut vor Ausbeutern gewesen, dass es zu seiner zweiten Natur geworden war, wortkarg und distanziert zu sein. Jetzt hatte er echte Beziehungen zu Freunden, die sich aufrichtig darum kümmerten, wie er sich fühlte.

»Ich schätze, du brauchst keine Hilfe, um dich in Harts Wohnung einzuleben. Ich bin mir sicher, er kümmert sich darum.« Tech strahlte ihn an.

»Vermutlich.« Free drehte den Kopf und blickte aus dem Fenster auf die Fußgänger, als sie weiter in die Innenstadt fuhren.

Tech summte vor sich hin.

Free kaute auf seinem Daumennagel herum, während ihn eine weitere Welle der Erregung durchströmte, weil er Harts Hausschlüssel in seiner Hosentasche spürte, als würde sich ein Loch in seine Jeans brennen. Er hatte nur noch ein paar Stunden zu arbeiten und fragte sich, ob er im Haus oder in seinem Wohnmobil bleiben sollte, bis Hart kam. Was, wenn es dann schon sehr spät war? Free wollte nicht komisch wirken, wenn er um Mitternacht allein in Harts Wohnzimmer saß und wie ein heimlicher Stalker darauf wartete, dass er durch die Tür kam. Nein, er würde in seinem Wohnmobil warten.

Sie fuhren durch den belebteren Teil der Innenstadt, wo viele Geschäftsleute zu Mittag aßen oder sich auf die Happy Hour vorbereiteten. Tech bog in eine Einbahnstraße ein und parkte seinen Geländewagen auf einem Parkplatz hinter den Gebäuden.

Drinnen bekamen sie schnell einen Platz. Das Restaurant war teuer und natürlich befand es sich im Westin Hotel, direkt neben der prächtigen Lobby. Green war sehr wählerisch, wo sie aßen. Er war praktisch selbst ein Koch und wusste daher, wo man gut essen konnte, ohne dass es das Budget sprengte. Steele führte sie an einen der Außentische mit Blick auf die belebte Lobby. Ein Kellner folgte ihnen, um sie über die Spezialitäten zu informieren.

Free bestellte ein Wasser und eine doppelte Portion Schweinebauch-Pintxo. Er liebte dieses Restaurant und es war schön, sich ab und zu etwas zu gönnen. Die Jungs bestellten ihre Mittagsgerichte und Getränke. Green und Ruxs taten, was sie immer taten: Sie bestellten zwei verschiedene Gerichte und teilten sie dann, weil sie sich nie entscheiden konnten.

Während sie aßen und über alles Mögliche lachten, überlegte Free, ob er ein Essen für Hart bestellen und es ihm für den Abend in den Kühlschrank stellen sollte. Ihm gefiel, wie er sich dabei fühlte.

»Ich bin immer noch der Meinung, dass wir eine Aufklärungsmission starten sollten«, brummte Steele.

»Und warum könnt ihr das nicht?«, fragte Free.

»Weil God uns nach dem, was gestern mit Hart passiert ist, nicht ins Feld lässt. Er will sichergehen, dass er schnell wieder einsatzbereit ist, um uns zu unterstützen. So etwas kann einen ganz schön durcheinanderbringen, weißt du?«, erklärte Green.

Ja, Free wusste das. Er hatte den gequälten Ausdruck in Harts Augen nach dem Einsatz einige Male gesehen.

»Wenn du *mich* fragst, ist das ganz okay. Ich habe nichts dagegen, mal ein paar Tage im Büro herumzulungern.« Tech hatte seine gegrillte Forelle aufgegessen, schob den Teller beiseite und zückte sein Handy.

Free hatte ihm eine Nachricht geschickt, weil er nicht wollte, dass die anderen Jungs bei diesem Gespräch dabei waren: *Ich glaube, ich möchte heute Abend mit Ivan aufs Ganze gehen.*

Tech sah zu ihm, lachte und stieß ihn unter dem Tisch mit dem Knie an. Er schrieb: *Aufs Ganze? Du klingst wie eine Jungfrau.*

Free antwortete: *Ich fühle mich auch wie eine.*

Tech: *Nervös?*

Free schickte ein Emoji mit einem verängstigten Gesicht, dem der Schweiß von der Stirn tropfte.

Tech stupste ihn wieder an und versuchte, sein Lächeln zu verbergen.

Free griff über den Tisch und richtete Techs seidene blaue Fliege.

Tech: *Sei kein Baby, Free. Das ist wie Fahrradfahren.*

Kapitel 21

Free

Er steckte sein Handy weg und aß den Rest seines Mittagessens auf. Ruxs, Green und Steele waren es gewohnt, sie zu ignorieren, wenn er und Tech sich in ihre private Freundschaftszone begaben, und diskutierten gerade eifrig über die Fantasy-Football-Liga ihrer Abteilung.

Free wollte gerade den Kellner herbeiwinken, als Tech unter dem Tisch sein Knie umklammerte. Er wusste, was das bedeutete: Furcht. Free sah seinen Freund an, dessen dunkle Augen hinter seiner schwarz gerahmten Brille funkelten. »Was ist los?«, flüsterte er.

Doch Steele hatte bereits bemerkt, dass etwas nicht stimmte. Seine intensiven grauen Augen richteten sich auf seinen Freund und seinen Partner. »Shawn?«, brummte er und erregte damit die Aufmerksamkeit von Ruxs und Green. »Auf drei Uhr. Die Männer, die in der Lounge sitzen.«

Keiner der Männer rührte sich, außer Green, der diskret nach der Rechnung verlangte. Ruxs schob seinen Teller beiseite und trank mehr Wasser. Tech hatte den Kopf gesenkt und tippte schnell auf seinem Handy. Frees Herz pochte. Irgendetwas war nicht in Ordnung.

»Da sitzt Monroe Cornelia, der Kopf der gottverdammten Cornelia-Gang. Wir haben letzte Woche seine beiden Söhne und seinen Bruder verhaftet.« Steele räusperte sich. Er steckte sein Handy weg und sah zu Green. »Aus diesem Winkel kriege ich kein vernünftiges Foto.«

»Ich auch nicht. Eine Säule blockiert die beiden anderen Männer.« Tech steckte sein Handy ebenfalls weg.

»Wie viele sind bei ihm?« Ruxs bewegte kaum die Lippen.

»Er hat ein paar Leibwächter dabei. Er sitzt mit zwei Anzugträgern zusammen. Geschäftsleute. Vielleicht Banker«, antwortete Steele.

»Oder Richter«, murmelte Free. »Einer von ihnen ist Bundesrichter D. Rubens vom vierten Bezirk.«

»Heilige Scheiße. Wir müssen hier verschwinden«, sagte Green ernst. »Wir können nichts unternehmen, wenn ein Zivilist dabei ist.«

Free erkannte den Richter sofort wieder, denn er hatte ihn vor ein paar Monaten in den Nachrichten gesehen, als er einen hochkarätigen Drogenprozess geführt und den Dealer bei seiner Berufung von allen Vorwürfen freigesprochen hatte.

Steckt er mit Cornelias unter einer Decke? Bekommt er so immer wieder Hinweise auf seine Haftbefehle?

Free hasste es, wenn Autoritätspersonen ihre Macht missbrauchten und mit dem Bösen verkehrten. Es gab so viel, was ein Richter für seine Gemeinde tun konnte, doch stattdessen hatte Rubens beschlossen, seine Gemeinde zu schädigen. Des Geldes wegen, verstand sich. Wenn sich ein Bundesrichter mit einem berüchtigten Verbrecherboss in einer ruhigen Ecke eines Nobelhotels traf, wohin sich Polizisten mit einem normalen Gehaltsscheck üblicherweise nicht verirrten, dann ging es sicher nicht um etwas Legales. Free biss die Zähne zusammen, um nicht zu schreien. Er fragte sich, wie viele dieser Bastarde aus der Glasgow-Familie in London von Richtern wieder auf freien Fuß gelassen worden waren, damit sie rauskommen und noch mehr Familien quälen konnten.

Er muss aufgehalten werden.

God würde diesen Gauner sofort verhaften lassen, aber er brauchte Beweise. Bevor Free darüber nachdenken konnte, ob das eine gute Idee war, hob er sein Minitablet und machte eine Aufnahme von den Männern in der geräumigen Lobby. Techs Augen weiteten sich, ehe er die Hand ausstreckte und Frees Tablet mit einem Schlag in seinen Schoß beförderte, als er ein weiteres Foto des Richters schoss.

»Nicht, Free«, sagte Tech panisch.

Zwei Männer in schwarzen Anzügen blickten finster in ihre Richtung. Keiner von ihnen trug einen sichtbaren Ausweis, sodass es nicht offensichtlich war, dass sie Polizisten waren. Gods Detectives hielten sich bedeckt, also sahen sie eher aus wie fünf gewöhnliche Männer. Na ja, wie zwei Nerds und drei Raufbolde, die sich zu einem Mittagessen trafen. Und Free hatte einfach beschlossen, aus heiterem Himmel und ohne ersichtlichen Grund Fotos zu machen.

»Das wird nicht gutgehen«, brummte Ruxs. »Ihr müsst Free von hier wegbringen. Geht hinten raus, wir gehen vorne raus. Sie werden uns folgen. Bringt den Truck ans Ende der Straße und holt uns ab. Ich glaube nicht, dass sie etwas tun ...«

»Bewegt euch!«, rief Tech, als drei Anzugträger von links auf sie zukamen. Cornelia hatte überall Männer postiert. Ihre Schritte waren schnell und zielstrebig und ein Mann hatte seine Hand bereits am Hosenbund.

Free stolperte, als Tech ihn von seinem Stuhl und zur Küche Richtung Hinterausgang zerrte. Er bemühte sich, nicht zu lange zurückzublicken, als er sah, wie Tische umgeworfen wurden, Glas zerbrach und Männer mit schweren Stiefeln in ihre Richtung liefen.

»Officers brauchen Unterstützung. Downtown Westin Hotel. Bitte um sofortige Verstärkung.«

Free bekam Teile von Techs Notruf mit, als er ihre Situation und ihren Standort in sein Handy übermittelte, während er rannte. Wie er so multitaskingfähig sein konnte, war ihm unbegreiflich. Er dagegen fühlte sich, als hätte er Zement an den Schuhen.

»Schneller, Lenny. Komm schon«, forderte Tech, während er sie an Kochstationen und verwirrtem Personal vorbeischleuste. »Es wird alles gut werden. Mach dir keine Sorgen.« Er stürmte mit der Wucht eines Sattelschleppers aus dem Notausgang und zog Free hinter sich her.

Free wusste genau, dass er jeden Moment stolpern und auf die Schnauze fliegen könnte. Sein Herz schlug so schnell, dass er dachte, er würde hyperventilieren. Er wollte den Kopf drehen, um zu sehen, ob sie verfolgt wurden, aber er wollte keine Bauchlandung hinlegen. Wenn ihn seine schrecklichen Erfahrungen eines gelehrt hatten, dann, dass man nicht zurückschauen sollte.

Zwei Schüsse ertönten und Free verlor die Verbindung zu Techs Hand, fiel zu Boden und drückte sich die Hände auf die Ohren. Sein erster Gedanke galt seinen Freunden. Oh Gott! Waren sie getroffen worden? In den Rücken geschossen, während sie gerannt waren?

»Free, komm schon! Es ist alles in Ordnung. Uns geht es gut«, rief Tech, zog ihn an den Unterarmen hoch und setzte ihn auf den Rücksitz des Geländewagens.

Free kauerte sich zusammen, während Tech mit quietschenden Reifen losfuhr. Er hörte weitere Schüsse und kämpfte darum, nicht heftig zu reagieren und Tech abzulenken, der erstaunlich ruhig war, während er mit einer Hand seinen Truck lenkte und mit der anderen sein Funkgerät bediente.

»Fünf Sekunden, Leute.«

»Planänderung«, drang Steeles dunkle Stimme durch die Lautsprecher zu ihnen. Er klang ruhig, keuchte aber, als würde er immer noch rennen. »Die Typen schießen am helllichten Tag auf uns. Ruxs und Green sind die Peachtree hinuntergelaufen, ich bin an der Ellis. Ich versuche, sie von den Leuten wegzuführen. Ich glaube, ich habe meinen Verfolger abgehängt.«

Tech kam am Ende des Blocks zum Stehen und wartete auf Entwarnung.

Free blickte auf, erleichtert darüber, dass auf der Straße relativ wenig Verkehr herrschte, und ... »Ah!« Sein Körper wurde nach hinten gegen den Sitz und dann nach vorne geschleudert. Metall und Glas zersplitterten um ihn herum.

»Fuck!«, schrie Tech und trat das Gaspedal durch. »Sie sind mir auf den Fersen, Ruxs«, sagte er und umklammerte mit beiden Händen das Lenkrad.

Das wäre ein guter Zeitpunkt für Free, eine Karte aufzurufen und seinem Freund zu helfen, sein Navigator zu sein, da sein aktueller Partner auf der Flucht war und nichts tun konnte. Aber Free konnte sich nur festklammern und bemühen, sich nicht in die Hose zu machen, und darauf vertrauen, dass sein bester Freund ihn aus dieser Scheiße herausholen würde, so wie er es immer tat.

Oh Gott! Jemand muss uns bitte helfen!

Der Geländewagen wurde erneut angerempelt und Frees Augen weiteten sich, als Tech sein Fenster einen Spalt weit herunterließ und eine furchterregende schwarze Handfeuerwaffe aus seinem Holster zog. Ihr Verfolger fiel sofort zurück und rammte den Hinterreifen der Fahrerseite. Free biss sich auf die Zunge und verzog angesichts des Schmerzes und des Geschmacks von Blut das Gesicht. Tech fuhr eine scharfe Kurve.

Eine dunkle, befehlende Stimme drang aus dem Funkgerät und Free erkannte sie sofort. »Tech. Sind fast da. Geschätzte Ankunft drei Minuten. Kannst du sie wieder zu uns lenken?«

Oh mein Gott! Das ist Fox!

Das musste eine große Sache sein. Das SWAT-Team war im Anmarsch. Frees Magen verkrampfte sich. Das bedeutete, dass Hart auf dem Weg zu ihm war, während Free auf einer rasanten Verfolgungsjagd mit Schüssen war. Er malte sich aus, wie Hart mit voller Geschwindigkeit herbeieilen würde.

»Zehn-vier, Fox. Wie ist dein Standort?«, antwortete Tech, raste eine weitere Gasse hinunter und überprüfte dann seinen Rückspiegel.

»Westwärts auf der Courtland. Vor der Kreuzung mit der Ellis ist auf der rechten Seite die Einfahrt zum Parkhaus. Fahr da rein. Ich warte auf dich«, wies Fox an.

»Verstanden.«

»Durchhalten, Free«, schnaufte Tech, der sein Fahrzeug immer noch wie ein NASCAR-Profi steuerte. »Syn hat keine Sekunde gezögert, Verstärkung zu schicken. Wir sind okay.«

Free war still. Er wusste, dass er diesen ganzen Schlamassel verursacht hatte.

»Len? Lenny!« Tech versuchte, sich zum Rücksitz umzudrehen.

»Es geht mir gut. Ich versuche nur, dich nicht abzulenken«, antwortete er. »Schau auf die Straße.«

»Okay. Ich biege gleich ins Parkhaus ein. Halt dich fest, Len. Das wird eng.« Tech schnitt eine Grimasse.

Free hob den Kopf, als die Reifen laut quietschten und das Heck ins Schlingern geriet, da der Wagen scharf rechts in die Einfahrt abbog. Sie war zweispurig, aber auf beiden Seiten mit Betonleitplanken von gut einem halben Meter Höhe versehen. Free blieb der Mund offen stehen, als er das große, gepanzerte SWAT-Fahrzeug sah, das am Ende der dunklen Einfahrt stand. Und dann war da noch die getönte schwarze Limousine direkt hinter ihnen. Diese fuhr mit Vollgas hinterher und bemerkte den gepanzerten Wagen zu spät.

Das Dach des SWAT-Fahrzeugs öffnete sich und eine schwarze Frau mit einem Helm, der den größten Teil ihres hübschen Gesichts verdeckte, erschien und warf einen kleinen runden Gegenstand, der über den Geländewagen und auf die Frontscheibe der Limousine segelte. Dann verschwand sie so schnell, wie sie gekommen war.

»Augen zu!«, rief Tech.

Free kauerte sich abermals zusammen und drückte sich die Hände auf die Ohren. Er wusste, wie die Blendgranaten des SWAT-Teams funktionierten. Es gab Geschrei und weitere quietschende Reifen. Free richtete sich auf und sah fasziniert zu, wie die Hecktür des gepanzerten Fahrzeugs aufschwang und Fox und zwei weitere Männer in schneller Folge und mit synchronen Bewegungen herauskamen. Der erste Mann hielt einen Schutzschild vor das Trio. Fox stand tief geduckt in der Mitte und zielte mit seinem Gewehr auf die Limousine. Der Mann hinter Fox tippte mit einer Hand schnell auf dessen rechte Schulter. Es dauerte nur Sekunden, bis die drei schwer bewaffneten Beamten neben Frees Fenster standen. Fox feuerte zwei schnelle Schüsse auf die Reifen der Limousine ab, sodass sie gegen die Leitplanke geschleudert wurde.

Während der Schildträger vorrückte, riss Fox die Hintertür neben Free auf und seine silbernen Augen suchten hektisch seinen Körper ab. »Untersuchen Sie ihn, Doc«, befahl Fox, dann tippte er dem Schildträger auf die Schulter, und schon marschierten sie zur Einfahrt. »Atlanta PD SWAT! Kommen Sie sofort heraus und knien Sie sich hin! Ich werde es nicht zweimal sagen!« Seine Stimme grollte wie Donner.

»Halten Sie den Kopf unten. Sie müssen vielleicht noch eine Blendgranate einsetzen«, sagte der Officer auf dem Rücksitz, der ihn untersuchte. »Sie haben ein paar ziemlich harte Schläge auf die Seite abbekommen. Wie geht es Ihnen? Haben Sie sich den Kopf gestoßen?«

»Es geht mir gut«, versicherte Free ihm und seine Stimme war überraschend ruhig.

»Shit. Lenny. Bist du dir sicher?«, fragte Tech, der seine Waffe immer noch in der Hand hielt. »Doc, untersuchen Sie ihn trotzdem.«

»Ich sagte, es geht mir gut.« Free richtete sich auf. Er schaute gerade noch rechtzeitig hinter sich, um zu sehen, wie Fox und ein anderer Beamter den Männern am Boden Handschellen anlegten.

Steele, Ruxs und Green rannten die Einfahrt hinauf, ohne sich die Mühe zu machen, ihre Waffen zu ziehen. Fox hatte die ganze Szenerie in weniger als drei Minuten unter Kontrolle gebracht.

Verdammt. Ist Harts Team wirklich so gut?

Free holte noch einmal tief Luft und sah sich um.

Wo steckt er eigentlich?

Kapitel 22

Free

Der Arzt aus Harts Team kontrollierte zum vierten Mal innerhalb von 30 Minuten seinen Blutdruck. »Doc«, sagte Free und sprach den älteren Officer damit so an, wie alle es taten, auch wenn auf seiner Marke *Mercer* stand. »Mir geht es wirklich gut. Ich glaube, das waren vorhin nur die Nerven.«

»Ich habe Sie laut und deutlich gehört, aber ich möchte nur noch einmal Ihre Rippen überprüfen, um sicherzugehen, dass ...«

Free hielt die Hand des Arztes fest, als dieser nach dem Saum seines Shirts griff. »Ich schätze Ihre Gründlichkeit aufrichtig. Aber die haben Sie schon *zweima*l untersucht. Auch meinen ganzen Körper. Ich frage mich immer noch, ob die Blutprobe wirklich nötig war.«

»Sie haben sich geweigert, mit mir ins Krankenhaus zum Röntgen zu fahren«, sagte der Arzt.

»Natürlich habe ich das. Es war das Äquivalent zu einem Unfall mit Blechschaden.« Free lachte.

»Gefolgt von einer rasanten Verfolgungsjagd«, brummte Fox. »Du lachst jetzt, aber du solltest froh sein, dass du keinen Kratzer hast, denn sonst ...«

Free verstummte. Harts Lieutenant wartete auf Gods und Days Rückkehr aus dem Gerichtsgebäude. Sie waren den ganzen Nachmittag im Büro des Staatsanwalts gewesen und hatten versucht, genügend Beweise für einen Durchsuchungsbefehl für eines von Cornelias Lagerhäusern zusammenzutragen, aber bisher waren sie nicht erfolgreich gewesen. Doch das war es nicht, was Fox so angespannt sein ließ. Hart war auch auf dem Weg.

»Ich weiß nicht, wie es *euch* geht, aber ich verschwinde jetzt, bevor Hart vom Hauptquartier zurückkommt.« Der Arzt packte seine Tasche zusammen und stand auf.

Im Büro war es gespenstisch still. Syn wirkte müde, als er sich auf seinem Schreibtischstuhl zurücklehnte und die Hände hinter seinem Kopf verschränkte. Ruxs, Green und Tech arbeiteten so schnell sie konnten, um ihre Berichte fertig zu kriegen, bevor ihre Chefs zurückkamen. An den langen Gesichtern war zu erkennen, dass sich keiner von ihnen auf das freute, was kommen würde.

»Ihr Jungs seid aus dem Schneider. Es war *meine* Schuld. Ich bin derjenige, der die Fotos gemacht und die Aufmerksamkeit auf uns gezogen hat.«

Tech blickte von seinem Bericht auf. »Nein. Es ist überhaupt nicht deine Schuld. Wir hätten dich wegbringen müssen und ...«

»Ach du Scheiße«, murmelte Fox und blickte auf die beiden Gestalten, die auf sie zustürmten. »Eure Lieutenants sind da.«

»Danke, Captain Obvious«, murmelte Green.

God stürmte durch die Tür und richtete seinen finsteren Blick auf Syn. »Ich will wissen, warum zum Teufel meine Worte offenbar ständig missverstanden werden.«

»God«, begann Syn, aber dieser unterbrach ihn. Seine Stimme war nun lauter und bedrohlicher.

»Nein!«, bellte er und drehte sich zu seinen Vollstreckern um. »Ich habe ausdrücklich gesagt, dass die Überwachung von Cornelia für ein paar Tage eingestellt werden soll, während Hart seine Abteilung nach der gestrigen Schießerei wieder in Ordnung bringt. Habe ich das nicht gesagt, verdammt? Verflucht noch mal!«

Day seufzte, sackte auf seinem Stuhl zusammen und rieb sich mit der Hand über sein stoppeliges Kinn. »Was ist passiert, Leute? Ihr solltet doch beim Mittagessen sein. Ihr hattet Free dabei. Habt ihr eine Ahnung, wie übel das hätte ausgehen können, wenn er verletzt worden wäre?«

»Und dann habt ihr Harts Team ohne ihn mobilisiert! Wären Fox und Dinah nicht schon in einer Trainingseinheit gewesen, wären sie vielleicht nicht rechtzeitig gekommen!«, knurrte God. Sein langes Haar war durcheinander, als wäre er die fünf Blocks zum Revier gerannt. »Ich will mir gar nicht ausmalen, was dann passiert wäre.« Seine Stimme war nun eine Oktave tiefer und er klang tatsächlich nervös. »Wo ist Hart?«

»Dinah hat ihm eine Nachricht geschickt, also bin ich mir sicher, dass er auf dem Weg ist«, sagte Fox. Er trug immer noch seine taktische Ausrüstung, abgesehen von seinem Helm und der kugelsicheren Weste.

»Weiß er, dass Free bei ihnen war?«, fragte Day zögernd.

»Sieht so aus«, antwortete Green und blickte durch die Glaswände ihrer Abteilung auf den wütenden Grizzlybären, der auf sie zustürmte, während Dinah hinter ihm herlief und mit ihren kürzeren Beinen verzweifelt versuchte, Schritt zu halten. Ihre Lippen bewegten sich sehr schnell und sie sah ihn flehend an, während sie an seinem zerknitterten Hemdsärmel zerrte.

»Oh nein«, flüsterte Free. Er erkannte es inzwischen am Blick, wenn Hart stinksauer war. Und im Moment war dieser Blick auf God gerichtet.

»Du willst mich wohl verarschen«, knurrte God. Er winkte dem Arzt zu, der versuchte, schnell zu verschwinden. »Doc, schließen Sie die Tür ab! Verriegeln Sie sie!«

»Sie sind auf sich allein gestellt.« Der Arzt schlüpfte an ihnen vorbei und zur Tür hinaus, als Hart nach der Klinke griff.

»Feigling«, brummte Ruxs.

»Fox, tu etwas«, bat God.

Hart stürmte herein, seine Brust hob und senkte sich rasch. Er trug kein Jackett mehr und sein Hemd war verzogen und unordentlich, als hätte er sich den Weg hierhin mit Klauen und Zähnen erkämpft. Es war plötzlich totenstill, als Harts Blick durch den Raum wanderte und mit jedem der Detectives Kontakt aufnahm.

God machte einen halben Schritt nach vorn und setzte an, etwas zu sagen.

»Sag kein verdammtes Wort, Cash.«

Der Bass in Harts Ton ließ Free erzittern. Er war noch geschockter darüber, dass God tatsächlich schwieg. Niemand sonst wagte es, so mit ihm zu reden.

Syn saß an seinem Schreibtisch, die Hände vor sich verschränkt, und starrte an die Wand. Day massierte seine Schläfen, während er niedergeschlagen den Kopf schüttelte. Fox stand neben seiner Kollegin Dinah und beide beobachteten ihren Captain besorgt.

Hart kam auf Free zu und sein Ausdruck wandelte sich. Sein Blick spiegelte Erleichterung. Kaum war er nahe genug, streckte er die Hand aus und zog Free sanft an seine Brust, wobei er seinen Hinterkopf umfasste. Vor den Augen seiner gesamten Abteilung, einschließlich der etwa 20 Beamten des Reviers, die gebannt die Show verfolgten, berührte Hart ihn wie einen Liebhaber. Er drückte seine Lippen an Frees Ohr und seine Stimme war ein aufgewühltes Flüstern. »Bist du okay, Len?«

Free kümmerte sich nicht darum, wer ihn beobachtete, als Harts warmer Körper an seinem zitterte. Er erwiderte die Umarmung. Hart hatte wirklich Angst gehabt. »Es geht mir gut, Ivan. Mir ist nichts passiert.«

»Aber es hätte alles Mögliche passieren können. Bist du dir sicher, dass du nicht verletzt bist? Ich kann dich ins Krankenhaus bringen.« Er trat zurück und musterte ihn.

»Nein. Ich bin mir sicher. Dein Arzt hat mich dreimal untersucht. Ich hatte Glück. Denn es war alles *meine* Schuld. Wirklich. Ich hätte nicht ...«

»Schhh«, murmelte Hart. »Sag das nicht. Nichts von alledem war deine Schuld.«

Free ließ seine Arme sinken, als Hart sich zurückzog. Er konnte nichts tun, als dazustehen wie alle anderen und zu warten, was passieren würde.

Hart ging mit geballten Händen zu God.

»Sie waren beim Mittagessen und ich habe gesagt ...«, setzte God an.

Free hielt sich vor Schreck die Hand vor den Mund, als Hart mit beiden Händen Gods Ledermantel am Kragen packte und ihn rücklings gegen die Wand drückte. God konnte gerade noch seine Hände um Harts Handgelenke legen, als der ihn fester packte und ihn anfauchte. »War es *deine* Idee, mitten in der Stadt eine verdammte Schießerei anzufangen, Cash? Oder war es *deine* großkotzige Idee, mein Team ohne mein Wissen zu mobilisieren? Was von beidem? Denn ich könnte dir im Moment für beides in den Arsch treten.«

Alle waren auf den Beinen und schauten verunsichert auf den hitzigen Schlagabtausch zwischen den zwei engen Freunden.

»Wenn du aufhörst, mich zu würgen, und mich erklären lässt ...«, presste God hervor, ohne sich gegen seinen Freund zu wehren.

»Hart. God und Day waren gar nicht hier«, warf Syn ein. »Wenn du dich beruhigst, kann ich dir sagen, was passiert ist.«

God sackte ein Stück zusammen, als Hart ihn abrupt losließ.

»Ich will es verdammt noch mal nicht hören!« Hart drehte sich um und starrte den Rest der Einheit an. »Du wirst mich nicht davon überzeugen, dass nichts von dieser Scheiße heute hätte vermieden werden können. Rücksichtslose Gangster in die Öffentlichkeit führen ... Was habt ihr euch dabei gedacht? Euer Job ist es, unschuldige Bürger zu beschützen. Wie sollen sie geschützt werden, wenn sie auf einer öffentlichen Straße entlanglaufen und Kriminelle auf sie schießen, hä?«

»Wir hatten nur Sekunden, um zu reagieren«, erklärte Ruxs und hob die Hände.

»Nun, eure Reaktion hat dazu geführt, dass eine Frau in ihrem Auto angeschossen wurde, während sie an der Kreuzung Ellis vor der roten Ampel stand, verdammt!«, brüllte Hart.

Free glaubte, er würde jeden Moment umkippen. »Ist sie ...?«

»Ach du Scheiße«, knirschte Fox mit zusammengebissenen Zähnen. »Wann wurde das gemeldet?«

»Gleich nachdem ich aus meiner Besprechung kam, vor zehn Minuten«, antwortete Hart. »Zum Glück hat sie überlebt und ihr Mann ist pensionierter Polizist, denn sonst würde sie uns wahrscheinlich in Grund und Boden verklagen und unsere Abteilungen schließen lassen.«

»Wir hatten keine Zeit zum Nachdenken, als sie auf uns losgingen«, versuchte Green mit seiner sanften Stimme zu argumentieren, aber das schien bei Hart nicht zu funktionieren. »Wir haben dafür gesorgt, dass Cornelias Schläger in die entgegengesetzte Richtung von Free geführt wurden ...«

»*Ich* bin derjenige gewesen, der dummerweise die Fotos gemacht hat, als Green versucht hat, uns unbemerkt rauszubringen«, gestand Free. »Es war wirklich meine Schuld. Wir wären nie entdeckt worden. Und, ja, das Chaos hätte vermieden werden können.« Free rückte näher an God und Hart heran. »Ich bin bereit, die disziplinarischen Konsequenzen zu tragen.«

»Du bist nicht verantwortlich, Free«, erwiderte God fast traurig.

»Schau, ich möchte fair und wie jeder andere behandelt werden. Wenn ich Mist gebaut habe ...«

»Woher wusstest du, dass du die Fotos machen sollst?«, unterbrach Hart ihn.

»Was?«, fragte Free verwirrt.

Hart kam näher und seine Stimme war nun etwas leiser. »Woher wusstest du, dass der Typ im Hotel Monroe Cornelia war? Woher wusstest du, dass er der ist, der er ist?«

Free blinzelte. »Ach so. Tech hat uns auf ihn aufmerksam gemacht.«

»Genau«, knurrte Hart in Techs Richtung.

Oh nein.

»Ivan, warte.« Free wollte nicht, dass es auf seinen Freund zurückfiel.

»Eure einzige Reaktion hätte sein sollen, ihn nicht zu bemerken, aufzustehen und zu verschwinden. Denn es waren zu viele Zivilisten in der Nähe. Cornelia ist ein sehr gefährlicher Mann. Ihm ist es egal, wer verletzt wird. Wenn er sich bedroht fühlt, sterben Menschen«, sagte Syn, seine mitternachtsdunklen Augen waren auf seine vier Detectives gerichtet.

Free wollte noch mehr über den Bundesrichter und den anderen Anzugträger erzählen, aber Hart war schon wieder am Brodeln.

»Ich will, dass diese Berichte gleich morgen früh in meinem Posteingang liegen.« Hart zeigte auf Fox und Dinah, dann richtete er den Blick auf Gods Vollstrecker. »Und versuch diesmal, die verdammte Rechtschreibprüfung zu benutzen, Rux! Ich will verflucht noch mal verstehen, was ich da lese. Und wenn es die ganze Nacht dauert.«

»Das ist immer noch *meine* Taskforce, Ivan«, fauchte God.

Hart starrte immer noch auf Ruxs, Green, Tech und Steele. »Solange ich nicht sicher bin, dass die vier im Einsatz klar denken und *reagieren* können, ohne Unschuldige in Gefahr zu bringen, bleibt euer Team im Innendienst.«

»Hart! Komm schon, Mann!«, protestierte God.

Ein kollektives Murren und Fluchen ging durch den Raum und die Männer ließen sich niedergeschlagen auf ihre Stühle sinken.

»Spar dir den Protest, Cash. Ich tue das Richtige, und das weißt du«, sagte Hart.

»Sie haben einen Fehler gemacht. Man kann nicht vorhersagen, was da draußen passieren wird. Das solltest gerade du wissen, Hart«, versuchte God zu argumentieren.

»Es war nicht nur ein Fehler«, widersprach er. »Sie haben in den letzten drei Monaten viel zu viele gemacht. Mein Urteil ist endgültig. Bring deine verdammten Cowboys unter Kontrolle, Cash, oder ich verpasse dieser verdammten Abteilung so lange Hausarrest, bis ihr den Zweck eurer Taskforce vergessen habt.«

Kapitel 23

Hart

»Ivan?«

»Hm?«

»Ich möchte dich etwas fragen, aber ich will nicht, dass du es falsch verstehst, okay?«

Hart blickte zum Beifahrersitz seines Trucks, auf dem Free sicher und wohlauf saß. Er hatte das Gefühl, zu wissen, was Free sagen wollte. Es war ihm egal. Er hatte nicht überreagiert. Free hätte ihm weggenommen werden können, bevor er überhaupt die Chance gehabt hätte, ihn wirklich zu haben. Alles nur, weil Gods Männer ihre Ziele ohne Angst und oft ohne Konsequenzen verfolgten. Hart unterstützte keine Waghalsigkeit. Die Sicherheit seines Teams und der Öffentlichkeit stand immer an erster Stelle.

»Hättest du das Team auch in den Innendienst verbannt, wenn ich nicht dabei gewesen wäre?«

»Ja«, antwortete Hart, ohne zu zögern.

»Wirklich?«

»Ja.«

»Ich habe gesehen, wie die Jungs noch schlimmere Fehler gemacht haben, und du hast nicht so reagiert. Besonders Ruxs und Green. Sie sind bekannt für Ärger und Zerstörung. Das ist Teil ihres Charmes. Wie war das letzten Monat, als Green aus Versehen die Rückseite des Beerdigungsinstituts in die Luft gejagt hat?«

»Die Leute da drinnen waren schon tot«, sagte Hart trocken.

»Und was war, als Ruxs letzte Woche diesen Typen ins Kino verfolgt und die Leinwand beschädigt hat?«

Er verdrehte die Augen. »Jedes Kino, das noch Gotti spielt, hat das verdient.«

Free lachte. »Okay, du Scherzkeks. Was ist mit der letzten Überwachung der Jungs? Es sollte ein einfacher Aufklärungsjob in einem Methlabor werden, aber sie hatten die falsche Adresse. Es war ein Fehler, der damit endete, dass das SWAT-Team, zwei Hubschrauber und der Wildhüter gerufen werden mussten.«

»Das war nicht rücksichtslos oder waghalsig. Das war verdammt witzig.« Hart lachte laut auf. »Weißt du noch, wie viele verdammte Hühner in dem Laden waren?«

Free lachte mit ihm. Er war froh, dass Hart lächelte und sie zu etwas mehr Leichtigkeit zurückgefunden hatten.

»Ihre Arbeit ist unberechenbar. Sei bitte nicht zu hart zu ihnen. Ich habe auch Mist gebaut, ob es nun jemand ausspricht oder nicht. Ich bin jetzt schon seit Monaten der Techniker dieser Jungs, ich hätte es besser wissen müssen, als zu versuchen, solche Fotos zu bekommen.«

»Stimmt«, sagte er schlicht.

Free schnaubte.

»Was? Ich stimme dir nur zu.«

Er stieß ihn an. »Ist ja gut.«

»God und ich werden uns morgen deine Fotos ansehen, wenn wir nicht mehr auf dem heißen Stuhl des Chiefs sitzen. Es könnte unsere einzige Rettung sein. Wenn du ein klares Bild hast, werden wir versuchen, uns mit ein paar Lieutenants der Abteilung für organisierte Kriminalität zu treffen, um den Richter zu überwachen. Hoffentlich haben wir ein paar gute Informationen, damit sich die ganzen

Kopfschmerzen lohnen.« Hart bog in seine Einfahrt ein und öffnete mit seiner Fernbedienung das Garagentor. Er hielt langsam neben Frees Roller an und stellte den Motor ab.

»Dann werden wir alle wieder gut zusammenarbeiten, ja?« Free strich mit seiner Hand über Harts Oberschenkel und hielt kurz vor dessen Leiste inne.

»Vielleicht«, brummte er. »Wie ich schon sagte: erst, wenn ich völlig befriedigt bin.«

Es gefiel ihm, wie sich das anhörte. Frees Augen glühten vor Verlangen. »Ich möchte, dass du sehr befriedigt bist, Ivan.«

Hart spürte, wie sein Schwanz in seiner Hose anschwoll. Frees Stimme klang in der Dunkelheit seiner Garage nach einem verruchten Versprechen. »Lass uns reingehen.«

Free eilte aus dem Wagen, schnappte sich seinen Laptoprucksack und seine Tasche von letzter Nacht. Er stellte sich hinter Hart, als dieser die Seitentür aufschloss.

»Wann wird Steele dein Wohnmobil vorbeibringen?«

»Nachdem er mit seinem Bericht fertig ist«, antwortete Free.

»Das kann spät werden.«

»Es war wirklich nett von ihm, das anzubieten, nicht wahr?«

»Das ist doch das Mindeste, was er tun kann«, brummte Hart und ging in Richtung seines Büros. Er hörte Free hinter sich, dessen lautes, verärgertes Seufzen in seinen Ohren widerhallte.

»Warum bist du so stur?« Free stand in der Tür, während sich Hart auf seinen Schreibtischstuhl im Scarface-Stil setzte und seinen Dienstausweis und seine Dienstwaffe wegschloss.

»Bin ich nicht.« Hart drehte seinen Stuhl herum. »Ich frage mich, wie Steele sich fühlen würde, wenn ich mir *seinen* Freund schnappen und mit ihm mitten in eine Schießerei hineinrennen würde. Ich bin mir sicher, er würde mir in Sekundenschnelle den Hals umdrehen.«

Free stand einen langen Moment da und blickte ihn an, bevor sich ein schüchternes Grinsen auf seinen Lippen bildete. »Freund?«

Hart zuckte zusammen und kicherte unbeholfen. »War mir gar nicht bewusst, dass ich das gesagt habe.«

Free stellte seine Taschen ab und betrat den Raum. »Ist das etwas, was du willst?«

»Einen Freund?« Seine Stimme war leise. »Ja. Den wünsche ich mir.«

»Ich kann nicht behaupten, dass ich jemals einen hatte«, murmelte Free. Er trat von einem Fuß auf den anderen, zupfte an seinen Fingernägeln und blickte auf Harts Schoß.

»Komm her, Baby«, sagte Hart und zog Free am Handgelenk, bis er zwischen seinen Beinen stand. Er setzte ihn auf seinen rechten Oberschenkel und schaute in seine gefühlvollen braunen Augen. »Klingt, als haben wir beide eine Menge verpasst.«

»Ja«, stimmte er zu.

Ihre Lippen trafen sich langsam. Ganz sanft. Er schlang seine Arme um Free und setzte sich bequemer hin, wobei er Free mit sich zog. Er liebte die Art, wie diese langen Finger automatisch zu seinem Bart wanderten. Er griff in Frees Nacken und zog seinen Kopf in einen anderen Winkel, um den Kuss zu vertiefen. Es vermischten sich so viel Stöhnen und lustvolle Laute, dass Hart nicht mehr unterscheiden konnte, von wem sie kamen.

»Ich bin so froh, dass es dir gutgeht, Len«, flüsterte er gegen Frees Hals. »Du hast mich fast zu Tode erschreckt. Bist du dir sicher, dass dein Körper in Ordnung ist?«

»Mir geht es bestens.« Free strich über Harts Kopf und dann den Hals hinunter.

Hart lehnte sich in die sanfte Berührung. Es war, als würde er alle Empfindungen stärker wahrnehmen. Er hielt Free fester als sonst, denn letzte Nacht hatten keine Gangster versucht, ihn von der Straße zu drängen.

Hart biss in Frees zarte Kehle, während diese flinken Finger an den Knöpfen seines zerknitterten Hemds herumfummelten. Die Art und Weise, wie er mit hektischen, ruckartigen Bewegungen ausgezogen wurde, als würde es Free nicht schnell genug gehen, vermittelte ihm ein unglaubliches Gefühl. Als Free das andere Bein über seinen linken Oberschenkel hob und rittlings auf seinem Schoß saß, fühlte er sich wie ein König.

»Verdammt.« Hart stöhnte auf, als sich Frees Ausdruck von Verlangen in regelrechten Hunger verwandelte, während er sein Hemd öffnete und dann sein Unterhemd hochzog, sodass seine behaarte Brust zum Vorschein kam.

Free arbeitete sich an seinem Bauch hoch bis hinauf zu seinen Brustmuskeln. »Ich weiß nicht, ob ich dich nur anschauen oder dich ficken will, Ivan.« Er beugte sich langsam vor und leckte über Harts Brustwarze, was ihn peinlich laut aufstöhnen ließ. »Ja. Ich wusste, dass dir das gefallen würde.«

Hart packte Frees Hüften und zog ihn näher. Sein Schwanz war hart und unangenehm an seinem Oberschenkel eingeklemmt. Er war froh, dass Free für eine Weile die Führung übernahm. Es gab Momente, in denen er sich wie eine komplette Jungfrau fühlte, aber er war dankbar für Frees Geduld. Doch Hart wollte nicht länger warten. Free war derjenige, mit dem er all das erleben wollte.

Free wechselte zur anderen Brustwarze und liebkoste sie ebenso zärtlich. Seine Zunge fühlte sich wie warmer Seidenstoff an. Hart lehnte sich so weit wie möglich zurück, bevor er seine Arme ausbreitete und die Aufmerksamkeit genoss.

Verdammt, das ist gut.

Free hielt sich an seinen Schultern fest, massierte und drückte sie, während seine Zunge immer wieder über die Haare an seinen Brustwarzen strich. Er wippte mit den Hüften hin und her, bis sich Harts Zehen in seinen Schuhen einrollten. »Ich glaube, ich bin ein bisschen süchtig nach dir«, flüsterte er mit diesem schwachen britischen Akzent in sein Ohr.

Oh mein Gott!

Free leckte an seinem Hals entlang zu seinem Ohr, dann saugte er das weiche Ohrläppchen in seinen Mund. Hart zuckte zusammen und seine Hände wanderten wieder zu Frees Hüften. Er musste ihn bremsen. Allein seine Bewegungen und der Druck, den er ausübte, wurden schon zu viel. Hart umfasste die verlockend runden Pobacken und drückte sie zusammen.

Free nagte an seinem Ohrläppchen, was Hart eine Gänsehaut über den ganzen Körper schickte. Dieser Mund müsste verboten sein. Free roch nach heißer Männerhaut,

Schweiß und acht Stunden altem Parfüm. Alles an ihm war so verdammt perfekt.

Free griff nach seiner Gürtelschnalle, womit Hart sehr einverstanden war, doch dann begann sein Magen so laut zu knurren, dass Free die Stirn gegen seine senkte und leise lachte. »Klingt, als habest du Hunger. Nicht nur nach *mir*.«

»Grrr. Beides.« Hart betonte die Aussage mit einem weiteren aggressiven Kuss, den sein leerer Magen mit einem noch längeren Knurren unterbrach.

»Wir besorgen dir erst mal was zu essen, mein Hübscher. Wir haben die ganze Nacht Zeit, okay?« Free stand auf und richtete direkt vor Harts Nase seinen steifen Schwanz, bevor er sich abwandte.

Hart folgte mit seinen Augen diesem umwerfenden Hintern in seine Küche, wo Free die verschiedenen Speisekarten überflog, die er an eine Korkplatte an der Seite seines Kühlschranks geheftet hatte. Er ging zu ihm und stellte sich neben ihn, wobei er verärgert schnaufte.

Werde ich jemals Sex haben?

»Also, worauf hast du Lust?«, wollte Free wissen und wippte auf den Absätzen seiner hübschen Halbschuhe.

»Auf *dich*«, brummte Hart.

Free grinste und zog eine Speisekarte von der Tafel. »Das heißt also, auf etwas Scharfes.«

Kapitel 24

Free

Free saß mit angezogenen Beinen auf dem Boden vor dem Wohnzimmertisch und stopfte sich mit indischem Essen voll. Hart hatte sich geweigert, sich dazuzusetzen und das Buffet zu genießen, das sie gerade aufgebaut hatten. Stattdessen hatte er alles auf einen Teller aufgehäuft, saß in seinem Kunstwildledersessel und benutzte ein Tablett.

»Was ist das noch mal für eine Sendung?«, wollte Free wissen und spülte den letzten Rest seines Currytilapias mit einem Schluck Wasser hinunter. »Und warum haben die keine Kleidung an?«

»Naked Survival. Keine Kleidung ist der Sinn der Sache.« Hart wischte sich den Mund ab und starrte nach wie vor konzentriert auf den Bildschirm, als würde er einen oscarprämierten Film sehen. »God hat mich süchtig danach gemacht. Erinnerst du dich an das geistlose Fernsehen, von dem ich gesprochen habe? Das hier ist es. So unglaublich lächerlich. Aber verdammt unterhaltsam.«

»Ernsthaft?« Free beäugte ihn skeptisch.

»Kennst du etwas Besseres?«, fragte er herausfordernd und warf die Fernbedienung auf das Couchkissen.

»Ich schaue Filme.«

»Dann such uns einen Film raus«, sagte Hart so beiläufig, dass Free sich bei einem dümmlich verliebten Grinsen darüber ertappte, wie gemütlich sie sich bereits miteinander eingerichtet hatten.

»Gut. Mache ich.« Free ging zu seinem Tablet. »Welches Genre magst du? Action, Horror, Science-Fiction …? Romantik?«

Hart schob sein Tablett zur Seite, sein Teller war fast leer. Er lehnte sich zurück und machte es sich in seinem übergroßen Sessel bequem, wobei er sich auf seinen festen Bauch klopfte. Er hatte einen nachdenklichen Gesichtsausdruck. »Ich habe nichts gegen Romantik, aber ich will jetzt gerade keine sehen.«

Free ging langsam auf alle viere und pirschte sich an den Tisch heran wie eine heiße Schlampe. Er konnte selbst nicht glauben, dass er das tat, aber er ging trotzdem weiter, bis er vor Harts Knien saß. Der Blick dieser topasblauen Augen wanderte über seine heiße Haut und ließ ihn am ganzen Körper vibrieren. Er legte seine Hände auf Harts Oberschenkel, kletterte auf ihn und verlagerte behutsam sein Gewicht.

Hart wurde gegen das Rückenkissen gedrückt und blickte angenehm überrascht zu ihm auf. »Du bist wirklich etwas Besonderes, weißt du das?« Harts Lächeln berührte sein Herz jedes Mal wieder.

»Und ich bin dein fester Freund«, fügte Free hinzu. Er wollte dieses Wort immer und immer wieder sagen, die ganze Nacht lang. Sein erster Freund mit 36 Jahren. Ein reifer, attraktiver, verdammt großer, aber super süßer Bär, der *ihm* gehörte.

Endlich.

»Dann lass uns das tun, was Freunde tun.« Harts Hände kneteten seinen Hintern durch den Stoff der Arbeitshose.

Free beugte sich vor und küsste seine Lippen. Dann griff er nach einer Papierserviette auf dem Tablett und wandte sich Harts Bart zu. Er hatte ein paar Flocken Naan in den flaumigen Haaren. Behutsam löste er einen Teil, zupfte ein winziges Stück knusprigen Teigs heraus und legte es in die Serviette. »Wir werden eine Menge Dinge tun, die Freunde so machen, mein Lieber. Ab heute Abend. Zum Beispiel zu Ende essen, dann einen Film sehen und dann ins Bett gehen.«

Harts Hände lagen fest um seine Taille, während Free sprach und er ihm die letzten Reste des Fladenbrots aus dem Bart entfernte. Als er fertig war, strich er vorsichtig darüber und war wieder einmal fasziniert.

So perfekt.

»Also. Entscheiden wir uns für einen Film. Ich selbst mag Horror, aber ...« Free verstummte und seine Finger glitten aus Harts Bart, als er in dessen starre Augen blickte. »Was? Was ist?« Hart sah ihn an, als wäre er überwältigt.

»Nichts. Tut mir leid. Ich, ähm ...« Hart räusperte sich. »Es ist nur ... Ich mag es, wenn du mich so berührst. Das habe ich mir immer gewünscht.«

»Du solltest inzwischen wissen, wie sehr ich es liebe«, sagte er leise, weil er bemerkt hatte, wie rau Harts Stimme klang.

»Ich weiß es. Ich zweifle nicht mehr an dir, Len. Aber als du das gerade mit den Krümeln gemacht hast ... Du hast es getan, als sei es etwas vollkommen Simples. Einfach nur geplaudert, als habest du keine Ahnung, wie verdammt schwer ich mich gerade in dich verliebe.« Hart stieß einen zittrigen Atemzug aus, als versuchte er, sich zusammenzureißen.

»Ivan«, hauchte Free. Er musste ihn küssen. Er wollte ihm sagen, dass er schon seit geraumer Zeit in ihn verliebt war.

Aber Hart sollte wissen, dass er es nicht nur erwiderte, weil er es gesagt hatte. Free beugte sich vor und küsste ihn so, wie Hart es mochte, geküsst zu werden. Er hielt seinen Bart in einer Hand und den glatten Hinterkopf in der anderen. Dieser Kuss war so feurig wie die Gewürze, die noch auf Harts Zunge zu spüren waren.

Hart griff über die Seite des Sessels und drückte einen Knopf, der ein leises Surren aktivierte und sie in eine fast flache Liegeposition brachte.

Oh ja.

Der Kuss wurde langsamer, bis Free leise keuchend auf Distanz ging. Er streichelte seine Wange und blickte Hart in die Augen. »Ich bin schon lange in dich verliebt, Ivan. Ich …« Hart sah ihn mit dem hoffnungsvollsten Ausdruck an, den er je gesehen hatte. Und er wusste, dass sein Geständnis sicher sein würde. Er gab ihm noch einen raschen Kuss. »Ivan. Ich …«

Die Türglocke läutete. Harts gemurmelte Irritation vibrierte in ihrer beider Brust. Wahrscheinlich war es Steele mit dem Wohnmobil. Die erste Liebeserklärung würde wohl noch etwas warten müssen, aber, verdammt, Free wollte sich nicht bewegen. Hart drückte ihn, was ihn dazu brachte, zu stöhnen und seine Hüften zu bewegen.

»Mmh. Du hörst besser auf«, keuchte Hart.

Die Türglocke läutete wieder.

»Ich will dir sagen, was ich zu sagen habe«, meinte Free und tastete nach einer Stelle an Harts Schlüsselbein.

Hart rieb seinen Rücken, umfasste seinen Hintern und hielt ihn dort, während Free ihn küsste. »Verdammt, Baby.«

»Ich will es dir sagen«, stöhnte er.

Die Türglocke läutete erneut.

Hart drückte seine Stirn gegen Frees Kinn. »Das wirst du. Aber zuerst musst du die Tür aufmachen, sonst kommen sie und schlagen gegen die Fenster.«

Free biss die Zähne zusammen, als Hart den Sessel in eine aufrechte Position brachte.

»Sieh zu, dass du sie schnell loswirst«, forderte er.

Free warf ihm einen hungrigen Blick zu, nickte und richtete eilig sein Shirt und seine Hose, während er sich auf den Weg zur Eingangstür machte. Als er sie öffnete, rechnete er nicht damit, Steele, Tech und seinen Boss Day zu sehen. Er fühlte sich ein wenig verlegen, als sie ihn wie schlaue Katzen angrinsten, und streckte seine Hand nach den Schlüsseln aus, die Tech an einem Finger baumeln ließ.

»Ich hoffe, wir stören nicht. Warum hast du so lange gebraucht, um an die Tür zu gehen?« Tech grinste.

Frees Gesicht erwärmte sich.

Weil ich versucht habe, meinem Freund zu sagen, dass ich ihn liebe, bevor es dein wunderbares Timing ruiniert hat.

»Wir waren im Arbeitszimmer und haben gerade zu Ende gegessen. Vielen Dank, dass ihr mir mein Haus gebracht habt. Wir sehen uns morgen früh. Gute Nacht«, sagte Free schnell und mit einem Lächeln, bevor er die Tür zuziehen wollte, doch Steele klemmte seinen Kampfstiefel lässig in den Spalt, bevor er sie schließen konnte.

»Wie unhöflich«, spottete Day.

»Ja, nicht wahr? Uns zu verjagen, nachdem wir dir diesen netten Gefallen getan haben.« Steele versuchte, an ihm vorbeizuspähen, dieser neugierige Bastard. »Willst du uns nicht mal hereinbitten?«

Verdammt, nein.

»Ähm ... wir wollten uns gerade einen Film ansehen, also ...«

Kapiert ihr den Hinweis?

Tech lachte laut.

»Das ist großartig.« Day lächelte und trat auf die Veranda, wobei er versuchte, über Frees Schulter zu sehen, aber der wollte ihn auf keinen Fall ins Haus lassen. Hart hatte ohnehin schon einen anstrengenden Tag hinter sich. »Und? Ist er jetzt besser gelaunt?«

»Day, was machst du ...?«

»Guten Abend, Captain!«, rief Day zu nahe an seinem Ohr und in das stille Haus hinein. »Ich hoffe, du hast dein Abendessen genossen!«

Free zuckte zusammen und stieß Day zurück.

Der stemmte die Hände in die Hüften. »Ist er da drin? Kann er mich hören?«

»Die ganze Nachbarschaft kann dich hören«, knurrte Steele.

»Wir sehen uns alle morgen.« Free konnte die Tür immer noch nicht schließen, während sein Team dastand wie gescholtene Welpen.

»Zieht er das mit dem Innendienst wirklich durch?«, flüsterte Day.

»Ja!«, bellte Hart von irgendwoher aus dem Haus.

Free schüttelte den Kopf. Was zum Teufel wollte sein Team hier abziehen?

Tech packte ihn am Handgelenk und zerrte ihn nach draußen, während Steele die Tür hinter ihm schloss. Im nächsten Moment kamen Ruxs und Green von der Seite des Hauses.

»Was zum Teufel soll das?« Free runzelte die Stirn. »Was macht ihr denn alle hier? Es braucht keine fünf Leute, um ein kleines Wohnmobil abzustellen.«

»Wir wollen nur sichergehen, dass es dir gutgeht, Free.« Green schien aufrichtig besorgt zu sein. »Du warst heute bei einer Verfolgungsjagd dabei. Wir wollen sehen, ob du okay bist, Mann. Das war eine gefährliche Sache und du hast sie gut gemeistert.«

»Danke, Green. Es geht mir gut, wirklich.« Free versuchte, sich zurückzuziehen. »Also, ich werde jetzt einfach weitermachen, okay?«

»Ja. Du siehst eigentlich auch gut aus«, meinte Tech.

»Ja, wirklich gut.« Day lächelte.

Er blinzelte. Was zum Teufel sollte das mit den Komplimenten?

»Free. Komm schon, Mann. Wir brauchen deine Hilfe, Kleiner.« Ruxs zwinkerte.

»Von wegen Kleiner«, schnauzte Free ihn an. »Und ich weiß nicht, welche Hilfe du von mir erwartest. Ich kann Ivan nicht umstimmen.«

»Oh doch, das kannst du«, meinte Steele.

Free verengte die Augen.

»Du musst diese Kraft nur anzapfen, Mann.« Ruxs rieb schlüpfrig seine Handflächen aneinander. »Wenn er am Morgen wirklich glücklich ist vom ... du weißt schon ...«

»Zum Teufel, Mark! Du hast es versprochen.« Green packte seinen Partner von hinten und zog ihn mit einem Würgegriff an sich heran. Er blickte Ruxs über die Schulter. »Free, ich will, dass du weißt, dass ich nichts damit zu tun habe und völlig anderer Meinung bin. Was sie alle versuchen ...«

»Ja, ja. Halt die Klappe, Mr. Rogers. Wir haben deine Meinung den ganzen Weg über gehört, okay?«, fauchte Day ihn an.

Free blieb der Mund offen stehen. »Willst du andeuten, dass ich ihn manipulieren soll mit ...?«

»Natürlich nicht«, beeilte sich Tech zu sagen und sah dann nervös zum Rest des Teams, um Unterstützung zu bekommen. »Nicht *manipulieren*. Das ist so ein böses Wort.«

Er konnte es nicht fassen.

»Du kannst dich doch ein bisschen für das Team einsetzen, oder, Free?«, flehte Day. Er senkte verschwörerisch die Stimme. »Wir wissen doch alle, dass du eine vierzigjährige Jungfrau an der Hand hast. Also brauchen wir dich buchstäblich. Du musst es heute Abend auf dich nehmen. Vielleicht sogar hart. Für das Team.«

»Igitt«, würgte Free schockiert hervor.

»Day!«, fauchte Green.

»Du bist unmöglich.« Free schubste seinen Boss weg und ging wieder hinein. Niemand hielt ihn auf, als er die Tür zuschlug und danach beide Schlösser einrasten ließ. Er lehnte sich dagegen und lachte wie verrückt. Er hatte nicht vor, seinem Team zu sagen, dass er seinen Captain in jeder erdenklichen Position auf sich nehmen würde. Und das hatte nicht das Geringste mit dem gottverdammten Innendienst zu tun.

Kapitel 25

Hart

Er hatte das Geschirr vom Abendessen abgeräumt und die Reste in den Kühlschrank gestellt. Es war lustig gewesen, zu hören, wie Frees Freunde versucht hatten, ihn zu überreden, Sex mit ihm zu haben. Es war typisch Day und wahrscheinlich seine Idee gewesen, denn genau so wickelte er God um den kleinen Finger.

Harts Hände waren im Spülwasser, als Free hereinkam. Er stellte sich hinter ihn, schlang seine Arme um seine Taille und küsste zärtlich seinen Hinterkopf.

Hart lächelte. »Fängst du schon mit deinem Sexplan an?«

Free versteifte sich, dann kniff er ihm in die Seite.

»War nur ein Scherz.« Er stellte das letzte saubere Glas auf den Trockenständer und drehte sich mit tropfenden Händen um. Er ließ sie über Frees Schultern baumeln, als er sich zu einem Kuss vorbeugte. Das Geräusch von Wasser, das auf den Boden tropfte, war über Frees leises Wimmern hinweg zu hören. Als er sich zurückzog, knabberte er ein letztes Mal an Frees köstlichen Lippen. »Aber ich hätte nichts dagegen, wenn du dich an einem Sexkomplott versuchen würdest.«

Frees Lachen in seinem Haus zu hören, fühlte sich gut an. Hart beugte sich wieder vor, konnte nicht genug von diesen Lippen bekommen. Es war Free, der sie schließlich zurück in die Wirklichkeit bringen und ihre Münder voneinander lösen musste. Er bot einen schönen Anblick mit seinen dunklen Augen, den vom Kuss prallen Lippen und den vom Bart geröteten Olivenbäckchen. Free sah aus, als wäre er bereit, geliebt zu werden. Genau so wollte Hart ihn in seinem Bett haben.

»Mein Wohnmobil ist hier.«

»Ich weiß. Willst du es dir ansehen? Sicherstellen, dass alles in Ordnung ist? Ich würde es auch gern mal sehen«, sagte Hart und lehnte ihre Stirnen gegeneinander.

»Okay.« Er lächelte.

Hart strich mit dem Daumen über Frees süße Unterlippe.

»Ich möchte dir auch etwas zeigen, an dem ich gearbeitet habe.«

»Ach ja?«

»Mhm. Von dir inspiriert, um ehrlich zu sein.«

Hart bemühte sich, nicht zu lachen und überzureagieren.

»Und ich möchte, dass du den ersten Prototypen benutzt.«

Ein Prototyp? Was hat dieses Genie getan?

»Zeig ihn mir«, sagte Hart, dessen Neugierde übermächtig wurde.

Als sie beim Wohnmobil ankamen, musste Hart sich ducken, um hineinzukommen. Free hatte nicht gelogen, als er gesagt hatte, es wäre klein. Es war 10, höchstens 11 Meter lang. Steele hatte es links neben dem Garagentor geparkt und Hart hatte immer noch genug Platz, um seinen Geländewagen herauszuholen. Die Fahrerkabine des Wohnmobils war schön und geräumig. Das Innere war bis auf die Spüle und einen Zweiflammenkocher komplett entkernt und durch Labortische und einen Zeichentisch ersetzt worden, wo früher vielleicht ein Essbereich gewesen war. Computer, Monitore, Kabel, Werkzeuge, Geräte und Systeme waren überall um ihn herum.

Heilige Scheiße.

Es sah aus, als könnte Free von hier aus einen NASA-Start durchführen. Neben dem Doppelbett im Gepäckraum waren die einzigen Möbel zwei Bürostühle. Sein Technikguru hatte sein Zuhause in ein Computerlabor verwandelt.

»Wirkt komisch, was? Du hast sicher ein schönes Entertainmentcenter, ein Sofa und Fensterdekoration erwartet. Nicht ein Labor. Was für ein Mensch lebt denn so, nicht wahr? In einem Wohnmobil.« Free wandte sich traurig ab. »Aber es ist einfacher, aufzuspringen und ohne Packen verschwinden zu können, wenn ich mich ... unsicher fühle.«

Hart umarmte Free von hinten, so wie er es zuvor getan hatte. Es hatte sich für ihn erstaunlich angefühlt, und hoffentlich tat es das auch für Free. »Nichts davon ist seltsam«, sprach er ihm ins Ohr. »So bist du nun mal. Und vielleicht fühlst du dich sicher, wenn du hier parkst. Du musst nicht mehr fortgehen.«

Free nickte und akzeptierte seinen Trost.

»Und fürs Protokoll: Nein, ich habe kein Martha-Stewart-Wohnmobil mit Fensterdekoration erwartet. Ich habe erwartet, *dich* zu sehen, Baby. Und all das hier schreit nach dir. Ich mag es. Und zwar sehr.«

Free lachte leise und seine Schultern entspannten sich.

»Schon besser.« Hart küsste sein Ohrläppchen. »Jetzt zeig mir diese Idee, die ich inspiriert habe.«

Frees Haltung änderte sich innerhalb von Sekunden von düster zu enthusiastisch. Es war ein kleiner Trost, dass er nicht der Einzige war, der in dieser Beziehung mit einigen Unsicherheiten zu kämpfen hatte. Free wollte, dass er *alle* Seiten an ihm mochte. Das Gute, das Schlechte, das Gefährliche und das Seltsame. Es gab Hart das Gefühl, dass er in dieser Beziehung nicht perfekt sein musste. Free kämpfte ebenfalls.

»Okay. Hier drüben zuerst.« Free setzte sich vor einen niedrigen Metalltisch, der mit Kabeln und allem möglichen Zeug übersät war. Er bedeutete Hart, sich auf den anderen Stuhl zu setzen. »Komm näher.«

Hart hatte keine Ahnung, was er da sah.

Free zog sich Latexhandschuhe an und nahm etwas in die Hand, das wie eine extralange Pinzette wirkte. »Das ist mein erster Prototyp.«

Er trat näher und betrachtete das schmale, längliche, silikonartige Objekt, das Free in eine Glasschale legte. »Was ist das?«

Free zuckte lächelnd mit den Schultern. »Ich glaube, es ist das fortschrittlichste Notfallkommunikationsgerät, das es gibt. Perfekt für Polizei, Militär, FBI, CIA oder was auch immer.«

»Was kann es?«

»Es rettet hoffentlich Leben. Die durchsichtige Form verschmilzt mit der Haut, sodass sie nicht zu erkennen ist«, erklärte er. »Im Inneren dieses dünnen Gelpads befindet sich ein komplexes Drahtnetzwerk, das Daten erkennen und weiterleiten kann. Sobald es auf der Haut angebracht ist, erfassen die roten Drähte die winzigen elektrischen Signale, die vom Herzen ausgehen, und teilen dem Träger den Gesundheitszustand mit. Am wichtigsten ist jedoch, dass es auch mit dem Verfahren der Triangulation ausgestattet ist. Das bedeutet, dass das hochfunktionale GPS den Standort einer Person punktgenau bestimmen kann.«

Hart ging in die Hocke, um einen besseren Blick darauf zu werfen, aber das Gerät war sehr klein und dann waren auch noch Mikrodrähte darin verwoben.

»Hier.« Free griff über ihre Köpfe hinweg und zog ein Vergrößerungsglas herunter.

»Danke.« Hart lachte. »Okay. Jetzt sehe ich sie. Wow! Wie zum Teufel hast du diese kleinen Verbindungen da reingekriegt?«

Free klickte auf einen Laptop in der Nähe und drehte ein digitalisiertes Diagramm eines Ohrs. »Das war nicht einfach. Ich arbeite schon seit zwei Monaten daran. Wenn ich will, kann ich das Patent anmelden. Natürlich auf Techs Namen, genau wie bei den anderen. Ich habe den ersten Prototypen fertig. Ich brauche nur noch einen Namen dafür. Vielleicht nenne ich ihn ‚Hart Locator.'«

Ein Patent. Benannt nach mir.

Harts Brustkorb platzte fast. Das war eine wirklich bahnbrechende Technologie, die er da vor sich hatte. In seiner Einfahrt! Ein lebensrettender Mechanismus, der bei ihren Truppen eingesetzt werden könnte, um einzelne Personen aufzuspüren, die beispielsweise von ihrem Trupp getrennt oder als Geiseln genommen worden waren. Und sein Freund hatte ihn gebaut.

Verdammt.

»Es hat eine wasserfeste Klebefläche, die in die Ohrmuschel geklebt wird, nicht in den Gehörgang wie andere Geräte. Und wenn es den Puls erkennt, wird es automatisch aktiviert und überträgt Daten an die von dir bestimmte, externe Quelle. In deinem Fall wäre das ich.«

Hart wusste nicht, was er sagen sollte.

Free knabberte auf seiner Unterlippe herum. »Zumindest während des Probelaufs. Danach kannst du direkt in deine eigene Kommandozentrale funken.«

»Ich kann nicht glauben, dass du das erfunden hast. Das ist das unglaublichste Ding, das ich je gesehen habe. Es kann Leben retten, Baby.« Hart strich aufmunternd über Frees Rücken. Er sollte wirklich stolz sein

»Nun, ich hoffe, dass es das kann.« Er öffnete einen Hängeschrank und holte ein Ohrenmodell heraus. Es hatte das Aussehen und die Größe eines normalen Ohrs und eine seidige Beschichtung auf der Außenseite. »Dieses Modell ist der menschlichen Haut ähnlich. Ich werde dir zeigen, wie es funktioniert.«

Hart sah fasziniert zu, wie Free ein Minikabel an die Unterseite des falschen Ohrläppchens anschloss, um einen menschenähnlichen Puls zu simulieren, der zur Aktivierung des Geräts und zur Übertragung von Informationen an seinen Laptop erforderlich war. In dem Moment, in dem er die Stromzufuhr aktivierte, erwachte sein Computer sofort zum Leben und ein helles rotes Leuchtfeuer blinkte auf einer Karte. Die Karte wurde immer kleiner, bis sie live Harts Einfahrt mit dem Wohnmobil darauf zeigte. Hart war so aufgeregt, dass er kaum stillsitzen konnte. Das war verdammt cool. Im nächsten Moment stieg ihm ein schwacher Rauchgeruch in die Nase. Er blickte vom Monitor weg und sah, dass das Gerät dampfte, das Ohr versengte und schmolz. »Len!«

»Oh Scheiße.« Free schnappte sich die lange Pinzette und schälte das inzwischen bräunlich verfärbte Silikon vom angesengten Ohr und legte es zurück in die Schale. Er nahm das Vergrößerungsglas zur Hand und blickte stirnrunzelnd durch die Schichten.

»Ist es ruiniert?« Hart fürchtete sich vor der Antwort.

»Nein. Nur das Silikon. Davon habe ich reichlich. Die innere Mechanik ist in Ordnung. Es gibt einen Schutz um sie herum.« Free lächelte. »Kein Problem.«

Hart berührte das künstliche Ohr. »Ähm, da bin ich anderer Meinung.«

Frees Lachen hatte einen wirklich schönen Klang, den er zu lieben begann. »Glaub mir, es ist eine Kleinigkeit. Ich werde die Pegel später anpassen. Ich habe das Gerät stark genug gemacht, um aus dem Weltraum zu senden, aber vielleicht muss ich es im Moment auf die Erde beschränken.«

Er ist ein verdammtes Genie.

»Ist es falsch, dass ich dich jetzt auf dieses Bett werfen und alles Mögliche mit dir anstellen möchte?«

»Ganz und gar nicht.« Free stand auf und verließ seine Erfindung. »Törnt dich mein technisches Gebrabbel an?«

»*Du* törnst mich an.«

»Gut«, murmelte Free, bevor sie sich küssten.

Hart ließ diese weichen Lippen nur widerwillig los, denn es gab noch etwas, das ihn beschäftigte. »Du wolltest mir vorhin etwas sagen, bevor du an die Tür gegangen bist.« Er strich ihm über die gerötete Wange. »Willst du es jetzt tun?«

»Ja, ich will meinen Satz zu Ende bringen.« Free streichelte seinen Bart, dann blickte er zu ihm auf. »Ivan, von dem Moment, als ich dich zum ersten Mal sah, wusste ich, dass du etwas ganz Besonderes in meinem Leben sein würdest. Sei es nun Arbeitspartner, Freund, Liebhaber oder was auch immer. Ich wusste einfach, dass ich in deiner

Nähe sein will. Ich habe mich nie sicherer gefühlt als in den Momenten, in denen ich bei dir bin.« Er berührte Harts Brust. »Sogar bei einer Verfolgungsjagd. Ja, ich hatte Angst, weil es der Wahnsinn war. Ich wollte den Job dieser Jungs nie so hautnah miterleben. Aber ich war nicht so gelähmt vor Angst, wie ich es werden kann. So wie ich es früher manchmal war.«

Hart hielt ihn fest.

»Ich hatte keine Angst, weil ich wusste, dass du kommen würdest. Und als du nicht kommen konntest … Du hast Männer und Frauen in deinem Team, die sich genug um dich sorgen, um die Regeln zu brechen, das Protokoll zu vergessen, ihre Jobs zu gefährden und ohne dich loszuziehen, um den Mann zu retten, der dich liebt. Um den einzigen Mann zu retten, der dich so sehr lieben wird, wie *ich* dich liebe.«

Hart atmete tief ein und schloss die Augen. Nach so langer Zeit. Gott, er hatte so verdammt lange gewartet.

»Sieh mich an, Ivan.«

Hart hoffte inständig, dass er nicht anfing, zu weinen. Er öffnete die Augen. Seine Wimpern fühlten sich feucht an. Alles, was Free zu ihm sagte, war immer so herzlich und echt, aber wenn er es in diesem korrekten, leicht britischen Tonfall sagte, klang es auch noch so verdammt romantisch. Als würde er träumen.

»Das tue ich wirklich. Ich liebe dich. Jetzt schon. Du fragst dich vielleicht, wie, aber du musst mir einfach vertrauen und es mich dir mit der Zeit zeigen lassen. Ich werde gut zu dir sein, das verspreche ich dir. Ich werde dich nie schlecht behandeln. Nie. Denn ich könnte es auch nicht ertragen, wenn du *mich* schlecht behandeln würdest.«

»Niemals.« Hart drückte ihn an sich. »Ich werde dich mit meinem Leben beschützen, Len.«

»Ich weiß.« Free lächelte und wiederholte es dann noch einmal. »Ich liebe dich.«

Kapitel 26

Free

Free hatte die Dinge, die er brauchte, aus seinem Wohnmobil geholt und in eine kleine Reisetasche gepackt. Die meisten Lichter in Harts Haus waren ausgeschaltet. Nur ein warmer Schein drang unter der Tür am Ende des Flurs hindurch und rief ihn zu sich. Er konnte hören, dass die Dusche lief, also nahm er seine Tasche mit ins Gästebad und machte sich fertig. Es war äußerst angenehm, darin einen Massageduschkopf zu haben, denn den brauchte er für seinen Nacken. Er wollte es niemandem sagen, aber er war doch ein wenig steif und verspannt von der Verfolgungsjagd. Und seit er auf den Beton gestolpert war, schmerzte sein Knie.

Free kam schließlich erfrischt und blitzsauber heraus. Er entschied sich für bequeme Boxershorts und ein T-Shirt. Dann holte er zwei Flaschen Wasser aus dem Kühlschrank und ging zu Harts Schlafzimmer. Er war überrascht, dass die Dusche immer noch lief.

Verdammt.

Nun, Hart hatte gesagt, dass er sich so gut wie jeden Abend pflegte, denn die vielen Haare machten wahrscheinlich einiges an Arbeit. Free machte es sich derweil im Bett bequem.

Hart kam mit einem dunkelroten Handtuch um den Nacken und einem um die Hüften aus dem Bad. Als er Free auf dem Bett liegen sah, breitete sich ein anerkennendes Lächeln auf seinem Gesicht aus. »Daran könnte ich mich gewöhnen«, sagte er und ging zu einer großen Eichenholzkommode, wobei er Free im Auge behielt.

»Ich auch«, antwortete Free. Er hatte eine Hand in seinen Boxershorts, aber Hart konnte durch die dicke Bettdecke nicht sehen, was er tat. Er konnte nicht anders, als sich zu berühren, während er auf Harts feuchte Brust sah. All diese attraktiven Haare, die nur darauf warteten, gestreichelt zu werden. Free griff tiefer und fasste sich an die Eier, wobei er versuchte, vor Lust nicht das Gesicht zu verziehen. Scheiße. Harts Schwanz wölbte sich gegen den Frotteestoff. Free leckte sich über die Lippen.

Hart öffnete eine Schublade und warf eine Boxershorts auf das Bett.

Die wirst du nicht brauchen, dachte Free, als er durch das Handtuch hindurch Harts muskulösen Hintern bewunderte.

Und als er sich zu ihm umdrehte ...

Oh Gott.

So viel Mann. Und all diese Männlichkeit würde ihn bald in die Matratze drücken.

»So, wie du mich ansiehst, weiß ich nicht, wie ich je an dieser Sache zweifeln konnte.« Hart stand am Fußende des Bettes und sah zu, wie Free sich streichelte und ihn dabei mit seinen Augen verschlang.

Wann ist er hier rübergekommen?

Hart nahm das Handtuch um seinen Hals und zog es langsam über seine breiten Schultern. Er ließ es auf den Boden fallen und beobachtete Free immer noch mit diesen eisblauen Augen, die ihm kalte Schauder über den Rücken jagten. Als Hart nach der Bettdecke griff und sie bis zu

Frees Knöcheln herunterzog, hielt er ihn nicht auf und massierte weiter seine Eier. Harts Atem ging stoßweise.

»Mach weiter so«, sagte Hart. »Genau so.«

Free fuhr sich durch sein kurzes Haar und wölbte sich in Ekstase, während er genau das tat, was Hart ihm befahl. Er zerrte gerade so weit an seinem Sack, dass es schmerzte, und stöhnte laut. »Ivan. Steh nicht einfach so da.«

»Mach weiter«, befahl Hart, dann löste er langsam das Handtuch um die Hüften und ließ es fallen. Er war gut bestückt und sein Schwanz hatte genau den Umfang, von dem er in der vergangenen Nacht geträumt hatte, ihn in sich zu haben. Harts Selbstvertrauen erstaunte ihn. Er zweifelte offenbar nicht mehr daran, was Free für ihn empfand, als er sah, wie sehr ihn seine Gegenwart erregte. Es gab kein Misstrauen. Hart konnte endlich ganz so sein, wie er war, ohne dass er verurteilt oder missbraucht wurde. Und er konnte die bedingungslose Liebe erfahren, die er verdiente.

Free musste seinen Schwanz festhalten, an dessen Spitze sich ein dicker Wulst Lusttropfen bildete. Allein Harts Anblick weckte in ihm den Wunsch, zu kommen.

Harts Blick war auf die Spitze geheftet. Er leckte sich über die Lippen und strich sich über den Bart, als würde er über eine Delikatesse nachdenken. Er krabbelte aufs Bett, hielt inne und schwebte über seinem tropfenden Schwanz. »Ich möchte alles mit dir machen, Len, aber ich brauche vielleicht etwas Hilfe.« Hart sah nicht verlegen aus, als er fragte. Er tat es einfach und schien dabei völlig zuversichtlich, dass Free ihm helfen würde.

Free stützte sich auf einen Ellbogen und streichelte Harts feuchten Bart. »Das hast du heute Abend gut hinbekommen. Du siehst toll aus.« Und er roch auch so. Er nahm an, dass Harts Aftershave mit einem Hauch Pheromonen versetzt war, weil es seine Urtriebe anregte.

Hart lächelte, dann drehte er sich um und küsste zärtlich Frees Handfläche.

Free führte Harts Mund mit der Hand zur Spitze seines Schwanzes. »Bist du dir sicher?«

»Ja. Ich war mir noch nie so sicher.« Sein Atem war warm auf seiner Haut.

»Was auch immer du tun wirst, es wird sich gut anfühlen«, keuchte Free.

Hart strich zum ersten Mal mit seiner Zunge über Frees Spitze und er kämpfte darum, nicht zusammenzuzucken und beide vom Bett zu schubsen. Hart stöhnte und leckte wieder und wieder, jedes Mal mutiger als zuvor, bis er schließlich seinen Mund öffnete und den Kopf einsaugte.

»Oh«, stöhnte Free. »Perfekt.«

Hart sank weiter hinunter, seine Wangen wurden hohl und seine unteren Zähne rieben versehentlich auf höchst anregende Weise an seinem Schaft. Dann streifte dieser verdammte Bart über seinen empfindlichen Sack und Free wusste, dass es in Sekunden vorbei sein würde, wenn er nicht aufhörte. Er wollte Hart in sich haben, wenn er kam. Hart saugte fester, seine Lippen berührten fast sein Schamhaar. Als er den größten Teil von Frees Schwanz in seinem Mund hatte, würgte er ein wenig und zog sich mit einem stolzen Lächeln zurück.

Frees Hand lag immer noch auf seiner Wange. »Du musst nicht ganz nach unten gehen, Süßer. Benutz deine Hand, während du es tust.«

Hart umfasste seinen Schwanzansatz und widmete sich dann wieder der Spitze. »So?«

»Oh ... ja«, presste Free hervor. Es war eine Sache, sich von einem beliebigen Kerl einen blasen zu lassen, um sich zu befriedigen, aber es war eine ganz andere, zum ersten Mal mit jemandem zusammen zu sein, den er liebte. Das hob alles auf eine andere Ebene. Hart stöhnte an seiner Spitze, seine Zähne streiften ihn wieder und ließen köstliche Schmerzstöße durch seinen Sack schießen.

Verdammt.

»Hör auf. Hör auf, verdammt. Bitte.«

Hart löste sich mit einem niedlichen Stirnrunzeln von seinem Schwanz. »Habe ich etwas falsch gemacht?«

»Nein. Ich bin nur noch nicht bereit, zu kommen. Du bist ein verdammtes Naturtalent.« Free zerrte an Harts Arm, bis dieser den Wink verstand und das restliche Stück aufs Bett kletterte. Als er versuchte, sich an Frees Seite niederzulassen, hielt er ihn über sich auf. »Ich will dich genau hier haben.«

»Ich bin zu schwer«, brummte Hart und stützte sich auf seine Ellbogen.

»Wenn du nicht sofort dein ganzes Gewicht und deine Muskeln auf mich legst, werde ich knurren und beißen und ein ...«

Hart ließ sich fallen und sein fröhliches Lachen vibrierte an Frees Hals. »Willst du *das*?«

»Ja.« So viel Härte und Körperwärme.

»Na gut.« Hart küsste seinen Hals und saugte lange daran.

»Willst du mich markieren?« Free spreizte seine Beine weiter und legte sie um ihn.

»Wenn ich es will, werde ich es tun«, antwortete er selbstbewusst.

Ja. Er hatte gewusst, dass es nicht lange dauern würde, bis Hart sein wahres Ich anzapfte. Das dominante Ich. Free neigte seinen Kopf weiter zurück.

Hart brummte und saugte fester, bis er ihn mit einem lauten Schmatzen losließ. »Ich tue genau das, was ich schon immer wollte.« Er griff hinter Frees Knie und zog sein Bein höher auf seine Hüfte.

Free stieß instinktiv nach oben, rutschte und drehte seine Hüften, bis er ihre Schwänze in einer Linie hatte. »Oh Fuck«, hauchte er. Harts Schwanz fühlte sich schwer an und war genauso heiß wie er. Er war dicker und länger, seine Eichel war dunkler als seine, aber, verdammt, in seinen Augen war er makellos.

Ihre Küsse wurden schnell heißer, als sie sich aneinanderdrückten, wobei sie beide so viele Lusttropfen produzierten, dass sich das Aneinandergleiten unglaublich anfühlte. Free zerrte an Harts Bart, öffnete seinen Mund weiter und vergnügte sich darin. Beide verschlangen den anderen, als wären sie am Verhungern. Harts schwielige Hände waren überall auf seinem Körper und verweilten an bestimmten Stellen, die Free in den Wahnsinn trieben.

»Oh ja. Bitte mehr davon«, bettelte Free, obwohl er das gar nicht musste. Hart gab ihm alles.

Er wechselte auf die andere Seite und biss in Frees Brustwarze. »Ich hätte nie gedacht, dass du dich so gut anfühlst, Baby.« Harts Stimme war rau, aber seine Berührung war zärtlich. Langsam drehte er seinen großen Körper und drückte seinen Schwanz gegen Frees Eingang.

»Ah!«, schrie Free auf. »Ja!«

»Verdammt«, knurrte Hart und drückte fester gegen ihn. »So eng.«

»Ivan.« Er schluchzte fast und wusste, dass er erbärmlich klang, aber, verdammt, er brauchte es so dringend. Die Zeit des Vorspiels war vorbei. Sie konnten einander später weiter erforschen. Im Moment brauchte er Hart in sich, er brauchte diese ultimative, endgültige Verbindung. Das erschien ihm völlig logisch. Er hatte Hart gesagt, dass er ihn liebte, also musste er es ihm auch zeigen. Er wollte ihm dieses unglaubliche Geschenk machen. Free griff unter das Kissen und holte die kleine Tube Gleitgel heraus, die er in seine Übernachtungstasche gepackt hatte, und legte sie neben sie aufs Bett.

Hart sah es, hörte auf, Frees Nippel zu bearbeiten, richtete sich auf und blickte ihn an. Sie schwiegen einen Moment und küssten und berührten sich nur. Hart sah ihn an wie kein Mann, nein, wie noch nie ein Mensch zuvor. Er beugte sich nach vorn und küsste Free sanft auf die Wange, streifte seine Nase und wanderte weiter zu seinen Lippen. Sein Kuss war zärtlich und keusch, sein lustvoller Blick war offen und die ganze Zeit auf ihn gerichtet.

Free streichelte Harts Nacken, seinen Rücken und strich dann mit beiden Händen über seine glatte Kopfhaut. Er wollte seine Nase im Bart vergraben, um diesen Duft einzusaugen, der ihn um den Verstand brachte.

Hart vibrierte und betrachtete ihn erstaunt. Er berührte Frees Lippen mit seinen Fingern und fuhr dann mit ihnen über das Kinn zur Mitte seiner Brust. Er sah ernst aus.

»Liebster?«, fragte Free.

»Du hast mich am Bart, das weißt du, Len«, sagte er fast ehrfürchtig. Es war keine Frage, sondern eine Erklärung.

Free spürte die Wärme, die sich bis in seine Tiefe ausbreitete, und lächelte. »Ich liebe dich auch, Ivan.«

Kapitel 27

Hart

Er hatte Free gesagt, dass er ihn liebte. Er hatte es getan. Diese Liebe war nicht erst jetzt entstanden, sondern schon lange da gewesen. Er hätte es schon in dem Moment wissen müssen, als sein Herz einen Schlag lang ausgesetzt hatte und ihm schlecht geworden war, als er erfahren hatte, dass Free von Cornelias Gangstern verfolgt wurde. Und als er in diesem Moment auf ihn herabblickte, wusste er, dass er Free spüren lassen musste, was er fühlte und dass er nirgendwo hingehen würde.

»Lass mich mit dir schlafen«, sagte Hart.

Free streckte die Hand aus und reichte ihm das Gleitgel. »Ich brauche vielleicht etwas Hilfe.« Er drehte schüchtern den Kopf zu Seite. »Es ist schon eine Weile her, dass ich jemandem so sehr vertraut habe, dass ich passiv war. Eine sehr lange Zeit.«

Hart schluckte. »Okay. Ich will nur, dass du mir sagst, wenn ich etwas falsch mache.«

»Unmöglich.« Er spreizte seine Beine weiter. »Ich werde es dir zeigen.«

Hart setzte sich auf, sodass er zusehen konnte, wie Free ein paar Finger befeuchtete. Er winkelte seine langen, braunen Beine an, umfasste mit einer Hand seine Eier, fuhr mit einem glitschigen Finger über sein Loch und schob ihn dann langsam hinein.

Hart spürte, wie sein Schwanz synchron mit Frees tropfte. »Oh mein Gott«, hauchte er.

»Mmh«, stöhnte er, stieß seinen Finger sanft hinein und zog ihn wieder heraus. »Genau so.«

Hart war von den Bewegungen wie hypnotisiert. Free massierte seine Eier, krümmte seinen Rücken und keuchte, als er den Mittelfinger hinzufügte. »Darf *ich* es machen?«

»Ja.« Free zog seine Finger heraus und massierte sich.

Hart gab etwas von der glitschigen Flüssigkeit auf seine Finger und verrieb sie. Er achtete darauf, was er tat, und drückte eines von Frees Beinen sanft an seine Brust. In dem Moment, in dem er den Eingang berührte, pulsierte, bebte und stöhnte Free unter seiner Berührung. Er schob seinen Zeigefinger bis zum ersten Knöchel hinein und schloss angesichts der extremen Enge die Augen.

Oh verdammt ...

»Ja. Genau. Mehr bitte«, drängte Free.

Hart schob seinen Finger ganz hinein und spürte, wie Frees Muskeln ihn umschlossen, als er versuchte, ihn wieder herauszuziehen. Er drückte die Basis seines eigenen Schwanzes zusammen. Er war geschwollen und tropfte so, dass er eine feuchte Stelle auf dem Bett hinterließ. Free bearbeitete seinen eigenen Schwanz mit langen, gemächlichen Strichen, während Hart ihn fingerte. Frees ganzer Körper spannte sich an, als er ihn um mehr anflehte.

»Deine Finger sind riesig«, stöhnte Free nach einer Weile.

»Tue ich dir weh?« Er hielt inne.

»Nein. Es fühlt sich gut an. Ich bin bereit.«

»Bist du dir sicher?« Hart hatte sich noch nicht lange da unten zu schaffen gemacht. Er hatte zwei Finger genommen, war jedoch davon ausgegangen, dass er mehr tun müsste. Free krümmte sich und drückte sich gegen Harts Hand, während er sich einen runterholte. Das war alles so viel mehr, als er erwartet hatte. Free hielt sich nicht zurück, also tat er es auch nicht.

Scheiße.

Harts Eier zogen sich bedrohlich zusammen.

»Mmh. Ich bin mehr als bereit. Komm, dreh dich um, damit ich oben bin. Ich glaube, so wird es einfacher«, schlug Free vor.

»Okay«, sagte Hart ruhig, aber er hatte das Gefühl, bereits zwei Sekunden vor dem Abschuss zu stehen. Er hatte nicht damit gerechnet, dass sie beim ersten Mal verschiedene Stellungen ausprobieren würden. Er war nur an die Missionarsstellung gewöhnt. Aber Free wollte ihn von Anfang an reiten. Also würde er nur daliegen und auf Frees durchtrainierten, glänzenden, heißen Körper blicken, der sich auf ihm bewegte und ihn Dinge fühlen ließ, die er noch nie zuvor gefühlt hatte. Wie sollte er das länger als zwei Minuten aushalten? Hart drehte sich auf den Rücken. In dem Moment, als Free auf ihn kletterte, wusste er, dass er verloren war. Er hielt inne, als Free stoppte, und wartete darauf, dass er weitermachte.

»Ich habe Kondome, aber ... ich war mir nicht sicher, ob du eines benutzen willst.« Frees Stimme war leise und nachdenklich. »Ich bin sauber und war nie ungeschützt. Ich wurde vor meiner Anstellung bei der Polizei getestet. Ich kann es dir zeigen, wenn du willst.«

Hart schwieg, während Free schwafelte. Es rührte ihn, dass er auf Sicherheit und Verantwortungsbewusstsein achtete, egal wie sehr sie einander wollten. Er war froh, dass einer von ihnen klar denken konnte, denn er wollte nur noch in seinen Lover eindringen. Hart berührte Frees Wange. »Ich danke dir. Und ich glaube dir. Ich bin auch sauber. Das war ich immer. Ich war seit meinem letzten Test mit niemandem mehr zusammen.«

»Es ist also in Ordnung, dass du keines benutzt?«, fragte er. »Ich vertraue dir vollkommen.«

»Ja.«

Hart schwieg, während Free Gleitgel auf seine Finger goss und hinter sich griff. Als Nächstes trug er eine Schicht Gleitgel auf Harts Schwanz auf und positionierte sich über ihm. Free stützte sich mit einer Hand neben Harts Kopf ab, mit der anderen hielt er dessen Schwanz fest und richtete ihn auf seinen Eingang. Ihre Blicke trafen sich, als sich Free hinabsenkte. Er würde gerne zusehen, wie seine Länge Zentimeter für Zentimeter verschwand, aber das würde ein anderes Mal passieren. Jetzt musste er den Blickkontakt aufrechterhalten. Free legte vor Konzentration seine Stirn in Falten, je weiter er ihn aufnahm. Die Muskeln in seinen Schenkeln spannten sich an, als sich Free schließlich auf seine Leiste setzte. Sein Schwanz steckte so tief in Frees engem Loch, dass Hart nichts anderes tun konnte, als seine Taille zu umklammern. Sein Herz schlug heftig vor Verlangen. Das sollte sich nicht so unglaublich anfühlen. All das hatte er sein ganzes Leben lang vermisst. Was sollte er mit diesen vielen Gefühlen anfangen?

Frees Körper zitterte, seine Beinmuskeln arbeiteten, als er sich zurechtrückte und es sich bequem machte. Selbst das war eine Qual. »Wow, ich fühle mich so unglaublich ausgefüllt. Endlich, Ivan, endlich«, murmelte Free mehr zu sich selbst, während er seine Hüften hin und her wippte. Er klang, als wäre er in Trance.

Hart verstand das. Free fühlte sich zu Hause. Angekommen. Er war endlich da, wo er hingehörte. Er wollte ihm sagen, wie unglaublich er sich in ihm fühlte, wollte ihm sagen, dass er noch nie auf diese Weise Sex gehabt hatte. Es war in gewisser Weise sein erstes Mal. Free war sein erster Liebhaber.

Free bewegte sich kaum. Seine dunklen Augen waren geschlossen, sein Hals war überstreckt. Seine schweißnassen Bauchmuskeln waren angespannt, als er sich rührte und dann stillhielt, als wären ihm die Empfindungen zu viel geworden. Free schauderte, seine Muskeln verkrampften sich fast gewaltsam um Harts Schwanz. Hart stöhnte und versuchte, durch das heftige Verlangen hindurch zu atmen und Free mit seinem Samen zu füllen. Sein Schwanz pulsierte und Free zitterte unter seinen Händen. Er wollte mehr tun und fühlte, dass er etwas anderes tun sollte, als nur mit zuckendem Schwanz dazuliegen, Herzklopfen zu haben und schwer zu atmen. Hart packte Free an der Taille und zog ihn nach unten, während er gleichzeitig seine Hüften nach oben kippte.

»Ah. Das ist es, genau da.« Frees Flehen klang wie ein Schluchzen.

Hart tat es wieder, dann noch dreimal und er wusste, dass es vorbei war. »Oh Gott, Baby. Len ... ich ... Ah.«

»Mmh.« Free drückte sich so tief wie möglich auf ihn und kam in langen Schüben über Harts Brust.

»Oh, wow.« Frees Körper krampfte sich unerträglich fest zusammen, als sein Orgasmus ihn durchzuckte. Sein mühsames Stöhnen der Ekstase riss ein Loch in Hart.

Hart blickte ihn an und war fast überrascht, als er den ersten Schock des exquisiten Feuers in seinen Eiern spürte. Er richtete sich auf und schlang seine Arme um Frees Taille, während er sich in ihm entlud. Wieder und wieder.

Er ließ all sein angestautes Verlangen fließen. Sein Knurren war laut und er versuchte nicht, es zu unterdrücken. Er hielt Free fest, als würde dessen Leben mehr bedeuten als sein eigenes. Er spritzte noch mehr in ihn hinein, während Free seinen Namen schrie und sein enger Kanal immer noch um seinen Schaft pulsierte und ihn melkte. »Heilige Scheiße.«

Free hatte sich wie ein Schraubstock um seinen Hals gekrallt und dabei sein Gesicht in seiner Halsbeuge vergraben.

Sie atmeten beide schwer und hielten einander fest, während sie versuchten, wieder auf den Boden der Wirklichkeit zu kommen.

»Wow«, hauchte Free nach einer Weile.

Hart lockerte seinen Griff und ließ sie so auf die Matratze sinken, dass sich Frees Körper eng an seinen schmiegte. Er hatte jetzt etwas Besonderes. Genau wie seine Freunde.

»Ich liebe dich, Ivan.«

»Ich liebe dich auch.« Hart hoffte, dass seine Stimme nicht so überwältigt klang, wie er war. Denn Lennox Freeman hatte ihn am Bart und die vollständige und totale Macht.

Kapitel 28

Free

Er hatte sich in seinem Wohnmobil für die Arbeit angezogen, während Hart im Schlafzimmer seine Uniform anlegte. Hart hatte um 9 Uhr ein Treffen mit den leitenden Officers beider Teams angesetzt, also waren er und Hart früh genug aufgestanden, um gemeinsam zu duschen, nachdem sie einander mit einem Handjob befriedigt hatten.

»Bist du fertig?«, fragte Free an Harts Schlafzimmertür, während er sich sein Oberschenkelholster umschnallte. Verdammt, er liebte den Mann in seiner Uniform.

»So gut wie.« Hart stand auf und krempelte seine Ärmel an den Unterarmen bis zur Mitte hoch, während er Frees Outfit begutachtete. »Du siehst gut aus.«

»Danke.« Er hatte schwarze Jeans mit schwarzen Doc Martens und ein weiß-graues Hemd gewählt. Er grinste frech und zog an seinem Kragen. »Das deckt es ganz gut ab, meinst du nicht?«

Hart beäugte den roten Knutschfleck an seinem Hals. »Ich würde sagen, du solltest lieber einen V-Ausschnitt tragen«, meinte er lässig und schlenderte zu ihm. Free wich ein paar Schritte zurück. »Lauf nicht weg.«

Free lief weiter, bis er mit dem Rücken an die Wand neben dem Fenster stieß. »Sonst *was?*«

»Sonst fange ich dich«, brummte Hart und drückte sich an ihn. Sie fingen an, sich zu küssen, wie sie es immer taten, wenn sie nur nahe genug beisammenstanden.

Hart brach ab, als sein Handy summte. Er drückte Free an sich, während er die Nachricht überprüfte. »Das war Carlos wegen meines Termins. Oh Mann. Das wird ein Scheißtag.« Er schüttelte den Kopf.

»Hör auf, zu murren. Ich bin genau hier, wenn du zurückkommst«, flüsterte Free und streichelte Harts Kinn.

»Verdammt, das ist das Einzige, was mir hilft, das durchzustehen, Baby.« Hart küsste ihn erneut. »Wir sollten besser gehen, wenn wir noch beim Diner anhalten und frühstücken wollen.«

~*~

»Und, wie ist es gestern Abend gelaufen?«, fragte Tech neben ihm. Er arbeitete mit Free am Hart Locator. Da sie quasi Hausarrest hatten, gab es nicht viel anderes zu tun. Steele, Ruxs und Green spielten auf ihren Handys Videospiele und warteten darauf, dass ihre Chefs mit dem endgültigen Urteil aus Harts Büro nach unten kamen.

»Gut.« Free versuchte, sein Lächeln zu unterdrücken, aber es war zwecklos.

»Nur gut?« Tech grinste wissend.

»Halt die Klappe. Ich werde dir gar nichts verraten, nachdem ihr Wichser gestern Abend auf die Art aufgetaucht seid.« Free drehte sich um und sah seinen Freund finster an. »Ausgerechnet du, Tech.«

Er schien sich ein wenig zu schämen. »Es tut mir leid. Das war alles Days Idee. Du weißt, wie er God mit Sex kontrolliert. Er hat uns damit vollgequatscht.«

Free lachte. Er schloss das Silikon wieder um die Drähte und versiegelte es. Fertig.

»Ehrlich.« Tech kam näher und stieß ihm mit dem Ellbogen in die Rippen. »Erzähl es mir. War es gut?«

Free konnte sich vorstellen, wie verliebt sein Blick sein musste. »Es war perfekt. Ich ... Ich habe ihm gesagt, dass ich ihn liebe.«

»Währenddessen?« Techs Augen weiteten sich hinter seiner Brille.

»Nein«, schnaubte er spöttisch. »Vorher.«

»Hat er es erwidert?«

Free strahlte. »Ja.« Er würde Tech nicht verraten, wie er es gesagt hatte, denn das war speziell für ihn selbst reserviert.

»Ich freue mich für dich. Hart ist genau der Richtige.« Tech legte einen Arm um Frees Schulter. »Ich vertraue ihm.«

»Ich weiß. Es ist so verrückt.« Free drehte sich zu seinem Freund um. »Wir fühlen uns so wohl in der Nähe des anderen. Wir reden über unser Leben und unsere Vergangenheit.«

Tech wurde ernst. »Du hast es ihm gesagt?«

»Ja.« Free sah sich um. »Er hat genauso reagiert, wie ich es erwartet habe. Er ist ein guter Mann. Und ich denke ... Ich möchte bleiben und sehen, was sich zwischen uns entwickeln kann. Ob ich eine Chance auf das habe, was du schon gefunden hast.«

Tech zog ihn auf die Beine und in eine kräftige Umarmung. »Ich wusste es!«

»Du wusstest *was*?«, fragte er lachend.

»Dass es das Beste für dich ist, hierherzukommen.«

In diesem Moment sah Free aus der Tür, als könnte er Harts Anwesenheit spüren. Er ging mit God, Day, Syn, Ronowski, Fox und Dinah durch das Großraumbüro des Reviers. Sie lachten und redeten, als gäbe es keine Spannungen mehr zwischen den Teams.

»Das sieht vielversprechend aus, Leute.« Ruxs setzte sich auf und steckte sein Handy weg. »Zumindest sieht keiner völlig fertig aus.«

Free hoffte, dass alles in Ordnung war. Er fühlte sich immer noch schuldig, weil er zur Disziplinierung seines Teams beigetragen hatte. God öffnete die Tür, der Rest der führenden Officers trat hinter ihm ein. Harts Blick wanderte sofort zu Free. Sein Zwinkern war frech und ließ ihn vor allen Anwesenden erröten.

»Und?«, fragte Green. »Was gibt es Neues?«

»Der Innendienst ist fix. Hart war im Recht.«

Die Jungs reagierten nicht und ließen ihn ausreden. »Wir haben auf der Straße zu viele Fehler gemacht, die uns allmählich negative Aufmerksamkeit einbringen. Und das muss jetzt aufhören. Gestern haben wir das Limit überschritten. Wir können nicht zulassen, dass unschuldige Menschen wegen unserer Nachlässigkeit verletzt werden. Dann würde nicht nur unsere Abteilung geschlossen, sondern wir wären alle unseren Job los. Hart und ich haben dieses System eingeführt, um uns gegenseitig in Schach zu halten. Als ich sein Team vor ein paar Jahren in den Innendienst verbannt habe, weil es zwei Einsätze verpfuscht hat, hat er sich auch nicht dagegen gewehrt. Sie haben einfach getan, was getan werden musste. Ich erwarte, dass mein Team dasselbe tut.« God drehte sich zu seinem Freund um und tippte ihm auf die Schulter. »Hart.«

Hart trat vor. »Jungs, ich weiß, das ist das Letzte, was ihr hören wollt, aber bis wir wieder effektiv arbeiten können, liegen alle eure Fälle, insbesondere der Fall Cornelia, auf Eis.«

Diesmal fluchte und schimpfte das Team.

Hart hob die Hand. »Es wurden trotzdem eine Menge von Cornelias Schlüsselfiguren verhaftet. Ronowski und Michaels dürfen ihre Verhöre fortsetzen und sehen, ob im Austausch gegen Namen einige Deals gemacht werden können, aber mehr nicht. Keine Überwachung, keine Ermittlungen auf der Straße. Ihr bleibt drinnen.«

»Bis wann?«, wollte Steele wissen, der genauso schuldbewusst und dennoch verärgert aussah wie die anderen Detectives.

»So lange, bis ich was anderes sage«, antwortete Hart, die starken Arme vor der Brust verschränkt.

Nun übernahm Syn das Wort. »Den Rest der Woche werdet ihr freiwillig an den öffentlichen Schulen arbeiten und beim Drogenpräventionsprogramm der Gemeinde mithelfen.« Wenn sich die Männer über den öffentlichen Dienst und ihre offensichtliche Strafe beschweren wollten, taten sie das nicht bei Syn. »Leute, wir müssen uns daran erinnern, warum wir tun, was wir tun. Für wen wir so hart kämpfen. Und wer den meisten Schutz braucht. Es ist die Gemeinschaft. Also, für den Rest der Woche …« Syn rieb sich den Nacken und warf einen Blick nach hinten zu God.

Der nickte.

»Oh Scheiße. Was?« Ruxs stand auf.

»Für den Rest der Woche tragt ihr eure Klasse-A-Uniformen«, sagte Syn und sah überallhin, nur nicht zu seinen Detectives. »Wir wollen, dass ihr für die Kids professionell ausseht.«

»Entschuldigung?« Tech stand auf und blinzelte. »Hast du gesagt Uniform? A? Die dicke, kratzige, blaue aus Polyester, die ich bisher nie tragen musste? Dazu den dicken, schweren Gürtel mit dem ganzen Scheiß, den kein Officer je braucht? *Diese* Uniform, God?«

Free versuchte, nicht zu lachen. Er nahm an, dass die Rückkehr zu diesen Dingern irritierend sein konnte, wenn man es gewohnt war, seine Straßenkleidung zu tragen. Aber, verdammt, sie taten beinahe so, als müssten sie ein Clownskostüm tragen.

»Der Teil war *meine* Idee. Das ist die Strafe.« Hart grinste.

»Verdammt harte Strafe«, maulte Green und verschränkte die Arme wie ein angepisster Teenager. »Was ist, wenn ich meine nicht finden kann?«

»Dann solltest du dir besser bis Montag eine zulegen.« Day räusperte sich und verbarg sein Lachen hinter seiner Faust.

Syn zuckte mit den Schultern. »Es ist nur für eine Woche, Leute.«

»Na ja, das tut trotzdem weh«, meinte Ruxs.

»Hey! Wenn du dem Direktor der Sonderermittlungen gegenüberstehst und seine überflüssigen, beleidigenden Fragen beantworten musst, die dir nur wenig Würde lassen, bis er dich endlich gehen lässt, dann werden wir darüber reden, was wirklich wehtut, Ruxs«, sagte Day. »Ihr denkt alle nicht darüber nach, was uns blüht, wenn ihr noch mehr Scheiße baut.«

»Wir können nicht in Uniform in die Öffentlichkeit gehen. Wir müssen unsere Tarnung beibehalten«, brachte Ruxs ein weiteres albernes Argument vor.

Day verdrehte die Augen. »Ich glaube kaum, dass ein Haufen Drittklässler euch verpfeifen wird. Und jetzt halt die Klappe.«

»In der Woche darauf werdet ihr mit meiner Einheit an Trainingssimulationen in der Akademie teilnehmen, und dann sehen wir weiter.« Nachdem Hart gekommen war und das Urteil verkündet hatte, räumten er und seine Officers das Feld.

Free war hart wie ein Diamant in seiner Jeans. Er sah dem breiten Rücken nach, bis er um die Ecke verschwand. Er biss sich auf die Unterlippe und dachte an die schmutzigen Dinge, die er heute Abend mit diesem Rücken anstellen würde, als er bemerkte, dass seine gesamte Abteilung ihn anstarrte. Er drehte rasch seinen Stuhl zu seinem Schreibtisch und beugte den Kopf über sein Gerät, um seine Erregung unter dem Tisch verbergen zu können. Verdammt, es hatte ihn schwer erwischt.

Kapitel 29

Hart

»Meinst du nicht, dass du die Sache etwas zu schnell angehst, Ivan? Ich habe dir zwar gesagt, dass du selbstbewusst das einfordern sollst, was du willst, aber, verdammt, ich hätte nicht gedacht, dass du ihn bei dir einziehen lässt.« God schüttelte den Kopf, dann richtete er sein Billardqueue aus und stieß gegen eine Kugel. »Sechser, Ecke.«

»Er ist nicht eingezogen. Er hat immer noch seine eigene Wohnung«, konterte Hart zum zweiten Mal. Er war es leid, seinen Freund davon zu überzeugen, dass er und Free nicht zusammenlebten. Im Gegenteil. Auch wenn er hoffte, dass Free in seinem Bett auf ihn warten würde, wenn er nach Hause kam, und nicht in seinem Wohnmobil.

»Wo hat er letzte Nacht geschlafen?« God stellte sich aufrecht hin und stützte das Queue vor sich auf den Boden. »Und in der Nacht davor?«

In meinen Armen.

Anstatt das zu sagen, nahm Hart einen langen Schluck von seinem Bier.

»Mhm. Dachte ich mir«, murmelte God.

»Es ist alles gut, Mann. Wir lernen uns gerade kennen.«

Er zuckte mit den Schultern. »Ja. Freeman ist cool. Ich kann verstehen, warum du ihn magst. Aber überstürze es nicht.«

»Er ist nett und entspannt.« Hart lachte trocken. »Ich dachte, er sei ein Typ, dem es auf Aussehen und Status ankommt, weil er attraktiv ist, aber so ist er nicht. Er ist normal.«

»Und ein ausgewiesenes Genie.«

»Ja, das auch.«

»Ist es nicht ein wenig beängstigend, mit einem Mann zusammen zu sein, der im Grunde deine Existenz auslöschen könnte, ohne jemals von seinem Schreibtisch aufstehen zu müssen?« God lachte.

»Fick dich. Das ist nicht witzig.« Hart schubste ihn auf seinem Weg um den Tisch herum. »Verdammt, Cash, im Moment will ich nur jemanden, der nett zu mir ist. Du verstehst, was ich meine. Er ist nicht wie Reese. Er will nicht immer nur streiten und rumzicken. Davon hatte ich genug für den Rest meines Lebens.«

»Das liegt daran, dass du die einzige böse Hexe aus dem ganzen Südwesten aufgegabelt hast. So was gibt es echt nur einmal.« God versenkte seine nächste Kugel und beendete seinen Stoß mit der Neun in der Ecke. Er setzte sich neben Hart und bestellte eine weitere Runde.

Hart war nicht wirklich bei der Sache. In Gedanken war er in seinem Haus, wo der Mann, den er liebte, auf ihn wartete. Verdammt, das war ein fremdes Gefühl. Großartig, aber so ganz anders. Es war nach 22 Uhr. Sein Bauch war gut gefüllt mit Chicken Wings, Rippchen und richtig gutem Bier, und jetzt war er bereit, nach Hause zu gehen und sich zu entspannen. Aber er versuchte, für seinen Freund da zu sein, weil God gerade einer angespannten Situation zu Hause auswich. Als Hart durch die Tür des Reviers gekommen war, hatte er das Ende eines Streits von God und Day auf dem Parkplatz mitbekommen, kurz bevor Day sich auf sein Bike geschwungen und vom Parkplatz gerast war. Sein Freund hatte in der Dunkelheit so unglücklich ausgesehen, dass er ihn auf einen Drink eingeladen hatte, um darüber zu reden. Sie waren im Pub, seit sie das Büro verlassen hatten. God hatte sich alles von der Seele geredet und Hart hatte ihm sogar einen ziemlich guten Rat gegeben, wenn er das von sich behaupten durfte, da er sich jetzt dazu qualifiziert fühlte, nachdem er selbst in einer Beziehung war. Sein Rat war gewesen, nach Hause zu gehen, sich zu entschuldigen und darum zu betteln, wieder in sein Bett gelassen zu werden.

»God, ich mache für heute Schluss, Mann.« Hart stand auf und holte ein paar Scheine hervor, um zu bezahlen.

»Ach, komm schon. Es ist noch früh«, brummte God. »Sag mir nicht, dass du schon unter seinem Pantoffel stehst und pünktlich zu Hause sein musst.«

»Ich werde dir das durchgehen lassen, weil du schon ziemlich viel getrunken hast, aber übertreib es nicht.« Hart gab einer der Damen, denen die Bar gehörte, ein Zeichen, ihm ein Taxi zu rufen. Sie waren so häufige Stammgäste, dass sie es einfach zur wöchentlichen Rechnung hinzufügte. »Jetzt solltest du nach Hause gehen und dich der Situation stellen. Komm mit. Ich warte mit dir draußen aufs Taxi. Du brauchst etwas frische Luft.«

»Nein. Was ich brauche, ist, dass mein Mann aufhört, mir dauernd Vorwürfe zu machen«, fauchte er.

»Niemand will nur arbeiten und nicht spielen, Cash. Du tust so, als wollest du keine Kompromisse eingehen. Alles, worum er bittet, ist ein Date pro Woche.« Hart runzelte die Stirn und lehnte sich mit God an die Außenwand des Gebäudes. »Warum ist das so schwer?«

»Es ist nicht schwer! Habe ich behauptet, dass es schwer ist?« God funkelte ihn an.

»Cash.« Er seufzte und kniff sich in den Nasenrücken. »Worum geht es hier wirklich?«

God senkte den Kopf und sein langes Haar hing unordentlich in sein raues Gesicht. »Ich bin müde, Ivan. Diese verdammte Taskforce zehrt an mir, Kumpel. Und wenn ich nach Hause komme, will ich nur noch essen, meinen Partner ficken und in mein verdammtes Bett fallen. Ist das zu viel verlangt für einen Mann?«

Hart verstand jetzt. Die letzten paar Wochen waren für seinen Freund hart gewesen. Der Bürgermeister stützte sich auf den Polizeichef, um die Cornelia-Bande aus dem Verkehr zu ziehen, und der Polizeichef setzte alles daran, ihm diese Ergebnisse zu liefern. Jetzt hatte Hart sie in den Innendienst verbannt, was der Situation nicht gerade zuträglich war, egal wie gerechtfertigt es war. Sein Team war wütend auf ihn und sprach nicht mit ihm. Und zu allem Überfluss hatte Day ihn aus seinem Bett geworfen.

»Ich verstehe dich. Und, nein, es ist nicht zu viel verlangt. Aber Leo hat dich immer unterstützt und dir den Rücken freigehalten. Er hat dir lange Zeit alles gegeben, was du gebraucht hast. Lass ihn auch etwas haben, was er braucht. Vielleicht könnt ihr euch ein paar Tage freinehmen, während euer Team übernächste Woche mit meinem im Hauptquartier ist. Lass die Jungs ihre Wiedergutmachung leisten und du und Day nehmt euch etwas Zeit für euch. Abendessen und Kino oder Bowling. Das wäre doch ein einfacher Kompromiss.«

God fuhr sich durch die Haare und hob den Kopf. »Ja, ich denke, schon.«

»Cash, wenn dein Partner so redet wie Day gerade, dann ignorierst du das nicht. Denn wenn jemand weiß, was es heißt, sich wie ein gebrauchtes Stück Fleisch zu fühlen, dann bin ich das.« Hart sah in Gods grüne Augen. »Niemand will sich so fühlen, Mann. Zu keiner Zeit, das kannst du mir glauben. Es ist ein schreckliches Gefühl. Und wenn Day sagt, dass du ihm das Gefühl gibst, dass er, laut seiner Aussage, nur ›ein Loch in deiner Matratze‹ ist, dann musst du aufhören, stur zu sein und das ändern.«

»Er weiß, dass er mehr als das ist«, brummte God.

»Weiß er das?«

»Ja!«

»Woher?«, fragte Hart ruhig. »Wie zeigst du es ihm?«

Es war still auf der dunklen Straße vor dem Pub. Das Wetter war schwül, aber nicht so schlimm wie sonst, denn der Herbst hielt langsam Einzug. Hart sah seinen Freund an, der tief in Gedanken versunken zu sein schien und dessen Gesichtsausdruck immer mehr Schmerz spiegelte, je länger er nachdachte. Er unterbrach God nicht bei seinen Überlegungen.

»Scheiße«, stöhnte God schließlich. »Ich hab es schon wieder vermasselt.«

»Ja, hast du. Aber Day verzeiht dir immer.« Hart begleitete ihn zum Bordstein, wo sein Taxi vorgefahren war. »Plane einfach ein nettes Date für ihn morgen Abend und er wird Wachs in deinen Händen sein.«

»Glaubst du wirklich?«

»Darauf wette ich. Und in der Woche danach musst du das Büro für ein paar Tage schließen.«

»Was?« God steckte seinen großen Kopf aus dem Fenster des Taxis.

»Du hast mich verstanden. Dein Mann sagt, du stellest die Arbeit über ihn. Das ist eine große Sache. Du bist der Boss. Mach mal alles dicht und entführ Day für eine Weile«, riet er.

»Oh Mann. Na schön.« God lehnte sich in seinem Sitz zurück und winkte ihm. »Du hast gerade mal ein paar Tage einen Freund und plötzlich bist du ein verdammter, besserwisserischer Beziehungsberater.«

Hart lachte.

»Mal sehen, was dein Rat taugt«, sagte er, bevor er den Fahrer anwies, ihn nach Hause zu bringen.

~*~

Hart fuhr gerade in die Garage, als sein Handy in der Tasche vibrierte.

God schrieb: *Frühstück im Diner. Ich lade dich ein.*

Hart antwortete: *Nicht vor acht. Ich will ausschlafen.*

Er lachte in sich hinein. Das war Gods einmalige Art, Danke zu sagen. Er schloss seine Garage, nachdem er bemerkt hatte, dass Frees Wohnmobil dunkel war.

Bitte sei in meinem Bett.

Kapitel 30

Free

Es war fast 23 Uhr und Frees Augen wurden schwer. Hart hatte ihm nach der Arbeit eine Nachricht geschickt und ihm gesagt, God würde ihn brauchen und er sollte ohne ihn zu Abend essen, weil er nicht direkt nach Hause käme. Free war glücklich. Es fühlte sich wirklich so an, als würden sie zusammenleben. Hart schickte ihm eine Anstandsnachricht, um ihm mitzuteilen, dass er spät nach Hause kommen würde. Das musste bedeuten, dass er Free im Haus haben wollte.

Als er hörte, wie das Garagentor geöffnet wurde, lehnte er sich noch weiter in das dicke Kissen zurück und versuchte, sich in das Buch zu vertiefen, das er gelesen hatte. Es war zwecklos, denn alles, was er konnte, war, dem Geräusch von Harts Stiefeln zu lauschen, nachdem sie den Hartholzboden berührten. Sein Herz schlug in einem unnatürlichen Rhythmus. Er hatte noch nie im Bett auf jemanden gewartet. Er war noch nie verliebt gewesen.

»Guten Abend.«

Free zuckte beim Klang von Harts tiefer Stimme leicht zusammen.

»Verdammt. Das Bett hat noch nie besser ausgesehen.«

»Dann komm zu mir.« Free legte sein Buch weg.

»Oh, das habe ich vor.« Hart verschwand in seinem begehbaren Kleiderschrank und zog sich aus. Er schaffte es, nur etwa 20 Minuten im Bad zu verbringen, bevor er herauskam. Hart warf sein Handtuch über das Fußende des Bettes und kletterte dann auf der rechten Seite hinein.

»Liege ich auf der Seite, auf der du normalerweise schläfst?«, wollte Free wissen. Er legte sein Buch auf den Nachttisch und drehte sich zu seinem Freund um. Er roch wieder nach diesem Aftershave. Free rückte näher an Harts nackten Körper.

»Nein. Ich schlafe eigentlich in der Mitte. Was ich immer noch vorhabe.« Hart streckte den Arm aus und Free schmiegte sich an seine Brust.

»Schläfst du immer nackt?« Er beugte sich vor und küsste ihn.

»Ja, jetzt schon.« Hart seufzte zufrieden bei ihrem ersten Kuss seit dem Morgen und seine Zunge tastete sich vor. Sein Stöhnen vibrierte an Frees Brust und mischte sich mit seinen eigenen Lustlauten. Free hatte den ganzen Tag auf diesen Moment gewartet.

Hart berührte ihn, als wäre er eine kostbare Blume. So weich und behutsam. Er sah ihn an wie den Sternenhimmel. Harts steifer Schwanz stupste an seine Hüfte, aber sie taten nichts dagegen. Es gab keine Verzweiflung wie letzte Nacht, denn ihm wurde klar, dass er so viel Zeit hatte, wie er wollte.

Hart verlangsamte ihre Küsse und nutzte die Atempausen zum Reden. »Hast du zu Abend gegessen?«

Free leckte sich über die Lippen und strich durch den Bart. »Ja, habe ich. Ich hatte … ähm …« Er streichelte weiter. »Ähm …«

Hart lachte. »Was?« Er sah immer so erfreut aus, wenn sich Free in seinem Bart verirrte.

Free schüttelte den Kopf. »Ich habe das letzte Curryhuhn gegessen. Den Rest habe ich weggeworfen, weil es langsam durch war. Konntest du God mit dem helfen, was er heute Abend gebraucht hat?«

»Ja. Er ist okay.« Hart streckte sich und drehte sie auf die Seite.

»Du klingst müde.« Free küsste seine Schulter und legte dann die Wange auf seine dicht behaarte Brust.

»Ein bisschen. Das Treffen mit dem Chef heute war brutal.« Er gähnte. »Oh Mann. Tut mir leid.«

Free verteilte Küsse auf Harts Brustbein und genoss das lustvolle Schnurren, das seine Lippen vibrieren ließ. »Du bist keine Maschine. Ich kann mir vorstellen, dass es heute schwierig war. Danke, dass du dich heute für uns eingesetzt hast, damit wir nicht alle gefeuert werden. Ich hätte mich beschissen gefühlt.«

»Gern geschehen.« Harts Stimme wurde leiser, als er in den Schlaf driftete. »Für dich würde ich alles tun.«

»Ich weiß.« Free schmiegte sich an seinen Arm, einen Ort, der ihm sehr vertraut und angenehm geworden war. »Ruh dich ein wenig aus.«

»Gute Nacht, Baby«, murmelte Hart, der schon so klang, als würde er schlafen.

~*~

Hart

Hart wachte auf und fühlte sich ausgeruht, warm, geborgen und ... extrem geil. Je wacher er wurde, desto härter wurde er, bis er einen beinahe schmerzhaften Ständer hatte.

Verdammt.
Free hatte sich um ihn geschlungen wie eine Schlange. Sein hübsches Gesicht war an der Seite von Harts Brust vergraben, ein Arm und ein Bein waren über seinen Körper gelegt und umklammerten ihn. Free stöhnte und bewegte seine Hüften, sein Schenkel streifte Harts Schwanz. Frees Lächeln war so träge, wie Hart sich fühlte. Er spreizte seine Beine ein wenig, um seinen Eiern mehr Raum zum Atmen zu geben. Sie waren schwer zwischen seinen Schenkeln und drohten, überzulaufen. Er berührte mit seinen Fingerspitzen leicht Frees warme Haut und fuhr seine Wirbelsäule entlang.

Mein Gott, ist er schön.
Free zappelte, drehte sich dann um und schmiegte seinen Hintern genau dorthin, wo Hart ihn haben wollte. Er zog ihn an sich und vergrub seinen Schwanz zwischen den weichen Gesäßhälften. Free stöhnte, als hätte er einen feuchten Traum, und drückte sich gegen ihn. Hart blinzelte. Es war fast 6 Uhr und draußen vor seinem Fenster war es immer noch dunkel, aber der Himmel zeigte orange und hellblaue Farbtupfer. Die Morgendämmerung nahte, seine liebste Tageszeit.

Hart küsste Frees Wange, wanderte dann zu seinem stoppeligen Kinn und hinunter zu seinem Hals. Ob bewusst oder unbewusst, Free neigte den Kopf und drückte seinen Hintern noch stärker nach hinten. Hart stöhnte auf, griff nach Frees Hüften und hielt ihn fest, während er träge in ihn stieß. Es dauerte nicht lange, bis sein Schwanz zu tropfen begann und sich seinen Weg bahnte.

Nun war Free völlig wach. Hart ließ sich Zeit und streichelte seine Schultern, seine Brust, seinen Bauch, dann seine Bauchmuskeln, bis er zu seinem Schwanz kam. Er strich mit den Fingerknöcheln darüber und Free schauderte. Hart legte seine Hand um Frees Schwanz, fuhr ihn langsam entlang und drückte etwas fester zu, als er die Spitze erreichte. Free bewegte die Hüften und drückte sich abwechselnd gegen Harts Schwanz und seine Hand. Hart massierte die Härte seines Freundes im gleichen Takt, in dem er seine Hüften bewegte. Leicht und gleichmäßig.

Free unterbrach ihre Ganzkörperberührung, um das Gleitgel aus dem Nachttisch zu holen. Keiner von ihnen hatte bisher etwas gesagt. Sie ließen ihre Berührungen und ihren keuchenden Atem für sich sprechen. Als Free den Verschluss öffnete, schaffte er etwas Platz zwischen ihnen, um mit einer Hand nach hinten zu greifen. Die Bewegungen, die sein Körper machte, als er sich vorbereitete, ließen bei Hart schmutzige Gedanken aufkommen, wie den Wunsch, mit seinen Fingern den Eingang zu dehnen. Also übernahm er einfach die Führung und bewegte Frees Hand. Free verteilte Gleitgel auf Harts Schwanz, während der ihn öffnete. Free hatte seinen Schwanz fest im Griff, während er sich gegen ihn drückte und ihn langsam, Zentimeter für Zentimeter, aufnahm.

Heilige Scheiße.

Seine Brust tat weh, weil er den Atem anhielt. Er umklammerte Frees Hüften, wissend, dass er Abdrücke hinterlassen würde. Hart wünschte, es wäre draußen ein wenig heller, denn er wollte sehen, wie sein Schwanz in Free versank. Er war noch nie in dieser Position gewesen. Aber es gefiel ihm. Er stützte sich auf einen Unterarm, umfasste Frees Kinn und küsste ihn von hinten. Free öffnete die Augen nicht, als würde er sich das alles in einem Traum ausmalen.

Free stöhnte tief und ausgiebig, als er vollständig ausgefüllt war, und zitterte leicht.

Hart drängte nach vorn und wollte jeden Zentimeter seines Schwanzes in ihm vergraben.

»Oh«, stöhnte Free über ihre Atemgeräusche hinweg, als Hart tief in ihm innehielt.

»Mmh«, brummte Hart, als Wärme seinen Körper erfüllte. »Guten Morgen.«

»Es ist in der Tat ein guter Morgen.« Frees Stimme war ein verdammt erotisches, tiefes Flüstern. Jedes Wort brachte Hart an die Grenze zum Orgasmus. Free nahm seinen Arm und legte ihn eng um seine Mitte, seinen eigenen legte er um Harts Nacken.

Hart schloss die Augen, als sich Free an ihn drängte und rhythmisch gegen seinen Schwanz drückte. Schnelle, flache Stöße, bei denen sich seine Zehen krümmten und die Muskeln in seinen Armen steif wurden. Verdammt, und er hatte gedacht, er würde diesmal länger als 30 Sekunden durchhalten.

»Oh Fuck, Baby.« Hart fühlte, wie sich seine Eier zusammenzogen und sein Schaft heftig krampfte. Er verlor seinen Rhythmus beim Wichsen von Frees Schwanz, als er versuchte, nur noch ein paar Sekunden durchzuhalten.

Free machte weiter. Sein Rücken war feucht und seine Bauchmuskeln spannten sich bei jedem seiner Stöße an.

Hart blickte hinunter. Dieser karamellfarbene Hintern, der obszön gegen seine Oberschenkel klatschte, stieß ihn über die Klippe. Hart hielt sich fest und verlor die Kontrolle. Free murmelte eine Art Ermutigung, aber er konnte die

Worte nicht verstehen. Er stieß in Free, bis mitten in der Morgendämmerung die Sterne zurückkehrten und er sich unaufhörlich in ihm ergoss. Er kam so heftig, dass er nicht mehr sprechen konnte. Er war taub, stumm und blind, als er sich im Körper seines Geliebten verlor und hoffte, nie mehr wiedergefunden zu werden.

Kapitel 31

Free

Die Woche verging wie im Flug. Während sein Team den ganzen Tag in öffentlichen Schulen verbrachte, um den Kids nahezubringen, dass sie keine Drogen nehmen sollten, war Free allein im Büro. God und Day erledigten den polizeilichen Bürokram und Syn beaufsichtigte die gemeinnützige Arbeit. Es war ein sehr langer und langweiliger Arbeitstag. Die einzige Rettung war das, worauf er sich freuen konnte, wenn er das Büro verließ und nach Hause ging.

Ist mein Zuhause nun mein Wohnmobil oder Harts Wohnung?

Er war sich nicht mehr sicher. Die Grenzen waren definitiv verschwommen. Er ging nur noch in sein Wohnmobil, um Kleidung zu holen oder an einem Projekt zu arbeiten, wenn sich Hart verspätete. Dann bestellte er ohne ihn Abendessen und wartete anschließend im Bett auf ihn. Er konnte nicht behaupten, dass das, was er und Hart hatten, perfekt war, aber es war verdammt nahe dran.

Eine Nachricht erschien auf seinem Bildschirm. Er kicherte, als er sah, dass es Officer Mason mit einer weiteren technischen Krise war. Free beschloss, zu Mason zu gehen, da er ohnehin seinen Tee auffüllen wollte. Der Pausenraum im obersten Stockwerk hatte die beste Auswahl.

Free schloss das Büro ab und ging dann auf Umwegen zu Mason. Vor ihm saß ein älterer Mann mit der rechten Hand auf einem Stock und einem abgewetzten Strohhut, den er auf seinem Knie abgelegt hatte.

»Hey, Free.« Mason lächelte ihn an, als er sich ihm näherte. »Du hättest nicht den ganzen Weg hierherkommen müssen.«

Free schüttelte den Kopf. »Das ist kein Problem, das weißt du doch. Also, was ist hier los?«

»Dieser freundliche Herr ist sehr geduldig. Ich habe seine gesamte Aussage aufgenommen. Dann wollte ich sie ausdrucken, aber mein Drucker wird nicht mehr angezeigt. Und ich finde die verdammte Datei nicht wieder«, schimpfte Mason und bewegte seine Maus ziellos auf dem Pad hin und her.

Free hielt seine Hand fest. »Rutsch mal ein Stück rüber.«

Während Free an Masons Computer arbeitete, spürte er die Augen des alten Mannes auf sich. »Sind Sie ein Polizist?«

»Nein. Ich arbeite in der Verwaltung.«

»Oh.« Der Mann sah betrübt aus.

»Aber keine Sorge. Officer Mason ist ein großartiger Polizist und ich bin mir sicher, dass er Ihnen helfen kann«, versicherte Free ihm.

»Nun, ich würde ja gerne«, sagte Mason seufzend, »aber ich habe Mr. Walker gesagt, dass man Vandalen am besten fängt, wenn man sie auf frischer Tat ertappt.«

»Verdammt, ich weiß nicht, wann diese Idioten auf mein Grundstück kommen. Es sind zufällige Zeiten. Mein Junge und ich haben unser Bestes getan, um sie zu fangen und ihnen Angst einzujagen, aber sie sind zu raffiniert.« Mr. Walker ballte die Hand auf seinem Stock. »Ich werde keine Ernte und kein Vieh mehr haben, wenn diese Idioten fertig sind.«

»Ernte und Tiere?« Free hielt mit dem Tippen auf der Tastatur inne. »Wohnen Sie hier in Atlanta?«

»Ja. Mein Sohn und ich sind aus Texas. Uns gehört die Walker's Ranch nördlich des Highway vierundsiebzig. Wir haben dort ein wunderschönes, dreißig Hektar großes Gelände und eine Menge Feldfrüchte. In diesem Frühjahr ist alles besonders gut gediehen. Mein Junge hat gerade unser Geschäft eröffnet und es läuft gut.«

Er schenkte Mr. Walker jetzt seine volle Aufmerksamkeit. Es lag an seinem Südstaatenakzent und dem Stolz, den er zeigte, wenn er über seinen Sohn und seinen Besitz sprach. Free liebte das. Das Erzählen von der Ranch erinnerte ihn an jemanden. »Sie haben also eine voll funktionierende Ranch mit Tieren, Pferden, Heuballen und all dem?«, hakte er nach. In seinem Kopf nahm eine verrückte Idee Gestalt an.

Der alte Mann lachte und sein buschiger grauer Bart wackelte dabei. »Mit einer roten Scheune und allem, was dazugehört.«

Free holte scharf Luft.

Der alte Mann sah ihn fragend an. »Sie mögen Scheunen? Das würde man bei Ihrem netten Akzent nicht vermuten.«

»Und Sie hätten recht. Aber mein, ähm . .« Free hielt inne und überlegte, ob er es sagen sollte.

Scheiß drauf.

»Mein Freund ist auf einer Ranch in Lubbock, Texas, aufgewachsen.«

Mason zog die Augenbrauen hoch, aber Mr. Walker reagierte sofort. »Dann kommen Sie doch mal mit ihm vorbei. Er kann sich unseren Betrieb gerne ansehen. Sie sagen, er komme aus Lubbock. Aus welcher Gegend?«

Free nickte enthusiastisch. Er war froh, dass der Mann beim Wort *Freund* nicht mit der Wimper gezuckt hatte. »Ich weiß nicht genau, wo, aber es ist eine ziemlich große Ranch. Etwa achthundert Hektar.«

Der Mann richtete sich so plötzlich auf, dass Free und Mason zusammenzuckten. »Achthundert! Verdammt, Junge. Vielleicht kenne ich sie. Wer ist sein Vater?«

»Der Nachname meines Freundes ist Hart und ich bin mir ziemlich sicher, dass der Name seines Vaters ...«

»Ich wusste es!« Mr. Walker klopfte mit seinem Stock auf den Boden. »Das ist doch nicht zu fassen! Die Welt ist wirklich klein. Sie sprechen von der verdammten Hart Hope Ranch, eine der größten Ranches in ganz Texas. Es gibt nicht viele Rancher, die sie nicht kennen, das kann ich Ihnen sagen. Wir waren keine Nachbarn, mein Land lag über sechs Stunden entfernt in La Vernia. Big Bull und ich haben Texas letztes Jahr verlassen, nachdem die Überschwemmung alles zerstört hat.« Ein Hauch von Traurigkeit schwang in seiner kräftigen Stimme mit. »Sie können ihn jederzeit mitbringen.«

»Wir haben demnächst ein paar freie Tage. Wozu brauchen Sie denn die Hilfe der Polizei? Um Vandalen zu fangen? Vielleicht können wir uns etwas einfallen lassen, Mr. Walker.« Free war von seiner verrückten Idee mehr und mehr begeistert. »Heutzutage ist Videoüberwachung der beste Weg, um jemanden zu schnappen.«

Nachdem Mason höflich genug gewesen war, Free über Dinge reden zu lassen, die nichts mit Polizeiarbeit zu tun hatten, meldete er sich wieder zu Wort. »Ich habe ihm gesagt, wenn er ein besseres Überwachungssystem einrichten könnte, denn dann ...«

»Mein Junge sagt, dass wir nicht das Geld haben, um ein neues Sicherheitssystem zu installieren, das das gesamte Grundstück abdeckt«, betonte Mr. Walker.

Free beeilte sich, ihn zu beruhigen. »Machen Sie sich keine Sorgen. Das wird Sie nichts kosten.«

Masons Gesichtsausdruck verwandelte sich schnell von verwirrt zu energisch. »Oh Mann! Mr. Walker, wenn dieser Typ bereit ist, Ihnen zu helfen, dann lassen Sie mich Ihnen sagen, dass diese Typen so gut wie gefangen sind. Freeman ist der Beste, den es am Computer gibt. Er kann wirklich *alles* machen. Er kann sich sogar in die …«

»Okay, Mason, danke. Ich glaube, er hat es verstanden«, unterbrach Free ihn und warf ihm einen warnenden Blick zu.

»Ehrlich gesagt, habe ich das nicht.« Der alte Mann sah amüsant aus, wie er verwirrt den Schlagabtausch zwischen ihm und Mason beobachtete, als würde er einem Tischtennismatch zusehen.

»Der Bericht ist wieder da, Mason, und ich habe ihn an den richtigen Drucker geschickt. Denk dran, dass er jetzt in einem anderen Netzwerk ist. Bearbeite ihn und du bist fertig.«

»Es tut mir leid, Mr. Walker, aber mehr kann ich wirklich nicht tun. Wenn Sie Beweise haben, lassen Sie es uns bitte wissen, dann werden wir umgehend Festnahmen veranlassen. Aber im Moment rate ich Ihnen dringend, Mr. Freemans Angebot anzunehmen«, sagte Mason.

Mr. Walker kämpfte sich auf die Beine und winkte ab, als Free ihm helfen wollte. Der Mann reichte ihm nur bis zur Schulter und sein Körper war kompakt und drahtig. Er stützte sich auf seinen Stock und wandte sich an Mason.

»Danke für Ihre Zeit, junger Mann. Ich weiß Ihre Unterstützung zu schätzen.« Sein Lächeln war aufrichtig und warm.

Er erinnerte Free an jemanden, der ihm sehr am Herzen lag.

»Sie waren wirklich hilfreich, auch wenn Sie mein Problem nicht lösen konnten. Aber Sie waren klug genug, Ihren Kollegen um Hilfe zu bitten. Sonst hätte ich den Mann, der mir helfen kann, nicht getroffen. Dafür bin ich sehr dankbar. Sie haben doch gesagt, dass der Junge der Beste ist, oder?« Mr. Walker lachte und deutete auf Free.

»Das habe ich, und ich meine es ernst.« Mason verabschiedete sich mit einem kräftigen Händedruck. »Viel Glück, Mr. Walker.«

»Little Bull.« Der Mann humpelte zur Tür und zog dabei seinen rechten Fuß ein wenig nach.

»Also, Mr. Walker. Ich kann vorbeikommen, mir Ihre Ranch ansehen und Ihnen ein erstklassiges Überwachungssystem einrichten. Es wird Sie nichts kosten.« Free öffnete ihm die Tür und begleitete ihn hinaus in die warme Sonne Atlantas.

»Warum wollen Sie das tun?« Mr. Walker blieb an der Einfahrt zum Parkplatz stehen und Free fragte sich, ob er mit dem Auto gekommen war.

»Weil ich meinen Freund mitbringen möchte und wir dann vielleicht ein paar Tage bleiben können. Er hat mir erzählt, dass er als junger Mann Rancher war und es geliebt hat. Wenn er bei der Polizei nicht aufgenommen worden wäre, wäre er es wahrscheinlich immer noch. Er kommt der Arbeit wegen nicht oft nach Hause auf die Ranch. Ich glaube, ein wenig Ablenkung würde ihm gefallen.«

»Darauf wette ich.« Mr. Walker ging langsam weiter. »Das nächste Hotel ist etwa zwanzig Minuten von uns entfernt, aber mein Sohn und ich haben Gästezimmer und mehr als genug Platz im Haupthaus. Wenn Sie und Ihr Freund Polizisten sind, dann vertraue ich darauf, dass Sie nichts Kriminelles tun werden.«

Wir werden wahrscheinlich die meiste Zeit in Ihrer Scheune verbringen und viele kriminelle Dinge tun. Miteinander.

Free bemühte sich, bei dieser Aussicht nicht hart zu werden. »Ich bin mir sicher, dass wir die Einzelheiten unserer Unterbringung klären werden. Officer Mason hat Ihre Informationen in seinem Bericht. Ich werde mir alles ansehen und ein paar Satellitenbilder von Ihrem Land besorgen, um zu sehen, wie wir Sie am besten verkabelt und online bekommen.«

Mr. Walker hob die Hände. »Wow. Sie sprechen nicht mehr meine Sprache. Aber was immer Sie gerade gesagt haben, es klang gut.«

»Oh, vertrauen Sie mir, ich bin seriös, Mr. Walker.«

»Ich hab es schon gesagt: Nennen Sie mich Little Bull oder einfach Walker.« Er schüttelte den Kopf und lachte. »Ich war nie *Mr.* Walker. Das war mein Großvater.«

Free nickte. »Und Ihr Vater war Big Bull, nehme ich an.«

»Das hätte er gern gehabt. Aber an ihm war nichts groß, außer sein Mundwerk. Mein Vater war sogar kleiner als ich.«

Free lachte. »Also kein Big Bull.«

»Doch, den gibt es: meinen Sohn. Er ist der Besitzer und Betreiber der Ranch. Ein groß gewachsener Mann. Ich weiß nicht, woher er das hat.« Walker sah sich auf dem

Besucherparkplatz um. »Er hatte genau dort geparkt, aber ... Oh, da ist er ja.«

Free folgte dem Blick des alten Mannes. Er konnte nicht glauben, was für ein riesiger Typ da an der Motorhaube eines alten Ford Pick-up lehnte. Er sah aus wie ein typischer, amerikanischer Cowboy mit Hut und staubigen Stiefeln. Big Bull war mindestens 1,90 m groß, stämmig und kräftig. Sein blaues Flanellhemd mit den abgeschnittenen Ärmeln war bis an seine Grenzen gespannt. Seine Jeans war an den beanspruchten Stellen abgewetzt.

Verdammte Scheiße.

Er konnte das Gesicht des Mannes nicht sehen, denn dieser blickte mit gesenktem Kopf auf den Bildschirm seines Handys, während ein abgetragener schwarzer Cowboyhut tief auf seiner Stirn saß. Das war genau der Typ Mann, dem Free aus dem Weg gehen würde. Aber nicht jetzt. Er näherte sich ihm vorsichtig, denn Big Bull wirkte etwas grobschlächtig, aber er hatte auch keine Angst.

Mr. Walker sah ihn an. »Ich freue mich auf Ihren Anruf, Officer Freeman.«

»Oh, nein, nein, nur Len. Sie können mich Len nennen.« Er sah immer noch auf Big Bull, der nun zurückblickte.

»Brauchst du Hilfe, Dad?« Big Bulls tiefe Stimme tönte über die Straße und seine Zuneigung zu seinem Vater war offensichtlich, als er ihm entgegenkam, um ihm zu helfen, da er wackelig vom Bordstein trat.

»Immer mit der Ruhe, Bull, ich komme zurecht.« Walker warf einen Blick über die Schulter zu Free. »Sie können jederzeit anrufen.«

»Sie werden bald von mir hören.« Free eilte zurück ins Gebäude, begierig darauf, mit seinem Plan zu beginnen.

Hart hatte ihm erzählt, dass God das Büro in der nächsten Woche für ein paar Tage schließen würde, und Hart hatte darüber nachgedacht, einen langen Ausflug zu machen. Das wäre doch perfekt. Er konnte es kaum erwarten, ihn zu überraschen, und möglicherweise seinen kräftigen, attraktiven Hintern auf einem Pferd zu sehen.

Free schlenderte leichtfüßig zu den Aufzügen. Er wollte Hart sehen. Es war kurz vor Feierabend und er war neugierig darauf, ob sein Freund heute Abend auswärts essen wollte, anstatt etwas zu bestellen. Falls er keinen schwierigen Tag gehabt hatte. Free drückte auf den Knopf, um den Aufzug zu rufen, und seine Gedanken kreisten um die Art des Sicherheitssystems, das er für Mr. Walker bauen wollte. Das war so etwas wie seine Spezialität: Bösewichte ausfindig machen und fangen.

Er holte sein Handy aus der Tasche und begann, nach Restaurants in der Nähe von Harts Haus zu suchen.

Mal sehen, ob der große Kerl heute Abend vielleicht chinesisch essen will.

Free war so abgelenkt, dass er nicht bemerkte, dass Officer Vasquez direkt hinter ihm stand. Als Free den Aufzug betrat und sich umdrehte, um den Knopf für die oberste Etage zu drücken, war Vasquez mit seiner breiten Brust, über die sich sein Uniformoberteil spannte, plötzlich vor ihm und blockierte die Tür. Free knirschte mit den Zähnen und wich zur hintersten Ecke zurück. Es gab noch vier weitere Aufzüge in der Lobby, aber Vasquez stieg immer in denselben wie er.

Das Lächeln des Officers wirkte beinahe kultiviert, als sich die Tür langsam hinter ihm schloss. »Lennox Freeman. Ich bin überrascht, dich hier zu treffen. Allein.«

Kapitel 32

Free

Free warf einen Blick auf die Kamera in der Ecke des Aufzugs und fummelte an seiner Smartwatch herum. Irgendjemand *musste* ihn doch beobachten.

Scheiße. Was, wenn sie nicht drauf achten?

Free atmete aus und hoffte, dass er die richtige Frequenz auf seiner Uhr eingetippt hatte. Vasquez wäre auf keinen Fall so dumm, sich in einem überwachten Aufzug in einer Polizeistation mit ihm anzulegen. Äußerst unwahrscheinlich. Und Free bemerkte, dass sein Brustkorb nicht eng und seine Atmung nicht unruhig war. Er blickte zu Vasquez, der an der gegenüberliegenden Seite lehnte, die Arme vor der Brust verschränkt und die Füße schulterbreit auseinander. Als ob er zum Kampf bereit wäre.

»Was zum Teufel glotzt du so?«, fauchte Vasquez plötzlich und ließ Free zusammenzucken. Er grinste. »Verdammter Nerd.«

Free hatte immer noch keine Angst, er war wütend. Und er hatte es satt, dass sich erwachsene Männer einen Spaß daraus machten, andere zu quälen. Sie waren nicht mehr auf dem Schulhof. Aber manchmal ging das Mobbing tiefer. Und er hatte es mit einem verkorksten Menschen wie Vasquez zu tun, dessen Gehirn noch nicht voll entwickelt war. Free konnte dem Ganzen ein Ende setzen, er musste nur den Mut aufbringen.

Dein Freund ist ein SWAT-Captain, also zeig mal, dass du ebenfalls Eier in der Hose hast.

Free stellte sich Vasquez gegenüber, lehnte sich lässig gegen die Seitenwand und antwortete so ruhig er konnte: »Fick dich.«

Vasquez trat einen Schritt vor. »Wie bitte?«

»Du hast mich schon verstanden.« Free war überrascht, wie ruhig seine Stimme war.

»Na, sieh mal einer an, wer da plötzlich ein verdammtes Rückgrat gefunden hat. Wahrscheinlich wegen der Kamera. Aber wusstest du, dass sich Murano, der diensthabende Beamte, der angeblich gerade zuschaut, einen Dreck darum schert? Er wird sicher gerade in seine Zeitschrift vertieft sein.«

Free zuckte mit den Schultern. »Das interessiert mich nicht.«

»Das sollte es aber.« Vasquez trat näher, seine fleischigen Hände waren an seinen Seiten zu Fäusten geballt.

Free spürte wenig bis gar nichts. Keine Kurzatmigkeit, keine Lähmung in den Gliedmaßen, nichts. Rowdys behielten ihre Macht, indem sie die Angst ihrer Opfer ausnutzten. Er weigerte sich, Angst zu haben. Es gab einen Punkt, an dem er aufhören musste, wegzulaufen. Er hatte hier in Atlanta etwas Besonderes gefunden und er würde es sich von niemandem nehmen lassen. Nicht noch einmal. Wenn es ihm gelungen war, seinem Vater und einer großen Londoner Verbrecherfamilie zu entkommen, dann sollte dieser kleine Wichser vor ihm ein Kinderspiel sein.

Free atmete gleichmäßig und erinnerte sich daran, wer seine Freunde waren. Er grinste. »Tut es aber nicht.«

»Vielleicht ist es an der Zeit, dass ich mit dem Reden aufhöre.« Der Aufzug fuhr langsam in Richtung oberste Etage. Vasquez bewegte sich auf Free zu, bis sie sich Auge in

Auge gegenüberstanden. Free wich nicht zurück. »Ich werde es mir zur Lebensaufgabe machen, euch alle zu Fall zu bringen. Scheiß auf die Polizeiarbeit. Mein einziger Job ist es, eure Karrieren zu ruinieren, so wie ihr es mit meiner getan habt.«

Free musterte ihn, als wäre er gelangweilt, und das schien diesen Tyrannen noch mehr zu verärgern.

Perfekt. Rede nur weiter, du verdammter Wichser.

Vasquez hielt ihm seinen dicken Finger vors Gesicht. »Mit mir wollt ihr euch nicht anlegen. Es ist mir egal, ob ich mir etwas ausdenken muss, ich werde euch schwanzlutschende Bastarde einen nach dem anderen fertigmachen. Ihr habt bereits Hausarrest, also scheint jetzt der perfekte Zeitpunkt zu sein, damit anzufangen.« Eine Ader wölbte sich in der Mitte seiner Stirn, während er seine Drohungen ausstieß.

»Du hast recht.« Free richtete sich zu seiner vollen Größe auf, seine Stimme war ernst und selbstbewusst. »Es ist an der Zeit, dass wir mit dem Reden aufhören. Wenn du einen Krieg mit mir willst, dann lass uns verdammt noch mal loslegen. Wie willst du anfangen? Klein? Das solltest du besser nicht, denn ich werde mit voller Wucht zuschlagen.«

Vasquez stand verwirrt da und öffnete den Mund, aber es kamen keine Worte heraus.

»Ich denke, ich fange mit der Sperre deines Führerscheins an.« Free kicherte, weil Vasquez so irritiert aussah. »Nein, besser gleich mit dem Entzug des Führerscheins.« Er zog sein Minitablet aus der Brusttasche und drückte schnell ein paar Tasten. Die Fahrstuhltür öffnete sich halb. »Ich bin noch nicht fertig mit dir. Schließen.« Die Tür hielt an, als würde sie jetzt auf sein Kommando hören. Free tippte eine weitere Sequenz ein und die Tür schloss und öffnete sich wieder. »Stopp.« Sie blieb zu drei Vierteln offen stehen. »Schließen.« Sie schloss sich wieder. Der Aufzug war still, als wäre der Motor abgestellt worden.

Vasquez wich ein paar Schritte zurück, seine Brust hob und senkte sich rasch.

»Dann wirst du denken, dass das mein schlimmster Schlag sei, aber das wird er nicht sein.« Free überbrückte den Raum, den Vasquez zwischen ihnen geschaffen hatte, und nutzte sein Zögern aus. »Als Nächstes werde ich deinen Namen in das Register für Sexualstraftäter eintragen. Wusstest du, dass es Wohnbaugesellschaften, Nachbarschaftswachen und Hausverwaltungen gibt, die diese Listen mit Argusaugen beobachten? Bist du Mieter oder Eigentümer, Vasquez? Beantworte das nicht, ich werde es gleich wissen. Die Betroffenen leben erbärmlich. Die Nachbarn schikanieren sie, beobachten jeden ihrer Schritte und starren sie an, als wären sie ekelhafte Zeitgenossen. Das ist so ungerecht.«

»Nichts davon wird Bestand haben. Ich bin Polizist«, knirschte Vasquez. Seine Stimme hatte definitiv etwas von ihrem Mut verloren.

»Ja. Ich weiß. Aber das ist so verdammt viel Bürokratie, die man durchlaufen muss, um es in Ordnung zu bringen. Und das alles nur, damit es in der nächsten Woche *wieder* passiert. Ich meine, es ist so schwer, diese komischen Computerfehler zu erklären.« Free schenkte ihm sein teuflischstes Grinsen. »Wie gefällt dir meine Offensivstrategie bis jetzt? Ich habe auch eine verdammt gute Verteidigung. Wie wolltest *du* zuschlagen? Komm schon. Lass es uns miteinander teilen.«

Vasquez knurrte ihm ins Gesicht, dann bäumte er sich auf und schlug neben Frees Kopf gegen die Wand des Aufzugs. Die falsche Holzverkleidung zersprang und der Knall war laut genug, dass Free zusammenzuckte und sich vor den herumfliegenden Partikeln duckte. Er ging auf die andere Seite und beobachtete Vasquez genau, der mit zusammengebissenen Zähnen schnaufte und seine vernarbte Hand zur Faust ballte.

Free neigte seinen Kopf nachdenklich zur Seite. Erstaunlich. Er hatte immer noch keine Angst. »Kein besonders effektiver Schlag, aber okay ... *Ich* bin dran, zurückzuschlagen.«

Vasquez geriet in Panik.

Alles, was Free jetzt noch hörte, war die innere Stimme, die rief: *Mach ihn fertig, mach ihn fertig!* Für sich selbst einzustehen, war berauschend. Er ließ seine Finger über den Bildschirm seines Tablets gleiten. Der Aufzug fuhr in den ersten Stock. »Stopp«, sagte Free und die Kabine kam ruckartig zum Stehen. Es war nicht nötig, den Befehl auszusprechen, aber es wirkte cooler und ihm gefiel die Wirkung, die es auf seinen Peiniger hatte.

»Das reicht. Lass mich raus.« Vasquez wirkte nervös, als würde er merken, dass er nicht mehr die Kontrolle hatte, was der schlimmste Albtraum eines Tyrannen war.

Free gab den Befehl, die Tür zu öffnen, und als sich Vasquez bewegte, um auszusteigen, ließ Free sie wieder schließen. Er lachte.

Erwischt, Arschloch.

»Ich werde dir in den Arsch treten. Das ist Freiheitsberaubung«, protestierte Vasquez schwach.

»Du dachtest, ich sei fertig? Ich fange gerade erst an. Nachdem du unzählige Stunden in der Zulassungsstelle und im Bundeskriminalamt damit verbracht hast, zu erklären, dass du nicht der kranke Pädophile bist, für den dich das System hält, werde ich dich dort treffen, wo es *wirklich* wehtut: bei den Finanzen.« Free verdrehte seufzend die Augen. »Bankfehler sind immer so verdammt schwer zu klären. Ich meine, Banken frieren Konten ein und es dauert manchmal Wochen, bis sie herausfinden, was zum Teufel passiert ist.«

Vasquez sah aus wie ein Reh im Scheinwerferlicht. Er musste gedacht haben, dass Free zustimmen würde, ihn in einer dunklen Seitenstraße zu treffen und es mit ihm auszutragen, als er von einem Krieg gesprochen hatte. So ein Quatsch. Er war nicht im Fight Club, und in seinen Selbstverteidigungskursen hatte er sich nie besonders hervorgetan. Er kämpfte auf die einzige Art, die er kannte: mit Cyberwar.

»God sagt immer, dass man seine Strategie nie verraten solle, weil das Überraschungsmoment am besten sei, aber dieser Schlag ist einfach zu clever, um ihn geheim zu halten. Kannst du erraten, was mein Todesschuss sein wird? Es sind zwei erschreckende Wörter. Ich werde sie für dich abkürzen, damit dein schwacher Verstand sie begreifen kann. FA. Das Finanzamt. Diese Schweine rauben dir deine Träume, Mann. Und sie hassen es, wenn man ihnen sagt, dass sie oder ihre Computer einen Fehler gemacht haben. Ich werde also eine Überprüfung deiner Steuererklärungen der letzten fünf Jahre ansetzen.« Free machte einen Schritt nach vorn, bis er Vasquez Auge in Auge gegenüberstand und seine eigene Wut auf ihn überschwappte. Endlich! »Das sollte reichen, um dich zu beschäftigen und mir aus dem Weg zu gehen! Und wenn das noch nicht reicht«, er tippte auf seinen Bildschirm, »dann werde ich deinen lästigen Arsch einfach für immer los.«

Vasquez hörte seine eigene schmierige Stimme, die aus dem Tablet ertönte: »Mit mir wollt ihr euch nicht anlegen. Es ist mir egal, ob ich mir etwas ausdenken muss, ich werde euch schwanzlutschende Bastarde einen nach dem anderen fertigmachen.«

Vasquez riss die Augen auf. Seine Brust sank zusammen wie ein angestochener Ballon.

»Ziemlich belastend, ja. Hach, Technologie. Man muss sie einfach lieben. Mann, es wäre nicht schön, wenn dein Sergeant oder, noch schlimmer, der Captain das hören würde.«

Er sah aus, als wollte er Free das Gerät aus der Hand reißen und es in tausend Stücke zertreten.

»Denk nicht mal dran. Alles, was ich auf diesem Tablet mache, wird automatisch an meinen Rechner geschickt und auf meiner Festplatte gespeichert.« Free öffnete die Aufzugtür. Er betrat den Flur auf Harts Etage, drehte sich langsam um und sah Vasquez an. »Ich denke, wir sind uns einig, dass *ich* derjenige bin, mit dem man sich nicht anlegen sollte. Denn was ich aufgelistet habe, ist nur der Anfang. Und jetzt halte dich verdammt noch mal von mir fern und bedroh nie wieder meine Freunde. Ich sage das nur ein einziges Mal: Bleib dem verdammten Aufzug fern oder ich schicke dich das nächste Mal in die Tiefgarage.«

»Freeman, du Hurens...«

»Schließen«, sagte Free und unterbrach Vasquez durch die sich schließende Tür.

Free verließ auf seinem Tablet den Wartungsserver des Gebäudes und beobachtete, wie der Aufzug nach unten fuhr.

Heilige Scheiße.

Free atmete langsam aus. Er konnte nicht glauben, dass er das gerade getan hatte. Er wollte einen Luftsprung machen, jubeln und seine Faust in die Luft recken. Er hatte es tatsächlich getan! Seine Tage als Opfer waren vorbei. Und jetzt wollte er den Mann küssen, der dafür mitverantwortlich war.

Kapitel 33

Hart

Hart saß auf dem Stuhl in seinem Büro und eine Menge Papiere lagen vor ihm auf dem Tisch verstreut. Er hatte stundenlang Berechnungen angestellt, um das Budget rechtzeitig für die vierteljährliche Besprechung vorlegen zu können. Er streckte seinen Rücken und arbeitete an den Knoten, die sich in der letzten Stunde in seinem Nacken gebildet hatten. Er ließ die Hand sinken und wünschte sich, es wäre Free, der seine Verspannung wegmassierte.

Es war nach 18 Uhr. Free hatte schon seit über einer Stunde Feierabend. Er fragte sich, was er da unten im Büro ganz allein machte. Gerade, als er sein Handy in die Hand nahm, um ihm eine Nachricht zu schicken, hörte er das vertraute Klopfen seines Freundes an der Tür, bevor sie sich langsam öffnete. Frees Blick richtete sich auf einen leeren Schreibtisch.

»Ich bin hier drüben.« Hart lenkte Frees Aufmerksamkeit auf die andere Seite seines Büros. »Hey, Baby.«

Frees Lächeln war so strahlend, wie er es noch nie gesehen hatte. Er hüpfte praktisch, als er zu ihm eilte. Er sah sexy aus in seinem Blazer und der engen Jeans. »Wo sind denn alle? Dein Büro sieht genauso verlassen aus wie meines.«

»Die meisten sind nach unten in die Cafeteria gegangen, aber Fox sollte in seinem Büro sein. Carlos ist schon nach Hause gegangen.« Hart nahm seine Lesebrille ab und warf sie auf den Tisch. »Komm her. Warum bist du so glücklich?«

Free ignorierte ihn, als er auf das Kissen neben sich klopfte, ging stattdessen zu den Jalousien und drehte sie zu.

Hart spürte, wie ein Kribbeln durch seinen Körper lief. Er streckte seine Arme über die Rückenlehne des Stuhls und fragte: »Was hast du vor?«

»Ich habe gerade richtig gute Laune und würde gerne kurz meinen Freund küssen, wenn das für dich in Ordnung ist.« Free kicherte, schlenderte um Harts Tisch herum und setzte sich rittlings auf seinen Schoß.

Nur kurz küssen?

Hart hielt sich an Frees Taille fest, während er sich zu ihm beugte und ihn küsste. Seine Zunge war forschend, drängend, fast dominant. Er stöhnte auf, als Free seine Handgelenke nahm und seine Hände zu seinen Seiten führte. Hart musste seinen Mund geradezu wegreißen, um den Kuss zu unterbrechen. »Oh Len, was ist denn in dich gefahren?«, fragte Hart lächelnd, ehe sich Free die nächsten Küsse holte. Hart hielt ihn nicht auf. Er musste zugeben, dass er dieses wilde Tier, das den Körper seines Freundes übernommen hatte, sehr aufregend fand. »Hör nicht auf.« Er wusste, dass er das nicht in seinem Büro tun sollte, aber er schaffte es nicht, es zu beenden. Außerdem war es Frees Werk. »Grrr«, knurrte Hart, als Free an seinem Bart zog und seine Lippen auf ihn drückte.

»Du kannst knurren, so viel du willst«, meinte Free. Harts Hüften zuckten, als Free an seinem Ledergürtel zerrte. Seine flinken Finger machten damit kurzen Prozess und wandten sich dann dem Knopf seiner Hose zu.

Heilige Scheiße.

Wollte er wirklich zulassen, dass das hier passierte? Jetzt? Wo jeder anklopfen konnte? Es war zwar unwahrscheinlich, dass jemand sie stören würde, aber es war trotzdem riskant. Hart legte den Kopf auf die Rückenlehne des Stuhls und entblößte seinen Hals. Er war hilflos, wenn es darum ging, sich gegen Free zu wehren. Was sie taten, war die Erfüllung eines einzigen gewaltigen Tagtraums. Hart atmete zischend ein, als er scharfe Zähne an seiner Kehle spürte. Sein Bart lag immer noch fest in Frees Griff.

»Hol deinen Schwanz raus. Sofort«, forderte Free. Seine Stimme war tief und befehlend und, verdammt, Hart liebte das. Frees Stärke war beeindruckend und Hart tat schnell, was er verlangt hatte. Free saß fest auf seinem Schoß und ließ seinen großen Händen nicht viel Platz, aber er tat sein Bestes. Er hatte den Reißverschluss schon halb heruntergezogen, als die Tür von Fox' Büro aufflog.

»Was zum Teufel? Fox, verdammt ...« Harts Flüche blieben ihm im Hals stecken, als er den Ausdruck von Dringlichkeit auf Fox' Gesicht sah. Seine grauen Augen waren tellergroß und er bewegte sich, als hätte er keine Zeit für Erklärungen. Er schoss wortlos durch das Büro, sprang dabei fast über Harts Schreibtisch und fuchtelte mit den Armen, als würde er Jack Sparrow nachahmen. Hart war schockiert, als Fox Free praktisch von seinem Schoß riss. Sein Freund schrie auf, als er an seinem Kragen nach hinten gezogen und in Harts Uniformschrank geschoben wurde.

Was zum Teufel ist hier los?

Hart stand mit offenem Gürtel und aufgeknöpfter Hose vor ihm und kam sich lächerlich vor.

»Bring dein Gesicht und deine Klamotten in Ordnung, du Schwachkopf«, zischte Fox und hatte gerade den Schrank hinter ihnen beiden geschlossen, als die Klinke der Bürotür knirschte, ehe sie aufgerissen wurde.

»Hart!«

»Commander Lark. Chief.« Hart steckte rasch sein Hemd in die Hose, als die beiden älteren Männer sein Büro betraten. »Ich komme gerade aus dem Waschraum. Was ist denn los?« Gott, er hoffte, er sah nicht so verlegen aus, wie er sich fühlte. Das war so verdammt knapp gewesen, dass seine Hände zitterten.

»Wir haben einen Notfall. Wir haben eine Geiselnahme in dem Obdachlosenheim für Männer gleich um die Ecke auf der McPherson. Eine Person wurde bereits verletzt. Ist Ihr Team noch hier?«

»Ja. Sagen Sie der Zentrale, dass wir dran sind. Wir werden die Details unterwegs im Truck bekannt geben«, sagte Hart und schaltete wieder in den Arbeitsmodus. Er schnallte seinen Gürtel enger, eilte um seinen Schreibtisch herum zu seinem Handy und drückte auf Dinahs Durchwahl. Als sie abnahm, verschwendete er keine Zeit mit Höflichkeiten. »D, bring alle nach oben. Sofort. Wir haben eine Sechsunddreißig am Laufen.«

»Das könnte ernst werden, Hart. Die Bedrohungsstufe ist bereits auf Rot. Also, ich will, dass Sie in voller Montur erscheinen. Wir werden im Hauptquartier sein und zuhören. Ich weiß, dass Sie und Gods Team unter großem Druck stehen, aber Ihr Team muss zeigen, was es kann. Fahren Sie dorthin und holen Sie alle Geiseln sicher heraus«, sagte sein Commander und ging mit dem Chief hinaus.

Hart eilte zu seinem Schrank, als Fox gerade herauskam. Er fühlte sich gedemütigt. Sein Lieutenant schenkte ihm sein klassisches, schlaues Grinsen und stieß ihn im Vorbeigehen an der Schulter an. »Ich sagte doch, die Seitentür würde sich als nützlich erweisen. Du schuldest mir was, mein Freund«, sagte er, stürmte aus der Tür und wies das Team an, sich schneller zu bewegen.

Als Hart an seinen Schrank ging, um seine Sachen zu holen, lehnte Free mit gesenktem Kopf an der Wand und seine hellbraunen Wangen waren dunkelrot.

Oh Baby.

Hart wünschte, er könnte mit ihm über ihr knappes Entkommen lachen, aber er musste seinen Arsch bewegen. »Len.«

Sein Lächeln war zittrig und es war offensichtlich, dass er sich schlecht fühlte, aber Hart war ihm nicht böse, weil er versuchte, ihnen Erfahrungen zu ermöglichen, die sie beide ihr ganzes Erwachsenenleben lang verpasst hatten.

»Len, Baby. Es ist okay. Ich muss gehen, in Ordnung?« Hart zog sich seine Schutzweste über den Kopf und steckte die Gurte zusammen. »Ich komme nach Hause, sobald ich kann, und dann kannst du beenden, was du angefangen hast.«

Free wirkte erleichtert und sah Hart endlich in die Augen. Er war einfach so verdammt sexy. Kein Wunder, dass er kurz davor gewesen war, am Arbeitsplatz seinen Schwanz rauszuholen und seine Eier raushängen zu lassen. Er konnte nicht einmal sagen, dass es nie wieder passieren würde.

»Du hattest mich am Bart, Baby. Ich habe ganz dir gehört, das weißt du.« Hart zwinkerte.

Frees Lachen war warm und einladend. Verdammt, er wollte ihn nicht verlassen. »Ja, ich beende es später«, versprach sein Freund. Er musterte gründlich Harts Schutzausrüstung. »Du siehst knallhart aus, aber sei vorsichtig da draußen.«

»Das werde ich sein.« Hart holte seinen Helm und seine Schutzbrille aus dem Schrank.

»Hier.« Free öffnete die Klappe seiner Brusttasche. »Nimm den Prototypen mit.«

»Für den Fall, dass ich wie Van Gogh enden will?«, stichelte Hart.

Er lachte laut auf und hielt sich die Hand vor den Mund. »Du bist ein Arsch. Was ist daraus geworden, dass es Leben retten kann?«

»Hart! Wir fahren los!«, rief Fox.

»Ich muss gehen. Hoffen wir, dass ich ihn nicht brauchen werde.« Er küsste Free auf die Wange und rannte los.

»Ich warte auf dich.«

Er hörte gerade noch, wie Free ihm diese schönen Worte mitgab, als sein Team aus der Abteilung lief.

Kapitel 34

Hart

Hart unterdrückte ein verärgertes Stöhnen, als die chaotische Szenerie in Sicht kam. Sie hatten acht Minuten gebraucht, um anzukommen, nachdem sie auf dem Weg von der Einsatzleitung informiert worden waren. Die Revierbeamten hatten das Haus und die umliegenden Gebiete bereits abgesperrt. Ein Nachrichtenteam hatte sich gerade außerhalb des Absperrbands postiert in der Hoffnung, Livebilder zu bekommen. Er würde es im Auge behalten müssen.

Beim Heim handelte es sich um ein umgebautes Bürogebäude, das von einer gemeinnützigen Organisation erworben worden war, die obdachlosen und behinderten Männern bei der Vermittlung von Wohnungen und Arbeitsplätzen half. Die Organisation wurde von lokalen Unternehmen, Wohltätigkeitsorganisationen und Spendensammlern unterstützt, aber sie schien Probleme zu haben. Das zweistöckige Gebäude war heruntergekommen und schäbig. Die Fassade aus Ziegelsteinen war irgendwann einmal in einem deprimierenden Schieferblau gestrichen worden, das schon lange keinen neuen Anstrich mehr bekommen hatte. Angesichts der zerbrochenen Fenster und der bröckelnden Fassade war Farbe wohl nicht das Einzige, was das Gebäude bräuchte. Hart würde jede Wette eingehen, dass der größte Teil des Hauses nicht den Vorschriften entsprach. Der Vermittler am Tatort hatte bereits den Strom und das Wasser abgestellt, sodass das Gebäude wie ausgestorben wirkte.

Mehrere Beamte hatten auf der gegenüberliegenden Straßenseite Verdächtige mit dem Gesicht nach unten im Gras aufgereiht, um sie zu filzen.

Dinah lenkte ihren gepanzerten Truck an den vielen Zivilfahrzeugen und Streifenwagen vorbei. Sein Team bekam grünes Licht für den Zugriff, bevor sie überhaupt zum Stillstand gekommen waren. Der Unterhändler war in den letzten zwölf Minuten nicht mehr durchgekommen und konnte nicht bestätigen, ob die Geiseln noch am Leben waren. Es waren bereits mehrere Schüsse gefallen, als das SWAT-Team das Kommando übernahm.

Als Erstes vergewisserte sich Hart, dass sein gesamtes Team in Position und seine Scharfschützen in Stellung waren, bevor sie den Rasen betraten.

Der Unterhändler näherte sich ihnen mit seinem bewaffneten, vierköpfigen Team.

Hart erkannte ihn als Kollegen aus dem sechsten Revier. Er schüttelte ihm schnell die Hand. »Was haben wir?«

Der Beamte las von einem kleinen Spiralnotizblock ab. »Laut einem der regelmäßigen Bewohner ist Ihr Verdächtiger ein weißer, obdachloser Mann Ende dreißig. Er kam heute Nachmittag und suchte einen Schlafplatz für die Nacht, wurde aber abgewiesen. Mehrere Zeugen sagten aus, dass der Mann extrem betrunken gewesen sei und unter Drogen gestanden habe. Deshalb wurde er nicht hereingelassen. Zwei Stunden später kam er mit einer Pistole zurück und verschaffte sich gewaltsam Zutritt. Jetzt hat er den Direktor und seine Frau in einem der oberen Räume als Geiseln.«

»Keine anderen Geiseln?«, wollte Hart wissen.

Der Unterhändler runzelte die Stirn. »Nach dem, was wir erfahren haben, haben die meisten Männer ihre Zimmer verlassen und sind nach draußen gerannt, nachdem die ersten Schüsse abgefeuert wurden. Ein Mann wurde am Bein getroffen; er wurde ins Emory gebracht. Wir glauben, dass sich noch andere im Haus verstecken, die vermutlich plündern oder stehlen.«

»Warum gibt es noch keine genaue Zahl?«, fragte Dinah.

Der Mann sah Dinah streng an, als würde sie ihre Kompetenzen überschreiten. Sein Mund war zu einer dünnen Linie zusammengepresst.

»Beantworten Sie die Frage meines Sergeants!«, schnauzte Fox den Unterhändler an.

Der Officer fand seine Sprache wieder. »Wir haben weder den Direktor noch den stellvertretenden Direktor. Sie sind die Einzigen, die über diese Informationen verfügen. Die Leute, die wir befragt haben, sagen, es laufe nach dem Motto ‚Wer zuerst kommt, mahlt zuerst'. Es ist schwer, zu sagen, ob sie heute Abend voll waren.«

»Wie viele Zimmer?«, fragte Hart.

»Zwölf, alle im oberen Stockwerk. Die untere Etage ist der Aufenthaltsbereich«, antwortete er.

Hart entließ ihn und brachte sein Team in Position. »Alpha-Team mit mir, los«, befahl er.

Seine drei Einsatzteams teilten sich in verschiedene Richtungen auf; zwei von ihnen rannten mit ihm hinten herum, während seine übrigen Beamten an der Vorderseite standen. Die Tür war bereits aus den Angeln gesprengt worden und sein Schildträger hatte keine Mühe, das restliche Holz zu durchbrechen. Hart suchte die linke Seite ab und wusste, dass Fox die rechte Seite absuchte. Er tippte dem Schildträger auf die Schulter und schickte ihn in Richtung Treppe, während sein Bravo- und Delta-Team eintraten und sich verteilten, um die untere Etage abzusuchen.

Ihre Geiseln wurden in der oberen Etage vermutet. Sie eilten die Treppe hinauf und sein Schildträger hielt auf der obersten Stufe an. Er konnte die gedämpften Stimmen von Männern im Flur hören. Sein Team war sich nicht sicher, ob es sich um Feinde oder Versteckte handelte. Zu diesem Zeitpunkt galt jeder, der nicht mit einer Waffe bedroht wurde, als feindlich.

Unten gingen einige Blendgranaten hoch und das Delta-Team berichtete, dass sie zwei Männer, die sich in einer Speisekammer in der Küche versteckt hatten, entfernt hatten.

Sein Team ging in die Hocke, als im oberen Stockwerk Schüsse fielen.

»Alpha zwanzig, wir haben ein Feuer«, sagte sein Delta-Offizier über Funk.

»Alpha zwanzig an Zentrale, bitte um Löschfahrzeuge«, antwortete Fox.

»Verstanden, Alpha zwanzig.«

Manchmal setzten die Blendgranaten Teppiche oder Möbel in Brand, wenn sie explodierten. Das Team, das im Erdgeschoss arbeitete, rief noch einige Male »Gesichert« und kam dann zu ihnen auf die Treppe.

Hart spähte schnell um die Ecke, aber alles, was er in der Dunkelheit sah, waren mehrere offene und geschlossene Türen. Er drückte auf sein Mikrofon. »Sienna eins, haben wir Wärmesignaturen?«

»Negativ. Der Beton ist zu dick«, antwortete sie.

»Alpha zehn an Zentrale, wir haben mehrere Personen im oberen Stockwerk«, sagte Hart in sein Mikrofon. Er wollte die Sache ganz und gar vorschriftsmäßig angehen, da sie ein Nachrichtenteam vor Ort hatten. Sie hatten nur sehr wenig Zeit für die Planung, wenn Geiseln im Spiel waren, aber das wurde nie berücksichtigt, wenn sie einen Fehler machten. Hart hörte den Unterhändler, der immer noch versuchte, den Bewaffneten über den Lautsprecher des Trucks zu erreichen. Keine Antwort. Nur Feindseligkeit.

»Zentrale an Alpha zehn. Gebt ihnen eine Warnung.«

»Verstanden«, antwortete Hart.

Er stand am Ende des dunklen Flurs mit seinem Schildträger an der Spitze und drei seiner Leute im Rücken und brüllte durch den engen Gang: »Atlanta PD SWAT. Kommen Sie jetzt mit erhobenen Händen heraus! Dies ist Ihre letzte Warnung!«

Drei Männer kamen aus den Räumen, die Hände leicht erhoben, um ihre Augen vor den hellen Taschenlampen zu schützen, die an den Enden der M16-Gewehre befestigt waren.

»Hände hoch! Ich will die Hände sehen!«, schrie Dinah und stürmte mit ihrem Bravo-Team an den Männern vorbei, um sie schnell zu sichern und aus dem Haus zu führen.

Hart spürte, wie Fox gegen seinen Rücken stupste, und drängte seinen Schildträger, damit sie sich wieder in Bewegung setzten. Sie durchquerten die einzelnen Räume des Flurs, in denen sich keine Geiseln befanden. Hart bemerkte eine Bewegung zu seiner Rechten, eine dunkle Gestalt, die aus ihrem Versteck hervortrat. Hart zog schnell eine Blendgranate aus seiner Brusttasche, riss mit den Zähnen den Stift heraus und warf sie in die Richtung des Mannes, während Fox sein Gewehr schwenkte, um ihn zu decken. Die Granate explodierte mit einem ohrenbetäubenden Knall und einem intensiven, blendenden Licht, das die Sinne schockte. Der Mann ging hart zu Boden, kauerte in der Embryonalstellung und hielt sich die Ohren zu. Hart rückte weiter vor, zuversichtlich, dass sein Delta-Team hinter ihm aufräumen würde.

»Sienna zwei an Alpha zwanzig. Das Feuer da unten sieht heiß aus, Boss. Zeit, zu verschwinden.«

»Verstanden«, antwortete Fox.

Sie waren fast an der letzten Tür. Natürlich musste es die sein, auf der *Wohnung des Direktors* stand. Hart tippte seinem Schildträger auf die Schulter, um ihn zu bremsen. Er versuchte, dem Streit im Inneren zu lauschen, aber die Stimmen waren zu gedämpft, um sie durch seinen Helm und mit dem Ohrstöpsel zu hören. Der Unterhändler machte keine Fortschritte und die Einsatzleitung hatte sie angewiesen, die Operation zu beenden. Hart konnte den Rauch riechen, der das Erdgeschoss ausfüllte, und er hörte noch immer keine Feuerwehrfahrzeuge. Er musste seine Geiseln und sein Team so schnell wie möglich von diesem Ort wegbringen.

»Wir können keine Blendgranate werfen, weil wir nicht wissen, wie es den Geiseln geht. Wir wollen nicht eine von ihnen damit treffen«, kommentierte Fox.

»Ich weiß. Wir müssen ...«

»Zurück! Zurück!«, schrie der Bewaffnete und kam vorsichtig aus dem Raum, wobei ihm ein Mann um die Beine kroch und eine Frau vor ihm festgehalten wurde.

»Lassen Sie meine Frau gehen. Sie können so lange hierbleiben, wie Sie wollen, aber bitte«, flehte der Mann zu Füßen des Bewaffneten. Er war geschlagen worden, möglicherweise mit einer Pistole. Ein Auge war zugeschwollen und seine Lippen waren aufgeplatzt und bluteten. Ein übler violetter Bluterguss bedeckte den größten Teil seines stoppeligen Kinns. Er griff nach dem Hosenbein des Verdächtigen und wurde in den Bauch getreten. »Fass mich nicht an!«, blaffte der Bewaffnete. »Ich wollte nur einen Platz zum Schlafen. Dazu seid ihr doch da.«

»Bitte hören Sie auf, bitte«, flehte die Frau weinend. Sie trug ein zerrissenes, blassrosafarbenes Nachthemd und hatte ähnliche Verletzungen wie ihr Mann.

Hart spürte, wie Fox an seiner Weste zerrte, folgte der Anweisung und führte sie ein wenig zurück, um dem wütenden Mann etwas Platz zu geben. Dessen rechte Hand, mit der er die Pistole hielt, zitterte, während er versuchte, die Frau vor sich festzuhalten. Sein Haar war ein verfilztes, fettiges Durcheinander und er sah aus, als wäre er wochenlang auf einem Crystal-Meth-Trip gewesen, denn seine Zähne faulten ihm aus dem Mund.

»Atlanta PD SWAT. Sie lassen den Direktor und seine Frau gehen und wir sorgen dafür, dass Sie eine Mahlzeit und einen warmen Platz zum Schlafen bekommen.«

Im Knast.

»Das verspreche ich Ihnen«, sagte Hart.

Der Bewaffnete richtete seine Pistole auf sie und sein Schildträger war schnell zur Stelle, um sie abzuschirmen. Hart beobachtete den Mann durch den Schild. Er sah aus, als würde er darüber nachdenken und eine Nacht im Marriott-Hotel dagegen abwägen, seine Position zu behaupten.

»Woher weiß ich, dass Sie nicht lügen? Er wird mich nicht hierbleiben lassen, nicht jetzt. Nicht mit all den Polizisten da draußen.«

»Der Typ hat Wahnvorstellungen und das Feuer ist heiß. Wir müssen ihn festnehmen«, murmelte Fox dicht neben ihm.

Hart versuchte es erneut. »Die beiden können Ihnen heute Nacht wahrscheinlich nicht mehr helfen. Aber *ich* kann es. Der Mann und die Frau brauchen ärztliche Hilfe und die Polizei wird wahrscheinlich das Gebäude dichtmachen. Aber ich kann Ihnen helfen.«

»Was zum Teufel tust du da?«, brummte Fox.

»Wir machen einen Tausch.« Hart sprach langsam, als wäre der Mann ein wenig schwer von Begriff. »Lassen Sie meine Männer die Geiseln in Sicherheit bringen und ich werde ihren Platz einnehmen. Auf diese Weise wird die Polizei auf Sie hören müssen.«

»Auf keinen Fall. Tu das nicht«, bat Fox.

»Halt dich zurück«, fauchte Hart seinen Lieutenant an. Er hasste es, den Schmerz und die Sorge auf dem Gesicht seines besten Freundes zu sehen, aber er konnte sich nicht darauf konzentrieren. Er wandte sich wieder dem Bewaffneten zu, der diese Option zu erwägen schien.

»Bitte«, wimmerte die Frau, die sich wand und versuchte, zu ihrem verwundeten Mann zu gelangen.

Hart knirschte mit den Zähnen. Er würde gerne eine andere Taktik anwenden, aber mit den verwundeten Geiseln und der Hölle unter ihnen sah er keine andere Möglichkeit. Sie befanden sich in einem engen Flur, weit weg von der Sichtlinie seines Scharfschützen, was ihren Plan B ausschloss.

»Gut. Los.« Der Methkopf zielte mit seiner Waffe auf Hart. »Du. Nur du. Lass den ganzen Scheiß fallen und komm auf mich zu. Und wenn du versuchst, zu rennen, schieße ich erst den beiden in den Rücken und dann dir.«

Hart ging in die Hocke, legte sein Gewehr zu seinen Füßen ab und machte einen Schritt nach vorn. Fox griff nach dem Gurt seiner Weste, aber er riss sich von ihm los und streckte die Hände in die Luft. »Ich bin jetzt unbewaffnet. Lassen Sie sie gehen. Meine Leute werden sie holen kommen.«

»Nein«, sagte der Mann, als sich der Schildträger bewegte. »Ihr bleibt alle da hinten. Sie können zu euch gehen.«

»Okay.« Hart streckte die Hände aus. Er befahl seinen Männern, zurückzubleiben. »Ich komme zu Ihnen. Ich bin unbewaffnet«, betonte er die Lüge.

Der Bewaffnete ließ die Frau los, als Hart zu ihm kam. Sie stürzte auf ihren Mann, aber der fand irgendwie die Kraft, auf die Beine zu kommen, sie in die Arme zu nehmen und auf Fox zuzueilen.

Das Erste, was der Bewaffnete tat, war, Hart den Helm vom Kopf zu reißen und dabei sein Funkgerät mit wegzunehmen.

Verdammt.

Er bewegte sich schneller, als Hart gedacht hatte, und war wesentlich stärker. Er schob das auf die Drogen. Er packte Harts Weste, wirbelte ihn herum und rammte ihm den Kolben seiner Pistole gegen die Schläfe. Hart sah das Entsetzen, das Fox ins Gesicht geschrieben stand. Sein Freund wurde blass, als die Hand des Methkopfes so stark zitterte, dass der Finger gefährlich um den Abzug lag.

Rauch drang die Treppe hinauf und unter ihnen zersprang Glas, als die Luft eine brütende Temperatur erreichte.

Hart hielt seine Hände sichtbar und befahl seinem Team: »Schafft sie hier raus. Sofort! Beeilt euch.«

Fox zögerte, während ihr Schildträger die Geiseln in Richtung Treppe scheuchte, wobei er sie die ganze Zeit über im Auge behielt. Fox stand immer noch vor ihm, sein silbernes Auge hinter dem Zielfernrohr, sein Gewehr so fest an sich gedrückt, dass es schmerzhaft aussah. Er konnte die Unentschlossenheit seines Partners sehen, aber Hart hatte es ihm befohlen und er hatte keine Wahl. Fox wich langsam zurück, als ob er in seinem Kopf einen Last-Minute-Notfallplan entwerfen wollte.

Die Frau stolperte und fiel.

»Los!«, befahl Hart.

Ich werde diesem Bastard entkommen, also geht einfach. Verschwindet schon!

Er versuchte sein Bestes, seine Absichten mit seinen Augen zu vermitteln.

Schließlich bewegte Fox seinen Hintern und zog die Frau auf die Beine, während ein anderer Officer dem Mann half. Sie verschwanden um die Ecke und die Treppe hinunter.

»Gesichert!«, hörte er Fox rufen.

Sie sind in Sicherheit.

Jetzt musste *er* auch noch verschwinden.

Kapitel 35

Hart

Zu Harts Überraschung, packte ihn der Bewaffnete an der Schulter und schob ihn zurück in das winzige Schlafzimmer. Dort gab es nur ein Fenster. Sein Puls beschleunigte sich, als er die Flammen sah, die an der Seite des Gebäudes hochzüngelten.

Verdammte Scheiße!

Hart konnte über das Rauschen des Wassers hinweg, das in einige der Fenster im oberen Stockwerk schoss, das Chaos hören, das draußen herrschte. Das Flackern roter, blauer und weißer Lichter erhellte das dunkle Schlafzimmer, ebenso wie der Scheinwerfer des über ihnen schwebenden Hubschraubers. Er hatte keine Möglichkeit, mit den Leuten da draußen zu kommunizieren, um ihnen zu sagen, dass sie das Licht ausmachen sollten, damit er seinen nächsten Zug machen konnte.

»Hey. Wir müssen hier raus. Dann kann ich Ihnen das Essen und die Sachen besorgen, die ich versprochen habe«, sagte Hart, die Hände immer noch erhoben. »Ein schönes warmes Bett muss sich doch gut anhören.«

»Nein. Nein«, entgegnete der Mann und zerrte an seinem verfilzten Haar. Er schwitzte stark und seine Augen waren so geweitet, dass sich Hart nicht sicher war, ob er noch klar sehen konnte. »Nicht mehr bewegen. Bringt es einfach her.«

»Wir können hier nicht bleiben. Wir werden verbrennen«, stieß Hart hervor. Der Mann sah aus, als würde er in zwei Sekunden durchdrehen.

Scheiße, Scheiße, Scheiße!

»Sag ihnen, sie sollen kommen und uns holen.«

»Wie?«, schrie Hart.

»Ruf sie an! Gib mir dein Handy.« Der Bewaffnete streckte die Hand aus.

»Nein! Wir müssen weg!«

»Jetzt!«

Sein Entführer feuerte einen Schuss ab, der viel zu nahe an Harts Kopf vorbeiging und in der Wand hinter ihm einschlug. Der Kerl erschrak, als hätte er es aus Versehen getan.

Verflucht noch mal!

Langsam dämmerte Hart, dass das vielleicht die schlechteste Idee war, die er je gehabt hatte. Eilig holte er sein Handy aus der Tasche und klatschte es dem Täter auf die verschwitzte Handfläche.

»Ich sorge dafür, dass es passiert!«, schrie der Kerl und seine Augen tränten vom Rauch, der den kleinen Raum einhüllte.

Hart drückte Nase und Mund in seine Armbeuge und blinzelte, weil der beißende Rauch seine Netzhaut reizte.

Sein Entführer lief mit dem Handy hin und her und tat so, als würde er seine Umgebung nicht mehr wahrnehmen. Als ob er nicht wüsste, dass das gottverdammte Gebäude abbrannte. Hart musste diesen Kerl verärgern und ihn dazu bringen, sich auf ihn zu stürzen, damit er ihn entwaffnen konnte.

»Nein. Ich habe gelogen. Sie gehen in den Knast«, sagte Hart zornig.

Der Bewaffnete starrte ihn an und seine Hand zitterte heftig. Hart betete, dass er seine Schutzweste treffen würde, wenn er noch einmal versehentlich schoss. Das wäre besser, als lebendig zu verbrennen. »Du sorgst besser dafür, dass es passiert, Bulle.«

»Oder was? Wir werden hier beide verbrennen!«, brüllte Hart.

»Es ist mir egal, was ...«

Eine heftige Explosion erschütterte einen anderen Teil des Gebäudes und riss den Kerl von den Füßen. Hart stürzte sich auf ihn. Er warf seine ganzen 120 Kilo auf den kleineren Mann und drückte ihm die Luft ab. Hart ließ eine schnelle Serie von Stößen mit Ellbogen und Knien los, bis sich der Mann zusammenrollte und schrie, er sollte aufhören.

Er stand auf und kickte die Pistole des Bewaffneten mit voller Wucht durch den Flur in den anderen Raum. Der Methkopf lag am Boden und bewegte sich nicht. Er war ohnmächtig oder hatte einfach aufgegeben. So oder so, er hatte keine Zeit, es herauszufinden.

Hart steckte den Kopf aus der Tür und schnappte angesichts der überwältigenden Menge an Rauch nach Luft. Der Qualm war so dicht, dass er fast nichts sehen konnte, selbst unter dem Licht des Hubschraubers nicht. Die Hitze war jetzt so nahe, dass die Farbe an den Wänden neben ihm Blasen bildete. Er versuchte, bis zum Ende des Flurs zu sehen, aber alles, was er erkennen konnte, war helles Orange. Er wusste, dass die Treppe keine Option mehr war. Wasser aus dem Feuerwehrschlauch regnete auf seinen

Kopf, während er dagegen ankämpfte, von Panik gelähmt zu werden. Er saß in der Falle. Und er hatte keine Möglichkeit, zu kommunizieren.

Oh Scheiße. Len.

~*~

Free

»Free, versuch, dich zu beruhigen. Er wird entkommen«, versuchte God zum hundertsten Mal, ihn zu trösten. Aber Free konnte den Zweifel in der Stimme seines Vorgesetzten hören. God hatte Angst um seinen besten Freund. Sie saßen alle wieder im Büro und sahen die Live-Nachrichten über das brennende Gebäude, während sich vor ihren Augen eine chaotische Szene abspielte.

Free wurde allmählich schlecht. Nachdem Fox zuletzt angerufen und ihnen mitgeteilt hatte, dass die Feuerwehrleute wegen unbekannter Chemikalien in einem Lagerraum, die immer wieder explodierten, nicht in das Gebäude eindringen konnten, um Hart zu retten, hätte sich Free am liebsten auf dem Boden zusammengerollt und geweint. Sein Herz verkrampfte sich bei dem Gedanken, dass Hart verbrennen könnte. Free lief hin und her und tat alles, um den düsteren Blicken der anderen auszuweichen. Fox musste sie anrufen und ihnen sagen, dass Hart entkommen war. Er musste einfach!

Gott, bitte!

Tränen stiegen ihm in die Augen. Tech fasste ihn an den Schultern und führte ihn zurück zu seiner Station, als plötzlich Harts angestrengte, gebrochene Stimme das Büro erfüllte.

»Verbrenn mir bitte nicht das Ohr«, keuchte er.

»Ivan!«, schrie Free und griff nach seinem Laptop. Er starrte auf den Bildschirm, als auf der Karte ein helles rotes Leuchtfeuer aufblitzte. Das Satellitenbild vergrößerte sich immer weiter, bis Free auf die erschreckende Szene auf seinem Computer starrte.

»Baby.« Hart war atemlos und hustete heftig, als er zu sprechen versuchte. »Bitte. Holt mich ... hier ... raus.«

Alle Mitglieder seines Teams drängten sich um seinen Arbeitsplatz und traten sofort in Aktion. Tech saß neben ihm und arbeitete bereits an der anderen Tastatur, um das Bild weiter zu vergrößern, damit sie Harts genaue Position bestimmen konnten.

God war hinter ihnen am Handy und schrie Fox an. »Bewegt eure Ärsche nach hinten! Er steht an einem Fenster!« God rannte mit seinem Handy aus der Tür; Day und Syn waren direkt hinter ihm.

»Sie kommen, Ivan. Halte durch.« Free starrte auf seinen Computer und ließ das Signal nicht einen Moment aus den Augen. Harts Puls raste, aber er war am Leben. Free wollte mit God und Day zum Ort des Geschehens eilen, aber er wusste, dass er für Hart am wertvollsten war, wenn er blieb. Er wollte Hart seine Liebe gestehen, wollte seinem Freund so viele Dinge sagen für den Fall, dass er es nicht schaffen würde. Free holte tief Luft. »Ivan. Bist du okay?«

Hart hustete heftig, als er zu antworten versuchte, und Free kämpfte darum, nicht vor sich hin zu flennen. Das war nicht das, was er brauchte. Er brauchte einen starken Gefährten, und Free wollte alles für ihn sein, zu jeder Zeit.

»Sie sind fast da. Ich bin immer noch bei dir, Liebster«, sagte Free und versuchte, Harts Panik zu lindern in der Hoffnung, seinem Geliebten vermitteln zu können, dass er überleben würde. Sie würden überleben. »Ich werde dich nie verlassen. Und *du* wirst mich nicht verlassen.«

Könnte Hart irgendetwas außer Husten und Keuchen hervorbringen, würde er sicher versuchen, Free zu trösten. Sein Puls raste so schnell, dass er fürchtete, das Bewusstsein zu verlieren, aber Tech war an seiner Seite, um ihn zu beruhigen. Jede Sekunde, die verging, fühlte sich wie Stunden an.

Schließlich fuhr ein Feuerwehrfahrzeug mit Drehleiter rückwärts gegen das fast völlig ausgebrannte Gebäude.

Free hielt die Luft an, bis er sah, wie Hart in Sicherheit gebracht wurde. Der Hart Locator hatte funktioniert. Er hatte ihn gerettet. Und jetzt musste er ihn unbedingt sehen.

Kapitel 36

Hart

»Sind wir jetzt fertig?«, fragte Hart und unterdrückte einen weiteren Hustenanfall.

»Ja, wir sind fertig«, sagte der Protokollführer und reichte ihm seine Erklärung zur Unterschrift. Er steckte die Papiere in seine Aktentasche und schloss sie langsam, als wollte er noch etwas sagen. »Wissen Sie, ich habe schon über viele Einsätze berichtet. Aber was Sie heute Abend für dieses Paar getan haben, war wirklich mutig, Captain. Unvernünftig, aber verdammt mutig.«

»Ja, mutig genug, um Sie in den Zwangsurlaub zu schicken«, sagte Commander Lark, der gerade durch die Tür kam. Seine Uniform sah für 3 Uhr ziemlich frisch aus. Wahrscheinlich hatte er den ganzen Tag über Presseinterviews geplant. Die Geiselnahme sorgte im ganzen Bundesstaat für Schlagzeilen. Hart hatte den Fernseher ausgeschaltet, als sie ihn in ein Krankenzimmer verlegt hatten.

»Ich verstehe nicht.« Hart hustete und bewegte seinen schmerzenden Körper im Krankenhausbett hin und her. Er war bereit, nach Hause zu gehen. Bereit, in seinem eigenen Bett zu liegen. Mit Free. Seine Gedanken konzentrierten sich ganz automatisch auf ihn.

Wo ist er nur?

Die Tür zu seinem Zimmer öffnete sich erneut und Hart reckte den Hals in der Hoffnung, seinen Geliebten zu sehen. Aber es war wieder diese nervige Krankenschwester.

Er sah sich um, wo er die Sauerstoffmaske hingeworfen hatte. Zum vierten Mal.

»Mr. Hart. Ich will Ihnen keine Schläuche in die Nase stecken müssen.« Sie schob sich an seinem Chef vorbei, ohne sich darum zu kümmern, dass sie ihn anrempelte, und griff über seine Brust, um seine Sauerstoffmaske zu holen und sie ihm wieder über den Kopf zu ziehen. »Der Arzt sagt, Sie müssen sie aufbehalten. Bitte hören Sie auf, so schwierig zu sein.«

»Er hört genau jetzt damit auf«, sagte Commander Lark mit einem Blick, der verriet, dass er nicht erfreut war, das sagen zu müssen.

»Nun«, sagte die Schwester und richtete Harts Maske. »Ich danke Ihnen vielmals. Wir haben es hier mit einem echt sturen Helden zu tun.« Mit einem letzten missbilligenden Blick verließ sie den Raum und schloss seine Tür.

»God hat mir gesagt, dass er die Abteilung schließt, während seine Jungs nächste Woche das Training an der SWAT-Akademie absolvieren. Also dachte ich mir, das wäre auch für Sie ein guter Zeitpunkt, um zu entschleunigen. Sie haben nonstop gearbeitet. Sie haben den Job über alles gestellt. So sehr, dass Sie Ihr eigenes Leben in Gefahr gebracht haben.«

Hart setzte sich auf und spürte den Schmerz in seiner Brust. »Ich habe eine Entscheidung getroffen und erwarte, dass mein Commander mich unterstützt.«

Commander Larks haselnussbraune Augen glühten, als er ein paar gemessene Schritte auf ihn zuging. Sein Boss umfasste das Gitter am Fußende seines Bettes und drückte zu, bis das Metallgestell ächzte. Larks Stimme war ebenso kraftvoll und grimmig wie der Mann selbst. »Und ich erwarte von meinen führenden Officers, dass sie rationale Entscheidungen treffen, die ich unterstützen kann, und nicht, dass sie sich der Gnade von durchgeknallten Methköpfen ausliefern. Habe ich mich klar ausgedrückt?«

»Ja, Sir.« Er diskutierte nicht weiter.

Lark richtete sich zu seiner vollen Größe auf und rückte sein mitternachtsblaues Jackett gerade. Das goldene Commanderabzeichen auf seiner Brust blendete Hart mehr als die Neonbeleuchtung über seinem Kopf. »Ruhen Sie sich etwas aus, Captain. Wir sehen uns in ein paar Wochen.«

Hart ließ seinen Kopf zurück auf sein Kissen fallen und wünschte sich sofort, er hätte es nicht getan. Er kniff wegen des Pochens in seinem Hinterkopf die Augen zusammen.

Warum habe ich die Schmerzmittel abgelehnt?

Hart holte tief Luft und hustete heftig hinter seiner Maske.

Igitt. Verdammte Rauchinhalation.

Er musste eingenickt sein, denn das Nächste, was er wahrnahm, war das Gefühl von leicht aufgerauten Fingerspitzen, die über seinen Bart strichen. Er kämpfte gegen die Müdigkeit an, weil er mehr von dieser Berührung wollte.

»Er ist startklar«, sagte eine Stimme auf der anderen Seite. »Fährt er mit Ihnen nach Hause?«

»Ja. Ich bin sein Partner.«

Diese süße Stimme. Und so eine beruhigende Aussage.

»Er muss sich ein paar Tage schonen. Keine anstrengenden Aktivitäten, nichts, was die Herzfrequenz erhöht. Das Einatmen von Rauch kann unangenehm sein, aber er kann ein rezeptfreies Schmerzmittel gegen das Unwohlsein nehmen. Dasselbe gilt für die Beulen und blauen Flecken. Er hatte Glück«, sagte der Arzt.

»Ja.«

Hart hörte, wie sich die Tür schloss.

»Du kannst jetzt aufhören, dich zu verstellen«, meinte Free. »Er ist weg.«

»Gut«, röchelte Hart. Verdammt, er klang, als hätte er seine Stimme seit Jahren nicht mehr benutzt. Er öffnete langsam die Augen. Sein Kopf pochte, aber er ignorierte es so gut wie möglich, um seinen Freund ansehen zu können.

»Hey«, sagte Free mit einem schwachen Lächeln und feuchten Augen.

»Hey, Baby.« Hart schmiegte sich in Frees Handfläche. »Danke, dass du mir das Leben gerettet hast.«

Free lehnte seine Stirn an Harts und küsste dann behutsam seine Glatze. »Jederzeit.«

Hart hob trotz der Trockenheit in seinem Mund und dem Gefühl von zersplittertem Glas in seiner Kehle den Kopf für einen Kuss. Er brauchte Frees Lippen.

Sein Freund entfernte sich mit einem schelmischen Grinsen. »Du hast den Arzt gehört. Nichts, was die Herzfrequenz erhöht.«

Er hatte recht. Vielleicht sollten sie warten, bis sie wenigstens aus dem Krankenhaus raus waren, denn ihn zu küssen, brachte seinen Puls immer zum Rasen.

»Es ist Zeit, nach Hause zu gehen.«

»Ja.« Hart liebte den Klang dieser Worte.

Kapitel 37

Free

»Bist du dir sicher, dass du alles gepackt hast? Wir fahren gleich morgen früh los«, rief Free aus dem Schlafzimmer. Er stand nur in seinen tief sitzenden Nylonshorts da und begutachtete seine Auswahl an Kleidung.

»Ja, wie ich schon zweimal sagte. Ich brauche im Gegensatz zu dir keine ganze Woche, um für ein Wochenende zu packen«, rief Hart aus dem Wohnzimmer. »Aber es wäre hilfreich, wenn du mir sagen würdest, wohin wir fahren.«

»Das habe ich dir doch gesagt.« Free lächelte.

»Nein. Mir zu sagen, ich solle für ‚Aktivitäten im Freien' packen, ist kein Ort, geschweige denn ein Anhaltspunkt, um Sachen auszuwählen. Also musst du dich mit dem zufriedengeben, was ich ausgesucht habe«, brummte Hart.

Free liebte es, ihn zu necken, und er liebte besonders Harts mürrische Kommentare. Das war eine Seite von ihm, die er verdammt charmant fand. Hart hatte jeden Trick ausprobiert, den er kannte, um Free dazu zu bringen, ihm zu sagen, wohin er ihn morgen entführen wollte, aber keiner hatte funktioniert. Trotzdem hatte Free die vielen Versuche genossen.

Er verließ das Schlafzimmer und stellte sich direkt vor Harts Sessel. »Willst du den Rest des Tages dumm rumsitzen und dir sinnbefreites Fernsehen reinziehen?«

»Ja. Ganz sicher sogar. Ich habe nichts zu tun und kann nirgendwo hingehen.« Hart führte die Fernbedienung an

Frees Hüfte vorbei und begann, die Kanäle zu wechseln. »Ähm, entschuldige mal. Du bist nicht aus Glas.«

Free wusste nicht, ob er lachen, schnauben, hinausstampfen oder auf Harts Schoß klettern sollte. Er entschied sich für Letzteres. Er riss Hart die Fernbedienung aus der Hand, schaltete den Fernseher aus und warf das störende Gerät zur Seite.

Hart lehnte sich in seinem Sessel zurück und zog Free mit sich herunter.

»Mmh«, stöhnte Free. »Warum habe ich das Gefühl, dass du das mit Absicht gemacht hast?«

Hart fasste Free an den Hinterkopf und fuhr mit seinen kräftigen Fingern durch die kurzen Strähnen. »Vielleicht habe ich das.« Harts Lippen trafen auf seine und seine Zunge ertastete Frees Mund, während er seine Fingerspitzen in den Bund von Frees Shorts hakte.

Free bog anzüglich seinen Rücken durch, als er einen Finger über sein empfindliches Loch streichen spürte.

Ja. Genau da.

Hart war seit einer Woche aus dem Krankenhaus raus und sie hatten sich, wie vom Arzt verordnet, jeder anstrengenden Tätigkeit enthalten. Sie hatten viele Filme geschaut, sich etwas zu essen bestellt, waren ins Restaurant gegangen, hatten God und Day am Fußballsonntag besucht und waren am Mittwoch sogar zusammen in den Pub gegangen. Aber gestern hatte der Arzt ihm eine Freigabe erteilt und sie hatten die verlorene Zeit schnell wieder aufgeholt.

»Bist du da noch empfindlich, Baby?«, brummte Hart an seinen Lippen, während er bereits seine Jogginghose herunterzog und sein Schwanz heraussprang und gegen seinen Bauch klatschte.

»Nein. Warte.« Free stand schnell auf und lief ins Schlafzimmer. Er kam zurück und hielt eine neue Tube Gleitgel hoch. »Das muss aber sein.« Anstatt sich Hart zuzuwenden und sich rittlings auf seinen Schoß zu setzen, drehte er sich um und setzte sich mit dem Rücken zu ihm hin. Sein Freund hatte gesagt, das würde zu den Dingen gehören, die er am meisten vermisst hatte: Stellungen. *Alle* Stellungen. Free liebte es, diese Wünsche zu erfüllen.

Hart stellte die Lehne weiter zurück, bis sie fast flach lagen. »Oh Gott, was machst du mit mir?« Er stöhnte auf, als Free ihn mit Gleitgel einstrich und sich auf ihn herunterließ. »Heilige Scheiße.«

»Oh ja«, stöhnte Free und fühlte sich ordentlich ausgefüllt. Er bewegte sich langsam, wobei er sich fest gegen Harts Körper drückte. Er liebte es, wie die dichten Haare seinen Hintern und die empfindlichen Stellen an der Basis seiner Wirbelsäule kitzelten. »Lehn dich einfach zurück und genieß den Ritt, Liebster.«

Free stellte seine Fersen auf, um mehr Hebelwirkung zu haben. Er drehte und kippte seine Hüften, bis Harts großer Schwanz über die Stelle in ihm rieb, die ihn fast zum Schreien brachte. Die Stelle, an der sich sein Körper anspannte und seine Muskeln zusammenzogen. Hart wusste, wie man diese Stelle fand und bearbeitete. Seine Muskeln krampften sich fast gewaltsam zusammen, als Hart seinen Abwärtsstoß erwiderte.

»Oh Fuck.« Free legte den Hinterkopf auf Harts Schulter und sein Körper wurde schlaff. Starke Arme legten sich um seine Taille und drückten ihn fest an sich, was für ihn perfekt war. Er wollte diese Verbundenheit für immer spüren, wollte nie mehr getrennt von ihm sein.

Hart rieb seine Brust, während er das quälend langsame Tempo beibehielt und jeder Stoß den Punkt traf. »Verdammt, Baby«, knurrte Hart und biss Free ins Kinn, »ich werde kommen.«

Free wollte, dass sie länger durchhielten, aber das war zwecklos. Sie verloren sich immer rasch in der Lust. Free packte seinen geschwollenen Schwanz und massierte ihn im Takt der Stöße. Seine Eier zogen sich zusammen und er wusste, dass er erledigt war. Er stöhnte, weil es ihn so erregte, sich auf Hart zu winden. »Du fühlst dich so verdammt gut an. Ich will, dass du in mir kommst.«

»Ich liebe es, wenn du so redest«, brummte Hart, dessen Rhythmus seine Gleichmäßigkeit verlor.

Hart kniff in Frees Brustwarzen, drückte, zog und drehte sie, bis er aufschrie und sich über seinen ganzen Bauch ergoss. Hart fickte ihn weiter, stieß tief in ihn hinein, bis er seine Finger in Frees Becken grub, ihn auf seinen Schwanz hinunterzog und qualvoll aufstöhnte, als er erstarrte und ihn ausfüllte, wie es noch nie jemand getan hatte.

Sie lagen keuchend da und schmiegten sich mit einem Lächeln aneinander. Nach einer Weile glitt Harts schlaffer Schwanz aus Free heraus, aber er wollte sich immer noch nicht bewegen. »Kann ich hier ein Nickerchen machen?«

»Du kannst alles tun, was du willst«, flüsterte Hart und klang bereits, als würde er dösen.

Frees Augenlider waren ebenso schwer wie sein Körper und er schlummerte ein.

Als er wieder aufwachte, wusste er nicht, wie lange er geschlafen hatte, aber die Lust schwirrte immer noch in ihm. Bis er ein Klopfen hörte. Er rutschte herum, um eine bequemere Position auf Hart zu finden, und wollte, dass der Lärm aufhörte. Er schreckte auf, als das wiederholte Klopfen an der Haustür lauter wurde.

»Das ist eindeutig God«, krächzte Hart. »Und ich brauche eindeutig Wasser.«

»Oh Mann.« Free stemmte sich aus dem Sessel und spürte lustvollen Schmerz bis hinunter zu seinen Füßen. »Ich gehe schon.« Er zog seine Shorts hoch und lief im Pinguinschritt durch den Raum.

Er blinzelte gegen das grelle Sonnenlicht an, als er die Tür öffnete. God stand da, groß und beeindruckend wie immer. Wäre Free nicht so verliebt, würde er sagen, dass God in seiner zerrissenen Jeans, den teuren Turnschuhen und dem schlichten weißen T-Shirt ein heißer Bad Boy war. Sein langes Haar war heute voll und weich, als käme er gerade vom Friseur. Sein goldenes Abzeichen war an seinem Hosenbund befestigt, genau wie seine goldene und verchromte Desert Eagle. Sein Stil sorgte dafür, dass viele der weiblichen Officers eifersüchtig auf Day waren. Aber Free war unbeeindruckt. Er winkte seinem Boss müde. »Was machst du denn hier?«

God kicherte auf seine typische, heisere Art. »Hallo. Ich dachte, ich habe euch Jungs genug Zeit gelassen.« Er schob sich seine dunkle Sonnenbrille auf den Kopf und bändigte damit seine Locken. »Ich muss mit Iv reden. Ist er in seiner Höhle?«, fragte God, der bereits in diese Richtung ging.

»Ja«, murmelte Free, kratzte sich träge an der Brust und schlurfte in Richtung Küche.

~*~

Hart

Der Blick, den God ihm zuwarf, als er um die Ecke ins Wohnzimmer bog, ließ sie beide vor Lachen explodieren.

»Du fauler Mistkerl. Steh auf und beweg deinen Arsch zurück an die Arbeit.«

»Ich tue nur, was mir gesagt wurde, Mann.« Hart hatte seinen Sessel aufgerichtet und seine Kleidung in Ordnung gebracht, aber er war sich sicher, dass es nach Sex roch, was wahrscheinlich der Grund war, warum God immer noch lachte. »Verdammt. Daran könnte ich mich gewöhnen.«

Free kam herein und reichte Hart eine kalte Flasche Wasser.

»Ja, darauf wette ich«, meinte God.

Free reichte auch ihm eine Flasche. Hart konnte seine Augen nicht von Frees durchtrainierter Brust lassen. Sein Freund beugte sich hinunter, griff in seinen Bart und zog ihn für einen kurzen Kuss zu sich heran. »Ich bin dann mal eine Weile in meinem Labor.«

Als Free sich losreißen wollte, packte er ihn von hinten an den Armen und musterte ihn misstrauisch. »Woran hast du denn in der letzten Woche so intensiv gearbeitet, hm?«

»Das wirst du noch früh genug erfahren. Und jetzt lass los.« Free lachte, als er sich aus Harts Umklammerung befreite.

Hart beobachtete ihn, wie er den Flur hinunterging und das Haus durch die Garage in Richtung Wohnmobil verließ, das jetzt nichts anderes als sein Arbeitsbereich war.

»In seinem *Labor*?« God hob eine Augenbraue.

»Das ist richtig.« Hart sah seinem Freund in die Augen. »Weil sein Zuhause hier ist.«

God schwieg lange, bevor sich ein leises Lächeln auf seinem schroffen Gesicht ausbreitete. »Gut gemacht, Bro. Du hast es verdient.«

»Danke, Mann.«

Er blieb eine Weile.

Sie schauten gerade eine Sportsendung, als Hart fragte: »Wie läuft es mit Day? Es ist schon eine Woche her.«

God saß ausgestreckt da, die Füße auf dem Couchtisch, in der einen Hand ein Bier und den anderen Arm über die Rückenlehne der Couch gelegt. Er hatte seinen Kopf auf die Kissen gestützt und drehte sich nun um, wobei sich sein Mund zu einem verschmitzten Grinsen verzog. Da wusste Hart, dass die Dinge gut liefen.

»Ich habe die große Geste gemacht, wie du es mir geraten hast.« God setzte sich auf.

»Erzähl.«

»Du wirst es mir nicht glauben, wenn ich es dir sage, aber Day kann es bestätigen, Mann. Ich habe es getan.« God schüttelte den Kopf, als wäre er immer noch von sich überrascht. »Was man aus Liebe nicht alles tut. Du wirst schon sehen.«

»Du bist doch sonst nicht so für Dramatik, Cash. Spuck es aus«, brummte Hart.

»Verdammt. Okay.« Er wandte sich ihm mit todernster Miene zu. »Ich habe Prescott Vaughan um einen Gefallen gebeten.«

»Ist nicht wahr. Das glaube ich nicht.« Hart richtete sich in seinem Sessel auf.

Gods kräftiges Lachen erfüllte den Raum. »Ich habe dir doch gesagt, du wirst es nicht glauben! Aber, verdammt, ich habe es getan. Es ist Wahnsinn, was ein Mann alles tut, um wieder in sein eigenes Bett gelassen zu werden. Ich weiß immer noch nicht, wie Leo es so lange aushalten konnte. Er ist verrückt nach all dem hier.«

»Ja, ich bin mir sicher, es hat ihm schwer zugesetzt«, sagte Hart trocken. God konnte sein Ego in seiner eigenen Höhle streicheln. »Worum hast du unseren berühmten Fernsehkoch denn gebeten, wenn ich fragen darf?«

»Ob ich seine Jacht benutzen darf.«

»Heilige Scheiße. Das ist nicht gerade ein kleiner Gefallen.« Hart wusste nicht, was er sonst sagen sollte. Er hatte Mr. Vaughans Luxusdampfer gesehen, der rund um die Uhr eine Besatzung von 20 Mann erforderte. »Und er hat zugestimmt?«

God runzelte die Stirn. »Natürlich hat er. Wir reden hier von Prescott. So sehr ich ihm auch in die Fresse schlagen möchte, weil er Leos erste Liebe war, der Kerl würde alles für Leo tun. Ich bin nur froh, dass Prescott inzwischen nicht nur mit einem Mann, sondern gleich mit zwei Männern zusammen ist.« Er trank sein Bier aus und rülpste laut.

»Na, das ist doch großartig.« Hart grinste.

»Ja, verdammt. Das war es. Und ich habe das alles auch noch selbst geplant. Wir hatten eine schöne Fahrt nach Tybee Island. Leo war total geschockt. Dann sind wir nach Ossabaw Island gesegelt und haben dort geangelt und uns die Sehenswürdigkeiten angesehen. Wir haben viel von dem komischen Gourmetzeug gegessen, das er so liebt, und vom Oberdeck aus den Sonnenaufgang beobachtet.« God biss sich auf die Unterlippe. »Ich habe Leo schon lange nicht mehr so glücklich gesehen.«

»Und er war sicher dankbar dafür.« Hart lachte.

God stand auf und schnappte sich seine Jeansjacke, den er über die Armlehne der Couch geworfen hatte. »Oh, er hat sich verdammt dankbar gezeigt. Wieder und wieder. Die ganzen vier Tage lang. Ich bin überrascht, dass ich ...«

»Schon gut, ich kann es mir vorstellen«, unterbrach er ihn.

»Ich bin dann mal wieder weg. Ich wollte dich nur zu deinem Ausflug verabschieden. Und du weißt immer noch nicht, wo er dich hinbringen wird?«, zog er ihn auf.

»Nö.« Hart begleitete ihn zur Haustür.

»Das nenne ich Vertrauen.«

»Wem sagst du das.« Er lächelte.

»Okay, Bro. Ich sehe dich dann Montag im Büro. Ich habe Carlos für neun Uhr ein Meeting in deinen Kalender eintragen lassen. Es ist Zeit, das mit dem Hausarrest zu überdenken, meinst du nicht? Meine Jungs haben alles getan, was du verlangt hast«, betonte God.

Hart strich sich nachdenklich über den Bart. »Stimmt.«

God klopfte ihm auf die Schulter. »Wir haben jetzt genug Beweise, um Monroe Cornelia zu verfolgen. Komm schon, Mann. Ich brauche deine Hilfe, um diesen Bastard zu schnappen. Er hat es auf meine Männer abgesehen, und zwar heftig. Lass uns zurückschlagen.«

»Ich bin dabei«, stimmte Hart zu. Auch er war bereit, Cornelia zu Fall zu bringen. Erst recht, seit der Typ seine Schläger auf seinen Geliebten losgelassen hatte. Oh ja, dieser Wichser würde untergehen, und am liebsten hätte er ihn *unter* dem Gefängnis.

God zog ihn in eine einarmige Umarmung. »Genau das meine ich.«

»Hey. Hast du Fox irgendwo gesehen? Ich habe ihm Nachrichten geschickt und ihn angerufen, aber ich bekomme keine Antwort.« Hart runzelte die Stirn und betrat die Veranda.

God verzog das Gesicht und wandte seinen Blick ab.

»Was, Knallkopf? Sag es mir.«

»Denk mal eine Sekunde darüber nach, *Captain*.«

Hart starrte God an. Worauf wollte er hinaus?

»Du hast ihm gegenüber bei dieser Operation deinen Rang ausgespielt, Ivan. Ihr beide habt noch nie so zusammengearbeitet.«

»Ich musste eine harte Entscheidung treffen.«

»Und die war falsch.« God packte ihn an der Schulter, als er den Mund öffnete, um zu widersprechen. »Das haben dir schon zu viele Leute gesagt, als dass es nicht wahr sein könnte. Fox ist dein bester Freund, Ivan. Du bist viel mehr für ihn als sein Captain. Ich habe ihn noch nie so verängstigt und am Boden zerstört gesehen. Vier Minuten lang dachte er, dachten wir alle, du würdest in diesem Gebäude lebendig verbrennen. Verstehst du das nicht?«

»Ach Cash«, sagte er seufzend.

Verdammt.

Vielleicht hatten sie ja recht. Es war unverantwortlich gewesen. So nahe war er dem Tod noch nie gekommen und er musste zugeben, dass es ihn selbst extrem erschreckt hatte. Er hätte seinem zweiten Mann in der Kommandokette vertrauen sollen, dass er sie aus der Klemme holte, so wie er es immer tat. Deshalb war er ja der Fuchs.

»Scheiße«, murmelte Hart. »Er hat doch nicht gekündigt, oder?«

»Nein. Er hat nur Dampf abgelassen. Du weißt ja, wie das ist. Aber wenn du ihn siehst, lässt du dir besser etwas richtig Gutes einfallen.«

»Großartig.«

»Hör zu, ich werde noch mal mit ihm reden. Du gehst einfach und genießt das, was auch immer dein Junge ausgeheckt hat, und kommst erfrischt und bereit für die Arbeit zurück.«

»Das habe ich vor.« Harts Aufmerksamkeit wurde von dem leisen, weißen Volkswagen abgelenkt, der in seine Einfahrt fuhr. »Oh nein. Das ist Reese.«

»Na wunderbar«, brummte God. »Was zum Teufel macht sie hier? Hast du nicht eine einstweilige Verfügung?«

»Nein«, sagte er zerknirscht. »Ich war mir ziemlich sicher, dass sie den Wink verstanden hat, nachdem ich gedroht habe, sie feuern zu lassen.«

God verschränkte die Arme und stellte sich vor Hart, als seine Ex aus dem Auto stieg und auf sie zukam. Sie trug ihr leuchtend rotes Haar als konservativen Pferdeschwanz und dazu einen schicken, mintgrünen Hosenanzug, als käme sie gerade aus dem Büro.

Als sie auf der untersten Stufe stand, blickte sie auf und blinzelte God an. »Hallo, Cashel. Lange nicht mehr gesehen.«

»Mutter Teresa. Wie geht es dir?«, stichelte God.

Seine Ex schnaubte und warf ihm einen ihrer klassischen Halt-dich-raus-Blicke zu. »Stört es dich sehr, wenn ich mit meinem Mann spreche, oder willst du weiter seinen Leibwächter spielen?«

»*Ex*-Mann. Und ich *spiele* nicht, Lady«, knurrte er.

»Cash. Ich habe alles im Griff.« Hart schob seinen Freund ein Stück zur Seite. »Was gibt es, Reese?«

»Ich, ähm ...« Sie warf einen Blick zu God, der immer noch imposant nahe stand. »Können wir irgendwo unter vier Augen reden?«

»Nein. Er kann ruhig hierbleiben.« God rückte näher heran. Er wusste von den körperlichen Misshandlungen über die Jahre hinweg und hatte sie mit Hart durchlebt. »Sag einfach, was du zu sagen hast, Reese. God muss nirgendwo hingehen.« Er blickte zum Wohnmobil. Free musste gehört haben, wie ihr Auto vorgefahren war. Hart konnte sich nur vorstellen, was er gerade dachte.

»Na schön.« Sie seufzte. »Können wir wenigstens reingehen?«

»Nein«, sagten Hart und God unisono.

Sie ließ die Schultern hängen und machte ein langes Gesicht. »Was?«

»Bitte geh, Reese. Nach dem, was du meinem Freund beim letzten Mal angetan hast, bist du hier nicht mehr willkommen.«

»Und begehst deshalb Hausfriedensbruch«, fügte God hinzu und holte einen Kabelbinder aus seiner Jackentasche.

»Das wird nicht nötig sein«, sagte Hart ruhig.

»Ich bin nicht hier, um dich zu verärgern. Ich wollte mich entschuldigen«, beeilte sie sich zu sagen und betrachtete nervös den Kabelbinder. »Ich habe dich in den Nachrichten gesehen, Ivan. Ich habe gesehen, was du getan hast.«

Hart war sich nicht sicher, ob er sie richtig verstanden hatte. Diese Frau hatte sich noch nie für irgendetwas entschuldigt und sie hatte sich auch noch nie dafür interessiert, was er in seinem Job machte. Da er nicht wusste, was er dazu sagen sollte, sagte er gar nichts.

Teresa fummelte an ihren Handschuhen herum und blickte zu ihm auf. Er war sich sicher, dass er Kummer und vielleicht auch etwas Bedauern sah. »Ich ... Ich gehe jetzt zu einem Therapeuten.« Sie sah aus, als würde sie es hassen, das vor God zuzugeben, aber sie fuhr fort. »Nach dem, was letztes Mal passiert ist, und nachdem du mich so angeschrien hast, wusste ich, dass ich zu weit gegangen bin. Du schreist Frauen nie an.«

»Ich habe nicht geschrien«, stellte Hart klar.

»Na ja, dann halt energisch gesprochen.« Ihre Augen füllten sich mit Tränen.

Hatte sie in ihrem Alter plötzlich Allergien entwickelt? Sie war noch nie seinetwegen emotional geworden. Hart hatte keine Ahnung, was zum Teufel plötzlich los war.

»Du wärst neulich fast gestorben und das Letzte, was ich zu dir gesagt hätte, war ...«

Hart wich zurück. Er erinnerte sich an alles, was sie gesagt hatte. »Es ist okay.«

»Von wegen«, warf God ein und blickte Reese immer noch finster an. Es brauchte viel mehr als ein bisschen Schniefen, um ihn zu überzeugen.

»God, lass sie ausreden«, sagte Hart leise. Wenn das für Reese und ihr schreckliches Verhalten eine Art Erwachen war, wollte er sie nicht entmutigen. Er freute sich, dass sie Hilfe bekam, damit sie ihrem nächsten Ehemann vielleicht eine bessere Frau sein konnte.

»Ich wollte nur sagen, dass es mir wirklich leidtut. *Alles.*« Sie schniefte. »Du warst ein guter Ehemann, Ivan, und du hast etwas Besseres verdient als mich.«

Hart dachte, er würde umkippen. 22 Jahre und nicht ein einziges Mal hatte sie einen Satz geäußert, der annähernd so lang gewesen war. Er musste sich räuspern. »Das weiß ich zu schätzen, Reese. Und ich nehme deine Entschuldigung an. Ich hege keine negativen Gefühle. Lass uns einfach von jetzt an respektvoll miteinander umgehen. Was hältst du davon?«

»Ich wusste, dass du es mir nicht schwermachen würdest. Dazu bist du ein zu guter Mensch.« Sie wischte sich durch die Augen und lächelte nervös. »Ähm, ist dein Freund hier? Ich würde mich gerne auch bei ihm entschuldigen.«

God beugte sich vor und seine Stimme war eindringlich. »Er hat Harts Leben gerettet, weißt du? Er war die ganze Zeit über außer sich, dass …«

»Cash. Das reicht jetzt.«

God löste langsam seinen Blick von Reese und sah ihm in die Augen. Hart teilte seinem Freund wortlos mit, dass er die Situation im Griff hatte und er gehen konnte. Er ließ seine Sonnenbrille auf den Nasenrücken fallen und lehnte sich für eine weitere Umarmung zu ihm. »Alles klar, Mann, ich bin schon weg. Viel Spaß am Wochenende.«

»Den werde ich haben.« Hart ließ ihn los und sah ihm nach, als er in seinen großen Pick-up-Truck stieg und davonfuhr.

»Fährst du weg?«, fragte Reese, nachdem Gods Truck außer Sichtweite war.

»Ja, aber ich weiß nicht, wohin. Len hat eine Überraschung geplant.« Hart lächelte.

»Wow. Sieh mal an.« Sie blinzelte. Ihre Gesichtszüge wurden weicher und für einen Moment musterte sie ihn, als fände sie ihn attraktiv. »Ich habe nie wirklich auf dieses Lächeln geachtet«, sagte sie ein wenig wehmütig. »Aber ich bin froh, dass er es zum Vorschein bringt. Len klingt ziemlich fantastisch.«

»Ist er auch. Ich richte ihm aus, dass du dich entschuldigen wolltest, und sage dir Bescheid, wenn er bereit ist, mit dir zu reden.« Die Jalousien des Wohnmobils waren halb offen. Er wusste, dass Free sie sehen konnte. »Ich bin wirklich glücklich, Reese.«

»Es steht dir gut. Du ... siehst gut aus.« Reese trat von seiner Veranda und ihre Wangen röteten sich leicht. »Ich bin froh, dass es dir gutgeht. Ich hätte schon früher kommen sollen, aber ... ich hatte Angst. Ich dachte nach dem letzten Mal, du würdest mich hassen.«

»Ich könnte dich nie hassen, Reese«, versicherte er ihr.

»Ich danke dir.« Sie zögerte, dann nickte sie und drehte sich um, um zu ihrem Auto zu gehen. Kurz bevor sie einstieg, schaute sie in Richtung Wohnmobil und dann wieder zu ihm. »Len ist ein Glückspilz.«

Hart sah ihr nach und hatte das Gefühl, gerade ein Kapitel seines Lebens abgeschlossen zu haben und ein neues zu beginnen. Er sah zum Wohnmobil und gestikulierte mit dem Finger.

Beweg deinen Hintern zurück ins Haus, Baby.

Kapitel 38

Free

»Sag mir einfach, wohin wir fahren, und ich setze mich gerne hinters Steuer«, sagte Hart und lehnte sich an die Seite des Pick-up-Trucks. Er hatte Frees gesamte Ausrüstung und ihre beiden Gepäckstücke verladen, und jetzt versuchte Free, sie in Bewegung zu setzen, aber Hart neckte und nervte ihn wie immer. »Was ist das alles für Ausrüstung in diesen schwarzen Kisten? Du siehst aus wie der Roadie eines Rockstars.«

Free schnaubte und drückte seinen Körper gegen Hart. »Wenn du noch *eine* Frage stellst, schreie ich. Steig einfach ein oder lass mich ans Steuer.«

»Keine Chance.« Er lachte.

»Dann lass uns fahren.« Free stieg auf den Beifahrersitz.

Hart zog die Augenbrauen hoch, als Free das Ziel ins GPS eingab. »Ich dachte, wir haben einen ganzen Tag Fahrzeit oder so. Wir fahren nur dreißig Minuten weit weg?«

»Ja. Es ist ein Urlaub zu Hause, aber trotzdem mit einer anderen Atmosphäre«, sagte er und tippte auf sein Tablet. »Und jetzt fahr los.«

»Ich weiß nicht, wie anders Fulton County sein wird, aber okay. Du bist der Boss«, sagte Hart und fuhr aus der Einfahrt. »Verdammt, du hättest einen Ausflug nach Pee Pee, Ohio, planen können. Ich wäre damit einverstanden gewesen, nachdem ich meinen zweiwöchigen Zwangsurlaub beendet habe.«

Free lachte. »Ist das ein echter Ort?«

»Kaum zu glauben, aber, ja.« Er rückte seine Sonnenbrille zurecht.

Als sie sich auf dem Highway 74 befanden, war auf Harts Navi nichts zu sehen außer einer langen Straße und grüner Landschaft auf beiden Seiten. Meilenweit nur Landschaft. Es war wirklich eine andere Welt, weit weg von dem geschäftigen Lärm der Stadt. Free schaffte es nicht mehr, auf sein Tablet zu sehen, sondern bewunderte die herrlichen Felder, die sich bis zum blauen Himmel erstreckten.

»Es ist so friedlich hier draußen. Manchmal vermisse ich das Landleben«, murmelte Hart mehr zu sich selbst, während er den Arm aus dem Fenster streckte, um sich von der Herbstluft kühlen zu lassen, anstatt die Klimaanlage anzuschalten.

Free war froh, das zu hören. So weit, so gut. »Wir sind fast da.«

»Wo sind wir?« Hart lachte und schaute zu ihm. Er konnte seine strahlend blauen Augen hinter der verspiegelten Sonnenbrille nicht sehen, aber das Funkeln in ihnen spüren. »Du bist unglaublich.«

Free wollte gerade etwas erwidern, als ihm eine Bewegung außerhalb des Seitenfensters auffiel. Er schnappte nach Luft, unfähig, sich zurückzuhalten.

»Was?« Hart fuhr herum und hielt abrupt auf der einsamen Landstraße an. »Oh mein Gott«, flüsterte er und riss seine Sonnenbrille herunter.

Free strahlte neben ihm. »Überraschung.« Er beobachtete, wie eine Reihe schöner Pferde den Hügel hinauflief und dann in eine andere Richtung abbog, um an einem zwei Meter hohen Zaun entlangzulaufen. Ihre Mähnen wehten majestätisch in der Brise, als sie nebeneinander galoppierten. »Was sind das für welche?«, wollte er wissen und betrachtete die braunen Pferde.

»Das sind Quarter Horses. Wunderschöne Exemplare. Da weiß jemand, was er tut.« Hart prüfte sein GPS und sah, dass er in einem Kilometer abbiegen musste. Ein langsames Lächeln breitete sich auf seinem Gesicht aus. Free konnte sehen, wie sein Captain begann, sich alles zusammenzureimen. »Ich fasse es nicht.«

Free saß auf der Beifahrerseite und freute sich.

Als Hart am Ende der langen Straße links abbog und das große Schild mit der Aufschrift *Willkommen auf Walker's Ranch* sah, stieß er den lustigsten Freudenschrei aus, den er je gehört hatte. »Ja!«, rief Hart beim ersten Anblick von Walkers eindrucksvollem Betrieb.

Mehrere Pferde weideten auf großen, offenen Feldern, und andere Tiere waren in verschiedenen Bereichen des Anwesens untergebracht. Free reckte den Hals, als sie an den Ziegen- und Schweineställen vorbeifuhren. Einige Angestellte waren in den Gehegen und fütterten, andere sahen aus, als würden sie sauber machen. Je weiter sie die unbefestigte Straße hinauffuhren, desto mehr Lamas, Schafe und eine Menge interessanter Vögel sah Free, die frei herumliefen. Kraniche, Fasane …

»Heilige Scheiße! Pfaue!« Hart zeigte aufgeregt aus dem Fenster. »Wie konnte ich nicht wissen, dass es das hier gibt?«

»Sie haben erst vor Kurzem eröffnet, Liebster. Der Sohn von Mr. Walker baut um, seit sie vor etwas mehr als einem Jahr La Vernia verlassen haben.«

Hart blieb der Mund offen stehen. »Oh Mann. Sie müssen von der Flut getroffen worden sein, die es vor einer Weile dort gegeben hat. Verdammt. Aber, ich bin froh, dass sie jetzt hier sind.«

Frees Lächeln war so breit, dass sein Gesicht schmerzte. Sein Freund schien bereit zu sein, mit eingelegtem Gang aus dem Wagen zu springen. Er war wie ein großes Kind. Free war so froh, dass er das Risiko eingegangen war und es getan hatte. Er hatte die richtige Entscheidung getroffen.

Sobald sie die Allee hinter sich gelassen hatten, verteilten sich die Gebäude auf dem riesigen Grundstück, darunter ein Gewächshaus und ein großer Garten. Es war offensichtlich eine voll funktionierende Ranch, die auch für die Öffentlichkeit zugänglich war. Ein paar Autos parkten auf einem geschotterten Platz. Ein junger Mann in einem grünen Kittel half einer Frau, die mehrere Kisten mit Stiefmütterchen in ihren Kofferraum lud. Kinder, die von einem anderen Betreuer begleitet wurden, streichelten an einem angrenzenden Zaun einige Esel. Im vorderen Teil des Geländes befanden sich ein Streichelzoo und ein Picknickbereich. An der Seite des Geländes befand sich ein kleiner Laden, der mit einer Lichterkette bestückt war. Die breite Veranda war mit hängenden Pflanzen und überfüllten Kisten voller Herbstkürbisse geschmückt. Die ganze Szenerie erinnerte an ein malerisches Landstädtchen.

Hart verlangsamte das Tempo, um auf den Parkplatz abzubiegen, aber Free wies ihn an, durch eine Einfahrt mit der Aufschrift *Nur für autorisiertes Personal* zu fahren.

»Bist du dir sicher, Len? Warum sind wir autorisiertes Personal?«, fragte Hart und folgte dem weißen Zaun, der die Schotterstraße begrenzte. Je näher sie dem Hauptgrundstück kamen, desto üppiger wurde der Rasen und desto größer wurden die Bäume. Auf dem Hof tummelten sich noch mehr Tiere, darunter auch ein paar Hunde.

»Weil wir im Haupthaus wohnen werden. Ich weiß nicht genau, was eine Schlafbaracke ist, aber es klingt nicht so, als habe sie viele Annehmlichkeiten. Mr. Walker hat uns freundlicherweise erlaubt, bei ihm und seinem Sohn zu wohnen. Er sagte, sie haben jede Menge Platz«, erzählte Free und begutachtete das Gelände. Er notierte sich die Bereiche, die er auf seinem Raster markiert hatte, um seine Kameras zu platzieren, während Hart fuhr.

Hart lenkte seinen Wagen in die geschwungene Einfahrt des schönen, zweistöckigen Hauses. Auf der umlaufenden Veranda standen eine Reihe bunter Gartenstühle und eine große Schaukel. Gleich hinter dem Haus befand sich eine riesige rote Scheune, deren Tore weit geöffnet waren.

»Wow«, sagte Hart.

»Ja, das sieht ziemlich beeindruckend aus. Man würde nicht erwarten, dass das alles hier hinten ist. Kein Wunder, dass er sich Sorgen um die Sicherheit macht«, sagte Free sachlich.

»Was? Sicherheit?« Er hielt neben demselben Truck an, an dem Free Big Bull vor dem Revier hatte lehnen sehen.

»Okay. Ich denke, jetzt kann ich es dir sagen.«

»Wie schön, danke.« Hart stellte den Motor ab und nahm seine Brille herunter.

»Seit Mr. Walker und sein Sohn ihren Betrieb eröffnet haben, haben sie einige Probleme mit Vandalen. Ich habe ihn vor ein paar Wochen an Masons Schreibtisch getroffen, als der einen Bericht schrieb. Als er anfing, von seiner Farm zu erzählen, kam mir das alles bekannt vor. Es klang wie dein Zuhause. Also dachte ich, es sei ein schöner Ort für einen Besuch zwischen deinen seltenen Reisen nach Texas. Du sagst immer, du vermissest das Reiten. Nun, Big Bull hat Viehbestand zum Reiten.« Er runzelte die Stirn. »Habe ich das richtig gesagt?«

»Oh mein Gott. Komm her.« Hart beugte sich über die Konsole und küsste ihn zärtlich. »Ich danke dir so sehr für das hier.«

»Gern geschehen. Du gehst und spielst den Farmersjungen und ich lege los.« Free sprang aus dem Wagen und ließ seinen Freund drinnen zurück, der wieder verwirrt aussah.

Hart kam ihm bei der Ladefläche entgegen. Er ließ die Heckklappe herunter und öffnete den Riegel des Fahrerhauses. »Was meinst du mit loslegen? Besichtigen?«

»Nein, Liebster. Ich werde Mr. Walker ein erstklassiges Sicherheitssystem einrichten, um diese Schurken zu schnappen, die ständig auf sein Grundstück kommen, und im Gegenzug darf mein Freund kommen und spielen und seine Pferde reiten, so oft er will. Das ist es, was in all diesen Kisten ist: ein Überwachungssystem.« Er bemühte sich um seine beste Imitation eines Südstaatenakzents: »So macht man das in Texas, oder? Tauschhandel.«

Hart packte seine Taille und hob ihn von den Füßen, drehte ihn wild herum und lachte herzlich.

»Lass mich runter, du verdammter Idiot. Dazu bin ich viel zu groß.« Free lachte und genoss es insgeheim. Er schlang seine Arme um Harts Nacken und beugte sich vor, um ihn sanft zu küssen. »So, du gehst jetzt spielen, während ich das hier fertig mache.«

»Ich liebe dich. Du bist zu gut zu mir.« Hart küsste ihn auf die Stirn und dann auf den Nasenrücken. »So etwas hat noch nie jemand für mich getan, Baby.«

»Du hast es verdient.«

»Bist du dir sicher, dass du es nicht auch genießen willst? Reiten gehen oder die Tiere streicheln.« Hart vibrierte und hielt ihn fest in seinen Armen.

»Nein. Es sieht wirklich schön aus. Aber ich denke, ich überlasse es dir, es zu genießen.«

»Schön, dass ihr es geschafft habt. Willst du den ganzen Tag in meinem Garten rumlungern oder reinkommen und ihn vorstellen? Ich weiß, dass dein Vater dir etwas Besseres beigebracht hat«, rief Walker von der Veranda herab, seinen amüsierten Blick auf Hart gerichtet. Sein Sohn stand aufrecht hinter ihm und hatte die Hände in die Taschen seiner Wranglers gesteckt. Sein allgegenwärtiges, vorsichtiges Stirnrunzeln blieb bestehen.

»Ja, Sir. Das hat er sicher.« Hart ließ Free los und nahm ihn bei der Hand. Er lächelte immer noch breit, als sie die Treppe hinaufgingen. Hart ließ seine Hand erst wieder los, als er bei Walker ankam. Er streckte sie aus und der alte Mann schob seinen Stock auf die andere Seite. »Guten Tag. Ich bin Ivan Hart. Ich nehme an, Sie kennen meinen Partner bereits. Len Freeman. Ich habe ihm gerade gesagt, dass ich keine Ahnung hatte, dass ihr hier draußen seid.«

»Wir sind noch nicht so lange da.« Bull trat vor und streckte die Hand aus. Hart nahm sie, und beide Männer schüttelten ihre riesigen Hände ein paarmal, bevor sie sie wieder losließen. »Es hat eine Weile gedauert, bis ich mich eingerichtet habe. Mein Name ist Dominic Walker.«

»Der Fünfte«, fügte Walker stolz hinzu und blickte zu seinem Jungen auf.

Dominic lächelte seinen Vater liebevoll an und blickte dann wieder zu Hart. »Du kannst mich Bull nennen.«

Es war das erste Mal, dass Free Bull aus nächster Nähe sprechen hörte. Seine Stimme war ein unheimlich tiefer Bariton, der einem Mann wirklich Angst einjagen konnte, wenn er sich an ihn heranschlich.

»Ivan. Schön, dich kennenzulernen, Bull.« Hart nickte. »Also, mein Freund sagte, ihr habt hier draußen ein paar Probleme.«

»Ja. Nichts Großes. Nur gelangweilte Jugendliche, die nichts anderes zu tun haben. Sie haben ein paar Kürbisse zerstört, Pflanzen umgeworfen und ein paar Fenster in der Schlafbaracke eingeschlagen. Zum Glück wohnt da noch niemand. Ich will nur nicht, dass ihnen das zu langweilig wird und sie anfangen, sich an den Tieren zu vergreifen, verstehst du?«

»Verdammt, ja. Ich versteh dich, Mann.« Hart legte Free den Arm um die Schultern. »Du hast die besten Männer für den Job. Wir werden diese Kerle im Handumdrehen fangen. Und dann verpassen wir ihnen eine gute, altmodische Texaswarnung.« Er lachte und Walker stimmte schnell mit ein.

»Ich wusste, dass ich dich mögen würde«, sagte Bull und ein schwaches Lächeln brach durch seine harte, texanische Fassade.

»Wo sind unsere Manieren, Bull? Hilf ihnen, ihre Sachen reinzubringen. Dann essen wir zu Mittag und reden weiter.«

»Das klingt wirklich gut.« Hart strahlte und schlenderte auf die Veranda.

Kapitel 39

Hart

Hart packte die Zügel fester und spannte seine Oberschenkel an, als Smoky, sein dunkelbrauner Tennessee Walker, den Hügel erklomm und hinter Bulls weißbraunem Paint Horse galoppierte. Er saß wieder im Sattel. Er wollte *Yee-haw* schreien, aber hielt sich zurück. Er war sich nicht sicher gewesen, ob er den Dreh so schnell herausbekommen würde, aber schon, als er das ruhige Tier gesattelt hatte, hatte sich alles ganz selbstverständlich angefühlt. Reiten verlernte man nicht.

Nachdem sie ihre Sachen weggeräumt und Free geholfen hatten, seine Kisten in einem Zimmer auszupacken, das Bull für ihn freigeräumt hatte, hatten sie über Frees Plan gesprochen. Sie hatten ein leckeres Mittagessen mit Roastbeefsandwiches, hausgemachten Pommes und süßem Tee gehabt, zubereitet von ihrer Teilzeitköchin. Danach hatte Hart darauf gebrannt, wieder nach draußen zu gehen. Bull und Walker hatten sie in einem Geländewagen auf eine Rundfahrt über das Gelände mitgenommen und er hätte schwören können, dass er wieder im Lone Star State war. Walker war jedes Mal ganz aus dem Häuschen gewesen, wenn Hart seinen Besitz oder Bulls Managementideen gelobt hatte. Sie waren zum Haus zurückgefahren und hatten Free dort abgesetzt, damit er mit seiner Aufgabe beginnen konnte, während sich Hart aufgemacht hatte, um Spaß zu haben. Und, Junge, was für einen Spaß er hatte! Seine Hüften und Oberschenkel taten weh, aber das war ihm egal. Er saß wieder auf einem Pferd. Nichts war so gut, wie zu Hause auf seinem großen Jungen Ranger zu reiten, aber das hier war verdammt nahe dran. Bull hatte seinen Angestellten das Tagesgeschäft des Ladens und die Führungen für die Öffentlichkeit überlassen, während er sich um die Landwirtschaft und die Viehzucht kümmerte, was Hart sehr gelegen gekommen war, denn genau dorthin hatte er gewollt.

Er stieg von seinem königlichen Tier ab, nahm die Zügel locker in die Hand und führte sein Pferd zusammen mit Bull zu den Ställen, um sie für den Abend zu bürsten und in ihre Boxen zu bringen. Die Arbeit auf der Ranch hatte ihn verdammt nostalgisch gemacht. So sehr, dass er ein paar Bilder nach Hause geschickt hatte. Die Sonne war untergegangen und die meisten Arbeiter hatten ihren Tag beendet und waren gegangen. Bis auf das Wiehern oder Kreischen der Tiere war es still. So weit weg von der Stadt war die Luft frischer und klarer. Hart atmete tief durch.

»Mann, das war großartig. Ich kann dir und deinem Vater gar nicht genug dafür danken, dass ich das hier machen durfte.« Er klopfte Bull auf die Schulter. Er war ein großer Kerl und lief praktisch Schulter an Schulter mit ihm. »Ich denke fast schon ungern ans Weggehen.«

»Hey. Ich bin es, der sich bei *dir* bedanken sollte. Dein Freund arbeitet da drin seit Stunden ohne Pause. Es hätte mich Tausende gekostet, jemanden zu engagieren, der das System einrichtet. Im Ernst, zögere nicht, wenn du mal eine Runde drehen willst. Und natürlich kann ich hier auch immer Hilfe gebrauchen.«

»Geht klar«, willigte Hart eifrig ein. Er und Bull stiegen die Verandatreppe hinauf und der Geruch von gebratenem

Hühnchen stieg ihm in die Nase, woraufhin sein Magen laut knurrte. »Oh Mann. Das ist die Kirsche auf der Sahne.«

Bull nickte, wobei er wieder dieses verhaltene Lächeln zeigte. Hart fand, dass er ein extrem gut aussehender Mann war. Er war zwar nicht unbedingt sein Typ, aber wenn er die Stirn runzelte und etwas Persönlichkeit zeigte, war er wirklich cool. Und er kannte sich mit der Ranch aus. Hart hoffte, dass er einen weiteren Freund gefunden hatte.

»Es riecht so, als sei das Abendessen fertig. Geh dich waschen, wir sehen uns in zehn Minuten am Tisch.« Bull bog ab und ging zu seinem Teil des Hauses.

An diesem Abend aßen sie von einem fürstlich gedeckten Tisch, der für eine ganze Fußballmannschaft reichen würde. Hart hatte vergessen, wie unglaublich gut hausgemachtes Essen sein konnte, vor allem, wenn man es mit guter Gesellschaft kombinierte. Er und die Walkers fachsimpelten stundenlang. Free war erstaunlich, denn er versuchte, sich einzubringen, wann immer er konnte, und die meisten der richtigen Dinge, die er sagte, brachten ihm wohlwollende Lacher ein.

Nach dem Essen kam der Brandy. Oh wow, wie sehr er sein Zuhause und seinen Dad vermisste.

Free zog es vor, wieder zu arbeiten, anstatt sich zu ihnen in Walkers Arbeitszimmer zu gesellen. Sie unterhielten sich über das Leben auf der Ranch, darüber, wie es sich im Laufe der Jahre verändert hatte, und darüber, wie viele Farmer in ihrer Heimat zu Schaden gekommen waren, da Texas im letzten Jahr den Rekord an Naturkatastrophen gehalten hatte. Bull befragte ihn nach weiteren Geschäftsideen und Hart war mehr als bereit, Vorschläge zu machen.

Es war nach Mitternacht und Hart war schon längst zu Bett gegangen, während Free noch unten arbeitete. Erst am Morgen spürte Hart, dass er sich zu ihm gesellte. Frees nackter Körper suchte schnell seine Wärme. Free schmiegte sich an ihn und stieß einen lauten Seufzer aus. Hart rieb über den Rücken seines Partners, spürte seine Müdigkeit. Sie hatten beide einen ziemlich anstrengenden Tag hinter sich und es dauerte nur Sekunden, bis er wieder weggedriftet war.

»Tu das nicht, Mann. Ich habe einen Plan.«
»Nein! Geh! Das ist ein Befehl!« Hart rannte, den Kopf vor den Flammen duckend. »Ich muss sie retten.«
»Das ist Selbstmord. Hör mir zu!«
Hart konnte Fox in seinem Rücken schreien hören, aber er rannte weiter auf die Flammen zu, während er seiner Verstärkung befahl, sich fernzuhalten. Die Hitze wurde immer stärker. Er hielt sich den Arm vor das Gesicht, um sich vor dem beißenden Rauch zu schützen. Es war zu viel. Er konnte es nicht schaffen, er brauchte Hilfe. Die Geiseln kamen immer weiter den Flur hinunter und er konnte sie nicht erreichen, bevor die Flammen ihn verzehrten.
Er drehte sich um, um Fox über Funk zu rufen, aber sein Mikrofon war weg. Verdammt. Der Methkopf hatte es mitgenommen. Hart rannte zurück, aber sein Team war schon weg.
»Nein. Komm zurück! Ich brauche deine Hilfe! Ich schaffe es nicht!«, schrie Hart und atmete noch mehr von dem giftigen Rauch ein. Er griff nach oben und fühlte seine Kopfhaut. Sie brannte. »Neiiiiin!«

Hart richtete sich im Bett auf, fasste sich an den Kopf und hustete unkontrolliert. Er griff sich an die Brust und versuchte, seine Atmung zu verlangsamen. »Len«, keuchte er.

»Ich bin hier.« Frees Stimme war heiser und voller Sorge. »Schh. Es ist alles in Ordnung.«

Hart tastete im Dunkeln nach ihm und zerrte ihn auf seinen Schoß. Hart war schweißgebadet und klammerte sich an ihm fest, als ginge es um sein Leben, als er in die Realität zurückkehrte. Er könnte schwören, dass er den beißenden Rauch noch schmecken und die Hitze der Flammen noch spüren konnte. Es war nicht sein erster Albtraum, seit er in dem Feuer gefangen gewesen war.

Free streichelte seinen nassen Rücken und murmelte leise gegen seine Schläfe. »Es geht dir gut. Schhh. Beruhige dich.«

Sein Freund hatte recht gehabt, als er ihm letzte Woche gesagt hatte, er sollte einen Termin beim Therapeuten der Abteilung vereinbaren. Seit dem Einsatz litt er unter den klassischen Symptomen posttraumatischen Stresses. Er konnte sie nicht länger ignorieren. Nachdem er einige Minuten geatmet hatte und von Free beruhigt worden war, lockerte Hart schließlich seinen Griff. Free tat es nicht.

»Das mit dem Bett tut mir leid«, sagte Hart heiser. Sein Nachtschweiß hatte nicht nur seine Kleidung durchnässt, sondern auch ihr schönes Gästebett.

»Hey. Darüber mache ich mir keine Sorgen.« Free nahm Harts Wangen in seine Hände. »Ich mache mir Sorgen um dich.«

»Ich weiß«, sagte Hart leise. »Ich werde einen Termin machen. Du brauchst es nicht noch einmal zu sagen.«

»Gut.« Er rutschte von Harts Schoß und stand auf. »Komm.«

»Ja, aber ich muss diese nassen Klamotten ausziehen.« Hart stand auf wackligen Beinen. »Und ein sauberes Laken finden.«

»Mhm. Zieh dich um und dann zieh deine Stiefel an.« Free zog sich bereits ein T-Shirt und seine Nylonshorts an. Als er die dicke Decke vom Bett zog und sie in seinen Armen zusammenrollte, wurde Hart neugierig.

»Was machst du da?«

»Vertrau mir einfach.«

Hart sagte kein weiteres Wort. Er zog sich seine letzten frischen Sachen an und folgte Free aus dem Zimmer, die Treppe hinunter und zur Hintertür hinaus. Free nahm seine Hand und lief über das kleine Feld zur Scheune.

»Baby, hier drin herrscht wahrscheinlich Chaos.« Hart blieb am Tor stehen.

»Nein, tut es nicht. Ich habe vorhin die Kameras an der Außenseite installiert. Es ist großartig. Vertrau mir. Viel, viel Heu.«

Hart lächelte. Nur fünf Minuten nach seinem beunruhigenden Albtraum hatte Free ihn zum Lächeln gebracht. Das war echte Liebe. Free benutzte die Taschenlampe seines Handys, um sie an den Mähmaschinen vorbei und die Leiter hinauf auf den Dachboden zu lotsen. Oben angekommen, blickte er zum riesigen, offenen Dachbodenfenster und atmete tief ein. Die Luft war kühl, ganz anders als die Hitze von vorhin. Diese Zeit des Jahres war ihm am liebsten. Tagsüber warm, nachts kühl und luftig.

Free deutete auf einen schönen Heuhaufen. »Siehst du?«

Hart kam herbei und schlang von hinten die Arme um ihn. »Ich liebe dich so sehr.«

»Ich weiß.« Free neigte den Kopf und erlaubte Hart, einen Moment die Lippen an seinen Hals zu drücken. »Komm. Ich möchte, dass du dich hinlegst und entspannst.«

»Okay.« Hart war erschöpft. Sein Körper schmerzte, weil er zum ersten Mal seit Jahren wieder auf einer Ranch gearbeitet hatte. Und das Reiten eines Pferdes konnte eine Qual für die Hüften und Oberschenkel sein, wenn man zu lange im Sattel saß. Aber, verdammt, er wollte mit Free genau in dieser Scheune Sex haben. Diese Fantasie hatte er schon immer gehabt.

Free legte die Decke über das Heu und rollte sie darin ein. »So.«

Sie drehten sich auf die Seite und lagen sich gegenüber. »Ich finde, wir sollten diesen Moment nicht verschwenden und uns lieben.«

»Es ist kein verschwendeter Moment.« Free gähnte. »Wir sind doch zusammen. Und dieses Mal müssen wir die Scheune nicht taufen. Wir werden wiederkommen, weißt du noch? Ich wollte, dass es dieses Mal nur um dich geht und dass du das bekommst, was du brauchst, um dich erholt zu fühlen.«

Hart machte es sich mit seinem Liebsten in den Armen bequem. Free hatte recht. Nichts an ihrem Wochenende war umsonst gewesen. Alles hatte sich perfekt zusammengefügt. Und bis jetzt waren Bull und Walker von den Ergebnissen ihres Sicherheitssystems begeistert. Morgen würde Free ihm den letzten Schliff geben und dann würde Alltagsleben weitergehen.

»Morgen ist es Zeit, wieder an die Arbeit zu gehen«, sagte Hart in die stille Dunkelheit. Er spürte, dass der Morgen nahte.

»Ja.« Free seufzte und blickte zum Dachbodenfenster, während sich am Himmel Schwaden von Rosa und Hellblau zeigten. »Hast du schon etwas von Fox gehört?«

»Nein.« Hart seufzte müde.

»Nimm noch einmal Kontakt zu ihm auf, bitte. Lass ihn wissen, dass du hier bist und es dir gutgeht.« Free streichelte träge über Harts Brust, während er sprach. »Hast du nicht gesagt, dass er gerne auf der Ranch deiner Familie zu Besuch war? Vielleicht hat er Lust, die letzten paar Stunden, die wir noch hier sind, mit dir zu verbringen. Ich werde die meiste Zeit des Vormittags mit der Technik zu tun haben, während ich das System online bringe, also könntest du mit ihm zusammen etwas unternehmen, während ich alles fertig mache.«

Hart dachte einen Moment darüber nach. Er musste mit seinem Stellvertreter unbedingt wieder ins Reine kommen. »Ja. Ich werde ihm eine Nachricht schicken. Er wollte schon immer lernen, wie man richtig reitet.«

»Na also, geht doch. Bull gibt Unterricht«, schlug er vor.

Hart kicherte. »Meine Güte, Fox und Bull. Das wäre verdammt interessant. Fox würde ihm wahrscheinlich sofort gegen den Strich gehen.«

Free grinste. »Ja. Der Silberfuchs und der Bulle sollten sich unbedingt treffen.«

»Du versuchst wirklich, dich zu amüsieren, was?« Hart lachte und betrachtete Frees Profil. Sein Freund war so verdammt einzigartig und bemerkenswert, dass es ihm manchmal den Atem raubte.

Sie hielten sich in den Armen, als die Sonne über den üppigen Feldern mit den bunten Herbstblumen aufging. Die Pferde waren aus den Ställen gelassen worden und Hart beobachtete sie von oben, wobei er sich daran erinnerte, wie er diese Zeit am Morgen und das Aufwachen mit den Tieren immer genossen hatte.

Als er sich streckte und näher an Free heranrückte, fühlte Hart sich stark und ausgeruht. Er war bereit, in die Welt und zu seiner Arbeit zurückzukehren. Bereit, noch mehr Ungerechtigkeiten in ihrer Stadt zu beseitigen. Es war ein rauer, harter Job, aber jemand musste ihn machen. Das Gute daran war, dass er jetzt wusste, dass er einen Ort hatte, zu dem er kommen und sich entspannen konnte, wenn sein Beruf zu stressig wurde. Sein Partner hatte ihm das ermöglicht.

Es dauerte nicht lange, bis Hart unter ihrer Decke nach Frees Berührungen suchte und ihn küsste. Es wurde nicht zu mehr. Sie hatten es nicht eilig. Free hatte ihm bereits versprochen, dass sie ihr ganzes Leben Zeit hatten, und er vertraute ihm vollkommen.

Ende

Bonuskapitel

Dominic Walker (Big Bull)
Besitzer und Betreiber der Walker's Ranch

So ein Mist. Gerade als er dachte, er hätte hier in Atlanta nach einem ganzen verflixten Jahr einen guten Freund gefunden, wurde ihm der Boden unter den Füßen weggezogen.
Wer zum Teufel ist dieser Fox?
Und warum hatte Ivan Hart ihn auf seine Ranch eingeladen? Nur weil er ihm und seinem Freund unbeschränkten Zutritt gewährt hatte, hieß das nicht, dass er sein ganzes Team für einen Gratisaufenthalt herbeirufen durfte. Bull biss die Zähne zusammen, als der schwarzhaarige Mann seinen Freunden beim Beladen des Trucks half. Bull stand mit seinem Vater auf den Stufen der Veranda und wollte den Kerl von seinem Grundstück weghaben. Er hatte die Gesellschaft von Ivan und Len genossen, ebenso wie sein Vater. Es kam nicht oft vor, dass er sich hinsetzen und über Texas und die gute alte Zeit der Viehzucht sprechen konnte. Und Ivan Hart verstand sein Geschäft. Zum Teufel, er war einer der Erben der Hart's Hope Ranch. Ihn in der Nähe zu haben, war ein Vorteil, den er sich nie hätte träumen lassen. Aber er konnte nicht dazu gezwungen werden, Fox mit seinem scharfen Verstand und seinem verschmitzten Lächeln regelmäßig zu ertragen. Er durfte nicht noch einmal in Versuchung kommen. Deshalb hatte er schon einmal alles verloren.

»Du solltest ein bisschen netter sein, meinst du nicht, Junge? Diese Männer waren an diesem Wochenende sehr gut zu uns«, sagte sein Vater so leise, dass nur er es hören konnte.

»Meinst du, ich weiß das nicht?« Bull kniff in die Spitze seines schwarzen Cowboyhuts und schob ihn tiefer in die Stirn. Je mehr er seine Augen verbarg, desto besser. Gott allein wusste, was sich in ihnen spiegelte.

Großartig. Da kommt er wieder.

»In Ordnung. Wir machen uns auf den Weg zurück nach Hause.« Free lächelte und schüttelte erst Bulls Hand, dann die seines Vaters.

»Soweit man sich im Großstadtdschungel zu Hause fühlen kann.« Sein Vater lachte.

Sie lachten mit ihm und es rührte Bull, dass sein Vater so glücklich wirkte. Er hatte den alten Mann nicht mehr oft lächeln sehen, seit sie Texas verlassen hatten. Seit sie von zu Hause weggegangen waren.

»Ich komme nächste Woche wieder, um die Kameras zu überprüfen und zu sehen, wie sie dem Wetter trotzen«, versprach Free. »Aber sie sollten in Ordnung sein. Jetzt müsst ihr nur noch beobachten und abwarten.«

»Wissen Sie, manchmal ist der Hinweis darauf, dass man überwachtes Eigentum hat, schon Abschreckung genug«, sagte Fox.

Seine Stimme war sanft, als könnte er jeden überzeugen, alles zu tun, was er verlangte, wenn er es nur richtig sagte. Bull schluckte.

»Hart hat mich über alles informiert. Ich weiß, dass Mason der Beamte ist, der mit Ihrem Fall bezüglich des Vandalismus betraut ist, aber ich würde ihn gerne im Auge behalten, wenn Sie nichts dagegen haben. Männer zu fangen, ist zufällig meine Spezialität«, prahlte Fox und schob eine Hand in seine Gesäßtasche. Er schlug eine Seite seines Jacketts zurück und Bull konnte die verchromte Handfeuerwaffe und die goldene Dienstmarke an seinen schlanken Hüften sehen.

Bull hustete plötzlich und versuchte, seine Verlegenheit hinter seiner Faust zu verbergen.

Verdammt.

Er hoffte wirklich, dass sein Hut genug von seinem Gesicht abschirmte. Warum hatte der SWAT-Lieutenant ihn direkt angeschaut? »Ich bin mir sicher, es sind nur ein paar Kids, keine Männer, die man fangen muss. Und definitiv kein Job für SWAT.« Bull gefiel es sogar, wie dieser gefährliche Job auf seiner Zunge klang. Der Mann, der vor ihm stand, war gefährlich.

Fox musterte ihn, dann hob er einen Mundwinkel. Bull sollte seinen Blick nicht auf die volle Unterlippe senken, aber er tat es. »Trotzdem. Ich würde gerne nächste Woche mit Free zurückkommen und über das Gelände laufen. Wenn das in Ordnung ist, Captain?«

Bull hatte keine Zeit, etwas einzuwerfen, bevor Hart nickte und Free mit einem begeisterten »Klingt gut« zustimmte.

»Ähm, bevor wir losfahren, würde ich gerne mit Ihnen über die Reitstunden reden. Nehmen Sie derzeit neue Kunden an? Ich würde gerne anfangen, bevor es zu kalt wird«, sagte Fox.

Bull war sich nicht sicher, was er sagen sollte. Der Mann hatte eine Menge Fragen gestellt, während er ihn über das Grundstück geführt hatte, worum Hart ihn höflich gebeten hatte. Er mochte Hart und Free war überhaupt der Beste. Er wollte nicht unhöflich sein. Aber bei Fox fühlte er sich äußerst unwohl und ihm wurde viel zu warm ums Herz. »Ich bin mir nicht sicher ...«

Fox trat einen Schritt vor und sah ihn mit Augen an, die so hellgrau waren, dass sie fast silbern wirkten. Er war so verdammt einzigartig. Ein straffer, starker Körper. Geschmeidig, aber dennoch irgendwie muskulös. Gütiger Himmel. So etwas fand man in Texas nicht.

»Jetzt kommen Sie schon«, sagte Fox leise.

Bull hielt den Mund und hörte zu. Er *musste* zuhören, wollte mehr hören.

»Ich wollte schon immer lernen, wie man einen Hengst reitet.« Er zwinkerte. Fox besaß die Dreistigkeit, ihn anzuzwinkern. Es wirkte nicht wirklich kokett, eher wie ein scherzhaftes Zwinkern. Bull runzelte die Stirn und biss die Zähne zusammen. Er hasste es, wenn man mit ihm spielte. »Ich habe keine Hengste.«

Hart stieß seinen Freund gegen die Schulter. »Er hat es nicht so mit der Terminologie. Aber ich bürge für ihn. Fox mochte die Pferde sehr, als er ein paarmal bei mir zu Hause war. Ich denke, er wird schnell lernen.«

Es war interessant für ihn, wie sie sich gegenseitig unterstützten. Sie lasen einander und spielten sich gegenseitig Bälle zu, als würden sie das schon lange tun.

»Ich werde in meinem Kalender nachsehen. Aber ich bin mir ziemlich sicher, dass ich auf Monate hinaus ausgebucht bin. Eine Sekunde, ich bin gleich wieder da.« Bull eilte ins Haus, als wäre er auf der Flucht vor dem Gesetz und vor Polizeihunden. Auf keinen Fall konnte er diesem Mann zu nahe kommen und ihn in den Sattel setzen.

Bull knallte seinen Hut auf den Schreibtisch in seinem Büro. Er atmete ein paarmal tief durch und versuchte, sein Herz zu beruhigen, von dem er nicht wusste, warum es überhaupt raste. Er ging hinter seinen Schreibtisch und öffnete die Jalousien. Von hier aus hatte er einen guten Blick auf die Veranda. Free saß mit irgendeinem Gerät in der Hand auf dem Beifahrersitz des Trucks und wartete geduldig. Fox und Hart standen da, während er so tat, als würde er seine nicht vorhandenen Termine überprüfen. Eigentlich hatte er noch gar keine Reservierungen entgegengenommen.

Er starrte länger, als er beabsichtigt hatte. Fox trug eine enge Jeans und Stiefel. Nicht die Art von Cowboystiefel, die er gewohnt war, sondern staubige Motorradstiefel. Er war auf seiner tiefschwarzen Rennmaschine den Kiesweg entlanggefahren und hatte jede Menge Staub hinter sich aufgewirbelt. Draußen herrschten angenehme 18 Grad, aber Fox hatte immer noch eine abgewetzte schwarze Lederjacke an. Hart hatte am Ende der Einfahrt gestanden und auf ihn gewartet. Kaum dass Fox seinen schnittigen dunklen Helm abgenommen und die Handschuhe ausgezogen hatte, waren Bull die Augen aus dem Kopf gefallen.

Kein Mann sollte so aussehen.

Fox war direkt auf Hart zugegangen und hatte ihm einen kräftigen Stoß gegen die Brust gegeben, um ihn dann in eine Umarmung zu ziehen. Bull hatte keine Ahnung, worum es bei all dem gegangen war, und es ging ihn auch nichts an. Er wusste nur, dass Fox offenbar für Hart und Free sehr wichtig war, und er wollte keinen von ihnen beleidigen und angesichts des 20.000 Dollar teuren Sicherheitssystems, das er jetzt hatte, undankbar erscheinen.

Mann. Sogar auf den verdammten Unterarmen hat Fox graue und schwarze Haare.

War das bei ihm überall so? Bull stöhnte auf. Warum quälte er sich? Er wusste, dass er diesen Weg nie wieder gehen konnte. Er konnte Liebe und Herzschmerz nicht noch einmal zulassen. Er hatte all diese nutzlosen Gefühle von der gottverdammten Flut wegspülen lassen.

»Warum schaust du hier auf den Kalender, wenn du weißt, dass da nichts drinsteht? Und warum tust du so, als könnest du ihm keine Reitstunden geben?«

Bull schreckte auf, als sein Vater in der Tür seines Büros stand. Normalerweise hörte er ihn wegen des Holzstocks auf dem harten Boden schon aus einer Meile Entfernung, aber er war wohl zu sehr in seine Gedanken vertieft gewesen. Bull räusperte sich. »Ich brauche etwas Zeit, um zu überlegen, wie ich meine Einteilung gestalten soll. Dann entscheide ich, ob ich zwei Kurse auf einmal haben will oder einen ...«

»Junge, ich habe nicht mehr genug Jahre auf dieser Erde übrig, um hier zu stehen und mir diesen Scheiß anzuhören.«

»Was willst du von mir, alter Mann?« Bull ließ sich schwerfällig in seinen Stuhl fallen. Er drehte sich um und schaute aus dem Fenster. Fox wartete immer noch.

»Ich möchte, dass du ihm eine Chance gibst, Dom. Er scheint ein netter Kerl zu sein«, sagte sein Vater leiser und versuchte, ihm in die Augen zu sehen. »Du könntest hier vielleicht etwas Gutes haben.«

»Ich habe bereits ein schönes, komfortables Leben hier. Es wird gerade erst gut. Ich brauche keine ...«

»Liebe?«

»Ablenkungen«, fauchte Bull.

»Denkst du, ich weiß nicht, warum du Texas verlassen hast? Glaubst du, ich weiß nicht, was dieser Feigling dir angetan hat? Ich mag alt sein, aber ich bin nicht dumm.«

Bull stand auf. »Das reicht jetzt. Du hast keine Ahnung, wovon du redest. Ich bin hierhergekommen, um wieder etwas aufzubauen und ...«

»Du hättest nicht quer durchs Land fahren müssen, um wieder etwas aufzubauen, Junge! Die Versicherung hat uns gut bezahlt. Du hättest ein erstklassiges Stück Land in Texas kaufen können, aber das hast du nicht.«

»Das ist eine ungenutzte Goldmine hier in Atlanta«, argumentierte Bull. Er hasste es, wenn sein Vater recht hatte.

»Belüg dich ruhig weiter. Als bräuchtest du nichts und niemanden.«

»Jedenfalls niemanden, der wegläuft, sobald es schwierig wird«, sagte Bull unwillig. Er wollte das nicht mit seinem Vater besprechen. Sie hatten nie über sein Privatleben gesprochen. Aber irgendwie wusste sein Vater, dass er verletzt worden war. »Was zum Teufel soll ein Stadtmensch wie Fox mit einem Jungen vom Land, der auf einer Ranch arbeitet? Sei ehrlich, Dad.«

»Die Männer da draußen sehen für mich nicht wie Typen aus, die weglaufen. Ich denke, dieser Fox kann etwas einstecken. Sie sind Helden. Du hast doch die Nachrichten gesehen, oder? Von den Geiseln, die in dem Feuer gefangen waren. Das waren *sie*.« Sein Vater deutete durchs Fenster. »Jetzt geh da raus und sag dem Mann, dass du ihm Unterricht geben wirst. Ich würde ja sagen, kostenlos, aber er scheint nicht der Typ zu sein, dem das gefällt.«

Bull schüttelte den Kopf. Was sollte er tun?

Er hatte ein paar Karten in seiner Hemdtasche, schnappte sich schließlich einen Stift, ging zur Tür und war froh darüber, dass sein Vater beschlossen hatte, am Fenster zu bleiben.

»Sag ihm, er hat coole Stiefel«, fügte sein Vater hinzu.

»Dad!« Bull drehte sich um, überrascht darüber, dass sein Vater ihm möglicherweise einen Tipp gab.

»Was?« Walker zuckte unschuldig mit den Schultern.

Großer Gott!

Bull betrat die Veranda und Fox kam ihm auf halbem Weg entgegen. Hart blieb zurück und sah zu.

»Und, haben Sie Platz gefunden, mich reinzuschieben?«, fragte Fox.

Bull sah ihm nicht auf den Mund und er wollte die Sache nicht noch mehr in die Länge ziehen. »Ja, sicher. Wir können nächstes Wochenende anfangen, wenn Sie wollen.«

»Wow.« Fox grinste ihn an. »Der Platz ist schneller frei geworden, als ich dachte.«

»Ähm ... ich habe eine kurzfristige Absage vergessen.« Bull nahm seine Karte heraus und schrieb eine Uhrzeit darauf. Er machte sich nicht die Mühe, zu fragen, ob es eine gute Uhrzeit war oder nicht. Das war alles, was er anbot.

Fox nahm die Karte, drehte sie um und las schweigend die Details. Er blickte zu ihm auf und sein Blick wurde ernst. »Mir gefällt wirklich, was Sie hier vorhaben. Ich liebe Tiere, das war schon immer so. Da in den Schulen so viel Technologie gelehrt wird, finde ich, dass die Kinder mehr Orte brauchen, an denen sie etwas über die Natur lernen können.«

Hatte er Bulls Vision wirklich verstanden? War Fox wirklich ein Mann, der Kinder liebte? Bull räusperte sich. »Da stimme ich zu.« Viel mehr konnte er nicht sagen.

Fox war irgendwie näher an ihn herangerückt, als er seine Karte genommen hatte. Er war nahe genug, sodass Bull ihn riechen konnte. Als Fox vor fünf Stunden gekommen war, hatte er nach Eau de Cologne und seiner Lederjacke gerochen. Nun erkannte Bull, dass sich diese Düfte mit den Gerüchen seiner Ranch vermischt hatten. Heu, Pferde, Gras und Herbstblumen.

»Klingt gut. Samstag, sechzehn Uhr. Passt. Und hier ...« Fox streckte so schnell die Hand aus, dass Bull nur zusehen konnte, wie er eine weitere Karte aus seinem Hemd zog. Er war so flink. Beim Herausziehen streiften seine Fingerspitzen dagegen betont langsam Bulls Brust. »Lassen Sie mich Ihnen meine Nummer geben.« Fox grinste ihn an. »Nur für den Fall, dass Sie die Zeit ändern müssen oder so.«

Sehr schlau.

Hart blickte in die andere Richtung zur Pferdekoppel, aber hörte offensichtlich zu. Bull sah, wie seine breiten Schultern bebten, als würde er lachen.

Fox kritzelte auf die Terminkarte. »Hier sind meine Privat- und Handynummer, meine Privat- und Arbeits-E-Mail-Adresse, meine Faxnummer, denn man weiß ja nie, mein Twitter- und Facebook-Account, mein Instagram-Profil und, wenn Sie wollen ...«

»Fox«, sagte Hart und konnte sein Lachen kaum zurückhalten. »Ich glaube, er hat genug Möglichkeiten, dich zu erreichen. Wir machen uns besser auf den Weg.«

»Ich bin nur gründlich.« Fox sah ihn einen Moment an und die Luft zwischen ihnen schien zu vibrieren. Er streckte Bull die Hand entgegen, die er ergriff und festhielt, und seine Stimme war tief und sanft, als er sich verabschiedete. »Einen schönen Abend noch. Wir sehen uns nächstes Wochenende. Und, ähm …« Er lächelte listig. »Ich freue mich auf das Besteigen.«

Hart konnte seinen Lachanfall nicht unterdrücken und er tat sich verdammt schwer damit, ihn als Hustenanfall zu tarnen.

Bull konnte sich nur vorstellen, wie rot sein Hals war, denn er spürte die Wärme, als hätte ihm jemand ein Heizkissen um die Schultern gelegt. Er sah zu, wie sie davonfuhren. Dann sah er zu, wie sich Fox auf das laute Motorrad schwang und ebenfalls verschwand. Aber er wusste, dass er zurückkommen würde. Wenn ein Fuchs etwas ins Visier nahm, dachte er sich immer einen raffinierten Plan aus, um es zu erbeuten.

Aus: Nichts Besonderes VII - SWAT-Edition. Kommt bald!

Ende

Anmerkung:
Das war zum Zeitpunkt der Veröffentlichung von Band 6 der Plan. Aber die Muse hält sich nicht immer an Pläne. Denn dazwischen kamen *Ex und Meridian* ins Spiel. Diese beiden geheimnisvollen Männer werden ihre eigene Serie bekommen, aber davor bringen sie erst mal in Band 7 die Arbeit des SWAT-Teams durcheinander. Mit der Geschichte von Fox und Bull geht es dann in Band 8 weiter, und auch ein neunter Teil ist schon in Planung.

Über die Autorin

A. E. Via ist seit zehn Jahren Bestsellerautorin im schönen Genre der schwulen Liebesromane, aber schon viel länger eine begeisterte Leserin schwuler Literatur, bevor sie selbst zur Feder griff, um diesem Genre ihren Kuss aufzudrücken. Sie ist auch die Gründerin und Eigentümerin von *Via Star Wings Books*, wo sie einige großartige, aufstrebende MM-Autoren veröffentlicht hat.

A. E. hat einen Bachelor of Arts in Strafjustiz vom Virginia Wesleyan College, den sie nutzte, um nach ihrem Abschluss 2008 ihre eigene Anwaltskanzlei zu gründen. Es war eine lohnende und befriedigende Karriere, aber ein anderer Weg rief nach ihr: das Schreiben.

Ihre Geschichten verkörpern alles von hoffnungslos romantisch über abenteuerlich bis hin zu skandalös. Sie enthalten oft verblüffende Wendungen, die den Lesenden in neue, zum Nachdenken anregende Tiefen führen.

Derzeit ist sie für ihre Hardcore-Alphas bekannt, die hart spielen und hart lieben. Sie liebt es jedoch, aus ihrer Komfortzone herauszutreten und verschiedene Tropes zu erforschen. Sie ist Hals über Kopf in Gay Romance verliebt und hat noch viele heiße Geschichten zu erzählen.

Besuche Adrienne auf ihren Social-Media-Seiten und abonniere ihren Newsletter, um keinen Veröffentlichungstermin mehr zu verpassen! Auf A. E. Vias offizieller Website findest du weitere Informationen darüber, wie du sie kontaktieren und ihr folgen kannst.

Leseprobe
Bianca Nias
W.A.R: - Worldwide Alliance of Renegades

Sam.
Madre de Dios.
Das konnte nicht sein. Und doch war er es. Kein Zweifel.
Cruz ließ sich Zeit und schlenderte scheinbar unbeeindruckt näher, obwohl seine Knie mit einem Mal seltsam weich waren. Der Sand unter seinen bloßen Füßen wurde immer wärmer, sobald er den wasserüberspülten Bereich verlassen hatte, im gleichen Maße stieg glühender Zorn in ihm auf.

Zum Teufel, wo kam Sam so plötzlich her? Und was wollte er hier? Nach fünf Jahren? Fünf Jahre, in denen er nicht ein einziges Sterbenswörtchen von sich hatte hören lassen?

Wütend warf Cruz sein Board in den Sand, stemmte die Hände in die Hüften und baute sich vor seinem ehemaligen Captain auf, der sich soeben umständlich hochrappelte und aufstand. Aus schmalen Augen musterte Cruz ihn.

Das war doch echt zum Kotzen, der Kerl hatte nichts von seiner Anziehungskraft eingebüßt. Nicht ein winziges bisschen.

Vor ihm stand der Mann, der ihm vor fünf Jahren das Herz gebrochen hatte – und er sah noch immer so verflucht gut aus wie damals. Oder sogar besser. Er trug die Haare wie früher kurz, unter dem braunen T-Shirt zeichneten sich breite Schultern ab und die kurzen Ärmel gaben den Blick frei auf riesige, wohldefinierte Bizepse, die er nicht einmal mit beiden Händen umspannen könnte.

Mierda. Wie hatte er bloß glauben können, endlich darüber hinweg zu sein? Die Enttäuschung, die er damals fühlte, brannte nach wie vor lichterloh in ihm.

»Bist du vor einen Bus gelaufen?«, schnauzte er Sam barsch an, ohne sich mit einer Begrüßung aufzuhalten. Die Schwellung und die Schürfwunden in dessen markantem Gesicht waren ihm sofort aufgefallen.

Wortlos schüttelte Sam den Kopf, dann öffnete er den Mund, um etwas zu sagen, aber Cruz funkte ihm aufgebracht dazwischen.

»Du hast echt Nerven, hier aufzutauchen. *Hijo de puta!* Du elender Scheißkerl! Was fällt dir ein!« Wütend rang Cruz die Hände und ignorierte, dass Sam erneut dazu ansetzte, irgendetwas zu sagen. Jetzt kam er erst so richtig in Fahrt.

»Nach fünf Jahren! Du hast nicht ein einziges Mal in den gesamten fünf Jahren angerufen. Nicht ein einziges Mal! Aber reden war ja noch nie deine große Stärke. Oder auch, irgendwelche Dinge zu erzählen, die anderen Leuten vielleicht wichtig sein könnten. Wie zum Beispiel, dass du verheiratet bist. Das klitzekleine Detail hast du mir hübsch verschwiegen!« Seine Stimme wurde lauter, bis er letztendlich vor Wut brüllte und unwillkürlich die Hände zu Fäusten ballte.

»Cruz ...«, begann Sam, aber er war noch lange nicht mit ihm fertig.

»Weißt du, das wäre *mir* vielleicht wichtig gewesen! Und so hast du mich ahnungslos über deine hysterische Frau stolpern lassen, als ich dich im Krankenhaus besuchen wollte! Du bist so ein Arsch, Sam Cromwell! *Qué pendejo!* Lass mich bloß in Ruhe, zum Donnerwetter noch mal! Verschwinde! *Vete a la mierda!*«

Damit drehte er sich ruckartig um, klaubte sein Board vom Boden und wollte zornentbrannt davonstapfen, aber ein leiser Ruf hinter seinem Rücken hielt ihn schlagartig zurück.

»Thiago!«

Wie vom Blitz getroffen blieb Cruz stehen, seine Beine ließen sich beim besten Willen nicht mehr bewegen. Sams weiche Stimme brannte sich in ihn ein, löste ein warmes Gefühl in ihm aus, das sich schnell verdichtete und eine Glut entfachte, die sein Herz qualvoll brennend umschloss. Er schluckte hart.

Für alle anderen war er immer bloß Cruz gewesen, Sam war der einzige, der ihn jemals beim Vornamen genannt hatte. Und auch nur dann, wenn sie sich nahe gewesen waren. Niemals würde er das Glücksgefühl vergessen, das ihn durchflutet hatte, als er Sams harten Körper an seinem fühlte, seinen warmen Atem auf der Haut spürte und das tiefe, raue Stöhnen hörte, das im selben Atemzug mit seinem Namen erklang.

»Thiago, bitte ... ich brauche deine Hilfe.« Das unablässige Wellenrauschen übertönte fast Sams Stimme, die sich ungewohnt zurückhaltend und belegt anhörte.

Langsam drehte sich Cruz wieder um. Sams rechtes Auge war fast komplett zugeschwollen, in dem anderen konnte er jedoch die Verzweiflung sehen, die seinen ehemaligen Freund und Captain anscheinend hierher geführt hatte.

»Wobei?«, fragte er schlicht.

Er konnte sehen, wie Sam krampfhaft schluckte.

»Meine Tochter ...«

»Du hast eine Tochter?« Cruz' Stimme überschlug sich fast, selbst in seinen Ohren hörte sie sich schrill und etliche

Töne zu hoch an. Das war doch echt die Höhe! Der Dreckskerl hatte ihm nicht nur eine Ehefrau vorenthalten, sondern auch noch ein Kind? Vollkommen außer sich wirbelte Cruz herum und wollte gerade den Rückweg zu seinem Auto antreten, da hörte er einen erstickt klingenden Laut und blieb erneut stehen.

Ein Blick über die Schulter zeigte ihm, dass Sam kraftlos auf dem Strand zusammengesunken war und sich mit einer Hand müde über das Gesicht strich. Erst jetzt sah Cruz die tiefen Wunden an seinen Handgelenken und das angetrocknete Blut.

»Was ist passiert?«, fragte er bestürzt.

»Josy ... also Josephine ... sie ist sechzehn. Man hat sie heute Morgen entführt«, stieß Sam tonlos hervor.

Cruz entglitt vor Überraschung das Surfboard, es polterte neben ihm mit einem hohlklingenden Laut zu Boden.

»Deine Tochter wurde entführt? *Madre mia*, Sam, du musst sofort die Polizei einschalten!«

Unser Programm auf www.deadsoft.de